A Judy Griffin,
que ama este mundo

Después de la primera muerte, ya no hay otra.

DYLAN THOMAS

El Museo del Fracaso, en Helsingborg (Suecia),
era una colección de productos y servicios fallidos.
Ahora se ha transformado en una exposición
itinerante que recorre el mundo.

Newton Compton Editores

Título original: *The Museum of Failures*

© 2023, Thrity Umrigar. Publicado originariamente por Algonquin Books of Chapel Hill.
© 2026, de la traducción por Begoña Prat Rojo
© 2026, de esta edición por Antonio Vallardi Editore S.u.r.l., Milán

Primera edición: marzo de 2026

Newton Compton Editores es un sello de Antonio Vallardi Editore S.u.r.l.
Pl. Urquinaona, 11, 3.º 1.ª izq. Barcelona, 08010 (España)
www.newtoncomptoneditores.com

Gruppo editoriale Mauri Spagnol S.p.A.
www.maurispagnol.it

ISBN: 979-13-87788-07-0
DL: B 1.735-2026

Diseño de interiores:
David Pablo

Composición:
Rafael Medel López

Impreso en marzo de 2026 en Puntoweb s.r.l., Ariccia (Roma), en Italia.

Thrity Umrigar

El niño que vino del silencio

Traducción de Begoña Prat Rojo

Newton Compton Editores

Barcelona, 2026

LIBRO PRIMERO

Capítulo 1

Los cuervos se pasaron la noche entera peleándose mientras Remy Wadia, con el horario cambiado por el viaje, se esforzaba por conciliar el sueño en una cama desconocida. De vez en cuando, un perro aullaba con un sonido de una melancolía escalofriante y Remy tenía que taparse los oídos con la almohada. Oyó el rugido de una moto y miró el despertador: las dos de la madrugada. Pocos minutos después, estaba a punto de quedarse dormido cuando lo sobresaltaron unas voces elevadas procedentes de la calle. Maldijo entre dientes y apartó la sábana de un manotazo. Finalmente, a las seis de la mañana, y a pesar de su temor a despertar a Jango y Shenaz, que dormían en la habitación contigua, se levantó para ir al baño anexo y luego salió al balconcito de su dormitorio.

Mientras se apoyaba en la barandilla, una ligera brisa marina hizo ondear la fina *sadra* de muselina sobre su piel. Miró hacia las copas de los árboles. ¿Qué era lo que había hecho graznar a los dichosos cuervos durante toda la noche? Había algo inquietante y perturbador en sus chillidos nocturnos, pero, al fin y al cabo, eso también formaba parte de Bombay: los pájaros eran tan desafiantes y absurdos como el resto de la ciudad. Se preguntó si su madre también estaría despierta. El edificio donde vivía se hallaba a tan solo unas calles del de Jango, donde él había pasado la noche después de que su amigo lo recogiera en el aeropuerto.

Remy bostezó; el vuelo desde Columbus, en Ohio, había sido largo, y estaba agotado. Luego se recordó a sí mismo el motivo de su visita a la India y lo embargó la emoción. La sobrina de Shenaz, Monaz, vendría a las diez de la mañana. Pensó en darse una ducha rápida, pero le preocupaba que el ruido del agua al correr despertara a sus anfitriones. Aun así, quería estar presentable cuando llegara Monaz y borrar cualquier rastro de cansancio. «Las primeras impresiones suelen ser las últimas», decía siempre su padre.

Su padre. El recuerdo de aquel hombre bullicioso y de gran corazón dibujó una sonrisa en su rostro. Era la primera vez que regresaba a la India desde la muerte de Cyrus tres años atrás. Desde entonces no había visto a su madre, y Remy sintió la habitual punzada de culpa al pensarlo. Bueno, la vería en unas horas; la sorprendería presentándose en su puerta sin previo aviso. Quizá las cosas serían más apacibles entre ellos ahora que su padre ya no estaba y Remy no tenía que protegerlo de las quejas y las incisivas pullas de su madre.

Un cuervo solitario alzó el vuelo desde un árbol y pasó revoloteando frente al balcón. Los odiaba desde niño, cuando uno había descendido en picado y le había robado el bocadillo de la mano con un pico tan afilado que le hizo un corte en el dedo. Remy se frotó el pulgar con el índice, siguiendo el rastro de aquella herida que se había convertido en una leve cicatriz. ¿Qué edad tendría aquel domingo en que había ido al zoo con su padre? Fue un día feliz, pero enmarcado por el desastre.

Sus padres habían planeado una excursión diferente, pero algo había ido mal. Habían discutido. Remy cerró los ojos al recordar el murmullo de voces, constante e incesante como la lluvia, procedente del dormitorio de sus padres. Cuando su madre salió al fin, tenía los ojos enrojecidos. Una oleada de indignación se había apoderado del pequeño Remy, que corrió a abrazarla para darle consuelo. Por eso se quedó atónito cuando ella lo apartó con brusquedad.

Cyrus había salido del dormitorio justo a tiempo de ver tropezar a Remy y, al fijarse en las lágrimas que asomaban a sus ojos, su rostro se encendió por la ira.

«Qué vergüenza, Shirin –le había dicho a la madre de Remy–. ¿Descargas tu *khunnas* hacia mí sobre un niño inocente?».

Ya era demasiado tarde para detener el aluvión de recuerdos: el dolor de su madre transformándose en ira, su acusación contra Remy por estar fingiendo solo para ganarse las simpatías de su padre, los chillidos de indignación de Cyrus, la mirada que su madre le había lanzado antes de encerrarse en su habitación.

El niño se había escabullido hacia su propio cuarto, pero, al cabo de unos minutos, Cyrus había aparecido en su puerta con expresión sombría.

–Que me parta un rayo si voy a desperdiciar este día tan bonito esperando a que Shirin entre en razón –había dicho–. ¿Adónde te gustaría ir?

Remy no tuvo que pensarlo.

«Al zoo», respondió. Varias semanas atrás había nacido un bebé elefante. Jango había ido la semana anterior y no paraba de hablar de ello.

«Hecho –dijo Cyrus–. Ponte los zapatos y los calcetines».

Se detuvieron en el mercado y compraron tres cocos y una bola de *jaggery*, dura como una piedra, para alimentar a los elefantes. Remy chilló de emoción cuando los elefantes adultos aplastaron los cocos con una pata, partiéndolos en dos mitades, y extrajeron la pulpa con destreza; y gritó de alegría al ver los torpes intentos del pequeño elefante por imitar a sus padres.

Al salir del recinto, Cyrus había pasado un brazo por los hombros de Remy.

«¿Feliz? –le preguntó, y Remy asintió–. Bien –continuó Cyrus–, porque en esta vida solo tienes dos trabajos, hijo: ser feliz y hacer felices a los demás. ¿Lo entiendes?».

Remy se había preguntado qué tipo de trabajos tendría que conseguir para cumplir esa promesa, pero por el momento se conformó con asentir.

«Sí, papá».

Iban hacia el recinto de los tigres cuando el estómago de Remy se puso a rugir. Miró a su padre, avergonzado, pero él no pareció darle importancia. Cyrus metió la mano en la bolsa y le entregó a su hijo el sándwich de pollo que había llevado. Remy le dio un bocado; estaba delicioso. Al abrir la boca para dar un segundo mordisco, hubo un aleteo, seguido de una conmoción y la imagen de sangre reluciente en su dedo. Remy tardó un minuto en darse cuenta de que el sándwich ya no estaba en sus manos y empezó a gritar por la sangre.

«Tranquilo, campeón, tranquilo –murmuró Cyrus–. Ven, déjame ver. –Sacó el pañuelo y se lo ató en el índice–. Maldita sea. Venga, vámonos».

Cuando llegaron al piso del doctor Surati, los gritos de Remy se habían reducido a sollozos ocasionales de dolor e indignación por el sándwich robado. Decidió guardarse piedras pequeñas en el bolsillo para arrojárselas a aquellos siniestros y atrevidos pájaros que parecían estar por todas partes en Bombay.

«Los odio», dijo, y Cyrus emitió un sonido de consuelo. El doctor, que era un viejo amigo de la familia, se echó a reír.

A Remy le pusieron tres puntos y su recompensa por haberse portado como un valiente fue la promesa de su padre de llevarlo al cine la semana siguiente. Cuando regresaron a casa, Shirin echó un vistazo al dedo vendado y cubrió a Remy de besos.

¡Qué voluble era su madre! Aun así, su complicada relación con ella, la prisa con la que había escapado a Estados Unidos para reunirse con Kathy tras la muerte de su padre, como si huyera de las olas de un océano crepuscular, todo eso, con suerte, había quedado ya atrás. Por primera vez, lo que lo había llevado a la ciudad donde nació no era la corriente del pasado, sino la marea del futuro.

Cuando Remy salió de la ducha, el resto de la casa ya estaba despierto. Mientras se vestía, oyó el tintineo de cacharros en la cocina y percibió el olor del té preparado al estilo parsi, con menta fresca y hierba de limón. Llamaron a su puerta y, al abrirla, se encontró a Jango con su *sadra* y el pantalón del pijama.

—*Saala*, ¿ya te has duchado? —dijo su amigo, y tras aspirar en dirección a Remy sonrió—. El olor de la loción para después del afeitado llega hasta aquí. ¿Qué pretendes, seducir a mi mujer con tu rollito de estadounidense moderno?

Remy le devolvió la sonrisa. Cualquier atisbo de incomodidad que hubiera sentido por molestar a sus amigos la noche anterior desapareció ante la irreverencia característica de Jango. Superpuesto sobre aquel hombre fornido cuya cintura empezaba a engordar estaba el chico bromista que se había hecho amigo del taciturno Remy el primer día de segundo en la escuela.

—Ven —dijo Jango—. El té está listo. ¿Qué te apetece para desayunar?

—Cualquier cosa. ¿Igual unas tostadas?

Jango le dedicó una mirada maliciosa.

—¿Igual unas tostadas? —lo imitó, y le dio un golpe en la espalda mientras recorrían el corto pasillo hacia el comedor—. ¿Kathy te ha convertido en un conejo anémico o qué? *Arre, saala*, estás en una casa parsi, no en un maldito monasterio. Si te doy un desayuno sin los indispensables huevos, nata y mantequilla, tendré que renunciar a mi religión.

Remy se rio al tiempo que meneaba la cabeza.

—Está bien, está bien —dijo.

Shenaz se acercó a la mesa del comedor con una bandeja con tres tazas de té. Cuando Remy cogió la bandeja de sus manos, ella le dio un beso en la mejilla.

—¿Has dormido bien, guapo? —dijo—. ¿La cama es cómoda?

—Como un bebé —mintió él—. Todo genial.

—¿Seguro que tienes que irte a casa de tu madre? ¿No puedes quedarte con nosotros durante el resto del viaje?

—Ojalá —respondió él.

Se preguntó hasta qué punto sabía la pareja lo distante que era la relación con su madre. A pesar de la confianza que tenía con ellos, nunca había hablado de su vida familiar con Jango. Sin embargo, durante su infancia y adolescencia este iba muy a menudo a casa de Remy. Seguro había notado que él estaba mucho más unido a su padre. ¿Se daban cuenta los niños de esas cosas? En cierto modo, habían llevado una vida muy inocente y despreocupada, y todas sus conversaciones giraban en torno a los deportes, la música y las chicas.

—Bueno, aquí siempre eres bienvenido, ya lo sabes —dijo Shenaz. Él sonrió de manera vaga y ella se apresuró a añadir—: Está bien, *chalo*. Quiero terminar de desayunar antes de que llegue Monaz. ¿Qué te parecen unos *akuri* y unas tostadas francesas?

Remy dejó escapar un gemido.

—Dios mío, ya solo los *akuri* me parecen divinos.

Su madre preparaba ese plato: huevos revueltos especiados con cebolla frita y cilantro, y decorados con frutos secos y pasas. Era su desayuno habitual de los domingos, aunque a veces Remy lo pedía para cenar y su madre nunca se negaba a hacerlo.

—¿Y cómo es? —preguntó Remy con la boca llena—. Tu sobrina.

Jango y Shenaz intercambiaron una mirada de desconcierto.

—Tranquilo, *yaar* —dijo Jango alargando las palabras—. Hace media hora querías comer tostadas a palo seco, ¿te acuerdas?

Shenaz le dio un cachete en la mano a su marido.

—Ya basta de bromas —dijo, y se volvió hacia Remy—. Monaz es… ¿cómo decirlo? Ya sabes, la típica estudiante universitaria. Se le dan muy bien los estudios y esas cosas, pero a la chica le falta calle y experiencia. Creció en un hogar muy protegido, por eso todo este asunto es tan trágico. —Dejó escapar un suspiro—. A ver, Remy, ¿te lo imaginas? Cinco meses sin darse cuenta de que estaba embarazada. ¿Quién puede ser tan ignorante?

Remy sintió una corriente de simpatía por esa joven a la que nunca había conocido.

—En realidad, según Kathy es más frecuente de lo que pensamos. Se llama «embarazo críptico» y la mujer no se da cuenta hasta que está muy avanzado.

—A mí me parece una locura —dijo Shenaz, encogiéndose de hombros—. Aunque supongo que, a los diecinueve años, nosotros tampoco éramos unas lumbreras. Monaz dice que hace tanto deporte que está acostumbrada a que no le venga la regla durante meses. —Se quedó callada y luego continuó—: Gracias a Dios, al final su mejor amiga la arrastró al médico. Fue entonces cuando se enteró de que estaba embarazada de un niño. Cuando nos dio la noticia, no me lo podía creer.

Remy se sonrojó y bajó la mirada hacia el plato. Demasiada información, pensó. Le habían enviado por correo electrónico la foto de Monaz y enseguida había notado el parecido familiar entre Shenaz y su sobrina: el cabello liso y oscuro, los ojos claros y definidos, los labios carnosos. A menos que el novio de Monaz se pareciera a Shrek, su hijo sería precioso.

Jango carraspeó.

—¡Y pensar que me he tirado un año entero intentando ayudaros a adoptar desde aquí! Créeme, me encontraba en el mismo punto que el día que empecé el proceso. No te haces una idea de cómo es aquí la burocracia, Remy, tío; en este país todo avanza a paso de tortuga. Al final le dije a la trabajadora social: «*Arre*, señora; a este ritmo, mi amigo será un viejo con barba canosa y dentadura postiza antes de ser padre». Así que, cuando Monaz nos contó lo que pasaba, de inmediato pensé en ti y en Kathy. —Miró de soslayo a su mujer—. Shenaz, en cambio, se quedó tan conmocionada que durante varios días fue incapaz de funcionar.

—Tú no conoces a mi hermano Phiroz —dijo ella, dirigiéndose a Remy—. Su mujer y él..., bueno, no son como nosotros. Son gente de pueblo, muy conservadora. Viven en la aldea de Navsari. No sé qué haría Phiroz si se enterara. —Bajó la voz para continuar—: Jango tiene razón: todo esto no habría podido pasar en mejor momento. Ha sido una bendición. Si vosotros no hubierais estado dispuestos a quedaros con el bebé, no sé qué habríamos hecho.

Remy se mordió la lengua para no hacer la pregunta obvia: ¿por qué no se habían ofrecido Jango y Shenaz a adoptar el bebé de Monaz? Era cierto que Jango siempre había proclamado lo bien que estaban sin hijos y había presumido de lo mucho que valoraban su libertad, la posibilidad de vivir a su aire y sin ataduras. Pero, enfrentados a un niño no deseado en la familia, a buen seguro habrían cambiado de opinión, ¿no? Kathy y él habían llegado a los treinta convencidos de que no querían hijos, pero al cumplir los treinta y uno, Kathy había cambiado de pronto de opinión y él había accedido. En ese momento no se habían planteado que serían incapaces de quedarse embarazados. Remy recordó la pequeña fortuna que se habían gastado en inútiles tratamientos de fertilidad. Y cuando Kathy propuso adoptar a un niño de la India, él había llamado a Jango para pedirle ayuda.

—Sé lo que estás pensando —dijo Shenaz, malinterpretando su expresión—. Te preguntas por qué no abortó Monaz, ¿verdad? —Escrutó su rostro—. ¿Cómo iba a hacerlo? Cuando vino a vernos, el embarazo ya estaba muy avanzado. Qué chica más tonta.

—Todo saldrá bien —dijo Remy, al tiempo que le pasaba el brazo por la cintura—. Esto… Esto es mucho mejor que adoptar a un niño desconocido. Así todo queda en familia. Jango y tú podréis venir a vernos cuando queráis y conocerlo.

—Y además, *yaar*, sabemos que el niño es medio parsi y viene de una buena familia —dijo Jango—. Si hubierais continuado por la otra vía, ¿quién sabe lo que nos habrían dado? Lo más probable es que fuera un huérfano de los barrios pobres, ¿a que sí? Con Dios sabe qué antecedentes familiares y demás, y casi seguro hindú o musulmán. No hay muchos parsis que den en adopción a sus hijos, ¿verdad?

Aunque Remy había pensado lo mismo al recibir la llamada de Jango en Columbus, se estremeció al oírlo en voz alta. Se consideraba un hombre progresista y laico. Ni Kathy ni él eran religiosos, pero no se podía negar: adoptar a un niño parsi era como ganar la lotería. La tasa de mortalidad de su pequeña y cerrada comunidad era más alta que la de natalidad, y por ello se hallaban en peligro de extinción, con menos de cien mil miembros en todo el mundo. Encontrar un niño procedente de aquella comunidad acomodada y educada era un milagro. Remy no sabía qué opinaba su madre sobre la adopción en general, pero en algún momento tendría que contarle el motivo de aquel viaje y, seguramente, el hecho de conseguir un niño cuyo origen conocían haría que todo el asunto resultara más aceptable para Shirin.

Avergonzado por sus pensamientos, Remy cambió de tema.

—Kathy y yo… Bueno, ya sabéis, nos aseguraremos de que al hijo de Monaz…. a nuestro hijo no le falte de nada. Seremos buenos padres, os lo prometo.

—¡Como si tuviéramos alguna duda! —exclamó Jango—. Será el niño más afortunado del mundo. *Arre*, si yo fuera unos años más joven, os habría suplicado a Kathy y a ti que me adoptarais.

Shenaz se dio una palmada en la frente con una exasperación fingida.

—Treinta y seis años y sigue haciendo las mismas bromas ridículas —dijo—. Que Dios me ayude. —Miró a Remy—. ¿Volverás a Bombay para el nacimiento del niño?

Quizá sea mejor que Monaz no tenga ocasión de crear un vínculo con su hijo.

Se hizo un silencio repentino en la mesa, como si la magnitud de la pérdida de Monaz los hubiera golpeado a todos. Remy suspiró.

—Me gustaría —dijo—, pero ya hablaremos con ella sobre lo que prefiere cuando llegue. —Se levantó de la mesa—. Creo que voy a descansar un rato.

—Sí, ve a echarte una siesta —dijo Shenaz—. Debes de estar agotado por el *jet lag*.

Minutos antes de las diez, Remy se despertó sobresaltado y, después de peinarse, se dirigió al salón para esperar a la madre de su futuro hijo. El pulso le latía en un lado del cuello y se puso el dedo índice encima para apaciguarlo. Oía a Shenaz en la cocina, dando instrucciones a la cocinera.

Monaz llegaba tarde, pero no había llamado para avisar y por alguna razón eso decepcionó a Remy. «Relájate —se dijo a sí mismo—. No la vas a adoptar a ella, sino a su hijo». Se imaginó a un niño pequeño caminando con paso vacilante por su jardín de Columbus, un niño espabilado y curioso con pantalones cortos tipo cargo y zapatillas deportivas rojas, y el corazón le dio un leve y extraño vuelco ante la idea. Se removió en la silla, inquieto e incapaz de controlar sus nervios.

Al oír el timbre, se levantó y se quedó de pie mientras Shenaz abría la puerta y dejaba pasar a una joven delgada. Monaz iba vestida con una camiseta blanca, vaqueros azules y zapatillas deportivas, y llevaba una bolsa de cuero colgada del hombro derecho y cruzada sobre el pecho. Parecía sacada de un campus estadounidense, cosa que a Remy le agradó.

Sonrió mientras contemplaba cómo la joven abrazaba a su tía antes de cruzar la alargada sala rectangular hasta llegar junto a él.

—Hola, Monaz —la saludó, tendiendo la mano para estrechar la de ella—. Soy Remy. Me alegro mucho de conocerte.

Solo entonces la pudo mirar bien a la cara y percibió los ojos irritados, la nariz enrojecida y el labio inferior trémulo.

—Hola, tío Remy —respondió la chica—. Lo siento muchísimo, de verdad.

—Ah, no pasa nada —dijo Remy, haciendo un gesto con la mano para quitar importancia a la disculpa—. Tampoco llegas tan tarde.

La chica lo miró y luego frunció el ceño.

—Siento haberte hecho venir desde Estados Unidos, pero voy a quedarme con mi hijo.

Capítulo 2

Remy se quedó como anestesiado mientras escuchaba a Jango y Shenaz reprender a la chica, que estaba encogida sobre sí misma. De todas las opciones que había imaginado, jamás había considerado la posibilidad de que la chica cambiara de opinión. «Nunca he visto a Jango perder los nervios de esta manera», pensó con una extraña sensación de desapego. Shenaz lloraba y acusaba a su sobrina de avergonzarla delante del amigo de la infancia de su marido.

–¿Crees que Remy ha venido aquí dando un paseo desde la playa de Juhu o algo así? –dijo Shenaz–. El pobre hombre ha dejado a su mujer y su negocio en Estados Unidos para coger un avión a la India y conocerte.

–Siempre dije que tenía que conocerlo antes de aceptar –respondió Monaz con el ceño fruncido.

–¿Qué? –Por un instante, Shenaz se quedó sin palabras–. Sí, es verdad. Pero nosotros… pensábamos que ya estaba casi decidido. –El enfado volvió a apoderarse de ella–. ¿Crees que vas a encontrar un hogar mejor para tu hijo que el que pueden darle Remy y Kathy? ¿Recuerdas lo que te conté sobre ellos? Son personas ejemplares, una pareja ejemplar.

–Shenaz, por favor –dijo Remy, saliendo de su aturdimiento–. Vamos a respirar hondo un momento.

Todos se volvieron hacia él, esperando que tomara las riendas de la situación, pero Remy se quedó callado. La cabeza le daba vueltas, como si el cansancio y la decepción hubieran formado telarañas en su cerebro.

–¿No te da vergüenza dejarme en evidencia de esta manera? –continuó Shenaz–. ¿A quién vamos a encontrar que sea mejor que Remy?

–No hay necesidad de buscar a nadie más –dijo Monaz, en voz más alta y estridente–. Es lo que intento deciros. Me voy a quedar con el niño. Gaurav y yo nos vamos a casar.

Se hizo un silencio teñido de perplejidad y tres pares de ojos se clavaron en la chica mientras ella se sentaba, temblorosa pero desafiante.

–*Chokri* –dijo Shenaz al cabo–, ¿te has vuelto loca? ¿Crees que tu padre te dejará casarte con un chico que no es parsi?

–Tengo diecinueve años. No necesito su permiso.

–La semana pasada nos dijiste que ese tal Gaurav no quería saber nada de ti –intervino Jango–. ¿Y ahora te vas a casar con él?

Monaz abrió la boca para explicarse, pero Remy ya había escuchado suficiente. No necesitaba saber nada más de su vida privada. Su mejor oportunidad para adoptar un niño en la India acababa de esfumarse y se sentía ridículo por haber ido allí corriendo, por haber puesto todos los huevos en el mismo cesto. Una adopción privada le había parecido una solución de lo más elegante.

–Disculpad –dijo, al tiempo que se levantaba–. Tengo que... Tengo que llamar a Kathy.

Se le revolvió el estómago al imaginar la decepción de su mujer. Adoptar a un niño indio había sido idea de ella. «El niño debería parecerse al menos a uno de nosotros, cariño –le había dicho Kathy–. Y conseguir un... niño blanco va a ser difícil». Remy se había puesto tenso ante la idea de tener otro vínculo que lo atara a un país que había decidido dejar atrás, pero Kathy parecía tan convencida que al final había accedido.

–Remy, espera –exclamó Shenaz–. Estoy segura de que puedo hacer entrar en razón a esta chica.

Él negó con la cabeza.

–Está bien –dijo. Luego se obligó a mirar a Monaz a los ojos y a sonreír–. Buena suerte con todo.

–Lo siento mucho, tío –dijo ella, secándose las lágrimas–. No lo he hecho a propósito, te lo juro.

–Lo sé –respondió él, sintiendo un atisbo de simpatía–. No te preocupes. Enhorabuena.

–¿Que ella qué? –preguntó Kathy.

–Ha cambiado de opinión. Se va a quedar con el bebé –repitió Remy.

–¿Qué?

Él se quedó en silencio, sabiendo que Kathy necesitaría unos minutos para asimilar la noticia.

–Lo siento, cariño –dijo al fin.

–No me lo puedo creer. Quiero decir, ¿cómo se atreve? ¿Con qué derecho?

Remy se abstuvo de constatar lo obvio: que no tenían un acuerdo firmado con Monaz y que, aunque lo tuvieran, no eran el tipo de personas que obligarían a una madre a entregar a su hijo en contra de su voluntad.

–Sabía que debería haberte acompañado. Quizá si ella me hubiera conocido a mí también …

A él se le encogió el corazón ante el desánimo de Kathy.

–¿Cómo ibas a venir? Tienes esa gran conferencia dentro de poco.

–Lo sé –contestó ella con tristeza–, pero esto era más importante.

—Mira —dijo él, intentando emplear un tono despreocupado—. Tenemos treinta y pico años. Podemos... En cuanto vuelva a casa, empezaremos el proceso en Estados Unidos, ¿vale? De todas formas, prefiero adoptar allí.

Kathy suspiró.

—Esta estúpida idea se me ocurrió a mí. Yo solo... creía que significaría algo para ti. Tener un hijo que viniera de la misma parte del mundo que tú.

Remy sintió una oleada de amor por Kathy, pero no podía explicarle que lo último que deseaba era mantener un vínculo con su país de nacimiento. Una vez que su madre falleciera, incluso sus visitas periódicas a India llegarían a su fin. Su esposa conocía la complicada relación que tenía con su madre, pero ella había crecido en una familia católica irlandesa muy unida, a unos quince kilómetros de donde vivían ahora, y no podía entender la complejidad de sus sentimientos, el hecho de que, si se había marchado a Estados Unidos, era precisamente para alejarse de su casa, de sus recuerdos de infancia teñidos por la extraña dinámica con su madre y empañados por la tristeza del matrimonio de sus padres.

—¿Remy? —dijo Kathy—. ¿Sigues ahí?

—Sí, estoy aquí —respondió él, que en ese momento habría dado cualquier cosa por estar acostado junto a ella en su cama.

—¿Qué vas a hacer ahora?

—Supongo que me ceñiré al resto del plan. Esta tarde iré al piso de mi madre. A sorprenderla. —Sintió cómo su cuerpo se tensaba ante la perspectiva.

—Entonces, ¿te quedarás los diez días igualmente?

—No estoy seguro. Improvisaré. ¿Te importaría que me quedara?

—Haz lo que tengas que hacer. —Kathy se quedó un

momento callada antes de añadir–: ¿Crees es posible que ella… Monaz… cambie de opinión?

A él le costó soportar la débil esperanza que traslucía su voz y se culpó a sí mismo por ello.

–No lo creo, cariño –dijo–. Al parecer, el padre del niño y ella están pensando en casarse.

Se hizo un silencio repentino. El cambio de parecer de Monaz era un muro que no podían franquear.

–Bueno –dijo Kathy al cabo–, será mejor que cuelgue. Es tarde.

Él sabía que se quedaría despierta en la cama, embargada por la decepción, y el hecho de encontrarse a trece mil kilómetros de distancia, sin poder abrazarla, hizo que se enfureciera con la irreflexiva chica de la habitación contigua, que había destruido sus esperanzas tan a la ligera. No debería haber llamado a Kathy a esas horas; debería haberla dejado dormir tranquila.

–Lo siento, cariño –dijo.

–No es culpa tuya.

–Sí lo es. No sé… Tendría que habérmelo imaginado.

–No digas tonterías, Remy –repuso Kathy–. Era imposible que previeras algo así.

«Pero, en realidad, no era imposible», pensó él tras colgar. Por eso se le había encogido el corazón cuando Kathy le había propuesto que adoptaran en la India. ¿Por qué no había dicho nada entonces? ¿Por qué no le había contado la verdad? La India siempre acababa decepcionándote. A menudo pensaba en Bombay como un museo de los fracasos, una galería llena de sueños frustrados y promesas rotas. Los formularios burocráticos merecían por sí solos su propia sala de exposición. ¿Qué demonios le había hecho pensar que adoptar un niño allí sería un proceso sencillo?

Remy recordó una tarde de verano en la que Kathy y él se habían tumbado en la hamaca del jardín trasero de su casa de Columbus. Por entonces, llevaban cinco años casados.

«¿Cuál ha sido el día más feliz de tu vida?», le había preguntado Kathy.

Él sabía que ella esperaba que eligiera el de su boda, o quizá el día en que la había conocido en la fiesta en casa de Ralph Addington, cuando Remy llevaba solo dos meses en Estados Unidos. Pero él le había dicho la verdad: era el día en que había recibido la carta de admisión para cursar el doctorado de Bellas Artes en la universidad de Ohio State. Esa carta había sido su pasaporte para salir del museo de los fracasos y entrar en un nuevo mundo lleno de posibilidades. Y todo había salido mejor de lo que hubiera podido soñar.

«Acortaré mi viaje –pensó ahora Remy–. Pasaré unos días con mamá y luego volveré a casa». Tras la muerte de su padre, había confiado el cuidado de su madre a su primo Pervez y su mujer Roshan, que ahora vivían dos plantas por debajo del piso de su madre. Se reuniría con ellos y con la abogada de la familia, haría las gestiones necesarias para el cuidado de Shirin y luego se marcharía. Nada más lo retenía en Bombay.

Paseó por el dormitorio mientras debatía consigo mismo si unirse o no a los otros tres en el salón. Como en respuesta a su pregunta, Monaz apareció en la puerta.

–Hola –dijo él.

Ella entró en la habitación sin pedir permiso.

–Quería hablar un momento contigo –dijo–. En privado –añadió con el rostro descompuesto–. Para decirte que no soy mala persona. Para explicarte que...

–Tranquila –dijo Remy–. No es asunto mío.

—Pero quiero hacerlo, tío Remy. Cuando me enteré de que estaba embarazada, Gaurav fue la primera persona a la que se lo conté. Estaba aterrada. En fin, ya sabes cómo tratan en la India a las madres solteras. Y, por supuesto, Gaurav lo sabe muy bien, pero… fue muy cruel conmigo. Dijo que bajo ningún concepto iba a ser padre, que después de graduarse tenía planeado ir a la facultad de Derecho y que, además, tenía otra novia. Después, ni siquiera quiso hablar conmigo. Fue entonces cuando acudí a Shenazfui en busca de ayuda.

«¿Y ese es el tipo con el que te vas a casar?», pensó Remy. Su incredulidad debió reflejarse en su rostro, porque Monaz dijo:

—Sé lo que piensas, pero Gaurav ha cambiado, tío Remy. Ayer vino a pedirme perdón y la semana que viene se lo dirá a sus padres. Me ha prometido que nos casaremos antes de que nazca nuestro hijo.

La chica lo miraba con sus grandes ojos llenos de lágrimas y, a su pesar, Remy sintió un hormigueo de preocupación paternal.

—¿Y tus padres estarán de acuerdo? Gaurav es hindú, ¿no?

Una expresión de incertidumbre cruzó el rostro de Monaz, que enseguida recuperó su determinación.

—No me importa. Si quieren ver a su nieto, tendrán que aceptar nuestro matrimonio mixto.

«Esta chica es una combinación extrañísima de temor y valor», pensó Remy. Le caía bien.

—Bueno —dijo—, os deseo toda la suerte del mundo.

—Gracias por tus bendiciones, tío —contestó ella con educación—. Pero también necesito tu perdón. De lo contrario, no tendré un buen matrimonio. No quiero construir mi felicidad sobre vuestra tristeza.

Remy observó a la chica con atención. «Ninguna joven estadounidense se comportaría así», pensó, impresionado al ver con qué seriedad se tomaba su superstición.

–No hay nada que perdonar, Monaz –dijo–. Tienes que hacer lo que sea mejor para ti.

Ella se acercó rápidamente a él y lo rodeó con los brazos.

–Gracias, tío. Eres muy bueno, tal como dijo Shenazfui. Buena suerte a ti y a tu mujer. Rezaré por vosotros.

Capítulo 3

Delante de la puerta del piso de su infancia, Remy respiró hondo y tocó el timbre. Mientras aguardaba, se obligó a dibujar una sonrisa en su rostro y ensayó el «¡Sorpresa!» con el que saludaría a su madre, con la esperanza de que eso aplacara su enfado por no haberla informado de su visita.

Pero quien abrió la puerta fue una joven de piel oscura, y su sonrisa flaqueó.

–¿Sí? –dijo la chica–. *Aap kon?*

–Soy Remy, el hijo de Shirinbai –contestó él. A continuación, cogió su maleta y se dispuso a entrar, pero la mujer le bloqueó el camino–. ¿Puedo pasar? –preguntó él, con más brusquedad de la que había pretendido.

La mujer se apartó.

–Ah, Remy *sahib* –dijo–. Ahora lo reconozco, de las fotos. Por favor, bienvenido. Perdone, nadie me había dicho que iba a venir. Me llamo Hema. Vengo todas las mañanas a barrer y limpiar.

Él asintió y recorrió el salón con la mirada, sorprendido por cómo se había deteriorado desde la última vez que había estado allí. La estancia necesitaba con urgencia una capa de pintura y en el techo había una larga grieta. Los jarrones de cristal tenían una capa de polvo y las ventanas correderas de cristal estaban sucias; saltaba a la vista que hacía tiempo que nadie las limpiaba.

–¿Mi madre está en su habitación? –preguntó.

La mujer frunció el ceño.

–No, señor. Está en el hospital, señor. Pensé que por eso había venido.

A Remy se le hizo un nudo en el estómago.

–¿En el hospital? ¿Por qué, se ha caído?

–No, no, no se cayó. Tenía tos fuerte y fiebre. El médico *sahib* dijo que la trasladaran al hospital. E incluso antes, conseguir que comiera… Uf. Costaba mucho.

–¿No comía?

–¿Cómo iba a hacerlo, señor, si todo el día tose, tose, tose?

¿Por qué demonios no lo había informado Pervez?

–No lo entiendo. ¿Pervez y Roshan no la ayudaban?

Vivían gratis en el apartamento del tercer piso a cambio de cuidar de su madre y Remy había prometido transferirles la propiedad del piso tras la muerte de Shirin. ¿Cuándo era la última vez que había hablado con ellos? Demonios, ¿cuándo era la última vez que había hablado con su madre? ¿Había sido en Navidad? ¿De verdad no la había llamado desde entonces?

–Nunca suben a verla, señor –explicó la mujer al tiempo que miraba a su alrededor con recelo, como si temiera que la pareja se materializase–. La pobre mujer estaba muy enferma. Quise traer aquí a un hombre Dios para hacer un exorcismo, pero Roshanbai se negó.

–¿Un hombre Dios?

–Sí, señor. La gente de mi *basti* acude a él en vez de al médico, pero Roshanbai dice que no cree en el *jadoo*. Brujería, lo llama.

Remy sintió gratitud hacia Roshan por haberle ahorrado a su madre al menos esas tonterías, pero mantuvo una expresión impasible.

–¿Y ahora está en el hospital?

–Sí –dijo Hema–. Ahora está en el Parsee General.

–Ya veo. –Remy se frotó la cara con la mano, tratando de borrar el cansancio repentino que sentía. Se dejó caer en el sofá y procuró recomponerse–. ¿Cuánto tiempo lleva mi madre en el hospital, Hema?

–Varios días, señor.

–¿Y cuánto tiempo llevas tú trabajando aquí?

–Solo unos meses, señor. Roshanbai me había advertido sobre el carácter de la señora, pero conmigo, ningún problema. Dice cuatro o cinco palabras. –Bajó la voz–. Apenas habla, señor.

A Remy lo embargó el pánico. Shirin era particularmente locuaz y crítica con las empleadas del hogar. Cuando su padre aún vivía, habían visto pasar por la casa a un verdadero ejército de criadas debido a sus constantes críticas.

–¿Apenas habla? –repitió.

Hema asintió al tiempo que se retorcía las manos.

–¿Quiere una taza de té, señor? –preguntó.

Él le dedicó una mirada inexpresiva antes de tomar una decisión.

–No, estoy bien. Voy… Voy a dejar la maleta en mi cuarto y luego puedes continuar limpiando. Quiero ir a ver a Pervez.

–Como usted quiera, señor. Pero, por favor, si va a bajar, devuélvales la llave de su madre. Yo cerraré la puerta al salir. Roshanbai me da la llave de la casa todas las mañanas para que pueda entrar. Vengo todos los días sobre las diez. ¿Le va bien?

–Claro. No quiero alterar tu rutina.

Hema se dispuso a coger su maleta, pero él le indicó con un gesto que no lo hiciera. «Soy más que capaz de cargar con mi propio equipaje», pensó, y sonrió con amargura ante la fortuita metáfora mientras se dirigía a la habitación de su infancia.

Remy bajó los dos tramos de escalera y llamó al timbre de Pervez, que se quedó atónito al abrir la puerta.

–*Arre*, Remy –dijo–. ¿Qué haces en Bombay? Bienvenido, *yaar*. Pasa.

A todas luces, a Pervez le había sentado bien el traslado al piso del lujoso edificio de Nepean Sea Road. Parecía haber ganado unos diez kilos y su patético nerviosismo había desaparecido, sustituido por una nueva seguridad en sí mismo. Pervez había dejado su antiguo trabajo en el banco y ahora era socio de una exitosa empresa de juguetes. Aunque el primo de Remy era tan solo unos años mayor que él, nunca habían estado muy unidos. El hermano de Cyrus, Faroukh, había muerto joven y a Pervez lo habían enviado a un internado. Aparte del cheque mensual que el padre de Remy enviaba a la madre de Pervez, las dos familias apenas habían mantenido el contacto mientras Remy crecía.

En aquel momento paseó la mirada por el apartamento, del que todavía era propietario, y se fijó en la nueva capa de pintura, los muebles caros y la lámpara de araña del salón. Aquel piso luminoso y espacioso contrastaba con el apartamento de un solo ambiente en el que Pervez y Roshan vivían tres años atrás. Remy todavía recordaba la pequeña cama de matrimonio en una esquina, el armario que ocupaba un tercio de la habitación, el archivador de metal, la diminuta mesa con dos sillas plegables en el pequeño balcón. Sobre todo, recordaba la ropa doblada y apilada en el suelo.

–Y ¿cómo te has enterado de lo de Shirin? –preguntó Pervez–. Las noticias vuelan en nuestra pequeña comunidad parsi, ¿eh? ¿Cuándo has llegado? Deberías haberme avisado, *yaar*; te habría recogido en el aeropuerto.

Remy no tenía intención alguna de revelar el verdadero motivo de su visita. Estaba pensando en una respuesta evasiva cuando Roshan entró en la habitación y lo saludó con un cariñoso abrazo y un beso.

—Qué sorpresa más inesperada —dijo—. Ven, siéntate. ¿Qué quieres tomar? ¿Un zumo, quizá? ¿De piña, de mango, de guayaba?

Había una familiaridad cordial y casi posesiva en la forma en que Roshan hablaba con él, que contrastaba con el hecho de que apenas la conocía y de que la primera vez que la había visto fue cuando los visitó en su antiguo apartamento. Tal vez esa familiaridad nacía de las llamadas telefónicas de los últimos tres años, relacionadas con su madre o con el piso. La manera de comportarse de Roshan evidenciaba que consideraba saldada la deuda que tenían con Remy.

Salvo que no parecía que hubieran prestado demasiada atención a su madre en los últimos meses.

—¿Por qué está mi madre en el hospital? Y ¿por qué no me avisasteis?

—Tiene fiebre tifoidea y neumonía —dijo Pervez—. Al parecer, cada tarde le subía mucho la fiebre, pero no nos lo había contado. El médico aconsejó trasladarla porque estaba demasiado débil para quedarse sola en casa.

¿Fiebre tifoidea? ¿Todavía existía esa enfermedad? Remy creía que estaba erradicada.

—¿Sabes que a su edad la neumonía puede ser peligrosa?… —empezó.

Pervez chasqueó la lengua.

—Mira, jefe, cuidar de Shirin no es mi trabajo a tiempo completo. Yo también soy empresario, ¿sabes? Igual que tú. Shirin sabía que podía contar con nosotros si necesitaba cualquier cosa. No es culpa mía que no nos dijera nada.

—Pero Pervez... —Remy se interrumpió y aguardó hasta haber controlado su rabia para continuar—: ¿No la visitabas lo bastante a menudo como para saber que no estaba bien? Quiero decir... Esa era la única razón para que vivierais en el mismo edificio.

Remy lo dijo con la mayor suavidad posible, pero vio que Roshan hacía una mueca.

—Creo que has olvidado lo difícil que puede ser tu madre —dijo—. Durante el último año, de hecho, dejó de abrir la puerta cuando llamábamos. Y si entrábamos con nuestra llave, se negaba a hablar. Te lo digo, esa mujer es imposible.

—El caso es, jefe —intervino Pervez—, que incluso cuando estaba sana, Shirin era bastante grosera con mi mujer; tanto que hace un año le prohibí a Roshan que la visitara. «*Bas*. Envíale la comida y la cena, y deja que ella se organice», le dije. «Y si despide a otra empleada, que se las apañe sola».

Remy tragó saliva.

—¿Por qué no me lo contaste? —preguntó mientras pensaba: «Pero eso formaba parte de nuestro trato, que lidiaras con sus cambios de humor. Yo fui sincero contigo sobre lo difícil que podía ser mamá».

Roshan le dedicó una mirada rápida a su marido.

—*Arre* —dijo—, ¿para qué preocuparte cuando estabas a trece mil kilómetros de distancia? Además, no has venido ni una sola vez a ver a tu madre después de la muerte tu padre. —Su tono había cambiado—. ¿Acaso ibas a venir corriendo porque ella fuera impertinente con la mujer de tu primo?

«Pues tiene razón», pensó Remy aunque odiaba a Roshan por decirlo.

—Lo siento —musitó—. Con la agencia de publicidad y todo lo demás...

—No, no, lo entendemos —se apresuró a decir Pervez—. Tienes que ocuparte de tu negocio, Remy. El caso es que solucionamos el problema.

—¿Cómo?

—Al cabo de unos días, Shirin recapacitó, *yaar. Chupchap*, vino a nuestro piso y se comportó como si no pasara nada. Fue amable con Roshan.

En el rostro de Pervez se dibujó una sonrisa triunfal y Remy no tuvo más remedio que devolvérsela aunque, por dentro, sentía una fría rabia hacia su primo por haber puesto a su madre en aquella situación tan humillante. ¿Cuántos años tenía ella, setenta? La pobre dependía de ellos; no hacía ninguna falta que anduvieran dándole lecciones. Aunque, por otro lado, él mismo había delegado sus obligaciones filiales, así que en realidad no podía culparlos.

Una oleada de cansancio y sueño se apoderó de Remy, que se esforzó por mantenerla a raya.

—Así que ya te imaginarás qué susto nos llevamos cuando de repente dejó de hablar —dijo Roshan—. A ver, era una mujer que discutía con las criadas en voz tan alta que se oía desde el descansillo y de golpe, un buen día, *bas*, nada, fin de la historia.

Remy se puso en alerta máxima.

—¿Qué quieres decir?

Roshan frunció el ceño.

—Pensé que se lo habías contado —le dijo a su marido, antes de dirigirse de nuevo a Remy—: No habla. Se ha sumido en un silencio total.

–¿Desde cuándo?

–Desde… No lo sé; hace al menos tres o cuatro meses. Debería haberla llevado al médico en ese momento, pero no sabíamos que algo iba mal hasta que empezó con la tos. Y, aun así, se negó en redondo a salir del piso. –Se dio una palmadita en la mejilla–. *Baap re!* Nunca había oído a alguien toser así. Parecía una enferma de tuberculosis.

Remy se esforzó de nuevo por controlar su ira.

–Pero, Roshan –dijo en voz baja–, ¿no te pareció raro que dejara de hablar? ¿Por qué no averiguaste qué le pasaba? ¿Por qué no consultaste a alguien?

–*Arre*, ¿qué ejército podría obligar a tu madre a hacer algo que ella no quiera? –contestó ella, alzando la voz–. De hecho, la única razón por la que conseguimos llevarla al hospital fue porque se desmayó en casa y el doctor Lokhanwala tuvo la amabilidad de hacerle una visita a domicilio.

Remy se volvió hacia su primo, pero Pervez le devolvió la mirada con actitud impasible. Un pensamiento desconcertante se coló en la cabeza de Remy: al prometer a la pareja el piso de la tercera planta tras la muerte de su madre, ¿les había dado sin querer un incentivo para no cuidarla tanto? Recordó la ansiedad que había sentido al marcharse la última vez que estuvo allí. ¿Le había llevado su impaciencia a ser imprudente?

Pervez se removió, como si le hubiera leído el pensamiento.

–Mira, primo –dijo–. No llamé porque no quería preocuparte mientras estabas en Estados Unidos. Tengo la esperanza de que vuelva pronto a casa.

Remy se mordió el labio inferior para no llorar. Había intentado delegar sus obligaciones familiares en la pareja y aquel era su castigo. En cualquier caso, cuando regresara a Columbus tendría que seguir dependiendo de Roshan y Pervez. «Al menos ahora estás aquí», se dijo. No tardaría en poder valorar en persona el estado de su madre.

Trató de recordar cómo sonaba ella cuando la había llamado el día de Navidad. Ahora que lo pensaba, apagada. Pero la había llamado desde el coche mientras iban a casa de la madre de Kathy y él estaba distraído. Aun así, no recordaba que Shirin tosiera. Y, aunque lo hubiera hecho, ella le habría quitado importancia y le habría echado la culpa a la contaminación de la ciudad. Y él habría aceptado gustoso aquella excusa.

Se terminó la bebida y echó la silla hacia atrás.

—Gracias por el zumo, pero tengo que marcharme. Quiero ir a verla al hospital.

—Tengo el día libre, así que si me das tiempo para vestirme puedo llevarte —dijo Pervez.

—No, no —respondió Remy—. Tranquilo, cogeré un taxi.

Pervez le dedicó una mirada penetrante y luego se encogió de hombros.

—Como quieras.

Remy subió de nuevo los dos tramos de escalera hasta el piso de su madre. El tono hostil de Roshan al hablar de Shirin lo había desconcertado. «Pero mamá es de tu propia sangre y tú también tienes conflictos con ella —se recordó—. ¿Qué esperabas, que un par de parientes lejanos consiguieran lo que tú nunca has podido?».

Aun así, sentía una profunda inquietud por haberles prometido el piso tras la muerte de su madre, pues ahora se daba cuenta de que eso significaba que no tenían ninguna motivación para mantenerla con vida. «Qué idiota eres», pensó.

Era algo que había dicho Dina Mehta, la abogada de la familia, lo que había plantado la semilla que llevó a Remy a ponerse en contacto con Pervez. Cyrus había comprado el piso de la tercera planta como inversión y lo había alquilado a directivos del banco HSBC. Pero, tras la muerte del padre de Remy, Dina le informó de que el contrato de alquiler había expirado y le propuso una reducción en el precio para alquilárselo a alguien que pudiera cuidar de Shirin, en lugar de buscar a otro inquilino de empresa. Ofrecer el piso a Pervez y Roshan había parecido una solución elegante a todos sus problemas. Roshan podía preparar las comidas de su madre, acompañarla al médico y hacer sus recados. A cambio, la pareja se mudaría a uno de los barrios más prestigiosos de la ciudad.

Pero, sentado en la abarrotada y triste habitación de Pervez, Remy había empezado a sentir lástima por él. Mientras su primo le contaba cómo sus sobrinos lo habían estafado para quedarse con el piso de su difunta madre, Remy se había oído a sí mismo decir: «Y cuando mamá fallezca –siempre que…, bueno, que todo haya ido bien–, podría poner el piso a vuestro nombre de forma permanente. Es decir, que nunca os dejaría tirados, ya lo sabéis».

Al ver la incredulidad reflejada en sus semblantes, Remy se había preguntado por qué ninguno de los cuentos que leía de niño hablaba del placer que experimentaban el genio o el hada madrina al conceder deseos. Aunque su padre estaba muerto, Remy había sentido la aprobación de Cyrus al salir de aquel lúgubre piso de una sola estancia. Al fin y al cabo, ¿por qué había sido su vida distinta de la de Pervez, salvo por un capricho del destino? El padre de Pervez no solo había muerto cuando él era pequeño, sino que además Faroukh carecía del empuje y la energía de su hermano menor. Si los papeles se hubieran invertido –si Remy hubiera sido hijo de Faroukh en lugar de Cyrus–, habría esperado que alguien se portara igual de bien con él.

Tras proponerles el acuerdo, había llamado a Kathy, convencido de que ella apoyaría su noble gesto, pero, para su sorpresa, no lo había hecho. Con los elevados precios del mercado inmobiliario de Bombay, le dijo que había regalado una pequeña fortuna sin consultárselo. Discutieron; Kathy le recordó que podían haber conservado el piso de la tercera planta para alojarse allí siempre que visitaran Bombay. Remy había entendido lo que Kathy era demasiado educada para decir: que sin la presencia conciliadora de Cyrus no tenía ningún deseo de quedarse en casa de Shirin. Pero Remy no podía retractarse de su palabra y, si Kathy hubiera visto el destartalado piso de Pervez, habría estado de acuerdo con él. Entre el sueldo de Kathy como pediatra y la próspera agencia de publicidad de él, llevaban una vida más que acomodada. Por no hablar del hecho de que, un día, él heredaría el piso de su madre, que valía una fortuna.

Ahora, por primera vez, Remy pensó que tal vez Kathy había tenido razón desde el principio.

Capítulo 4

Bombay no parecía haber cambiado en los tres últimos años, salvo porque había más de todo: más gente, más tráfico, más ruido, más obras. Remy se cubrió la nariz con el pañuelo; el aire era marrón debido a la contaminación y hasta en su acomodado barrio las aceras estaban tan atestadas o deterioradas que se veía obligado a caminar por la calzada. La humedad le pegaba la camisa a la espalda. ¿Cómo se las apañaba su madre para desplazarse por aquella ciudad polvorienta? Deseó no haber vendido el coche de Cyrus tras su muerte, tal como le había pedido ella con insistencia. Debería haberle contratado un chófer, pensó. Se sentía fatal al imaginarse a su madre luchando por abrirse paso por esas calles y, además, ahora mismo le habría venido muy bien un chófer y un coche con aire acondicionado.

Paró un taxi y, a los pocos minutos, ya estaban atrapados en un atasco. Mientras avanzaban a paso de tortuga, habló con el conductor en hindi para lamentarse de lo lento que era el tráfico. El hombre se volvió hacia él con una expresión de incredulidad.

—¿Qué dice, *sahib*? —Se rio—. Esto no es nada; tendría que ver cómo se pone por la tarde. En su *desh* no debe de ser así, ¿verdad?

¿Qué era lo que delataba que era un forastero, un extranjero en aquella ciudad apabullante? Su padre solía burlarse de él diciendo que hasta su hindi tenía ya acento

42

estadounidense, y Remy supuso que era cierto. Pidió al conductor que lo dejara en la calle principal, frente al imponente arco de piedra que daba acceso al hospital Parsee General. Mientras recorría el paseo que conducía al recinto del hospital, trató de poner sus ideas en orden. ¿De verdad había sido esa misma mañana cuando Monaz había destrozado sus esperanzas con tanta crueldad? El tiempo empezaba ya a desdibujarse. Resultaba difícil no culpar en parte a la propia Bombay, como si aquella ciudad impredecible y artera la hubiera tomado con él y lo atacara personalmente.

«Eso no tiene ningún sentido», se reprochó.

Los jardines que rodeaban el hospital eran preciosos, con exuberantes árboles, arbustos en flor y pájaros que cantaban, un cambio que Remy agradeció después de la suciedad de las calles. Al acercarse a la entrada, contempló la majestuosidad del centenario edificio de piedra. «Para lo pequeña que es nuestra comunidad, los parsis hemos dejado nuestra huella en la arquitectura de Bombay», pensó. La solidez de la construcción contrastaba con los endebles y estereotipados rascacielos que proliferaban en el resto de la ciudad.

Una vez dentro, pasó de largo el mostrador de recepción y subió por la escalera que conducía al segundo piso, maldiciéndose por haber olvidado el número de habitación de Shirin. Avanzó por la galería bañada por el sol y flanqueada a un lado por habitaciones de pacientes y, al otro, por ventanas abiertas. Se asomó a cada cuarto, con la esperanza de encontrar a su madre. Todos eran viejos y frágiles. «Una comunidad moribunda –pensó Remy–. Pronto nos extinguiremos».

La religión zoroástrica prohibía las conversiones; si Kathy y él acababan adoptando, ni siquiera estaba seguro de que su hijo se considerara parsi. Ambos eran agnósticos y nunca habían discutido en qué religión educarían a su hijo.

Algunos de los pacientes lo saludaron con la mano al pasar y él les devolvió el saludo. Casi todos tenían familiares revoloteando a su alrededor. Jóvenes camilleros pasaban apresurados junto a Remy, llevando jarras de agua y orinales. Tras recorrer todo el pasillo, se detuvo a preguntar a una enfermera cuál era la habitación de Shirin Wadia y ella lo condujo de vuelta por donde había venido hasta un cuarto en el que había una mujer de pelo blanco tendida en la cama, mirando al techo. Él se volvió hacia la enfermera para indicarle que debía de haber un error –que aquella mujer encogida y demacrada no era su madre–, pero en el último momento se contuvo. Sí que era ella. Reconoció la mueca que hacía al rascarse el puente de la nariz.

Le dio las gracias a la enfermera y se quedó en el umbral observando a su madre mientras esperaba a que el latido de su corazón se apaciguara. Tuvo la horrible sensación de que, con los años, cuando yaciera despierto en la cama en medio de la acusadora oscuridad, ese recuerdo estaría guardado en su corazón como aquellas notas dobladas que Shirin le metía en la fiambrera con la comida para el colegio: él era el hombre que no había reconocido a su propia madre.

Al cabo de unos minutos, entró en la habitación y entonces comprendió por qué no la había reconocido. Shirin siempre se había teñido el pelo de negro y eso era lo que él había buscado: una mujer de cabello oscuro, con rasgos tan afilados y letales como su intelecto. No era de extrañar que no hubiera reconocido aquel rostro enjuto, aquella desconcertante realidad de pelo blanco y ojos apagados. ¿Cómo era posible que hubiera envejecido tanto en tres años? Se fijó en las uñas sucias de los pies, que sobresalían por debajo de la fina manta de algodón. Por el amor de Dios, ¿por qué nadie se las había cortado?

La compasión, una compasión monstruosa, inundó el corazón de Remy, seguida de inmediato por la culpa. Mientras permanecía allí de pie, buscó algún signo de que ella lo había reconocido, pero no lo hubo.

Se humedeció los labios, tragó saliva. Tenía la boca seca.

–Hola, mamá –dijo al final–. Soy yo, Remy. He venido a casa.

Capítulo 5

Durante el largo vuelo a la India, Remy se había preparado para la inevitabilidad de los mordaces comentarios de su madre, para sus ojos críticos, que lo examinarían con la intención de encontrar cualquier defecto. Estaba convencido de que ella desaprobaría sus planes de adopción, que lo avergonzaría por su inaceptable ausencia de tres años. Lo que no estaba preparado para afrontar, lo que no podía haber imaginado, era la ausencia de vida en los ojos de Shirin, la pérdida de peso, la piel grisácea y apergaminada, con moratones allí donde le habían extraído sangre. ¿Cuándo había empezado aquel deterioro? ¿Había sido lento o un declive repentino provocado por su enfermedad?

Acercó una silla a la cama y le dijo lo contento que estaba de verla. Le habló del largo vuelo internacional desde Newark y se inventó una historia sobre la pena que le daba a Kathy no haber podido acompañarlo en este viaje para verla. Pero Shirin no dijo nada. Tras mantener durante un rato una conversación unilateral, Remy guardó silencio, sin saber ya qué más decir.

–Ahora vuelvo, mamá –dijo al cabo y, tras salir de la habitación, paró a la primera enfermera que vio–. Perdone. Yo… ¿Hay alguien con quien pueda hablar sobre el estado de mi madre?

La joven lo miró un momento.

–¿Quién es su paciente? –preguntó.

–¿Mi paciente? –repitió Remy–. No soy médico.

–Ya, ya, pero ¿cómo se llama su paciente?

–Ah. Shirin Wadia.

–El doctor Bilimoria está pasando visita. Por lo general solo viene por las mañanas, pero hoy todavía no se ha ido debido a otro caso. Puedo pedirle que se acerque.

–Y ¿él es su médico? –quiso saber Remy.

Pero la enfermera ya había echado a andar, así que Remy regresó a la habitación de Shirin. Paseó la mirada por el tanque de oxígeno de la esquina y la oxidada mesilla de noche metálica, sobre la cual había un frasco de Vick VapoRub, una botella de colonia y un vaso de agua. Pervez había mencionado que habían contratado a una enfermera privada para las noches, pero ¿quién hacía compañía a su madre durante el día? En su cuenta bancaria había dinero suficiente para pagar a una enfermera diurna.

Oyó un sonido sordo, como de retumbo, y se dio cuenta de que provenía del pecho de su madre, que intentaba reprimir un acceso de tos. No obstante, un estallido áspero y húmedo salió de su boca de todos modos y se prolongó sin fin, haciendo que su frágil cuerpo se estremeciera. El rostro de Shirin se puso rojo por el esfuerzo y Remy sintió el impulso de cerrar los ojos y los oídos ante el evidente sufrimiento de su madre. Le incorporó la cabeza y el torso, con cuidado de no dar un tirón a la vía de suero que le salía del brazo. Sus miradas se cruzaron y algo indefinible pasó entre ellos, antes de que Shirin apartara la cabeza para no toserle encima.

–Ay, mamá –susurró Remy–. Eso suena fatal. No sabes cómo lo siento. –Cogió el vaso de agua y se lo acercó a los labios mientras la sostenía con un brazo–. Bebe un sorbo, anda.

Bajo su mano, la espalda de ella parecía hueca como un cuenco de madera.

Cuando la tos remitió, Remy la volvió a recostar con cuidado y, al retirar la mano de debajo de su cuerpo, Shirin la agarró y se la llevó al pecho, en silencio y sin apartar la mirada de él. Había una luz distinta en sus ojos y a Remy le dio la impresión de que lo había reconocido, aunque no estaba seguro.

—Mamá —dijo con la voz entrecortada, y no se atrevió a pronunciar otra palabra.

Se quedó allí de pie a su lado mientras ella seguía mirándolo. Luego, los ojos de Shirin se cerraron y, al cabo de un momento, él oyó un resoplido y, al poco, un leve ronquido.

Acompañado de un frufrú de tela, un hombre mayor calvo y vestido con bata blanca entró en la habitación con actitud despreocupada.

—Hola —dijo, tendiéndole la mano—. Soy el doctor Rumi Bilimoria. ¿Y usted es...?

—Ah, hola. Soy Remy, el hijo de Shirin.

—Ah, sí. El que vive en Estados Unidos.

—Así es. —Por un instante, Remy tuvo el descabellado pensamiento de que quizá Shirin había hablado con el médico—. ¿Cómo lo sabe?

—Ah, se me olvidaba. La señora que la ingresó en el hospital, creo que es la sobrina de la señora Wadia, comentó que tenía un hijo en Estados Unidos. Pero también indicó que había un problema familiar y que no debíamos esperar una visita.

Remy se quedó mirando al doctor, horrorizado por su falta de tacto.

—Bueno, pues aquí estoy —dijo al cabo—. Y me gustaría saber exactamente qué le pasa. ¿La fiebre está controlada?

Bilimoria levantó un dedo mientras colocaba el estetoscopio sobre el pecho de Shirin para escuchar su respiración. Luego se inclinó sobre su oído.

—Muy bien, señora Wadia —dijo, elevando el tono—, ¿cómo nos encontramos? ¿La están ayudando las medicinas? —Silencio. Bilimoria hizo un gesto a Remy para que saliera con él de la habitación—. Su madre estaba completamente deshidratada cuando la trajeron —explicó el médico—. Parece que apenas bebía ni comía nada. Tenía neumonía en ambos pulmones. Le estamos administrando antibióticos intravenosos, pero aún no está fuera de peligro. Todavía tiene fiebre de noche.

—Ya veo —murmuró Remy, mordiéndose el labio inferior—. Pero... ¿se pondrá bien?

—Eso espero. Hacemos todo lo posible —respondió Bilimoria, mirándolo con curiosidad—. Solo lleva tres días ingresada; ha venido usted muy deprisa.

Remy se sonrojó.

—Bueno, sí, para verla y por otras razones —dijo, evasivo.

Bilimoria parecía estar a punto de hacerle otra pregunta, pero al final frunció los labios.

—Está bien —dijo—. En fin, ha sido un placer conocerlo.

—Esto..., una pregunta más —lo abordó Remy—. ¿Sabe...? ¿Usted sabe cuándo le darán el alta? Solo voy a estar una semana en la India, más o menos. —Sin darse cuenta, miró el reloj, como si su avión fuera a salir en breve.

Bilimoria frunció el ceño.

—Su madre sigue teniendo fiebre todas las noches.

—Lo entiendo. Perdón. Es solo que estoy deseando...
—Suspiró—. Da igual.

—Su madre es una mujer mayor que vive sola —dijo el médico.

–No es mayor –replicó Remy–. Solo tiene setenta años…

–Una mujer mayor que vive sola –continuó Bilimoria–. En casa no podía cuidar de sí misma. Lo que necesita es alguien que esté pendiente de ella.

–Pero ¿no podemos…? Una vez que le quiten el suero, todo lo demás se puede hacer en casa, ¿verdad?

Bilimoria arqueó sus pobladas cejas y lo miró fijamente.

–Mire, *deekra* –dijo al cabo–, aquí los plazos no van como en Estados Unidos. Su madre está con antibióticos y necesita oxígeno de vez en cuando. Y la sobrina dijo –Bilimoria carraspeó– que en casa no podían manejarla. Que era…, ya sabe, un poco difícil de controlar.

Remy se ruborizó.

–En Estados Unidos, a los pacientes les dan el alta lo antes posible –masculló–. Para evitar el riesgo de infecciones.

–También he oído decir que envían a las pacientes a casa el mismo día que les hacen una mastectomía doble –replicó Bilimoria–. ¿Qué quiere que le diga? Supongo que en este país somos más humanos. No le daré el alta mientras siga teniendo fiebre. –Remy asintió, sintiéndose reprendido–. Si quiere mi consejo médico –añadió Bilimoria, en tono más suave–, creo que, dadas las circunstancias lo mejor es que se quede aquí hasta que se recupere por completo. –Un brillo apareció en sus ojos–. Y, por lo que parece, puede permitirse las tarifas del hospital, ¿verdad? Ahora, si me disculpa…

Le dedicó un rápido saludo con la cabeza y se apartó de él, y Remy lo miró mientras se alejaba.

–¿Y la causa de que no hable? –exclamó–. ¿Es normal?

Bilimoria se detuvo y se acercó de nuevo a Remy.

–Para eso no tengo explicación. Podría deberse a la debilidad generalizada y el agotamiento. O tal vez solo se ha rendido. La gente lo hace cuando no tiene nada que esperar del futuro.

Remy sintió cómo la acusación del médico lo atravesaba y se lo quedó mirando mientras Bilimoria entraba en la habitación de otro paciente. Una anciana parsi apoyada en un andador pasó junto a él y Remy se apartó para dejarla pasar.

–*Sukhi raho, deekra* –dijo la mujer–. Dios lo bendiga.

Tras recuperar la compostura, Remy entró de nuevo en la habitación de Shirin.

–Entonces, ¿qué opinas, mamá? –dijo en tono afable–. ¿Te gusta el doctor Bilimoria? Parece muy satisfecho con tu evolución.

Shirin giró la cabeza y lo miró fijamente a los ojos. «Me oye –pensó Remy–. Su cerebro funciona bien. –Y de inmediato, le vino otro pensamiento a la mente–: Lo sabe. Sabe que estoy mintiendo».

Cuando llegó la bandeja de la cena, Remy cortó el filete de pollo y le fue dando los trozos a Shirin. Cada vez que acercaba el tenedor a su boca, ella volvía la cabeza. Después de cuatro intentos fallidos, él le ofreció una cucharada de puré de patatas.

–Está bien, mamá –dijo–. Vamos a probar esto, ¿vale? Solo un poquito, *accha*? Es puré de patatas. Tu favorito, ¿recuerdas?

Al final, consiguió que aceptara una cucharada, pero en lugar de tragarse el alimento blando, Shirin se puso a masticarlo mientras le daba vueltas por la boca.

–*Chalo* –dijo él al cabo–. Trágalo.

Ella lo hizo. De manera lenta y laboriosa, Remy consiguió que se tomara varias cucharaditas antes de que ella apretara los labios y se negara a comer más. Remy estaba cada vez más desesperado. Oía el retumbo en el pecho de su madre mientras la tos se acumulaba. Shirin parecía exhausta, como si comer la hubiera agotado.

–Mamá –dijo–, ¿hay algo que te apetezca en especial? ¿Alguna comida?

Ella movió los labios y dijo algo sin palabras. Remy se inclinó.

–¿Mamá? –dijo–. Lo siento, no te he oído.

Ella lo intentó de nuevo.

–Kok.

¿Kok? ¿Kok? ¿Quién o qué demonios era eso? Remy sucumbió al pánico y clavó la mirada en la puerta mientras rezaba para que entrara alguien que lo ayudara a descifrar la palabra. La expresión de irritación de Shirin era un reflejo de su propia frustración. «Tiene los labios muy secos», pensó, y mojó el borde de una servilleta en un vaso de agua para humedecérselos. Ella abrió la boca para dejar que el agua goteara dentro.

–Está bien –dijo Remy–. Vamos a probar otra vez, ¿sí?

Pero Shirin no repitió la palabra. En lugar de eso, miró primero el vaso y luego a él, y Remy comprendió que quería que le ofreciera agua. Sujetó la pajita entre sus labios con una mano mientras le sostenía el cuello con la otra. Shirin dio dos sorbos y luego empezó a toser.

Una enfermera entró para cambiar la bolsa de suero y luego persuadió a Shirin para que tragara un par de pastillas. Remy se sentó junto a su madre mientras ella dormía la siesta, escuchó el constante estertor en su pecho y observó las nuevas arrugas de su rostro. Debido al peso que había perdido, sus incisivos eran ahora más protuberantes. Remy pensó que tal vez Bilimoria tuviera razón. En un país en el que la edad de jubilación estaba fijada en sesenta años, tal vez tener setenta significara que uno era viejo. De vez en cuando, un acceso de tos despertaba a Shirin, pero cuando esta remitía ella volvía a sumirse en un sueño profundo.

El desfase horario hizo que a Remy empezaran a cerrársele los párpados y al final él también se quedó dormido.

Al notar un golpecito en el hombro, imaginó que era un cuervo que lo picoteaba y luego se despertó sobresaltado. Una mujer con expresión ansiosa se hallaba a su lado y lo miraba inquisitivamente.

—Hola —dijo él, frotándose los ojos—. ¿Puedo ayudarla en algo?

La joven posó la mirada en Shirin, que se había despertado.

—Soy Manju, la enfermera nocturna —dijo—. ¿Y usted es…?

—Ah, disculpa. Soy Remy, el hijo de Shirin.

La mujer frunció el ceño con desconfianza.

—No entiendo. La señora no tiene hijos.

Remy tuvo una sensación extrañísima, como si su larga ausencia hubiera borrado su existencia. «Esto debe de ser lo que se siente al estar muerto», pensó. O, más bien, aquello debía de ser lo que se sentía al no haber nacido: un espacio vacío que ni siquiera se percibía como ausencia.

—Se equivoca —dijo, suavizando su palabras con una sonrisa—. Soy su hijo. He venido desde Estados Unidos a ver a mi madre.

—*Accha?* —El rostro de Manju se iluminó, como si ella misma fuera la destinataria de esa buena suerte, y se volvió a mirar a Shirin—. ¿Lo ve, señora? Su *baba* ha venido desde Estados Unidos solo para verla.

Shirin se quedó con la mirada perdida en un punto indefinido entre ellos dos, pero Remy no se dejó engañar. «Lo oye todo –pensó–. Lo ve todo». Detrás de esa fachada vacía, su avispada madre seguía estando muy viva.

Capítulo 6

Al salir del hospital, Remy pensó en llamar a Dina Mehta, que aún gestionaba las finanzas de su madre, para informarla de que estaba en Bombay, pero apenas fue capaz de subirse a un taxi y darle al conductor la dirección del piso.

Remy sonrió con amargura al recordar que había sido la hostilidad irracional de Shirin hacia Dina lo que había precipitado su regreso a Columbus tras la muerte de su padre.

Su madre y él habían trabajado al unísono y de manera incansable durante la última semana de vida de su padre. Sabedor de que su tiempo con aquel hombre al que tanto quería se acercaba a su fin, Remy se había quedado despierto las tres últimas noches y se había negado a que la enfermera lo atendiera: vaciaba él mismo la bolsa del catéter y por la mañana le daba un afectuoso baño con esponja. Shirin se sentaba junto a su hijo y solo salía de la habitación el tiempo suficiente para preparar la cena, y Remy tardó varias días en darse cuenta de que su madre estaba cocinando todos sus platos favoritos. Acabó por entenderlo el día que ella le sirvió el arroz frito con pollo que a él le encantaba de niño, y entonces la abrazó y sollozó entre sus brazos.

No había llorado delante de su madre desde los doce años, cuando murió su perro Biscuit. Ese día, ella había sollozado desconsolada, pero a la tarde siguiente había estallado contra Remy por una provocación sin importancia y eso lo había desconcertado. Apesadumbrado aún por la muerte de Biscuit, él se había estremecido con cada una de las horribles palabras que salían de la boca de ella, pero al cabo de un rato algo en él se endureció y Remy se convirtió en un árbol. Desde aquel día, cada vez que Shirin tenía uno de sus arranques explosivos él permanecía erguido e inmóvil, mientras imaginaba sus palabras como un remolino de viento que giraba sobre su cabeza, sin conmoverlo ni doblegarlo. Se inclinaba ante el vendaval de su ira, pero no se rompía. Se habían acabado el miedo, los sollozos y la cobardía.

Sin embargo, la muerte de su padre fue como un gigantesco borrador que limpió de un plumazo la pizarra de rencores entre madre e hijo. Remy había dado por sentado que lo incinerarían, pero Shirin dijo que Cyrus había querido que se deshicieran de sus restos según la tradición parsi. Pese a su sorpresa –su padre siempre se había enorgullecido de ser zoroástrico, pero no era un hombre ortodoxo–, Remy había accedido. Durante los cuatro días de rituales funerarios, Remy no se apartó del lado de su madre. Saludaron juntos a la larga fila de dolientes vestidos de blanco y él le cogió la mano mientras los portadores profesionales envolvían el cuerpo de su padre en una sábana blanca y avanzaban tambaleándose hacia la Torre del Silencio. La antigua tradición persa de permitir que buitres domesticados se dieran un festín con la carne del muerto ya no era viable, pues hacía tiempo que los buitres habían muerto envenenados por diclofenaco. Había nuevos métodos para desintegrar los cuerpos, pero Remy no podía –ni quería– dejar que esa imagen se formara en su mente.

Tras regresar a casa el último día, Shirin, con los labios apretados, comenzó de inmediato a ordenar la casa y quitó las sábanas de la cama de hospital alquilada. Remy comprendió de manera instintiva que mantenerse ocupada era su forma de dominar el dolor para que no se desbordara de forma incontrolable y no hizo nada por detenerla aunque hubiera preferido conservar durante un poco más de tiempo la huella de su padre en la almohada, su impronta en el colchón.

Remy había recorrido el amplio piso mientras pensaba que nunca le había parecido tan silencioso y vacío. Su padre había sido como un fuego abrasador, un hombre que llenaba la casa con su presencia y su personalidad desbordante. Remy se estremeció ante el frío repentino que había dejado su ausencia. Ahora, él y Shirin se movían por la casa como dos llamas solitarias, finas y parpadeantes que intentaban mantener a raya la oscuridad.

Ayudó a su madre a meter las sábanas en la lavadora y calentó la comida que habían enviado los amigos mientras se maravillaba ante el hecho de que, a pesar de su devoción por su padre, era a su madre a quien se parecía físicamente: ambos eran altos y delgados, con el rostro pálido y anguloso, labios finos y ojos marrón claro. La tez de su padre era tres tonos más oscura que la de ellos, y había sido un hombre bajo y fornido, con un semblante amplio y bondadoso.

Comieron en el salón. Remy cogió el mando del televisor para romper el espantoso silencio que reinaba en la casa, pero Shirin le recordó los rituales del duelo parsi: durante el primer mes no se permitían ni la televisión, ni películas, ni música; y, como viuda, ella tenía que vestir de blanco. Él abrió la boca para discutir, pero se lo pensó mejor. Haría todo lo que estuviera en su mano por aferrarse a esta nueva Shirin, la madre tierna que siempre había deseado.

Cinco días después, Remy llegó a casa empapado en sudor y frustrado tras horas de discusión con el gerente de la sucursal bancaria, que había insistido en que la firma de Remy no coincidía exactamente con la que constaba en la cuenta conjunta que Cyrus había abierto para su hijo y él varios años atrás. En momentos como aquel, detestaba la India, con sus absurdas normas y regulaciones, sus obstáculos inesperados y la incapacidad de los pejigueros burócratas de emplear su sentido común y su criterio. Fue directo a la cocina a servirse un vaso de agua fría y luego se reunió con su madre en el salón.

–¿Ha ido todo bien? –preguntó ella–. ¿Estaba el señor Basant? ¿Te ha ayudado?

Remy negó con la cabeza, torciendo la boca en una mueca de desprecio.

–Ha sido un inútil. Un completo inútil.

–Pero si es un hombre muy amable...

Irritado como estaba, él notó de inmediato que ella había tomado partido por un puñetero gerente de banco en lugar de por su propio hijo. «Típico», pensó.

–Es totalmente incompetente –insistió–. Ha dicho que mi firma no coincidía con la vieja, que tiene más años que matusalén. –Sin darse cuenta, había adoptado su inglés de estudiante.

–No tienes idea de lo estrictas que son hoy día las normas del Banco de la Reserva –dijo Shirin–. Esa pobre gente no puede hacer otra cosa.

–En ese caso, quizá deberíamos olvidarnos de los depósitos a plazo fijo –repuso él con brusquedad–. Ya sabes, dejar que el banco se quede con todo el dinero que tanto le costó ganar a papá.

Shirin entornó los ojos.

—Solo ha pasado una semana desde la muerte de papá, ¿y ya hablas de dinero? ¿No tienes vergüenza?

—¿Cómo dices? —preguntó Remy con incredulidad—. ¿Crees que hago esto por mí? Solo intento dejar todo lo posible...

—Claro que sí. Es tu dinero. ¿Por qué crees que tu padre puso los depósitos a plazo fijo a tu nombre, y no al mío? ¿Cuántos hombres dejarían fuera de una cuenta conjunta a su propia esposa?

Remy cerró los ojos. Era como haber vuelto al punto de partida, al lugar donde siempre habían estado.

—Mamá, por favor. No hagamos esto —dijo—. Para que lo sepas, esta tarde, mientras venía a casa, he hablado con Kathy y los dos estamos de acuerdo en que el dinero debe quedarse en la India, para..., ya sabes, para tu manutención. No voy a llevarme ni un centavo. ¿De acuerdo?

La miró, esperando que ella no hubiera detectado la mentira. No necesitaba el dinero de su padre y estaba encantado de dejarlo allí, pero no había llamado a Kathy ese día y, ciertamente, no habían hablado sobre las finanzas de sus padres. De hecho, esa mañana incluso se había planteado la posibilidad de que su madre lo acompañara a Estados Unidos cuando él se marchara. Esa esperanza persistente, el sueño del inmigrante de entrelazar los diversos hilos de su vida, seguía chispeando como un fuego en su interior. Cuando sus padres lo visitaban en Columbus, Remy experimentaba una felicidad tan feroz que parecía primitiva. Se sentía abrumado por un hondo placer al ver a sus padres y a su esposa reunidos alrededor de la mesa mientras devoraban el arroz frito con gambas y el pollo Manchuria de Shirin. El tirón del mundo exterior, por lo general tan fuerte, desaparecía y él se moría de ganas de volver a casa cada noche solo para estar bajo el mismo techo que ellos tres, su pasado y su presente unidos durante unas gloriosas semanas.

Ahora, Remy se dio cuenta de que se había librado de una buena. La cruda realidad era que, en cada uno de esos viajes, su madre y él se peleaban. Kathy y su padre salían en su defensa, lo que, a su vez, enfurecía aún más a su madre. Ella y él eran como el agua y el aceite, y la muerte de su padre no iba a alterar esa ecuación. Remy lo organizaría todo para que ella estuviera cómoda y luego volvería a casa con Kathy. Podía regresar a la India para ver a Shirin una vez al año.

—¿De acuerdo, mamá? —repitió—. Todo el dinero de papá se queda aquí.

—Sí, es mejor así —dijo ella, en un tono tal que parecía que le estuviera haciendo un favor—. Aquí nos darán un interés mucho más alto que en Estados Unidos.

Esa noche volvieron a cenar en el salón frente al televisor apagado, incapaces de enfrentarse el uno al otro a ambos lados de la mesa del comedor, y las viejas y miserables formalidad y rigidez se instalaron de nuevo entre ellos. Hablaron sin ganas sobre el calor que hacía y lo invivible que se estaba volviendo la ciudad, antes de sumirse en un silencio incómodo. Al cabo de un rato, Remy cogió el mando y encendió el televisor. Se preparó para la reprimenda de Shirin, pero esta no dijo nada; también debía de haberse dado cuenta de que sería imposible soportar la velada sin aquella bienvenida distracción. Tras hacer *zapping*, él dejó un canal en el que daban una película de Jackie Chan.

–A tu padre le encantaba –comentó Shirin, y Remy agradeció el afecto que notó en su voz.

–Lo sé.

–¿Qué voy a hacer aquí sin él?

A Remy se le humedecieron los ojos.

–Va a ser un gran cambio –dijo–. Lo siento mucho.

Shirin dejó escapar una risa sarcástica.

–«Lo siento», dice. *Arre*, si de verdad lo sintieras, te llevarías contigo a tu vieja madre.

–¿Adónde? –preguntó Remy para ganar tiempo, como si no supiera exactamente a qué se refería.

–¿Adónde? A tu gran casa de Estados Unidos, donde vives con tu mujer, la doctora.

–Lo siento –respondió él con educación, como si hablara con un desconocido–. Eso... no es posible en este momento.

Los labios de su madre se tensaron en esa línea delgada y desaprobadora que tan bien conocía. Se preparó para sus reproches, pero ella se limitó a poner la cabeza de perfil con un gesto de decepción. En la televisión, Jackie Chan continuaba con su danza acrobática de violencia aunque ninguno de los dos lo miraba.

Dos días después, Remy fue a reunirse con la abogada que Cyrus había elegido como albacea testamentaria. Dina Mehta entró en la sala con paso decidido; era una mujer alta de tez clara, con el pelo corto y rizado, y una sonrisa afectuosa. Su sari de algodón estaba impecable y almidonado y hablaba con un acento marcado.

–Encantada de conocerte, Remy –dijo, mirándolo por encima de sus gafas–. ¿Cómo estás? ¿Y tu madre?

Él se fijó en el leve hueco que tenía entre los incisivos mientras Dina le sonreía. Luego puso atención en su

61

mirada amable, y le cayó bien al instante. Menos mal que su padre había elegido a aquella mujer como su abogada, en lugar de a un tonto anodino como el idiota del gerente de la sucursal.

–Estamos bien –dijo–. En fin, dadas las circunstancias.

–Claro, claro –respondió Dina con pesar–. Tu padre era un hombre muy querido. Todavía no me lo creo. Lo vamos a echar muchísimo de menos.

A Remy se le llenaron los ojos de lágrimas. Dina tocó un timbre en su escritorio, y apareció una joven.

–¿Puedes traernos té chai, Sheila? –dijo, y luego se dirigió de nuevo a él–: Has leído el testamento, ¿verdad?

–Sí, lo he leído. Quería reunirme contigo para saber todo lo que tengo que hacer antes de irme. Vivo en Estados Unidos –añadió.

–Lo sé. Lo sé todo sobre ti. Tu padre estaba muy orgulloso; hablaba de ti a todas horas. –Carraspeó mientras Sheila dejaba el té y se marchaba–. Pero, antes de empezar, tenemos que hablar de una cosa. Mis honorarios…

Remy se puso tenso.

–Creía que mi padre lo había dejado todo dispuesto en el testamento. ¿Hay gastos adicionales?

–No, no; me has entendido mal. Le dije a Cyrus que no… –Dina se interrumpió y luego continuó–: Básicamente, no le voy a cobrar a tu familia la desproporcionada suma que especificó tu padre; es absurda. Traté de decírselo, pero él no cedió. Así que, por favor, será un honor ayudaros de forma gratuita.

Remy se inclinó hacia adelante.

–No lo entiendo.

–Tu padre era un viejo amigo de mi familia. Cuando abrí mi propio despacho hace años, me ayudó mucho. Es lo mínimo que puedo hacer.

¿Había mencionado Cyrus a Dina alguna vez? Por más que lo intentaba, Remy no lo recordaba.

–Espero que se lo traslades a tu querida madre –prosiguió Dina–. No… No quiero que se preocupe ni se altere por su futuro económico, ni por ninguna otra cosa.

Al oír tartamudear a Dina, la inquietud se apoderó de Remy. ¿Cómo podía aquella abogada haber adivinado la reacción indignada de Shirin al enterarse de que Dina era la albacea del testamento de Cyrus? ¿O que Shirin había montado en cólera al saber a cuánto ascendían sus honorarios?

–¿Conoces…? ¿Conoces a mi madre? –preguntó.

Una risa rápida. Una mirada nerviosa.

–No… No mucho. Es decir, nos hemos visto unas cuantas veces a lo largo de los años. El caso es que Cyrus y yo nos conocíamos desde la época de la universidad, así que, como es normal, he tenido cierta relación con tu madre.

Un cosquilleo recorrió la base de la espalda a Remy. Algo no encajaba.

Y entonces su recelo dio paso a un pensamiento doloroso: «¿Por qué no se casó papá con alguien como Dina?». Tranquila, afectuosa, maternal. Qué diferente habría sido la vida de Remy si su madre hubiese sido Dina y no Shirin, que seguramente en ese momento se paseaba nerviosa por la casa, esperando su regreso con ganas de empezar una pelea.

–Decidido, entonces –dijo Dina–. Bueno, ¿continuamos? He hecho una lista de cosas de las que tenemos que ocuparnos de inmediato.

–Sí, por supuesto –respondió él, irguiéndose en la silla–. Eso es justo lo que quería hacer.

–¿Cuánto tiempo vas a quedarte en Bombay? ¿Cuándo te marchas?

Él la miró a los ojos.

–En cuanto me sea posible –dijo, pronunciando cada palabra con cuidado.

Ella le sostuvo la mirada un instante y luego asintió de manera imperceptible y apartó la vista.

–Entendido –dijo, y él pensó: «Sabe lo de mis problemas con mamá. Papá debió de contárselo».

Dina echó un vistazo a su reloj.

–Lo siento –dijo Remy–. Tu ayudante me dijo que me habías reservado una hora entera.

–No, no. –Dina se rio–. Solo me preguntaba… ¿Te apetece continuar con esto mientras comemos? Podemos ir al Gaylord. Invito yo.

–Sería estupendo –dijo Remy–. Llevo toda la mañana de un lado para otro.

Cruzaron la calle hasta el restaurante.

–De niño venía aquí con mi padre –comentó Remy. Al mirar a su alrededor, enseguida se sintió reconfortado por las vitrinas llenas de volovanes de pollo y pastas de colores en la sección de panadería, por la familiar imagen de los camareros uniformados correteando de un lado a otro, por la animación de la hora del almuerzo. Casi podía imaginar a su padre a su lado, retirando una silla para él–. Cuando nos íbamos, papá siempre compraba una tarta para llevar a casa.

Dina sonrió.

–Lo sé. A Cyrus le encantaba este sitio. Era muy goloso.

–Mi padre y mi madre, los dos. –Remy sonrió con timidez–. Y yo también.

Pidió el curri de gambas que comía siempre su padre y Dina pidió la ensalada Waldorf. Después de que el camarero se marchara, ella se reclinó en la silla y miró a Remy.

—¿Has pensado ya en el cuidado de tu madre? Ya sabes, quién se ocupará de ella en tu ausencia y ese tipo de cosas.

Él ladeó la cabeza, desconcertado.

—Bueno, mamá no necesita que la cuiden. Está bastante bien de salud; golpeo madera.

—Lo sé. Pero, créeme, las cosas pueden cambiar en un instante. Mira lo repentina que fue la enfermedad de tu padre…

Remy se dio cuenta de lo poco que sabía sobre la mujer que tenía delante.

—¿Eres…? Si no te importa que te lo pregunte, ¿tienes familia?

Dina dejó escapar un risa corta.

—Todo el mundo tiene familia, ¿no?

—Me refería a si estás casada.

—¿Casada? No. —Sonrió con congoja—. Nunca encontré al hombre adecuado. O, mejor dicho, sí lo encontré, pero ya estaba cogido. —Sonrió de nuevo y Remy tuvo la poderosa sensación de que se refería a su padre. Ruborizado, apartó la mirada—. En fin —continuó Dina—, creo que debes dejarlo todo organizado para tu madre, *beta*. Estaba acostumbrada a que tu padre se ocupara de sus asuntos económicos.

—¿Qué me sugieres? —preguntó él.

Dina lo miró, pensativa.

—¿Sabes el piso de la tercera planta que tu padre compró hace unos años? Soy yo quien se encarga de gestionar el alquiler y acabo de enterarme de que el HSBC va a dejarlo vencer. Así que dentro de poco el piso quedará libre.

—¿Y?

–Pues que te lo pienses. No soy asesora financiera, pero me da la impresión de que la mayor parte del dinero de Cyrus está invertida en activos fijos. Los tipos de interés son buenos, así que ¿para qué tocarlos? Podemos encontrar un nuevo inquilino con rapidez para que tu madre tenga liquidez cada mes, pero estaba pensando que, en lugar de buscar a otro cliente de empresa, ¿qué te parece si se lo alquilamos a un particular? Quizá a una familia o una pareja que pueda…, bueno, estar pendiente de tu madre y ayudarla en lo que le haga falta a cambio de una reducción del alquiler.

–Ella nunca accederá –dijo Remy–. Tú no la conoces. No… No aguanta a nadie más de unos días.

–Lo entiendo –respondió Dina con un suspiro–. Bueno, en ese caso, esperemos que todo vaya bien, ¿no? Ya se nos ocurrirá un plan alternativo.

Dina pidió un *malai kulfi* de postre, mientras que Remy fue a la panadería y volvió con dos *éclairs* de crema de chocolate.

–De tal palo, tal astilla –dijo Dina con una sonrisa.

Cuando terminaron, la abogada miró su reloj.

–Tengo que comparecer en el Tribunal Superior dentro de media hora –dijo–. ¿Quieres que te acerque a algún sitio?

–No hace falta, gracias. Pero, por favor, déjame pagar la cuenta.

–Ni hablar –respondió ella en tono jovial–. Eres el hijo de mi querido Cyrus. Es lo mínimo que puedo hacer.

Remy se emocionó al percibir el genuino cariño de Dina hacia su padre.

–¿Mi padre y tú…? –empezó–. ¿Mi padre y tú llegasteis a…? –Se interrumpió.

Dina asintió, como si hubiera esperado la pregunta.

–No. No del todo. Quiero decir, salimos juntos varias veces cuando estábamos en la universidad, si es que se le puede llamar así. Ya sabes, éramos solo unos críos. Y entonces las cosas eran diferentes; nada de esas cursiladas de besitos. Era una época más formal, más inocente. En cualquier caso, después de graduarme me marché a Londres para ir a la facultad de Derecho y cuando volví…, bueno, ese tren ya había pasado.

–Lo siento.

Con gran alivio para Remy, Dina echó la cabeza hacia atrás y soltó una carcajada.

–No lo sientas –dijo–. Es agua pasada. En realidad, estoy agradecida por la amistad que mantuve con Cyrus toda la vida.

–Ojalá se hubiera casado con alguien como tú –soltó Remy sin pensar–. Lo habrías hecho feliz.

Se miraron sorprendidos. Luego, Dina alargó la mano y cubrió la de Remy con la suya.

–Tienes que ser más tolerante con tu madre, querido –dijo en voz baja–. Ha tenido una vida difícil. –Antes de que él pudiera responder, Dina se levantó–. Lo siento mucho. Tengo que ir al juzgado, pero te llamaré pronto, te lo prometo.

Tras despedirse, Remy echó a andar por Churchgate, abriéndose paso entre la marea de viajeros que salía de la estación con cada tren que llegaba. Calculó que en esa media hora había visto más gente por la calle de la que veía en todo un año en Columbus. El pensamiento lo mareó. ¡Qué lejos había llegado en sus treinta y tres años de vida! En ese momento, Estados Unidos le parecía tan lejano como la luna y casi igual de luminoso. Su luz lo llamaba de vuelta a casa y, sin embargo, hasta que no pusiera en orden los asuntos económicos de su madre tendría que quedarse allí, atrapado en una ciudad en la que estaba de luto por la muerte de un querido progenitor y avanzaba con cautela por el campo minado de su relación con el otro.

Un hombre se acercaba en sentido contrario, con una sonrisa de oreja a oreja y saludando con la mano.

—¡Eh, Remy! —exclamó—. ¡Menuda coincidencia! ¿Cómo estás, primo?

Remy parpadeó mientras intentaba ubicar al desconocido.

—¿Pervez? —dijo por fin.

Hacía por lo menos quince años que no veía a su primo.

—Sí, claro, el mismo que viste y calza. —Pervez se rio cubriéndose la boca con la mano, pero enseguida se mostró afligido—. Siento muchísimo lo del tío Cyrus —dijo—. Te acompaño en el sentimiento. Ni siquiera pude ir al entierro. Roshan y yo no estábamos en la ciudad; volvimos anoche.

Remy recordó la invitación de boda de hacía unos años y cómo su madre le había dicho que no se molestara en enviar un regalo desde Estados Unidos, que ella y su padre entregarían a la pareja un sobre de parte de Remy y Kathy.

«Les vendrá mejor el dinero —había dicho con sequedad—. Es más útil que una tostadora o una batidora».

Ahora, Remy miró a Pervez con curiosidad.

—¿Y… vives por aquí?

—*Nahi, yaar.* Alquilamos un pisito en Andheri. ¡No me puedo permitir vivir en Churchgate! Pero mi banco está aquí. Muy lejos, pero no me queda otra. Justo ahora volvía al trabajo después de comer.

Remy tragó saliva, avergonzado. Recordó con vaguedad una fiesta de cumpleaños de su infancia en su casa, a la que habían invitado a Pervez. El niño había contemplado el amplio y soleado piso, el montón de regalos, la enorme tarta de chocolate, y le había preguntado a Cyrus: «¿Eres un rey?».

Cyrus había soltado una carcajada mientras la madre de Pervez, vestida con un sencillo sari blanco, sonreía y hacía callar a su hijo. Remy no recordaba haber visto a Pervez en ninguna otra fiesta.

—Estaré en la ciudad unas semanas más —se oyó decir—. Tal vez podamos… Tal vez podría ir a verte, ¿no? Me encantaría conocer a tu esposa.

Pervez pareció aterrorizado.

—¿En mi piso? No, no, jefe. No es un sitio para —una pausa— gente como tú.

Ese día se habían despedido con planes vagos de verse antes de que Remy regresara a Estados Unidos, pero una semana después Remy se encontró sentado en aquel apartamento sombrío, armado con una propuesta que, estaba seguro, Pervez no podría rechazar.

Capítulo 7

Al agacharse para recoger las cartas que el cartero había dejado caer por la ranura de la puerta, Remy se dio cuenta de que había varias baldosas del suelo agrietadas. Cuando Cyrus aún vivía, el piso había estado impecable; era evidente que su madre había descuidado su mantenimiento tanto como su propia salud.

Se puso el pijama y, asaltado por un hambre repentina, devoró la cena que Hema le había preparado. Mientras comía, hojeó el correo de su madre. Un sobre de la compañía eléctrica indicaba: ÚLTIMO AVISO. Remy lo abrió con el ceño fruncido.

Su madre llevaba cuatro meses sin pagar las facturas. ¿Acaso no había suficiente dinero en el banco? Pero eso era imposible. Él se había asegurado de que hubiera fondos de sobra en su cuenta corriente.

Entró en el dormitorio de sus padres y se dio cuenta de que había una mancha de humedad y de que faltaba un trozo del yeso del techo. La mancha parecía antigua, ¿por qué no se había reparado? Remy recordó el piso de Pervez, lo bien cuidado que estaba todo. Tendría que hablar seriamente con Pervez y Roshan, quizá incluso amenazar con retractarse de su promesa de dejarles el piso de la tercera planta. Se le revolvió el estómago ante la idea de un enfrentamiento.

Se sentó al viejo escritorio de su padre y abrió el cajón en el que este solía guardar las facturas de los suministros.

Había un montón de sobres sin abrir, y Remy rasgó uno de la compañía del agua: también estaba sin pagar. «¿Qué narices?», pensó. Era un milagro que no le hubieran cortado los suministros. Al día siguiente se llevaría el montón al hospital y pagaría las facturas sentado junto a la cama de su madre.

Buscó con la mano el abrecartas de bronce que había al fondo del cajón, el que él le había regalado a su padre por uno de sus cumpleaños. De adolescente, Remy iba a la empresa de ingeniería de su padre durante las vacaciones de verano y se sentaba en el despacho con aire acondicionado de Cyrus, bebiendo una botella de Coca-Cola tras otra. Se había fijado en que su padre abría los sobres con el dedo índice, así que al día siguiente cogió el autobús hasta Cottage Industries y compró el abrecartas con el mango tallado. Su padre le había dado un beso al recibirlo y le había dado las gracias a Remy no solo por el regalo, sino también por su consideración. Ahora, Remy sintió el frío metal al tacto. Encima del abrecartas había un sobre, y también lo sacó.

«Para Remy. Con amor, papá», decía.

Remy lo contempló, confundido. La letra de su padre era tan trémula que resultaba casi irreconocible, y había una mancha de tinta junto al nombre de Remy. Debía de haberla escrito con su querida pluma Parker, la que Remy se llevó a Estados Unidos tras su muerte. Durante los últimos tres años, había firmado todos los nuevos contratos de la agencia con esa pluma. Pero ¿cuándo había escrito su padre esa carta y por qué no se la había entregado su madre?

Abrió el sobre. Lo primero en lo que se fijó fue la fecha: «3 de febrero de 2016». Así que su padre lo había escrito unos días antes de caer en coma, justo antes de que Remy llegara para despedirse de él. Alisó el papel y procedió a leer:

Querido hijo:
Lo siento.
Lo intenté.
Nunca pd.
Sé mejor que yo.
Te querré siempre.
Tuyo,
Papá

Remy leyó la nota tres veces. ¿Por qué se disculpaba su padre, por morir? ¿Qué significaba «Nunca pd»? ¿Posdata, poder, nunca pude? ¿Lo intenté, pero nunca pude? Nunca pude, ¿qué? Y ¿había escondido su padre la nota en el cajón? Pero ¿por qué iba a hacerlo si estaba dirigida a Remy? Era evidente que, al escribirla, sabía que Remy iba ya de camino a la India. En ese caso, solo quedaba su madre. Era ella quien le había privado de las últimas palabras de su padre. Jamás hubiera pensado que fuera capaz de eso. La pura crueldad y el egoísmo de aquel acto lo dejaron sin aliento.

Esa noche se durmió abrazando la nota de su padre contra el pecho. «Se lo preguntaré mañana –pensó mientras se quedaba dormido–. Tal vez haya una buena explicación».

Y entonces se acordó: su madre había dejado de hablar.

Capítulo 8

A la mañana siguiente, Remy llegó temprano al Parsee General. El doctor Bilimoria y su equipo estaban ya en la habitación de Shirin cuando él apareció. Los residentes le hicieron señas para que guardara silencio mientras el médico le auscultaba los pulmones. Cuando Bilimoria terminó, alzó la vista y articuló en silencio: «No hay cambios».

Una vez que se marcharon, la enfermera nocturna le hizo un informe a Remy: Shirin había vuelto a tener una leve fiebre y, en general, seguía sin comunicarse.

—La señora solo ha comido uno o dos bocados esta mañana —dijo Manju—. Lo he intentado, pero ¿qué se le va a hacer? Es muy testaruda. —Cogió su bolso—. Bueno, señor, yo me retiro. Nos vemos esta tarde.

—Hasta luego.

Cuando ella se marchó, Remy sacó la carta de Cyrus y la sostuvo frente a Shirin.

—Mamá —dijo—, anoche encontré esto en el escritorio de papá. Está dirigida a mí. ¿Cómo es que nunca la había visto?

Durante un vertiginoso instante, Shirin pareció fijar la mirada en la hoja de papel, aunque enseguida sus ojos se quedaron de nuevo inexpresivos, el agotamiento se apoderó de su rostro y giró la cabeza hacia la pared.

«¿Eso es todo? —quiso gritar Remy—. ¿No vas a reaccionar? ¿No vas a decirme lo que papá intentaba decirme?».

Sintió cómo la ira se propagaba por él como una mecha que se consumía lentamente, sofocando la compasión que había sentido por su madre el día anterior.

Las horas pasaron muy despacio. Remy escribió cheques para las facturas atrasadas con la esperanza de que los pagos no llegaran demasiado tarde. Esa mañana había sentido deseos de llamar a la puerta de Pervez y exigir una explicación, pero se lo había pensado mejor. Hablaría cuando no estuviera tan enfadado.

Respondió varios correos electrónicos de trabajo desde su teléfono, pero la conexión era tan lenta que al final desistió. La primera indicación de lo diferente que sería aquel viaje en comparación con los anteriores se había producido la noche de su llegada, al acudir a un mostrador del aeropuerto de Bombay para instalar una tarjeta SIM nacional en su teléfono. En todas sus visitas previas a la India, Cyrus le había prestado un teléfono que tenía de más, una de las innumerables formas en las que siempre le había facilitado la vida a Remy cuando iba allí. En esta ocasión, no había ni asomo de la extravagante hospitalidad ni de la alegría desbordante con la que su padre celebraba su llegada. Nadie había llenado el congelador con tarros de helado y *kulfi*; nadie había llevado a casa una caja de volovanes de pollo recién horneados, un aperitivo que Remy no podía conseguir en Estados Unidos. En aquel viaje, solo había encontrado decepciones: primero, el golpe que le había dado Monaz, y luego, el inesperado desvío al hospital.

A la hora del almuerzo, un auxiliar llevó la bandeja de Shirin. Remy levantó la tapa: pescado al horno y judías verdes de aspecto insípido. Y de postre, gelatina roja.

—Mamá —dijo al tiempo que la meneaba con delicadeza—. Despierta, es hora de comer.

Tras elevar la cama, cortó el pescado en porciones minúsculas y le acercó un bocado a la boca, pero Shirin apretó los labios.

–Vamos –trató de persuadirla al tiempo que intentaba abrirle la boca con el pulgar apoyado sobre su barbilla–. Vamos, mamá. Tienes que comer algo.

Ella mantuvo la boca cerrada. «Es impresionante; está en los huesos y, aun así, todavía le quedan fuerzas», pensó Remy, y miró la gelatina.

–¿Quieres un poco de gelatina? –preguntó–. Te encanta, ¿verdad?

–Kok –dijo Shirin–. Kok.

Ahí estaba de nuevo esa palabra. La voz de Shirin sonaba chirriante, como una puerta que se abriera después de cien años. Pero él percibió en su mirada el esfuerzo que hacía por pronunciar bien.

«Kok».

–¿Kok? –repitió Remy en voz alta. ¿Estaba pidiendo una Coca-Cola?–. ¿Coca? –añadió–. ¿Quieres una Coca-Cola?

Un asentimiento imperceptible, tan sutil que era posible que lo hubiera imaginado. Pero había algo más: una nueva luz en los ojos de Shirin, alivio, conexión. Remy había acertado. Un pequeño triunfo.

–Vuelvo enseguida –dijo, y se levantó de un salto, contento de poder hacer algo por ella, pero también aliviado por alejarse de la cama.

Se dirigió a la estación de enfermería.

–Disculpe, hermana –dijo, recordando la manera en que se dirigían allí a las enfermeras –. ¿Hay una cafetería o una tienda cerca donde vendan refrescos?

La mujer lo miró.

–¿Para usted, señor?

–No. Para mi madre, Shirin Wadia. Quiero… Ha pedido una Coca-Cola.

La enfermera miró por encima del hombro de él.

–Doctor Bilimoria, señor –llamó–. El familiar de la paciente tiene una pregunta, señor.

Remy frunció el ceño. ¿Por qué demonios molestaba al médico para que le indicara dónde estaba la tienda?

–Usted otra vez –dijo Bilimoria, aunque suavizó las palabras con una sonrisa–. ¿Qué pasa ahora?

Antes de que Remy pudiera responder, la enfermera intervino:

–Quiere darle una Coca-Cola a su paciente, señor. Solo quería que le diera usted permiso, señor.

–¿Coca-Cola? –Bilimoria se lo quedó mirando–. ¿Qué tiene eso de nutritivo? Si va a beber algo, démosle Complan o Ensure.

–No lo entiende. Ha pedido específicamente Coca-Cola.

–¿Le ha hablado? –preguntó Bilimoria.

–Sí –respondió Remy.

–Pero no es buena para su salud.

Remy fulminó al doctor con la mirada.

–Mi madre no había reaccionado hasta ahora –dijo–. ¿Por qué no puedo darle lo único que ha pedido?

Debía de haber hablado en voz más alta de lo que pensaba, porque varias cabezas se volvieron. «Contrólate, Remy», se dijo. Le temblaba tanto la mano derecha que se la metió en el bolsillo de los vaqueros, aunque no apartó la mirada del rostro del doctor, decidido a mantenerse firme.

–Está bien, haga lo que le parezca –dijo Bilimoria, encogiéndose de hombros–. Pero no se pase –añadió por encima del hombro mientras se alejaba.

La enfermera regañó a Remy: nadie se atrevía a hablar a Bilimoria con tanta grosería. Pero Remy apenas la escuchó, porque otra verdad resonaba en sus oídos: jamás tendría una reconciliación estilo Hollywood con su madre. Aun así, se prometió a sí mismo que, durante el breve tiempo que estuviera allí, haría todo lo posible por ser útil. La consentiría, la compensaría por haber estado ausente los últimos tres años y por haber dejado que acabara en aquel estado deplorable.

Y haría todo lo posible por conseguir que le contara por qué había escrito su padre aquella carta.

Mientras caminaba hacia la tienda, Remy sonrió al recordar cómo su madre y él solían tomar refrescos fríos a escondidas y a espaldas de Cyrus, que los desaprobaba. Y aunque Remy había dejado de beber refrescos hacía tiempo, a todas luces su madre no.

También recordó cómo, a los seis años, había insistido en celebrar el tercer cumplemés después de su cumpleaños. Cyrus trató de explicarle que las cosas no funcionaban así, que los cumplemeses no se celebraban, pero Remy no se dio por vencido. Por lo general, era un niño obediente que se portaba bien, pero, agobiado por la injusticia de tener que esperar un año hasta su siguiente cumpleaños, se había agarrado un berrinche y había pedido otra tarta. Ahora se avergonzaba al pensarlo.

Al final, Cyrus había cedido y había llevado a casa una tarta pequeña. Shirin preparó sándwiches de pollo y metió dos latas de Coca-Cola en la nevera. Esa tarde, apartó el sofá y las sillas y tendió una colcha en el suelo del salón. Los tres se sentaron allí y se dieron un festín de sándwiches y ensalada de pasta, y Remy y Shirin bebieron sus Coca-Colas mientras Cyrus daba sorbos a su cerveza. Shirin colocó seis velas en la tarta y sus padres le cantaron «Cumpleaños feliz» por segunda vez en tres meses.

Remy sonrió. Ninguno de sus amigos había tenido padres tan indulgentes como los suyos. Sospechaba que Jango se habría llevado una bofetada si hubiera tenido una rabieta parecida por querer celebrar por segunda vez su cumpleaños. En ese sentido, sus padres habían sido geniales. Había habido muchos momentos dulces durante su infancia, y su madre formaba parte de algunos de ellos. ¿Por qué, entonces, no los recordaba tan vívidamente como los tristes?

Se dirigió a la calle principal y quedó hipnotizado al ver a un obrero sin camisa blandiendo un hacha para partir rocas para un proyecto de construcción. «¿Cómo puede una ciudad llena de excavadoras y carretillas elevadoras depender también de una herramienta tan rudimentaria?», se preguntó Remy. Sin embargo, esa era la esencia de Bombay, aquella ciudad de dualidades y contradicciones salvajes, de rascacielos y barrios marginales. *Chalta hai*. Era una expresión con la que todos los habitantes de Bombay —a los que ahora debía referirse como mumbaikars, suponía— estaban familiarizados. *Chalta hai*. «Servirá», o «todo vale». Si había un lema informal para la ciudad, era ese. Así, un hombre enclenque empleaba toda su fuerza para partir la roca con un hacha mientras, a medio metro, un hombre rollizo estaba sentado en su Mercedes-Benz plateado, parado en el semáforo. Mientras Remy observaba, una obrera con un sari azul barría las piedras hacia un cuenco de metal que luego se ponía en equilibrio sobre la cabeza y llevaba hasta el lugar en el que se estaba levantando un rascacielos nuevo y reluciente, cada uno de cuyos pisos se vendería por millones. Se balanceaba al caminar, con un paso tan elegante como el de cualquier supermodelo de pasarela. Al volver la cabeza, Remy vio a un perro callejero sentado justo en medio de la calzada, lo que obligaba a los coches a rodearlo. «Bombay –pensó Remy–, donde hasta los perros tienen carácter».

Se acordó de Roger, el perro que Kathy había llevado a casa cuatro meses atrás. El animal pertenecía a uno de sus pacientes, un niño de tres años con la enfermedad de Tay-Sachs. Tras la muerte del niño, sus afligidos padres habían comentado que iban a dar en adopción a Roger, porque el perro se dedicaba a correr por la casa buscando a su joven compañero y ellos no podían soportar el dolor del animal.

«No lo entiendo –había dicho Remy–. Lo normal sería que quisieran quedarse con el perro, ¿no? Al fin y al cabo, era de su hijo».

A Kathy se le habían empañado los ojos.

«El dolor distorsiona el pensamiento –había dicho–. El sufrimiento del perro les recuerda su propia pérdida. En cualquier caso, no podía soportar la idea de que el pobre animal acabara en un refugio. ¿Te importa?».

Por supuesto que no le importaba. La bondad y la generosidad de Kathy le recordaban a las de sus propios padres. Cyrus habría hecho lo mismo y Shirin se había pasado años dando de comer a los perros callejeros de su barrio pese a las quejas de los vecinos.

«*Wah!* –había refunfuñado una vez el vecino de la planta baja–. Estos animales comen mejor que yo. Pollo, huevos… *wah!*».

En una pequeña pastelería, Remy compró dos latas de Coca-Cola para Shirin y agua embotellada para él. Estaba a punto de pagar cuando vio la bandeja de brazos de gitano y recordó cómo su madre le compraba un trozo cada vez que pasaban por la pastelería del barrio. A su manera inconsistente, Shirin había intentado consentirlo y mostrarle su amor. «Y ahora te toca a ti dejar de lado las viejas rencillas», se dijo. Así era como se comunicaría con ella: con el lenguaje del azúcar. Se esforzaría al máximo antes de marcharse; le dedicaría tiempo, atención y dulces, con la esperanza de que ella comprendiera que, a pesar de todo, la quería.

—Me llevaré una porción de brazo de gitano —dijo.

De camino al hospital, Remy recordó que aún tenía que llamar a Dina Mehta y se preguntó si era buena idea pedirle que se reuniera con él esa tarde, pero no lo tenía claro. Dina le caía bien, pero lo que de verdad quería hacer era ir a ver a Jango y a Shenaz y asegurarles que no los culpaba por el cambio de opinión de Monaz. Jango Dalal era su más viejo amigo, el yin de su yang. Remy había sido un niño creativo y soñador que escribía sus poemas en los márgenes de los libros de texto, mientras que, ya en segundo de primaria, Jango era un chico alto y corpulento, de hombros anchos. Aunque era nuevo en el colegio, Jango había protegido a Remy de los compañeros que se burlaban de él.

Si volvía a su piso, Pervez lo invitaría a cenar y, con lo enfadado que estaba Remy por las facturas sin pagar y el abandono general de Shirin, no le apetecía pasar la velada con Roshan y él. Lo cierto era que tenía poco en común con ellos. Roshan había crecido en el pueblo de Nasik y había ido a una escuela guyaratí. Pervez aún arrastraba resentimiento por haber crecido en la pobreza y lo compensaba hablando constantemente del éxito de su empresa de juguetes. Remy necesitaba pasar la noche con viejos amigos, personas con las que compartía historia, recuerdos y referencias culturales. Chicos de Nepean Sea Road, exalumnos de la escuela Cathedral. Si eso lo convertía en un pedante, que así fuera.

Marcó el número de Jango mientras franqueaba la verja del hospital.

—Hola, soy yo.

—Remy, ¿qué pasa, tío? ¿Cómo está tu madre?

—Bien. Más o menos igual.

—Joder, lo siento. ¡Menuda situación!

—Ya. —Remy carraspeó—. En fin, oye, solo quería preguntarte… ¿por casualidad quieres quedar alguna noche esta semana?

Jango no lo dejó ni terminar.

—¿Qué tal hoy? ¿Puedes venir a cenar?

Remy alzó la vista al cielo en señal de gratitud.

—Me encantaría. Pero ¿seguro que no molesto? ¿Por qué no le preguntas a Shenaz y…?

—¡Uf! Basta ya de tanta formalidad, *yaar.* Te lo digo, Estados Unidos te ha echado a perder. Es solo una cena, Remy, no una propuesta de matrimonio.

Remy sonrió.

—¿A qué hora?

—¿Ocho? ¿Ocho y media? ¿Qué quieres que prepare la cocinera?

—Jango —dijo Remy en tono jovial—, me da igual lo que comamos. Será… Solo con veros ya seré feliz. Lo único que te pido es que haya *whisky* escocés.

—Hecho. Pues hasta luego. Ven con hambre.

Un joven fregaba el suelo con fenol cuando Remy volvió a entrar en el hospital, de modo que este se tapó la nariz para protegerse del familiar olor mohoso mientras subía las escaleras.

En su habitación, Shirin dormía con una respiración sibilante. «Estaría más cómoda si le pusieran oxígeno suplementario», pensó Remy al tiempo que miraba el cilindro de gas en la esquina. Al día siguiente se lo preguntaría al médico. Tras acercar una silla a la cama, se sentó, contempló el rostro de su madre y notó una presión en la base de la garganta que se extendió hasta su pecho. Examinó esa sensación y le puso un nombre: amor. Ahora que se encontraba tan débil, su madre había perdido la capacidad de hacerle daño. El recelo que había sentido hacia ella durante la mayor parte de su vida se había esfumado y, en su lugar, por fin había espacio para el amor.

Miró distraídamente por la puerta abierta hacia el pasillo, lleno de dolor. Cuando volvió la cabeza de nuevo hacia su madre, ella tenía los ojos abiertos y clavados en él.

–¿Estás despierta, mamá? –dijo, fingiendo alegría–. Genial. Aquí tienes tu Coca-Cola.

Incorporó la cama de hospital, colocó bien la almohada y luego abrió una lata e introdujo una pajita, que le acercó a los labios.

–Bebe, mamá –la animó–. No, no, tienes que aspirar... Hacia dentro... Así mejor. ¿Está buena?

Ella dio varios sorbos y quedó claro que hasta ese pequeño esfuerzo le resultaba agotador. Luego le hizo un gesto con los ojos, un parpadeo y él entendió que debía retirarle la pajita de los labios.

–Mamá, mira lo que he encontrado en la pastelería. Brazo de gitano. ¿Te acuerdas de que siempre que salíamos me comprabas un trozo? ¿Quieres un poco?

Partió un pedacito y se lo acercó a los labios, que permanecieron cerrados. Sintió un impulso repentino de obligarla a comerlo, con la esperanza de que el sabor despertara un recuerdo, de que funcionara como una especie de comunión entre ellos, una señal desde el presente hacia el pasado. Aquella esperanza debió hacer que insistiera con demasiada fuerza, porque Shirin giró la cabeza y dejó escapar un sonido estridente que le puso a Remy la piel de gallina.

—Está bien, mamá —exclamó—, no tienes que comértelo. Dios, lo siento. Para, por favor.

Le puso la mano en los huesudos hombros, pero Shirin siguió meneando la cabeza y haciendo aquel sonido. Remy estaba anonadado. ¿Tendría también algún tipo de demencia? ¿Qué otra cosa podría explicar aquel comportamiento tan extraño? Arrojó el pedazo de pastel a la papelera.

—Ya está. ¿Ves? Se ha acabado.

Como si hubiese pulsado un interruptor, el lamento cesó, la agitación abandonó el cuerpo de Shirin y, una vez más, su mirada vacía se posó en el rostro de Remy. Él se mordió el labio inferior mientras procuraba recuperar la compostura, diciéndose a sí mismo que no debía tomarse aquel rechazo como algo personal. Pero ya no sentía la misma ternura que un rato antes y no pudo evitar sentir que ella lo apartaba de nuevo, de una manera tan inexplicable como en su infancia.

Cuando habló, su voz sonó tensa:

—De ahora en adelante, tendrás que decirme lo que quieres. ¿De acuerdo, mamá? ¿Sí?

Ella lo miró, inmóvil e inexpresiva. Era como si estuviera dormida con los ojos abiertos.

Remy se quedó en el hospital hasta que llegó Manju a las siete.

–¿Ha hecho pipí? –preguntó la joven nada más entrar.

–Creo que sí. Los… Han venido hace un par de horas a cambiarle el pañal.

–Bien. –Manju abrió una bolsa de tela, sacó un coco fresco, lo rajó y dejó que el agua cayera en un vaso–. Traigo uno todas las tardes para la señora –dijo–. Es bueno para la salud. Es de nuestros árboles.

–¿De vuestros árboles?

–Sí, señor. Vivo en Malad. Un barrio apartado, pero tenemos un pequeño terreno con cocoteros.

–¿Lo traes desde Malad? ¿Cuánto tardas en llegar hasta aquí?

–Casi dos horas. Cojo un mototaxi hasta la estación y luego el tren y un autobús. Y después camino hasta aquí. –Sonrió al ver la expresión de Remy–. No se preocupe, señor. Ya estoy acostumbrada.

–Vaya, gracias. Pero tengo que empezar a pagarte los cocos.

–No, no, señor. ¿Para qué cobrar por algo que crece gratis?

–Gracias otra vez. –Remy se miró el reloj–. Bueno, creo que me voy a ir. Ha sido un día muy largo. ¿Puedo…? ¿Puedo darte mi número de teléfono? Si necesitas algo en cualquier momento, llama, por favor.

–No hay problema, señor. Váyase tranquilo. Yo cuido a su madre con cariño. Usted no tenga tensión.

–Gracias.

Remy le dio un beso de despedida a su madre.

–Una pregunta, señor –dijo Manju–. ¿Usted vive cerca de Nueva York?

–No, la verdad es que no. Está a unas nueve horas de Ohio en coche. ¿Por qué?

Manju miró alrededor con cautela y luego rebuscó en su bolso, del que sacó un fajo de billetes de cien rupias atado con una goma elástica.

–Tengo un hermano –susurró–. Vive en Nueva York, pero es… Es blanco.

–¿Qué? –dijo Remy, desconcertado.

La mujer se acercó un poco más.

–Trabaja en un restaurante… ¿Cómo se dice?… Como un fantasma. Sin papeles.

–Ah. –Remy asintió. Fantasma venía a ser lo mismo que ilegal. A ojos de la mayoría de los estadounidenses, su comida era plantada, cosechada y cocinada por manos invisibles. Por fantasmas–. La palabra correcta es «ilegal», Manju –dijo.

–No, no, no, señor –replicó ella, negando con la cabeza–. ¿Cómo va a ser eso? Yo estaba allí cuando nació, en nuestra choza. Tenía nueve años, ayudé en el parto. Es cien por cien legal.

Remy tragó saliva, conmovido por la sincera indignación de Manju. Tenía razón. «Qué cosa más terrible llamar "ilegal" a un ser humano», pensó. Pero el abismo que los separaba era demasiado grande; la política migratoria, las cuestiones legales del sistema estadounidense, la xenofobia que había inundado el país: era todo demasiado difícil de explicar.

–Lo entiendo –dijo–. Pero ¿por qué lo preguntas?

–Quiero enviar algo de dinero a Sunil, señor –contestó ella–. Pero ¿cómo? He ahorrado durante un año entero. ¿Y si me roban el dinero? –Agitó el fajo de billetes en dirección a Remy.

Él lo miró. Era una gran suma para ella, fruto del sacrificio y la frugalidad, pero, convertida a dólares estadounidenses, la cantidad era insignificante.

–Quédatelo –dijo–. Antes de que me marche, dame su número de teléfono. Yo… encontraré la manera de hacerle llegar algo de dinero y me aseguraré de que lo reciba. ¿De acuerdo?

Recogió sus cosas, ignorando los fervientes agradecimientos y las bendiciones de Manju. Le costaría muy poco ayudar a este chico «blanco»; aunque le enviara varios cientos de dólares cada mes, Remy apenas lo notaría. Su propio camino hacia la ciudadanía había sido fácil, pero podía imaginar los obstáculos a los que enfrentaba ese pobre chico sin educación: mudarse de un apartamento infestado de cucarachas a otro, pasar las noches en vela, enmudecido por la nostalgia o el miedo a que lo arrestaran en una redada laboral; soportar los inevitables insultos raciales en las calles; ser explotado y humillado, sin posibilidad de pedir un aumento a sus jefes indios o paquistaníes, que lo amenazarían con la deportación. Incapaz de disfrutar de las maravillas de Nueva York: la magnificencia del Carnegie Hall y de la estación Grand Central, de las extensiones de Central Park, incluso del brillo carnavalesco de Times Square. Manju tenía razón. Su hermano se desplazaría por las calles de Manhattan como un espectro; eso si tenía suerte.

–Buenas noches –dijo–. Os veré a las dos por la mañana.

Quizá Kathy y él pudieran ir a Nueva York ese año a ver al hermano de Manju, pensó Remy mientras buscaba un taxi. En casa, en la protegida existencia de la que disfrutaban en su calle residencial, era fácil fingir que la vida en Estados Unidos era bonita y benévola. Escuchar una historia como la de Sunil hacía saltar por los aires ese mito y dejaba al descubierto que el bienestar y los lujos de unos pocos –los restaurantes elegantes, los céspedes cuidados, los bellos monumentos, las fiestas, los

86

supermercados repletos de beicon, queso y pan ecológico– estaban construidos sobre los hombros de fantasmas de piel morena.

Y aunque los detalles fueran distintos, sin duda el panorama en la India era igual. El estilo de vida de la clase media-alta india era posible gracias a las manos agotadas y llenas de callos de los trabajadores pobres: manos que barrían suelos, amasaban pan, labraban la tierra, lavaban coches, limpiaban excrementos y mimaban la carne de los ricos. Solo que esas manos no pertenecían a extranjeros, sino a compatriotas.

Remy subió a un taxi y, mientras miraba por la ventana, su visión se nubló durante un instante, y el polvo, el sol y las multitudes desaparecieron. En su lugar, vio los huesos blanqueados de la ciudad, vio cómo se fracturaban bajo el peso de todos los secretos e historias que tenían que soportar.

De vuelta en el apartamento, Remy se sacó del bolsillo la carta de Cyrus y la volvió a leer. Las palabras adquirieron un significado distinto al de la noche anterior: «Lo siento. Lo intenté», había escrito Cyrus.

Su padre había garabateado aquella nota haciendo acopio de sus últimas fuerzas. Conociéndolo, era una disculpa por no haber podido recibir a Remy en el aeropuerto como siempre hacía, por acabar en su lecho de muerte antes de que su amado hijo llegara a la India. Pobre hombre. Lo más seguro era que hubiera dejado la carta en su escritorio, convencido de que Remy o Shirin la encontrarían. Era posible que su madre ni siquiera supiera de su existencia, guardada como estaba al fondo del cajón. Después de tres años, ¿quién podía decir si recordaría siquiera su origen?

Remy pasó el dedo sobre el «Te querré siempre» y luego metió la carta en el compartimento de su maleta que se cerraba con cremallera. Se llevaría las últimas palabras de su padre de vuelta a Estados Unidos. Tal vez era mejor que el mensaje siguiera siendo un misterio; al fin y al cabo, el amor era un misterio en sí mismo. Por norma general, debería haber estado más unido a su madre que a su padre y, sin embargo, el vínculo de Remy con su padre había sido inquebrantable.

Miró el reloj y decidió darse una ducha rápida. Ojalá pudiera salir a correr para despejar la cabeza, pero entonces llegaría tarde a la cena en casa de Jango. Si encontraba un rato en los próximos días, iría a correr por Priyadarshini, el hermoso parque cercano con vistas al mar.

Capítulo 9

Jango recordaba cómo le gustaba a Remy su *whisky* escocés: con hielo y un chorrito de sifón. Remy dio un sorbo apreciativo.

–Podrías ser camarero, *yaar*. Esto está que te mueres.

–Sí, claro. En mi tiempo libre, que me sobra.

Jango había empezado su carrera como actor, pero enseguida había pasado a trabajar detrás de las cámaras. Remy no estaba seguro de a qué se dedicaba exactamente en la actualidad.

Paseó la mirada por el enorme salón.

–Bueno, ¿por qué no está aquí Shenaz? ¿Adónde ha ido?

–Ya te lo he dicho, es una sorpresa. –Jango se miró el reloj–. Volverá enseguida.

Remy dio otro sorbo a su bebida, sintiéndose como él mismo por primera vez desde su llegada a Bombay. Luego exhaló y liberó la tensión de sus hombros.

–*Saala*, ¡estás tan flaco como siempre! –dijo Jango–. ¿Kathy te hace pasar hambre o qué?

–Bueno, Kathy se preocupa mucho por la salud. Tomamos un batido de proteínas para desayunar y una ensalada para acompañar la cena.

Jango dejó escapar un sonido de repulsión fingida.

–Qué horror, *yaar*. Imagínate, masticando lechuga como una puñetera cabra cuando podrías comer un buen *batata vada* frito o una jugosa chuleta de cordero. Te lo digo:

89

divórciate de Kathy y yo te casaré con una parsi de Udvada rellenita, semianalfabeta y voluptuosa.

Remy derramó el *whisky* sobre su camisa.

—Mira lo que me has hecho hacer.

—*Ae*, cabrón, no me eches la culpa a mí. La culpa es de
la erección que tienes solo de pensar en esa atractiva pi-
choncita parsi.

Remy estalló en carcajadas.

—Madre mía, Jango, no has cambiado nada. Tienes el
mismo sentido del humor que en tercero: espantoso.

Jango se reclinó y sonrió con afecto.

—Solo intento animarte, mi Remy. Has tenido un par
de días muy jodidos. Shenaz se siente fatal por lo que te
hizo la idiota de su sobrina.

—No tiene por qué. Sabemos que vosotros siempre habéis
velado por nuestros intereses. —Vaciló un momento antes
de continuar—: He aprendido una cosa, Jango: si algo no
está destinado a ser, no hay que luchar por ello. Porque,
si lo haces, puede que no te guste el resultado.

—Me alegra que uno de nosotros se haya vuelto sabio
con la edad, *yaar*. En mi caso, cuanto mayor me hago,
más confuso se vuelve todo. —Jango guardó silencio—. Dime, ¿qué opinas de cómo está Bombay? Es una auténtica
locura, ¿eh?

En ese momento, la puerta principal se abrió y apareció Shenaz.

—¡Remy! —exclamó—. Hola, guapo. No sabes cómo siento
lo de la tía Shirin. ¿Cómo estás, cariño?

Dejó la bolsa de papel en la mesa y abrió los brazos.
Se abrazaron durante un buen rato y solo se separaron
cuando intervino Jango:

—Ea, vosotros dos; despegaos antes de que Remy vuelva
a excitarse.

–Jahangir, eres un descarado –dijo Shenaz, que era la única que llamaba a Jango por su verdadero nombre. Sacó de la bolsa una caja rosa de pasteles y se la tendió a Remy–. Pastel de chocolate de La Patisserie. Tu favorito.

–Ay, Shenaz. ¿Es ahí a donde has ido? ¿Al Taj?

–Por supuesto. Quería hacerlo la noche que llegaste, pero estabas muy cansado para disfrutarlo.

A Remy se le saltaron las lágrimas, y los acontecimientos de las últimas cuarenta y ocho horas empezaron finalmente a pesarle. Pervez y Roshan eran familia, pero no amigos. Su madre era familia, pero en el estado catatónico en que se encontraba bien podría haber sido un cadáver. Sin su padre, Bombay parecía vacía, pero estar con Jango y Shenaz era como volver a casa.

–Gracias –susurró–. Estoy abrumado.

Shenaz sonrió de oreja a oreja.

–Ah, vamos, Remy –dijo–. Es un detalle sin importancia.

–Sí, déjate ya de tonterías –añadió Jango al tiempo que cogía el vaso de Remy para volver a llenárselo–. No te preocupes. No estás aquí con tu esposa estadounidense, así que déjate de formalidades. –Jango adoptó un tono de falsete–: «Oh, gracias, mi amor. Oh, disculpa, querida».

–Sigue estando igual de loco –rio Remy–. Aun después de todos estos años.

Shenaz puso los ojos en blanco.

–¡Qué me vas a contar! Bueno, ¿listo para comer? He preparado tus platos favoritos: *dhansak* y *papdi* con cordero. Ah, y pato de Bombay frito para acompañar.

Remy dejó escapar un gemido y fingió agarrarse el pecho.

–Shenaz, ¿te fugarías conmigo?

–Ah, por cierto –dijo ella, con la generosa mesa desplegada ante ellos–. Espero que no te importe, pero le he dado a Monaz la dirección de tu madre. Quiere enviarte una tarjeta. –Meneó la cabeza–. Todavía tengo ganas de matarla por lo que ha hecho.

–No te preocupes –dijo Remy al tiempo que la cogía de la mano–. Al fin y al cabo, es una buena noticia, ¿no? Que se case con su novio, quiero decir.

–¿Novio? ¡Ja! Apenas se conocen. Aun así, supongo que es algo bueno. De lo contrario, habría vivido el resto de mi vida con miedo a que mi hermano mayor se enterara.

Remy la miró con curiosidad.

–¿Quieres decir que nunca se lo habrías dicho? ¿Que tenía un nieto?

–Remy, has vivido demasiado tiempo en el extranjero. Te has olvidado de lo conservador que es este país en todo lo relacionado con el sexo y esas cosas. Phiroz habría repudiado a Monaz, no me cabe duda.

–Pero ¿no lo hará de todos modos? ¿Por casarse con alguien que no es parsi?

–Quién sabe. Tal vez cambie de opinión una vez que nazca el bebé. –Meneó la cabeza–. En fin, ya vale. Hablemos de algo más alegre.

Remy se fijó en que Jango mantenía su brazo alrededor de su esposa durante el resto de la velada; era un bromista, pero cuando se trataba de cuidar a quienes quería lo hacía con pasión. En ese sentido, se parecía mucho a su padre.

Remy recorrió a pie las pocas calles que separaban su casa de la de Jango y se asombró de la cantidad de tráfico que había incluso a esa hora. «La ciudad que nunca duerme –pensó–. Toma ya, Frank Sinatra».

Era una noche agradable, fresca y con brisa, con una luna creciente en el cielo. «¿Qué estará haciendo mamá ahora? –se preguntó–. ¿Verá la luna desde su cama del hospital?». Sintió una soledad estremecedora y deseó que ambos estuvieran en el balcón de su piso, mirando juntos el cielo. Su reacción lo sorprendió; no recordaba haber deseado jamás algo así. Aunque, claro, el sentimiento era nuevo porque aquella versión de su madre, postrada en la cama e indefensa, también lo era. Ahora podía quererla, de la manera en que se quiere a las cosas pequeñas e inofensivas.

«Pero ¿la quieres de verdad? –se preguntó Remy mientras caminaba–. ¿O es una extraña combinación de lástima y culpa?».

Esquivó la moto que venía hacia él y decidió que no importaba. Amor, lástima, compasión o ternura eran solo palabras. Lo que contaba era la acción, su mera presencia física. Lo importante era que estaba allí y dispuesto a ayudarla. Estaba en Bombay esa noche, alzando la vista hacia las luces de los edificios por delante de los que pasaba, cada piso un rectángulo de historias familiares singulares. ¿Cuántas de las personas de esos rectángulos tenían una vida feliz? ¿Cuántas eran lo bastante afortunadas como para no tener que preocuparse por el dinero, como él? ¿Cuántas tenían un matrimonio tan maravilloso como el suyo? ¿Cuántas se habían casado con su mejor amiga, como él? No muchas.

Por supuesto, había gente infeliz en todo el planeta y, si se catalogaban todas sus penas y desilusiones, cualquier lugar podía ser considerado un museo de los fracasos. Se podía argumentar que esa era la condición humana universal, pero Remy percibía una tristeza especial en Bombay. Uno daba por hecho que los pobres vivían agobiados: los criados y los trabajadores migrantes, los campesinos y los basureros, las masas desesperadas por llegar a fin de mes; pero, allí, incluso sus padres, que lo tenían todo a su favor –belleza, dinero, educación–, le habían parecido tan desgraciados como aquellos que no tenían más que lo puesto.

«Bah, chorradas –se reprendió Remy–. Mira a Jango y Shenaz. Se los ve totalmente satisfechos y enamorados».

Siguió caminando mientras discutía consigo mismo. ¿Y Pervez y Roshan? Parecían bastante felices y a todas luces habían dejado atrás sus humildes orígenes gracias a él. Pero en aquel momento no quería pensar en eso.

Sudado por la caminata, llegó al edificio, subió en el ascensor y entró en el piso. Se quedó un instante quieto, rodeado por la oscuridad silenciosa, y en ese instante sintió con intensidad la ausencia de su padre y su madre, y tuvo que recordarse a sí mismo que solo uno de los dos había muerto, que su madre se hallaba a tan solo un viaje en taxi de allí y que la vería por la mañana, armado con un nuevo suministro de Coca-Cola.

Capítulo 10

Remy contempló el cielo del alba mientras trataba de recomponer los fragmentos de su sueño. Al cabo de unos minutos se dio por vencido, pero continuó siguiendo la trayectoria del sol. De todos los fenómenos naturales, el amanecer le parecía el más predecible y, a la vez, el más extraordinario. La aurora era el milagro que hacía posibles todos los demás milagros, pero también era el que los seres humanos daban más por sentado. Millones de personas dormían mientras tenía lugar el mayor espectáculo de magia del mundo. En Bombay, el astro brillaba como una pepita de oro, mientras que en Ohio a menudo se escondía tras las nubes, como un anillo de boda perdido en un rincón de la casa.

Llamó a Kathy para ponerla al día y luego se duchó. Al salir, oyó sonar el teléfono de casa; era Pervez, que quería saber si necesitaba algo. Percibió una leve rigidez en la voz de su primo y supo que estaba ofendido porque Remy no había pasado la velada con Roshan y él. Para apaciguarlo, los invitó a cenar esa misma noche. Sería mejor encontrarse en un ambiente neutral para hablar de asuntos difíciles, de cómo tenían que estar más pendientes de todo cuando él se marchara.

Mientras se preparaba para ir al hospital, sonó el timbre. «Debe de ser Hema –pensó–. ¿Por qué no usa la llave de la casa?». Pero era Monaz, plantada en el rellano con cara de miedo.

–Ah, hola –balbuceó él–. ¿Qué haces aquí? ¿Cómo has…?

–Perdona, tío Remy –dijo la chica–. Shenazfui me dio tu dirección. ¿Puedo entrar, por favor? Serán solo un par de minutos.

«¿Es prudente estar a solas en el piso con una chica desconocida? –pensó Remy. Pero, mientras le bloqueaba el paso, Monaz se deshizo en lágrimas–. Ah, madre mía, es solo una niña, una chica en apuros. ¿Cómo vas a negarle la entrada?».

Se hizo a un lado para dejarla pasar y ella se sentó en el sofá.

–¿Quieres algo de beber? ¿De comer?

–No, no, estoy bien, tío –contestó ella, mirándolo con ojos muy abiertos y suplicantes–. Solo necesito un favor. Verás, ayer le hablé de ti a Gaurav y él… insiste en conocerte.

–¿Conocerme? ¿Para qué? –Remy recorrió la habitación con una mirada de impotencia–. Yo… Monaz, no quiero ser grosero, pero ahora que la adopción se ha cancelado, ya no juego ningún papel en tu vida. Mi madre está en el hospital y me necesitan. Lo siento, pero…

–No lo entiendes –gimoteó Monaz–. Gaurav quiere hablar contigo. No sé para qué, pero dice que no le contará lo nuestro a sus padres hasta que se haya reunido contigo. Por favor, tío Remy –añadió desesperada–. Por favor, solo reúnete con él. Como un favor.

Remy sabía que lo que tenía que hacer era llamar a Shenaz y pedirle que interviniera. Pero Shenaz se sentiría abochornada por la majadería de su sobrina y él quería ahorrarle esa vergüenza.

–Monaz –lo intentó de nuevo–, no tengo tiempo, de verdad.

–Serán solo quince minutos, tío. Gaurav está aquí cerca.

–¿Dónde? –preguntó él con desgana.

Monaz se inclinó hacia adelante.

–Está esperando en la cafetería Strand, a dos minutos de aquí a pie. Por favor. Será rápido. Por favor; te lo ruego.

Remy suspiró.

–Está bien –dijo.

En la cafetería, Gaurav Advani se subió las gafas de sol de espejo y se las encajó en la parte superior de la cabeza mientras se levantaba para saludar a Remy.

–Hola, tío –dijo–. Gracias por aceptar la reunión.

«¿Aceptar la reunión? –pensó Remy–. ¿Qué es, un magnate de Hollywood?».

–Solo tengo unos minutos –dijo con sequedad.

–No hay problema –respondió Gaurav, y se volvió hacia Monaz–. Vete a la universidad –le dijo–. Nos vemos después, ¿vale?

Monaz pareció tan sorprendida como lo estaba Remy.

–¿No me quedo? –preguntó.

Gaurav sonrió.

–No hace falta. No tienes por qué que faltar a clase. Esta es una conversación de hombre a hombre.

La chica lo miró con indecisión y, de pronto, Remy experimentó una abrumadora necesidad de protegerla.

–Te voy a dar mi número de teléfono –le dijo–. Llámame si necesitas cualquier cosa.

No le gustaba la manera en que Gaurav la había dejado de lado, así que quería asegurarse de que este viera que Monaz contaba con su apoyo.

–¿Qué vas a tomar, tío? –preguntó el joven después de que se acomodaran a la mesa–. ¿Desayuno? ¿Una bebida fría?

–Un café –respondió Remy–. Solo.

Gaurav sonrió.

–Los estadounidenses toman el café solo –dijo, sin dirigirse a nadie en particular.

Chasqueó los dedos para llamar la atención del camarero, y el gesto fue tan arrogante que Remy experimentó una súbita aversión. Conocía a esa clase de personas; había ido a la universidad con jóvenes que fumaban sus cigarrillos extranjeros y conducían sus coches extranjeros, todo pagado por sus papaítos. Sintió pena por Monaz, porque fuera a casarse con alguien tan claramente engreído y grosero.

–Monaz ha dicho que querías verme –empezó–. ¿En qué puedo ayudarte?

Gaurav esperó a que el camarero les sirviera.

–Así es –respondió–. Verás, cuando quedé con Monaz hace unos días y le pedí que se casara conmigo, no sabía que ya había llegado a un acuerdo contigo para adoptar al niño, tío. La muy tonta se olvidó, de manera muy conveniente, de contar ese detalle.

–¿Y…?

Gaurav se encendió un Dunhill.

–Bueno, tío, si hay una solución para este lío en el que se ha metido ella sola, ¿por qué debería involucrarme yo? Solo quería conocer al hombre que va a criar a mi bebé en Estados Unidos.

Remy sintió cómo una lenta ira le recorría el cuerpo.

–«¿Por qué debería involucrarme?» –repitió–. Porque fuiste tú quien la dejó embarazada. –Gaurav adoptó una expresión de sorpresa y Remy se dio cuenta de que había esperado una reacción distinta; ¿gratitud, quizá? El joven abrió la boca para hablar, pero Remy se adelantó–. ¿No quieres casarte con Monaz? ¿Es que no la quieres?

–¿Quererla? ¡*Arre*, tío Remy!, ¿cómo voy a quererla? Apenas la conozco. Nos vimos… qué, ¿tres o cuatro veces? Antes de… ya sabes.

–¿Antes de acostarte con ella? ¿Con una chica por la que no sentías nada? –Remy percibió el desdén en su propia voz y supuso que Gaurav también lo había notado.

–No me des sermones, por favor –replicó Gaurav–. Yo… Intentaba hacer lo correcto por tu sobrina, pero…

–No es mi sobrina.

–Ya, bueno, lo que sea. Todos los parsis estáis emparentados de una manera u otra, ¿no? Con toda la endogamia y demás.

–Vaya –dijo Remy–, vaya. Menudo elemento estás hecho.

Le suplicaría a Shenaz que interviniera si Monaz estaba lo bastante loca como para insistir en casarse con ese tipo.

–Lo siento.

Remy reprimió su cólera.

–¿Cómo crees que reaccionarían tus padres si les presentaras a Monaz?

Gaurav frunció el ceño.

–No muy bien. Mi padre es promotor inmobiliario. Él… creo que… quería un buen partido para mí. Alguien de nuestra comunidad, ya sabes. Los padres de Monaz… No creo que sean ricos.

Remy sintió cómo lo invadía una creciente sensación de pánico.

–¿Qué familia tienes? –preguntó.

–Vivo con mis padres, mi abuelo y cuatro hermanos mayores. Tres están casados, y sus esposas y ellos viven con nosotros. Es un sistema de familia extensa. Somos sindhis, tenemos nuestras costumbres. Monaz, al ser parsi, tendrá que adaptarse si nos casamos.

Remy vio el futuro que le aguardaba a Monaz con tanta nitidez como si fuera una película: un suegro altivo y reprobador, discusiones territoriales con las cuñadas, un marido que saldría hasta tarde y se creería con derecho a tener una o dos amantes para compensar su matrimonio sin amor. Monaz acabaría convertida en una mujer obsesiva cuya vida giraría en torno a un niño medio parsi al que nunca tratarían como un igual.

—Y si mi esposa y yo aceptáramos adoptar al bebé —dijo pausadamente—, ¿renunciarías a todos los derechos?

Gaurav sonrió, satisfecho.

—Por supuesto —dijo, y se pasó los dedos por su espeso pelo—. Tienes que entenderlo, tío. Solo tengo veintiún años; no estoy preparado para sentar la cabeza. Toda mi vida se vería alterada si tuviera que cargar con un hijo.

—La próxima vez, ponte un puñetero condón.

Gaurav se estremeció.

—Entonces, tío —continuó—, ¿sigues interesado en llevarte al niño a Estados Unidos?

—Tal vez. Tengo que hablar con mi mujer y con Monaz. Pero le pediré a un abogado que redacte un contrato en el que renuncies a todos tus derechos.

Ahora que parecía que podía salirse con la suya, la actitud de Gaurav cambió.

—Claro, claro. Lo que necesites, tío. Solo una cosa: no quiero que mis padres se enteren.

«No lo harán —pensó Remy—. Si acabamos adoptando al bebé, jamás volverás a saber de nosotros».

—Y ¿qué vas a decirle a Monaz? —preguntó Remy al cabo—. Ella… parece creer que te quiere.

—Uf, esa chica está loca. No ha parado de darme la lata desde que se enteró de su embarazo. Si lo hubiera sabido antes, habría pagado un aborto.

Remy supo que debía marcharse antes de que la repugnancia que le provocaba aquel muchacho se reflejara en su semblante, o de decir algo que hiciera cambiar de opinión a Gaurav. Se levantó, sacó unos billetes de la cartera, ignoró el «No, no, invito yo» de Gaurav y dejó el dinero sobre la mesa.

–Puedes pagar mi café –dijo–. Esto es solo para la propina.

–Es demasiado –repuso Gaurav, como era de esperar.

–No pasa nada –insistió Remy–. Puedo permitírmelo. –Se dio media vuelta para marcharse, pero se detuvo en el último momento–. Tienes que hablar tú mismo con Monaz. Es tu responsabilidad, ¿lo entiendes? Y sé delicado con ella, ya le has hecho bastante daño. ¿Me explico?

Esperó a que Gaurav asintiera.

–Entendido –dijo el joven con hosquedad.

Remy no se había dado cuenta de que estaba conteniendo la respiración.

–Está bien. Si Monaz aún quiere seguir adelante con la adopción, será su decisión. Pero, si lo hace, hablo en serio cuando digo que has de firmar un contrato; si no, no me implicaré. ¿Ha quedado claro?

Gaurav asintió de nuevo, sin rastro de la arrogancia previa.

Remy reprimió el impulso de sentir lástima por él.

–Será mejor que ensayes lo que le vas a decir a Monaz –dijo–. Dale la noticia con delicadeza –reiteró–. Es… Tiene una familia que se preocupa mucho por ella. –Irguió los hombros–. Yo formo parte de esa familia. Tú mismo lo has dicho: todos los parsis estamos emparentados de un modo u otro.

–Vale, tío –masculló Gaurav–. Encantado de conocerte. Suerte con todo.

Remy se quedó plantado en la acera frente al restaurante, desorientado y abrumado por el repentino giro de los acontecimientos. Por encima de todo, estaba asombrado por su propia fiereza, por la manera en que le había hablado a Gaurav y por la necesidad casi paternal de proteger a Monaz que había experimentado. Miró distraído una motocicleta que pasó a toda velocidad zigzagueando entre los coches y que transportaba a una familia de cinco: un niño pequeño de pie delante de su padre, dos hijos montados detrás, aplastados entre sus padres, y la esposa con los brazos alrededor de la cintura de su marido. Se sintió como si fuera la única persona que no se movía en aquella metrópolis de millones de almas.

Se quedó sin aliento al darse cuenta de que, después de todo, era posible que Kathy y él se convirtieran en padres. Si Gaurav se negaba a casarse con Monaz, quizá ella no tendría otra salida que entregar a su bebé en adopción. Era poco probable que la chica cambiara de opinión por segunda vez. Una chispa de esperanza se encendió en su interior, pero la esperanza era peligrosa y prematura. Para sofocarla, Remy se recordó que Monaz se iba a quedar consternada, privada no solo del hombre al que creía amar –un hombre indigno de ella aunque fuese demasiado ingenua e inexperta para darse cuenta–, sino también del bebé que llevaba en su seno.

«Sí –pensó Remy–. No hay lugar para la esperanza en el museo de los fracasos. Aunque esta cuelgue de las paredes durante un momento, por lo general acaba desplomándose».

Capítulo 11

En el hospital, Remy le dijo a su madre que Jango y Shenaz le enviaban recuerdos, pero Shirin no mostró ningún tipo de reacción. Para almorzar, consiguió que diera un par de bocados al *dhal* amarillo con arroz, pero Shirin no dejó de masticar hasta que él le dijo que parara y tragara. Para su sorpresa, lo hizo. Sacó entonces una porción del pastel de chocolate que Shenaz le había pedido que se llevara a casa la noche anterior.

–Prueba esto, mamá –le dijo–. ¿Te acuerdas de La Patisserie, en el Taj? ¿Donde me comprabas la tarta de cumpleaños todos los años?

¿Era un destello de interés lo que había visto en sus ojos? No estaba seguro. Cogió un pequeño trozo con el tenedor y se lo acercó a los labios. Su madre asomó la lengua y luego abrió un poco la boca, igual que un polluelo. Entusiasmado, él le acercó otro trocito con el tenedor y alzó la vista al techo para dar las gracias, sabiendo que siempre recordaría ese momento.

–¿Te acuerdas del pastel de fresas que encargaste cuando cumplí doce años, mamá? ¿Y cómo el nieto de Temul metió la mano entera dentro? ¡Cómo me enfadé ese día! Pero me consolé con tus fabulosos sándwiches de pollo. A decir verdad, todavía los echo de menos.

La mano de Shirin se estremeció sobre su pecho y ella murmuró algo.

–¿Qué, mamá? ¿Qué has dicho?

Remy colocó su mano sobre la de su madre y notó la congestión de sus pulmones. Cuando Shirin habló, vio que tenía la lengua machada de marrón por el chocolate.

–Los… haré… para… ti.

¿Lo había oído bien?

–Gracias, mamá –dijo al cabo–. Es una promesa. Cuando te encuentres mejor, me los preparas, ¿vale?

Shirin comió dos pedacitos más de pastel y luego giró la cabeza. Remy ya sabía que eso indicaba que debía parar.

–Guardaré el resto en la nevera. Luego puedes comer más.

Cuando regresó de la sala común, Shirin se había dormido.

En cuanto escuchó el estridente zumbido que anunciaba la ronda del médico, salió al pasillo. Qué rápido se había acostumbrado a los ritmos de la vida hospitalaria. Esperó con impaciencia mientras el equipo del doctor Bilimoria visitaba al hombre de la habitación contigua y, cuando el médico salió, se acercó a él con paso firme, ignorando su mirada de sorpresa.

–Ha comido –anunció en tono triunfal–. Y… Y me ha hablado. Le juro que lo ha hecho.

Bilimoria no pareció impresionado.

–Muy bien. ¿Qué ha comido?

–Pues… unos bocaditos de pastel de chocolate.

–Tiene que comer alimentos nutritivos –dijo Bilimoria, poniendo énfasis cada palabra–, no calorías vacías. Parte del motivo por el que no se recupera es su debilidad generalizada.

Remy percibió la reprobación en la voz de Bilimoria y miró al hombre mayor con impotencia, incapaz de explicar la importancia de aquel acontecimiento, cómo le

104

había permitido compartir un raro y dulce momento con su madre. Enseguida la euforia se desinfló y se transformó en vergüenza.

Bilimoria se dirigió a una enfermera.

—¿Cómo ha pasado la noche la paciente? ¿Ha tenido fiebre? ¿El nivel de oxígeno es estable?

Remy se sintió inútil y estúpido mientras ellos estudiaban el historial de Shirin. ¿Qué significaban unas migas de pastel de chocolate frente a los detalles sobre el nivel de oxígeno de su madre y si sus pulmones estaban desobstruidos?

Desde la puerta, observó a Bilimoria despertar a Shirin y auscultarla. Su madre yacía en la cama, con los ojos abiertos, pero sin reaccionar. Bilimoria salió al pasillo y reprendió a una enfermera:

—¿Hay alguien que la haga sentarse en una silla y caminar todos los días? Quedarse en la cama solo hará que se le llenen los pulmones de líquido. Y, mientras está en la cama, ¿alguien la ayuda a cambiar de postura cada dos horas o así? —El médico miró a Remy—. Debe recordarle a la enfermera de noche que lo haga, ¿de acuerdo? Es muy importante para evitar úlceras por presión. Además, anímela a levantarse de la cama cada día. Como mínimo, para que haga sus necesidades.

Remy se sonrojó. ¿Cómo era posible que se hubiera olvidado de comprobar si tenía úlceras? Cuando su padre se estaba muriendo, su madre y él habían sido muy diligentes a la hora de darle la vuelta.

—¿Ha evolucionado en algo, doctor? —preguntó—. ¿Hay alguna mejoría?

—Sus pulmones siguen congestionados, pero anoche no tuvo fiebre, lo cual es una buena noticia. —Bilimoria hizo un leve saludo con la cabeza y se dio la vuelta, pero en el último momento se paró–. Es bueno que haya venido, que esté aquí –dijo con una sonrisa–. Servirá de mucho.

–Gracias –susurró Remy.

Se quedó allí plantado mientras Bilimoria y los residentes se marchaban, un enjambre de batas blancas que pasaban junto a él. Estaba tan atónito por el cambio de actitud de Bilimoria que se olvidó de preguntar lo obvio: ¿de qué serviría y a quién?

Salió al pasillo mientras una enfermera y un auxiliar de planta le daban la vuelta a Shirin en la cama, e insensibilizó su oído para no escuchar los gemidos de ella mientras la movían. Al entrar, la encontró acostada de lado y percibió el olor del talco que habían espolvoreado dentro de su pañal. Reconoció el aroma de inmediato. Hacía décadas que no lo usaba y, sin embargo, de pronto Remy se halló de nuevo en su infancia, de pie con los brazos levantados sobre la cabeza mientras ella le aplicaba el talco en las axilas. «Manos arriba», decía Shirin, como si fuera un personaje de las películas del Oeste que su padre adoraba, y Remy se reía y obedecía.

–¿Estás cómoda, mamá? –susurró. Ella abrió los ojos y, al ver el frío y la ira que reflejaban, a él se le secó la boca. Recordaba demasiado bien esa mirada–. Lo siento si han sido muy bruscos al moverte –dijo–. La próxima vez les… Les daré una buena propina y me aseguraré de que vayan con más cuidado.

Pero incluso mientras hablaba pensó: «¿Quién va a seguir pagando las propinas cuando yo me vaya?».

Por la tarde, fue andando a la pequeña floristería que había visto el día anterior y pidió una cesta con las flores más fragantes que tenían: rosas, ramitas de jazmín y *cestrum*. Mientras las llevaba de vuelta al hospital, aspiró su perfume.

Colocó la cesta sobre la cómoda de la habitación de Shirin. Quería que fuera lo primero que viera al abrir los ojos y se sorprendió a sí mismo con aquel nuevo deseo de complacer a su madre. ¿Acaso había estado siempre ahí, ese afecto, escondido en los recovecos de su pétreo corazón?

Recordó lo que le había dicho Kathy una vez: que incluso los niños maltratados quieren a sus padres.

Pero su madre no lo había maltratado de verdad. ¿O sí? Bueno, sí, unas cuantas veces. Había habido aquel extraño periodo en el que ella lo pellizcaba a escondidas, pero había durado poco, gracias a Dios. Y luego esa vez, cuando él tenía ocho años, en que ella había pronunciado aquellas horribles palabras: «Ojalá no hubieras nacido». No recordaba qué había hecho él para que le dijera eso. Era como si hubiera encerrado esas palabras tras un muro, de modo que existían por sí solas, una frase que flotaba en el espacio. Sí que recordaba que ella se había disculpado una hora más tarde, lo había cubierto de besos y le había suplicado que la perdonara mientras se golpeaba en señal de remordimiento, lo que había asustado a Remy aún más que las ofensivas palabras. Y, por supuesto, él la había perdonado, pero esa frase lo había perseguido desde entonces. Le hacía sentir como un advenedizo, un intruso, alguien que se había colado en un lugar donde no era bienvenido. Excepto que ese «lugar» resultaba ser su propia vida.

Su terapeuta había fruncido el ceño cuando él le había contado el incidente y había dicho que era la clave para entender la imagen que tenía Remy de sí mismo. Este había empezado terapia tres años después de casarse.

Kathy tenía un carácter explosivo y cada vez que se enfadaba Remy reaccionaba como lo había hecho durante toda su vida: acobardándose, encerrándose en sí mismo y quedándose en silencio.

«¡Por el amor de Dios, di algo! –había exclamado Kathy durante una de sus discusiones–. ¿En qué piensas?».

«En nada».

«¿En nada? Remy, no soy Shirin, ¿vale? No soy tu puñetera madre».

A él le habían ardido las mejillas por la ira.

«Por eso no te cuento nada de mi pasado. Siempre lo usas para atacarme, ¿no te das cuenta?».

Kathy lo había mirado con los ojos llenos de lágrimas.

«Ay, Remy –había dicho–. Deberías ver tu cara ahora mismo. No… Yo nunca te abandonaré, amor. Tienes que hablar con alguien sobre todo esto».

Él le había dado la espalda, odiándola por recordarle esas dos horribles semanas en que su madre se había ido. A Remy lo habían enviado a Lonavala con su antigua vecina, pero, cuando regresó a Bombay, ella todavía no había vuelto. Durante una semana, su padre y él se habían quedado solos en el piso, y la penumbra y el miedo de esa época se habían introducido en su cuerpo y le habían penetrado hasta los huesos.

«Bueno –pensó Remy mientras terminaba de colocar el cesto de flores, antes de salir de la habitación de Shirin–, Kathy tenía razón: las sesiones semanales de terapia me ayudaron mucho». Había aprendido a discutir con ella de manera clara, honesta y justa. Y, una vez que lo hizo, ocurrió algo extraño: dejaron de pelearse y se unieron más que nunca.

Se sentó en un banco de madera en el pasillo mientras esperaba a que su madre despertara. El sol de la tarde era abrasador y constante, como una mano paterna que le acariciara la espalda. Esa mañana, Kathy le había dicho que en Columbus estaba nevando y, por deprimentes que fueran las cosas en la India, se alegraba de perderse una parte del invierno de Ohio.

Alzó la vista cuando un anciano se acercó arrastrando los pies.

—*Sahibji, deekra* —dijo el viejo—, ¿quién es tu paciente?

Remy ya había aprendido que esa pregunta era una forma de romper el hielo entre la hermandad de familiares de los hospitalizados.

—Buenas tardes, tío —respondió—. Es mi madre.

El anciano asintió con ademán distraído.

—Mi esposa está allí —dijo, señalando con la barbilla una de las habitaciones cercanas—. Llevamos sesenta y ocho años casados.

—Vaya —dijo Remy—. Enhorabuena.

—Gracias. —El hombre hizo una mueca—. Pero está muy enferma. El médico dice que no hay esperanza.

—Lo siento mucho.

—Me llamo Mehernosh, por cierto. —Se dejó caer junto a Remy.

—Encantado. Yo me llamo Remy.

—Remy —repitió Mehernosh, como si quisiera grabárselo en la memoria—. Es un nombre poco habitual para un parsi. ¿Es la abreviatura de Rohinton?

—No, es mi verdadero nombre. Mis padres me lo pusieron por un hombre francés al que conocieron.

—Ya veo —dijo Mehernosh, con la mirada perdida—. ¿Sabes? —añadió al instante—. Mi difunto padre solía decir que nada dura para siempre. Tenía razón.

Remy asintió, sin saber qué responder, y el hombre lo miró de soslayo.

–¿Tienes familia?

–Tengo esposa.

–Que tenga una larga vida, una larga vida –bendijo Mehernosh–. Que tengáis los dos una vida larga y saludable, *deekra*.

–Mi madre está en esta habitación. –Remy la señaló–. Estoy aquí todo el día. Si puedo ayudarlo en algo…

–Muchas gracias. –Mehernosh lo miró en silencio–. Pero tú no eres de aquí, ¿verdad? ¿Eres extranjero?

A decir verdad, Remy se había sentido como un extranjero desde su llegada a Bombay, pero algo en él se rebeló ante aquella etiqueta.

–Vivo en Estados Unidos, tío –dijo–, pero crecí aquí. Soy nacido y criado en Bombay.

Mehernosh asintió.

–Mi hija también vive en Estados Unidos. En Seattle. –Suspiró–. Ese es el destino de nuestra comunidad parsi. Muchos de nosotros hemos perdido a nuestros hijos en favor de Estados Unidos.

–Lo siento –dijo Remy, con la sensación de disculparse en nombre de toda la diáspora parsi, y reprimió el impulso de coger la mano del anciano.

–No, no, ¿por qué sentirlo? Hay que ir allí donde haya oportunidades. Al fin y al cabo, eso es lo que trajo a nuestros antepasados persas a la India, ¿no? Mi Jessie tiene una buena vida en Estados Unidos.

Remy recordó lo que había dicho Cyrus una vez sobre el hecho de que él viviera en Estados Unidos. Para entonces, él ya había conocido a Kathy y un futuro nuevo se había abierto ante él, como si alguien hubiera corrido unas pesadas cortinas y hubiera dejado entrar el sol. Cyrus era dueño de una de las mayores empresas de ingeniería de Bombay, pero hacía tiempo que había aceptado que su melancólico y artístico hijo nunca se haría cargo del negocio familiar.

«Quédate –le había dicho Cyrus por teléfono–. Construye tu vida allí y no dejes que nadie ponga límites a tus sueños. Tu felicidad y tu éxito serán mi recompensa, Remy. Y no te preocupes por tu madre; yo hablaré con ella. Cambiará de opinión, ya verás».

La mancha húmeda de pena que había echado raíces en el pecho de Remy desde la muerte de Cyrus se expandió. Echaba de menos a su padre. Aquel viaje habría sido mucho más fácil si Cyrus todavía viviera. Remy siempre había pensado en su padre como Indiana Jones, armado con un machete metafórico y derribando todos los obstáculos que se interponían en el camino de su hijo, ya fueran domésticos o burocráticos. Remy miró al anciano tembloroso que tenía al lado y sintió lástima por la desconocida Jessie que vivía en Seattle. Era evidente que Mehernosh quería a su hija, pero Jessie no tenía la clase de padre capaz de prenderse fuego a sí mismo antes que permitir que se chamuscara su hija. No conocía a nadie capaz de algo así.

«Padres parsis –pensó Remy–. Sentimentales y cariñosos, con el corazón a flor de piel». Era una generalización, por supuesto. Había oído historias de hombres parsis alcohólicos, violentos, crueles. Él había tenido suerte dos veces en su vida: primero con su padre y luego con Kathy. Cuánta buena fortuna inmerecida. Quizá la conflictiva relación con su madre obedecía tan solo a la ley de la probabilidad.

Le sonó el teléfono y, al ver que era Shenaz, le dio un vuelco el estómago. Se preguntó si Monaz se habría puesto en contacto con ella, si llamaba para decirle que la adopción volvía a estar en marcha. Tras dedicarle una sonrisa de disculpa a Mehernosh, se levantó del banco y se alejó unos metros.

–Hola, cariño –dijo Shenaz–. ¿Cómo está tu madre?

–Más o menos igual –respondió él–. Ha comido un poco de tu pastel de chocolate.

–Qué maravilla. Dale un abrazo de mi parte, ¿vale? Oye, estoy planeando el menú de esta noche. ¿Qué te apetece comer?

Remy se preguntó si debía mencionar el extraño encuentro con Gaurav y al final decidió no hacerlo. Era una situación delicada; le daría a Monaz el tiempo que necesitara para llorar y tomar una decisión.

–Shenaz, esta noche no puedo ir –dijo–. Le he prometido a Pervez que los llevaría a Roshan y a él a cenar.

–*Ae*, dile que se vaya a la mierda, *yaar*. Te lo pasarás mejor con nosotros.

Él sonrió.

–Lo sé, pero ya he hecho planes.

Shenaz resopló.

–Está bien. Pero te lo advierto: más te vale venir mañana por la noche.

¿Existía una sensación mejor que una mujer atractiva exigiendo tu compañía?

–Mañana estaré allí, te lo prometo –dijo.

Capítulo 12

Mientras Pervez conducía y todos mantenían una conversación trivial, Remy repasó lo que les diría durante la cena: iban a tener que esforzarse más una vez él regresara a Estados Unidos. Uno de ellos tenía que ir a ver a su madre cada día. Debían asegurarse de que sus facturas se pagaran a tiempo y, si volvía a ponerse enferma, informarlo de inmediato. Y, sí, tenían que consentirla: enviar flores a su casa cada semana y llevarle postres cuando la visitaran. Quería dejar claro que no debían escatimar gastos en su cuidado.

Esperó a que terminaran la sopa y entonces comenzó, con la sensación de haber dado con el tono adecuado: firme pero no acusatorio.

Roshan se puso a la defensiva de inmediato y se quejó una vez más de lo gruñona que era Shirin, pero Pervez la interrumpió y se disculpó. Había estado demasiado ocupado con el trabajo y había dejado que Roshan se ocupara ella sola de cuidar de Shirin, lo cual había sido un error, dijo. No le había gustado la forma en que Shirin había tratado a su esposa y se había enfadado por eso, pero su falta de implicación no había sido justa para Roshan, para Shirin ni, sin duda, para Remy.

—Lo siento, jefe —dijo Pervez—. Después de todo lo que has hecho por nosotros, no me extraña que estés enfadado.

—No estoy enfadado —comenzó Remy, pero enseguida se

calló. Ahora tenía ventaja, así que sería absurdo ceder–. Bueno, está bien, sí lo estoy –dijo, con una sonrisa que suavizó sus palabras–. Solo un poquito.

Se interrumpió cuando el camarero dejó la comida sobre la mesa. Habían pedido un festín de arroz frito con pollo, judías verdes, gambas fritas y pollo Manchuria, y el camarero sirvió cada plato con la precisión de un relojero suizo. Remy habría preferido servirse él mismo, pero conocía la tradición hindú y permitió que el hombre repartiera las porciones en sus platos.

Una vez se marchó, Roshan apartó su plato.

–Se me ha ido el hambre. Después de todo lo que hemos hecho por Shirin, que nos acuses de descuidarla es demasiado. Se os ha olvidado que no es una santa.

–Roshan –dijo Remy–, sé lo difícil que puede ser mi madre. Pero cuando os hice la oferta ya conocíais la situación. Fui muy honesto.

–De eso hace tres años –repuso Roshan alzando la voz–. Llevas tres años sin venir. Habías prometido que vendrías todos los años.

Remy se preguntó cómo podía explicarle la presión del trabajo, la expansión de su negocio, la ayuda que habían tenido que prestar a la madre de Kathy tras su operación de cadera, todo lo cual había retrasado su regreso a Bombay. Cómo no había sido su intención estar tanto tiempo sin volver, que los años pasaban volando, uno tras otro, como en una partida de cartas.

–Debería haberlo hecho –dijo–. Siento no haber cumplido mi palabra. –Señaló el plato de Roshan–. Anda, come, por favor. Esto es una cena entre amigos. –Al ver que ella no se calmaba, insistió–: Mira, no os echo la culpa. Solo digo que… mi madre se está haciendo mayor y vosotros sois sus únicos familiares en Bombay.

Solo os pido que os esforcéis un poco. Como un favor, una muestra de cariño.

Percibió el tono suplicante de su propia voz y se aborreció a sí mismo por rendirse tan deprisa. Pero ¿qué otra opción le quedaba? No tardaría en marcharse y, a aquellas alturas, no había nadie más a quien pudiera confiar el cuidado diario de Shirin. Aparte de Roshan, todo el mundo al que conocía trabajaba a tiempo completo. Y Pervez era sobrino de su padre; era impensable retractarse de su palabra sobre el piso.

–Bueno, ya vale –le dijo Pervez a Roshan–. Olvídate de tu *nakhra* y empieza a comer. Además, nosotros también le hicimos una promesa a Remy, ¿no? Tú misma has dicho muchas veces que le debemos todo lo bueno que tenemos en la vida. De no ser por él, todavía viviríamos en esa habitación destartalada de Andheri. Y yo seguiría currando en ese banco. –Le dio un trago a su cerveza–. Tengo que decirte, primo, que tu devoción hacia tu madre me ha sorprendido. La última vez que viniste, no veías el momento de largarte de la ciudad.

Remy se obligó a mirar a Pervez a los ojos.

–Lo sé –murmuró–. Pero no esperaba… No… Mi madre está muy débil e indefensa.

Se quedó mirando el mantel mientras trataba de controlar sus emociones. Cuando alzó la vista, Roshan lo miraba con simpatía.

–Es bueno –dijo Roshan mientras levantaba el tenedor–. Es bueno que hayas venido. Siempre es importante… hacer borrón y cuenta nueva.

–Gracias. Yo también me alegro de haber venido.

De pronto, Remy sintió una gran gratitud hacia Monaz a pesar de no tener ni idea de cómo estaba en aquel momento la situación entre ellos. De no ser por ella, él no habría estado allí para su madre.

—Mira —dijo Roshan—, mañana duerme hasta tarde. Yo iré a visitar a Shirin por la mañana.

—No hace falta —respondió él—. Mientras esté en la ciudad, puedo pasar el día allí.

—¿Cuánto tiempo te quedas?

Remy vaciló.

—Supongo que hasta la semana que viene —dijo—. Tengo un billete abierto, pero todavía es temporada alta, así que es difícil reservar vuelo. Y sería estupendo poder llevar a mamá a casa antes de irme.

—Te están saliendo ojeras —dijo Roshan con su habitual franqueza—. Descansa mañana. Yo iré al hospital sobre las diez y tú puedes relevarme por la tarde. Y ahora, hablemos de algo más alegre que toda esta charla sobre *dookh-dava*.

Remy sonrió para sí al escuchar a Roshan usar el antiguo término *dookh-dava*, que literalmente se traducía como «enfermedad-medicamento». Charla triste. Por alguna razón, traducida perdía su encanto pintoresco y humorístico.

«Aunque siempre se pierde algo en la traducción, ¿no?», pensó. Incluso si hablara con Kathy, que tan bien lo conocía, le resultaría complicado explicar la montaña rusa de emociones que había sentido desde su llegada. Por un instante pensó en contarle a la pareja el verdadero motivo de su viaje a Bombay, pero enseguida descartó la idea. Lo último que necesitaba era que Roshan le preguntara a diario sobre la situación con Monaz. No soportaría su curiosidad o, peor aún, su lástima si las cosas volvían a torcerse.

Capítulo 13

A la mañana siguiente llamaron a la puerta del piso y, al abrir, Remy se encontró a Monaz apoyada en la pared del rellano. Se dio cuenta de que había llorado.

Esta vez la dejó entrar sin decir palabra y la observó mientras ella se sentaba en el mismo sitio en el sofá, con las manos entrelazadas sobre el regazo. Se le cayó el alma a los pies. Nada en el comportamiento de Monaz indicaba que estuviera en paz con su decisión.

—¿Quieres beber algo? —preguntó por costumbre.

—Un vaso de agua, por favor.

Remy abrió la nevera para darle agua fría, pero en el último momento decidió ofrecerle el vaso de zumo de naranja que Hema le había exprimido el día anterior. Monaz lo cogió sin decir nada, como si hubiera olvidado lo que había pedido, y dio un sorbo mientras él se sentaba y se la quedaba mirando.

—¿Lo obligaste a cambiar de opinión, tío? —preguntó la joven.

—¿Qué?

—Gaurav. ¿Lo convenciste para que me pidiera que renunciase a mi niño?

Él suspiró, agotado por aquella chica y su patética vida amorosa. «Ese cabrón es un egoísta de cuidado —quiso decir—. ¿Es que no ves lo infeliz que te hará?».

—Monaz, ¿no te has preguntado por qué quería verme Gaurav? —dijo en cambio—. No quiere casarse, tesoro.

117

Se obligó a permanecer sentado mientras Monaz se echaba a llorar. Estaba en aquel piso a solas con una chica enamorada. Cualquier gesto amable por su parte —un brazo comprensivo sobre su hombro, por ejemplo— podía malinterpretarse. Remy sabía que, de haberse quedado a vivir en la India, no habría dudado en abrazar a una chica lo bastante joven como para ser su hija, pero después de los años que llevaba en Estados Unidos se había vuelto extremadamente consciente de los límites personales y las dinámicas sexuales. Se imaginó la reacción de Jango ante la situación; cómo se reiría a carcajadas y luego menearía la cabeza y diría: «Los yanquis estáis locos. Lo sexualizáis todo».

Aun así, permaneció sentado.

—Lo siento mucho —se limitó a murmurar—. Sé que es doloroso.

—No debería haberle contado lo de la adopción, ni por qué estabas en la ciudad —sollozó Monaz—. Lo amo. Fui tan feliz cuando volvió conmigo.

Remy abrió la boca para contradecirla, para recordarle que hacía muy poco que conocía a Gaurav y que era imposible que amara a aquel narcisista arrogante y egocéntrico que le haría daño una y otra vez, pero se contuvo al recordar lo que Kathy decía siempre: «El amor es química. Existe o no existe».

Recordó su reacción inmediata la primera vez que había visto a Kathy; cómo se había quedado sin aliento, como si alguien le hubiera dado un puñetazo en el estómago. Que Kathy hubiera correspondido a sus sentimientos había sido tan solo un golpe de suerte absurdo. Monaz no había tenido tanta suerte.

—Lo siento mucho —repitió—. Encontrarás a la persona adecuada, te lo prometo.

—¿Cómo, tío? —preguntó Monaz con amargura—. Esto es la India, ya lo sabes. Nadie querrá casarse con una chica que ha tenido un hijo fuera del matrimonio.

Remy se obligó a mirarla a los ojos.

—Bueno, tienes otra opción.

—¿Todavía quieres a mi hijo? ¿Confiarías en mí después de lo que te hice?

Él se encogió de hombros. ¿Seguía confiando en la joven que lloraba frente a él? La verdad era que no, pero ¿qué alternativa tenía? ¿Qué alternativa tenía ella?

—Puede que seamos la mejor opción el uno para el otro —dijo de corazón.

En ese momento, deseó que Kathy estuviera con él en el piso; sabía sin asomo de duda que, si Kathy estuviera allí, Monaz no dudaría en dejarles adoptar a su hijo. Kathy tenía una sólida actitud de competencia y confianza en sí misma que haría sentir cómoda a Monaz. Pero, por desgracia, Remy estaba solo frente a la chica y se sentía inepto. Sabía que, si Monaz le confiaba a su hijo, sería un buen padre, porque había tenido un gran modelo, pero de repente el camino para llegar allí le resultó abrumador.

Echó un vistazo al reloj.

—La señora de la limpieza llegará pronto —dijo—. No... No quiero hablar de asuntos privados sabiendo que puede oírnos.

—¿Así que Gaurav te dijo que había cambiado de opinión? —preguntó Monaz, como si no lo hubiera oído.

—Sí. Dijo que vive con su familia extensa y que para ti la adaptación sería muy difícil. Monaz, escucha: son sindhis. Sus costumbres son muy distintas a las nuestras, *deekra*. ¿Lo entiendes?

Monaz adoptó una expresión terca.

—Pero tú te casaste con una extranjera. Tu esposa es americana.

Remy suspiró. ¿Cómo explicarle la conexión instantánea que habían sentido Kathy y él desde el momento en que se conocieron en casa de Ralph Addington?

—Monaz, la diferencia es que Kathy correspondió a mi amor —dijo con toda la delicadeza posible—. Pero…, bueno, con Gaurav… parece que no es el caso.

Monaz se echó a llorar de nuevo.

—Me mintió. Me dijo que me quería cuando…, ya sabes, cuando quería hacer el amor conmigo.

Remy cerró un momento los ojos.

—Los hombres lo hacen a veces —dijo, irritado por la ingenuidad de Monaz. ¿Por qué tenía que ser él quien mantuviera esa conversación con ella? ¿Dónde estaba su madre, por el amor de Dios?—. No está bien, por supuesto, pero pasa.

Monaz se sonó y luego lo miró.

—¿Qué debería hacer? —preguntó.

Remy reflexionó sobre su pregunta.

—¿Has hablado con Shenaz desde…, ya sabes, desde que Gaurav cambió de opinión?

—No. Shenazfui sigue enfadada conmigo por cómo te traté. —Se le descompuso el rostro una vez más.

—Yo no lo estoy —dijo Remy—. No… No es culpa tuya. No te guardo rencor, Monaz. A ver, estoy decepcionado, claro, pero entiendo por lo que estás pasando. No es una decisión fácil.

Monaz le dedicó una mirada larga y penetrante y luego asintió.

—Lo que dicen de ti es cierto: eres un hombre muy bueno, tío Remy. —Se guardó el pañuelo—. ¿Tienes una foto de tu mujer? Me gustaría verla.

Él se sentó junto a ella en el sofá, aunque a cierta distancia, y deslizó el dedo por la pantalla de su teléfono.

–Esta es Kathy –dijo.

Era una foto preciosa de ella en su jardín, de espaldas al sol de otoño, que iluminaba desde atrás su pelo oscuro. Quince años de matrimonio y la belleza de Kathy todavía le aceleraba el corazón.

–Es muy guapa –dijo Monaz. Él asintió, orgulloso, y le enseñó varias fotos más–. Creo… Creo que sería una buena madre para mi hijo –continuó Monaz con la voz quebrada, y Remy sintió una astilla en el corazón al darse cuenta de la magnitud del dilema de Monaz, de lo que le estaban pidiendo a tan temprana edad.

¿Cómo demonios se podía saber con diecinueve años si una decisión irrevocable era la acertada, si supondría una vida de arrepentimiento y tristeza o de alivio y certeza? ¿Se abriría un futuro nuevo y brillante para Monaz si renunciaba a su hijo o se cerraría de manera permanente una parte esencial de su espíritu?

–Mira –dijo–, yo me quedaré aquí varios días más, así que no tienes que decidir nada hoy. Mi consejo es que hables de todo con Shenaz. Es decir, si estás segura de que no puedes confiar en tus padres.

Monaz negó con la cabeza antes de que él terminara la frase.

–De ninguna manera, tío. Mi padre me matará si sabe que yo… hice lo que hice con Gaurav.

–Está bien. Entonces habla al menos con tu tía y tu tío. Se preocupan por ti. –Remy se levantó–. Lo siento, Monaz, pero tengo que hacer unas llamadas antes de ir al hospital.

Ella también se levantó.

—Espero que tu madre se recupere pronto —dijo y, antes de que él pudiera reaccionar, lo abrazó—. Gracias por ser tan bueno, tío Remy.

Él era consciente de que Hema podía entrar en cualquier momento, pero acabó devolviéndole el abrazo.

—Está bien —susurró—. Todo se arreglará, ya verás.

En cuanto Monaz se marchó, cogió el teléfono para llamar a Kathy, pero se lo pensó mejor. No hacía falta informar a Kathy de cada cambio de humor de Monaz. El trabajo de su mujer era duro de por sí y él siempre procuraba protegerla de las malas noticias hasta haber solucionado el problema.

«La dirección de nuestra casa es "calle Codependencia"», bromeaba Kathy.

Dos horas después, le sonó el móvil.

—Vaya —dijo Jango cuando Remy respondió—, menudo giro de los acontecimientos, *yaar*. Shenaz acaba de llamarme para darme la noticia. ¿Estás contento?

—No lo sé. No quiero estarlo hasta que la decisión sea definitiva.

Jango hizo un sonido desdeñoso.

—Por supuesto que decidirá a tu favor. No hay posibilidad alguna de que se quede con el niño.

Remy vaciló, debatiendo consigo mismo si debía sacar un tema delicado.

—¿Estás seguro…? Quiero decir, ¿a Shenaz y a ti no se os ha pasado por la cabeza la posibilidad de adoptar al niño, Jango? Si fuera así, lo entendería perfectamente.

—No, *yaar* —contestó Jango—. Estamos demasiado acostumbrados a nuestra forma de vida. Sé que suena horrible, pero ni Shenaz ni yo tenemos ese instinto paternal. A ver, nos encanta consentir a los hijos de los demás, pero valoramos demasiado nuestra libertad e independencia. Supongo que somos egoístas.

–Para nada. Kathy y yo estábamos en el mismo punto hace solo unos años. Luego…, no sé, algo cambió en ella. –Remy bajó la voz para añadir–: Ahora es como si estuviera obsesionada con la idea de la maternidad.

–Pero tú también quieres ser padre, ¿no?

–Sí, creo que sí. Sí.

Remy oyó a alguien de fondo.

–Oye, tengo que colgar –dijo Jango–. Ven directo desde el hospital esta noche. Te mandaré el coche.

–Puedo coger un taxi.

–No hace falta. Además, el maldito chófer se pasa el día entero sentado de brazos cruzados –dijo Jango–. Más me vale poner al pobre hombre a trabajar. Esta noche te vienes directo a casa.

Al subir esa noche al Camry con aire acondicionado de Jango, Remy tuvo que reconocer que era un medio de transporte infinitamente mejor que un taxi caluroso y estrecho. La mitad de los taxistas de Bombay parecían encender varitas de incienso en su coche, lo cual le provocaba alergia. Y la única forma de protegerse del humo de los tubos de escape y el estruendo de las bocinas era subir las ventanillas, lo que hacía que los diminutos taxis Hyundai resultaran aún más sofocantes. La otra mitad de los conductores ponía música hindú a todo volumen. El silencio del coche de Jango era delicioso y Remy se hundió en el asiento y cerró los ojos.

Aunque solo había pasado la tarde en la habitación del hospital –Roshan había cumplido su promesa de ir a ver a su madre por la mañana–, estaba más agotado de lo que había imaginado. Para matar el tiempo, había escrito varios versos de un poema, pero, como siempre, al final se había quedado sin palabras y había tirado el papel. Cuando cuidaban de su padre en casa, la rutina era muy diferente: había llamadas al timbre que atender, sábanas que lavar y llamadas de teléfono que hacer. Ahora, los únicos momentos gratificantes se presentaban cuando Shirin tomaba sorbos de Coca-Cola o mordisqueaba un postre.

A pesar de su resolución de consentir a Shirin, a Remy le preocupaba que esta sobreviviera casi en exclusiva a base de dulces; el azúcar se había convertido en el código Morse con el que se comunicaba con ella. Y la enfermedad de su madre no era la única causa de su humor sombrío. Casi en cada habitación de hospital por delante de la que pasaba había un paciente anciano, un desgarrador recordatorio del número cada vez menor de parsis existentes. Eran una comunidad casi extinta.

«Miradme bien —solía bromear Remy con sus amigos estadounidenses, que sentían curiosidad por su fe zoroástrica—, soy un dinosaurio. Pronto desapareceremos como los sacudidos».

Remy nunca le había dado mucha importancia a la religión, pero al caminar por los pasillos del Parsee General sentía una llamada ancestral, un anhelo en su sangre, una sensación de parentesco con los ancianos a los que veía, vestigios de una época refinada desaparecida mucho tiempo atrás. Si adoptaban al hijo de Monaz, Remy sería quien llevaría a cabo el Navjote del niño, la ceremonia del hilo religioso que iniciaba a los niños en la fe zoroástrica. Kathy apoyaría esa decisión.

—Hemos llegado, señor —anunció el chófer de Jango.
Remy se despertó, sobresaltado.

—Genial —dijo—. Gracias.

Sacó un billete de cien rupias y, tras la negativa de rigor, el chófer aceptó la propina. Remy entró por la puerta abierta. Jango estaba detrás de la barra, metiendo hielo en un vaso de *whisky* escocés.

—Ven, ven, siéntate —dijo—. Relájate. ¿Qué tal tu día?

Remy cogió el vaso que le ofrecía. Aquel viaje habría estado teñido de una tristeza insoportable de no tener a Jango y a Shenaz para consolarse.

Shenaz entró en el salón.

—¿Cómo estás, mi *jaan*? ¿Y tu madre?

Él se encogió de hombros.

—Aguanta. Hoy no he ido hasta la tarde y parecía un poco más receptiva. Lleva dos noches sin fiebre.

—Es una noticia excelente. —Shenaz se sentó junto a él en el sofá—. Perdona todo el melodrama con mi sobrina. Se pasó por aquí después de ir a verte.

—No te preocupes. En realidad no es culpa suya. Es muy joven, y es una gran decisión.

—Sí, pero el niño no va a esperar mientras ella duda. Llegará al mundo esté ella preparada o no.

—Y ¿cómo habéis quedado al final?

—Se lo he dicho sin tapujos: ya es hora de que tome una decisión de una vez por todas. No ha hecho falta que le recordara lo difícil que será la vida para ella y para el niño si decide ser madre soltera. Las cosas aquí no son como en Estados Unidos. En la India hay mucho estigma social.

—Es rarísimo —comentó Remy—. Todo este progreso, los rascacielos, los centros comerciales y demás, es muy engañoso. Porque las actitudes no han cambiado desde que yo vivía aquí.

Jango llenó de nuevo el vaso de Remy.

–Y luego están esos políticos que quieren llevarnos hacia atrás, en lugar de hacia adelante –dijo–. Toda esta falsa nostalgia por un pasado que en realidad nunca existió. Al escucharlos, parece que los indios lo inventaron todo, desde los clips para papel hasta los cohetes. Historia revisionista, inventada por estos puñeteros mentirosos.

Remy suspiró.

–En Estados Unidos ahora pasa lo mismo, jefe –dijo–. Todo es «América primero». Actúan como si el resto del mundo no existiera.

–Bueno, eso no es precisamente una novedad. ¿Recuerdas cuando éramos niños y bromeábamos porque que los estadounidenses sabían más sobre el espacio exterior que sobre otros países?

Remy asintió. Al llegar a Estados Unidos en 2003, le había sorprendido la cantidad de banderas que había por todas partes, incluso en los concesionarios de coches, y aquel patriotismo exagerado le había resultado bochornoso. Dos años antes, había leído acerca del horror del 11S en el *Times of India* y había sentido la misma indignación que el resto del mundo. Comprendía la oleada de patriotismo que había inundado Estados Unidos con posterioridad a los ataques, pero, en las semanas y los meses siguientes, quedó claro que la tragedia se usaba como garrote para golpear a los débiles: los ataques a musulmanes y sij en Nueva York, los ciudadanos de piel oscura obligados a retroceder a la Edad Media a base de bombardeos en Afganistán y, después, la fantasiosa invasión de Irak. Pero lo que ocurría en Estados Unidos en aquel momento era algo que Remy no había previsto.

A pesar de sus muchos puntos débiles, jamás había pensado en Estados Unidos más que como un país extraordinario, único, el mango Alfonso de las naciones. Ahora, por primera vez, le parecía… ordinario. Vivía en un país desgarrado por el mismo tribalismo y los mismos odios que asolaban a naciones menores. Siempre había considerado la democracia estadounidense como un roble gigante, con raíces que se hundían a más de doscientos años de profundidad, pero resultaba que esas raíces eran superficiales, que se mantenían en su sitio por costumbre y gracias a los buenos modales, pero lo único que hacía falta para que quedaran al descubierto era un hombre que se negara a seguir las reglas del civismo y la democracia.

–Remy –dijo Shenaz–, ¿qué te pasa, cielo? Tienes muy mala cara. Por favor, no quiero que te preocupes tanto por Monaz. Cambiará de opinión, ya verás.

Él meneó la cabeza.

–No es eso. Solo pensaba que… Da igual.

Era imposible describir la sensación de traición que sentía hacia su país de adopción. El hecho de que todo aquello hubiera sucedido después de los emocionantes años de gobierno de Obama era especialmente cruel, una suerte de timo. Aunque Obama era originario de Estados Unidos, su concepción del país y de su papel en el mundo era global, casi como la de un inmigrante. La primera vez que Remy había escuchado al joven senador negro pronunciar «Pakistán» de la forma correcta, no anglicanizada –Pah-ki-stahn–, pensó: «Es uno de los nuestros». Ese mismo día había enviado una donación para su campaña, y su fe inicial se vio confirmada a lo largo de aquellos ocho gloriosos años.

Sentado frente a él, Jango apuraba una cerveza.

–¿Gita está friendo los kebabs? –le preguntó a su mujer–. Podemos comerlos como entrante, ¿no?

–Picotead los anacardos y las galletas –dijo Shenaz–. Y dejadme a mí el menú de la cena.

Jango le dedicó una sonrisa a Remy.

–¿Tú ves cómo me mangonea? –Carraspeó antes de continuar–: Quería preguntarte algo. Si Monaz acepta, ¿seguirás adelante con el proceso, después de la mierda que se sacó de la manga?

–Tengo… tengo que consultarlo con Kathy, pero creo que sí.

Jango se dio una palmada en el muslo.

–En ese caso, esta semana tendremos una conversación sincera con ella. No puede dejarte así colgado. Maldita sea, ¡mi reputación está en juego!

Remy abrió la boca para tranquilizar a Jango, pero en ese momento sonó el timbre.

–*Saala*, ¿quién será a estas horas? –comentó Jango.

Era Soli, un amigo del colegio al que Remy no veía desde hacía más de una década.

–Madre mía –dijo Remy–. Caramba, Sol; estás estupendo.

Soli parecía tan sorprendido como él.

–*Arre*, jefe. ¿Qué narices haces en Bombay? –Se volvió hacia Shenaz–. Estaba por el barrio y he pensado en pasarme. Espero que no sea un problema.

–Claro que no. Ven, siéntate. ¿Qué te apetece tomar?

Jango estaba sirviéndole una copa a Soli cuando volvió a sonar el timbre.

–Quizá sea el chico de la farmacia Royal –dijo Shenaz–. He pedido unos espráis nasales.

Había cuatro personas al otro lado de la puerta. Gulnaz, una antigua compañera de clase de Remy, estaba apoyada en un hombre al que no reconoció, al lado de Joseph y su mujer, Sabrina.

–Hola, Remy –dijo Joe con una sonrisa de oreja a oreja–. Tienes cara de haber visto un *bhoot*, tío.

–¿Qué está pasando aquí? –preguntó Remy.

Jango echó la cabeza hacia atrás y soltó una carcajada.

–Tendrías que verte la cara, colega. He decidido invitar a varios amigos del colegio para darte una pequeña fiesta de bienvenida. Espero que te guste.

–Remy, te presento a Hussein, mi marido –dijo Gulnaz, a la que se le marcaron los hoyuelos.

Remy recordó haber recibido una invitación para su boda varios años atrás. ¿Habían enviado un regalo? Seguro que Kathy se había encargado.

–Enhorabuena –dijo, estrechando la mano del hombre alto y desgarbado que estaba junto a Gulnaz–. Encantado de conocerte, por fin.

–El placer es mío, Remy. He oído hablar mucho de ti.

Remy le dio un abrazo a Gulnaz.

–Nuestra pequeña Gulu –dijo–. Casada. Cuesta creerlo.

–Ya ves. ¿Te lo imaginas? ¿A mi edad? Menos mal que mi marido no tiene muy buena vista.

–Tonterías. Tiene suerte de estar contigo.

A continuación llegaron tres parejas más. Durante varios minutos que se le hicieron eternos, Remy se convirtió en el centro de atención mientras todos le preguntaban por su madre y, después, por Kathy y por qué no lo había acompañado. Sus preguntas le dejaron claro que Jango no había revelado el motivo de su viaje a la India, cosa que agradeció. No quería ser objeto de su compasión ni de su curiosidad por aquel tema.

Después de que la criada sacara los entrantes, Remy se acomodó con su copa mientras los demás hablaban todos a la vez e intercambiaban bromas y ocurrencias. Salvo por las canas que salpicaban su pelo, era como si todos estuvieran de vuelta en el Cathedral. A pesar de los años que habían pasado, podía verlos tal como eran en cuarto, en séptimo o el día en que se publicaron los resultados de los exámenes finales de bachillerato. –Gulnaz y él habían sacado matrícula de honor; Jango, un notable–. Sonrió mientras ellos rememoraban las bromas que habían hecho en los viajes escolares –como poner pasta de dientes en la cara a sus compañeros mientras dormían en el tren– y lo enamorados que estaban todos de la profesora de Geografía.

Pero Remy se dio cuenta de que el bienestar que sentía en la médula de los huesos iba más allá de su pasado compartido. También procedía del hecho de compartir una misma cultura. Escuchó a sus amigos hablar en su mayor parte en inglés, intercalando de vez en cuando una palabra o expresión en guyaratí o en hindi, el sello distintivo de los políglotas de Bombay. Le encantaban la naturalidad y el desenfado con los que Joe y Jango soltaban palabrotas, salpicando la conversación con *bhenchot* y *madarchot* en un tono alegre que restaba fuerza a las imprecaciones.

Remy recordó un momento de la última Navidad en casa de su suegra. Mientras le contaba a Rose lo bien que le había ido a su agencia aquel año, había dado unos golpecitos con los nudillos en la mesa del comedor al tiempo que añadía un supersticioso: «Golpeo madera». Kathy y Rose habían intercambiado una mirada divertida.

«¿Qué?», había preguntado él.

«Nada –había respondido Kathy–. Es solo que en Estados Unidos decimos "tocar madera"».

Y aunque Remy se había reído con ellas, la corrección de su esposa le dolió un poquito; ese «decimos» que lo excluía, que lo separaba de su propia mujer. La mayoría de los días Remy se sentía tan estadounidense como el monte Rushmore, pero de vez en cuando esas pequeñas fisuras le recordaban que, aunque había abrazado Estados Unidos con todo su corazón, no había ninguna garantía de que Estados Unidos le correspondiera en igual medida.

Después de tantos años, aún se enfadaba al recordar cómo Bill Warner, el jefe de cuentas de su primer trabajo, lo saludaba cada mañana con un «*Namasté*, Remy». Warner lo decía con un acento cantarín y marcado, que no se parecía en nada al de ninguna persona que Remy conociera. Y Remy, que en su vida había saludado a nadie con un *namasté*, que tenía el acento seco y preciso propio de su clase social, que hablaba un inglés mejor del que Bill hablaría jamás, pero que acababa de terminar el posgrado y se sentía agradecido por haber conseguido un empleo en la mayor agencia de publicidad de Columbus, no tenía más remedio que sonreír y responder: «Bien, Bill. ¿Y tú?».

Era algo que le había molestado desde entonces, tanto el insulto como su propia complicidad. No se atrevía a llamarlo racismo; Bill apreciaba a Remy y había sido uno de sus mayores apoyos dentro de la empresa. Remy siempre había sido consciente de los privilegios que le protegían del racismo más flagrante: su educación, su inglés impecable, su piel clara, su porte, su buena presencia, su esposa estadounidense. Pero, entonces, ¿cómo llamar a la forma en que Bill lo saludó durante los tres años que trabajó en la agencia? ¿Había un nombre para definirlo? ¿Qué hacer con la vergüenza que todavía le

131

suscitaba el recuerdo, con aquella sensación de impotencia e incomodidad que había sentido? Parecía absurdo, pero quizá habría sido más fácil ser blanco de un racismo abierto y descarado, porque al menos así habría tenido una etiqueta.

La parte más resentida y cínica de Remy casi daba las gracias por los tres últimos años, en los que millones de estadounidenses habían dejado clara como el agua su desconfianza hacia los extranjeros, su xenofobia. Remy llevaba aquella nueva certeza como un abrigo sobre sus trajes caros: aunque se le hubiera permitido comer un buen pedazo del sueño americano, nunca pertenecería del todo a Estados Unidos. A ningún país, en realidad. Esa era la carga eterna del inmigrante: el alma dividida. Siempre sería un extranjero en Estados Unidos, pero lo irónico era que también se había convertido en un forastero en la India.

Se inclinó hacia Gulnaz, que estaba sentada a su lado en el sofá, y le pasó un brazo por los hombros.

—Ay, guapa —musitó—. Me alegro muchísimo de verte tan feliz.

Los ojos de Gulnaz brillaron mientras le sonreía.

—¿Te lo puedes creer? —susurró—. ¿Que yo me haya casado? Estaba convencida de que moriría solterona. Pero más vale tarde que nunca, ¿no?

—Y… —Remy vaciló—, él es musulmán, ¿verdad? ¿Tuvisteis que enfrentaros a mucha oposición por parte de vuestras familias?

Gulnaz se puso seria de repente.

—No te lo vas a creer, Remy —dijo—. Yo misma me oponía a mi matrimonio.

El despropósito de aquella afirmación hizo que Remy soltara una carcajada.

–Eso no tiene ningún sentido –dijo.

–No, no, deja que te lo explique. Lo que quiero decir es que estoy muy orgullosa de ser parsi; créeme, no quería casarme con alguien que no compartiera mi fe. –Se encogió de hombros–. Pero ¿qué le voy a hacer? Me fue imposible resistirme a él.

–No me extraña, es encantador. Y es evidente que te adora.

–Y se parece más a nosotros, los parsis, de lo que te imaginas, Remy. *Bindaas*, despreocupado. A ver, míralo: bebe como un pez. Y además es carnívoro acérrimo, igual que nosotros los *bawas*.

Al percibir la mirada inquisitiva de Hussein desde el otro lado de la habitación, Remy se echó a reír. Y se sentía tan bien al estar con viejos amigos y lejos de la tristeza del hospital que luego se rio aún más. Vio que Jango lo miraba con preocupación y le hizo un gesto de aprobación con el pulgar.

Gulnaz le cogió la mano entre las suyas.

–¿Y tú estás bien, *jaan*? ¿Cómo llevas lo de tu madre?

–Estoy bien –respondió él, encogiéndose de hombros–. Es lo que hay.

Ella le dio un apretón.

–No sabes cómo me alegro de que estés aquí.

Él también se alegraba. De algún modo, Shenaz y Jango habían sabido que eso era lo que necesitaba: la compañía de sus viejos amigos. En Estados Unidos tenía un numeroso grupo de amigos leales y, en muchos sentidos, ellos conocían al adulto que era mejor que todas esas personas. Por agradable que fuera aquella reunión, había algo… ¿cómo decirlo?, juvenil en ella. La hilaridad, los chistes tontos y los juegos de palabras, como si estuvieran atrapados para siempre en sus cuerpos de catorce años. Si hubiera conocido en ese momento a esas personas, ¿las habría escogido como amigas? Y, sin embargo, había algo genuino en los amigos que te habían conocido antes de que tu identidad se formara, cuando apenas habías salido del cascarón. Que te habían visto llorar cuando tu equipo de debates había perdido el campeonato municipal, que conocían el nombre de la primera chica de la que te habías enamorado. Remy se dio cuenta de que se estaba poniendo sentimental, como le ocurría a menudo después del segundo *whisky*. «Una copa más y paro», se dijo a sí mismo.

La cena fue suculenta: salsa blanca con gambas del tamaño del puño de un niño, s*ali boti* con albaricoques, espinacas con requesón y pollo frito al estilo parsi.

–*Mera khoda* –exclamó Soli–. ¿Esto es una fiesta o un banquete de boda?

–Comed, comed. –Shenaz sonrió –. Por favor, llenaos el plato.

Cuando terminaron de comer, Soli se palmeó el vientre.

–Estoy a punto de reventar –dijo, y todos estallaron en carcajadas al recordar de inmediato la expresión que usaba a menudo su profesor de Matemáticas cuando se enfadaba.

Hicieron una pausa antes de que Shenaz sirviera el postre y Remy aprovechó la oportunidad.

–Disculpad –dijo–. Voy a hacer una llamada rápida a Kathy antes de que se vaya a trabajar.

–Ve al dormitorio –le indicó Jango–. Allí nadie te molestará.

Tras cerrar la puerta del cuarto, sacó el teléfono y vio que tenía tres llamadas perdidas del mismo número. ¿Por qué no había oído el móvil? Mierda. Lo había silenciado en el hospital para no molestar a su madre.

–Señor –dijo una voz femenina cuando devolvió la llamada–. He llamado y llamado. Soy Manju, la enfermera. Venga enseguida, por favor. La señora no se encuentra bien.

–¿Qué ha pasado? Cuando me he ido estaba bien.

–Lo sé, señor, pero ¿qué se le va a hacer? Le ha subido mucho la fiebre.

A Remy se le desbocó el corazón.

–¿Ha ido el médico?

–Solo el médico asistente. Están intentando contactar con el principal.

–Está bien –dijo él–. Llegaré tan pronto como pueda. Hazme un favor: dile a mi madre que estoy de camino.

–No nos oye, señor.

–Díselo –insistió él.

Cuando volvió al salón, todos se quedaron callados.

–¿Pasa algo, jefe? –preguntó Jango.

–He recibido una llamada del hospital. Mamá tiene fiebre alta. ¿Puedo coger un taxi o…?

Jango ya había sacado el móvil y estaba llamando a su chófer.

–Shekhar sigue abajo. Te llevará, y yo te acompaño.

–No. No… Prefiero ir solo, por favor. Llamaré si necesito algo. –Se volvió hacia el grupo–. Lo siento mucho. No…

–Remy –dijo Gulnaz–. Vete ya.

El residente gritaba al oído de Shirin, intentando que reaccionara. Remy apartó a la enfermera jefe, se acercó a la cama de su madre y le cogió la mano. Se sorprendió de lo caliente que estaba.

–Mamá, soy yo, Remy. Estoy aquí, ¿vale?

Shirin dejó escapar un débil gemido. Tenía el rostro rojo y sudoroso. Remy miró al residente.

135

–¿Cuál es el plan? Y ¿qué le pasa?

–No estamos seguros. Le hemos dado medicación para la fiebre y vamos a empezar a suministrarle un nuevo antibiótico por vía intravenosa.

–¿Por qué no lo han hecho ya? –preguntó Remy en tono cortante.

–Señor –contestó el hombre–, estamos esperando a que lo envíen de la farmacia.

Remy se volvió hacia su madre, que murmuraba algo.

–¿Qué pasa, mamá? ¿Quieres algo? ¿Hielo?

–Cyrus –dijo Shirin con voz áspera–. Cyrus, mi Cyloo. Quiero a… Cyloo.

El residente intercambió una mirada con Remy. «¿Quién?», articuló con los labios. Remy meneó la cabeza.

–Mi padre.

Alterada, Shirin intentó soltar su mano de la de Remy.

–Cyloo –dijo de nuevo–. Mi amor. Te echo de menos.

Remy sintió un remordimiento tan intenso que superó su miedo. El corazón humano era un puñetero misterio y, en última instancia, era imposible conocer a nadie. Siempre había creído que el matrimonio de sus padres había sido uno de los peores que conocía, pero ahí estaba Shirin, febril y delirante, declarando su amor por su marido. Cuánto había malinterpretado la compleja dinámica entre sus padres.

Cuando su padre de iba de viaje de negocios, Shirin ponía un tercer plato en la mesa mientras Remy y ella almorzaban. «Es para mi amigo imaginario», decía. De niño, a Remy no le parecía extraño que su madre tuviera un amigo imaginario. Ahora comprendió que aquella había sido su manera de sobrellevar la ausencia de su padre, y un vacío se abrió en su corazón.

Remy permaneció impotente junto a la cama, deseando poder llamar a Kathy para pedirle consejo médico. Pero no quería salir de la habitación. Miró por encima de hombro a Manju, que estaba de pie detrás de él y retorcía con gesto nervioso los extremos de su sari.

–Echa un poco de agua de colonia en un cuenco –le ordenó–. Luego moja un paño y pónselo en la frente.

Era lo que hacía Shirin con él cuando tenía fiebre. La respiración de Shirin se ralentizó al contacto con el paño fresco.

–Hijo –musitó, aunque Remy tuvo que inclinarse para entender lo que decía. Sus ojos estaban abiertos, pero no veían–. Mi hijo. Tan lejos…

–No te preocupes, mamá –dijo Remy–. Estoy justo aquí y no me voy a ir a ninguna parte. Estoy a tu lado, te lo prometo.

Nunca había dicho nada tan de corazón. Él mismo se sentía febril, consumido por una ternura largo tiempo reprimida hacia su madre. No quería estar en ningún lugar que no fuera aquel, junto a ella, sosteniéndola, sintiendo el calor que emanaba de su cuerpo, percibiendo cada temblor. Era el sentimiento más puro y condensado que había experimentado jamás; hasta la última fibra de su ser estaba viva y tenía un propósito: ayudarla. Su madre se alejaba de él –lo percibía en el vaivén de la fuerza de su mano–, pero él no se la soltó mientras se preguntaba qué había ido mal, si se trataba solo de un brote de fiebre o de algo más grave y definitivo.

Observó cómo traían un nuevo soporte para la vía intravenosa y enjuagaban la aguja antes de empezar con la nueva medicación. Shirin ni siquiera se inmutó, perdida como estaba en la niebla de su mente, al tiempo que repetía una y otra vez el nombre de Cyrus.

—Tranquila, mamá. Todo va bien —dijo Remy—. Estaré aquí a tu lado.

Ella giró un poco la cabeza y lo miró a los ojos. Había una expresión de desconcierto en su mirada mientras se esforzaba por enfocarla.

«Aunque camine por el valle de la sombra de la muerte, no temeré mal alguno, porque tú estás conmigo». A Remy le vinieron a la mente las palabras aprendidas tanto tiempo atrás en la escuela y luchó contra el impulso de pronunciarlas en voz alta.

—Remy —dijo Shirin, con la voz teñida por un tono nuevo de asombro—. Rem... *Deekra*. Mi hijo.

Remy tragó saliva varias veces y luego se echó a llorar.

Al día siguiente, el sol pareció tomarse su tiempo para salir. A Remy le dolía la espalda después de haber pasado la noche en la silla, junto a la cama de Shirin. Manju se había levantado numerosas veces del catre del otro lado de la habitación y le había suplicado que le cambiara el sitio, pero él se había negado porque quería permanecer junto a su madre. «Porque tú estás conmigo». Él no era un dios, solo un hombre, y además un hijo pródigo, por si fuera poco. Pero era su hijo. Y estaba allí, a su lado. Esperaba que eso fuera suficiente.

Hacía unos minutos, Manju había abierto la puerta de la habitación. Fuera, el cielo empezaba a clarear y un rosa pálido se extendía por su superficie. Remy oyó los arrullos graves de las palomas y el estridente graznido de los cuervos.

Era un nuevo día. La fiebre había bajado y su madre estaba viva.

Remy se pasó la mano por la cara, como si quisiera borrar el cansancio.

Le vibró el teléfono. Era Kathy. Miró a su madre, que parecía dormir profundamente.

–Hola –le susurró a su mujer–. Espera un momento. –Le hizo un gesto a Manju para que se sentara junto a Shirin y luego salió al pasillo–. Hola, cariño, perdona por no llamarte anoche. Ha sido todo un disloque.

Comenzó a temblar mientras relataba los acontecimientos de la noche anterior. Sujetó el teléfono entre la oreja y el hombro y se abrazó para controlar los temblores.

–Cariño –dijo Kathy–, siento mucho todo lo que ha pasado. Con lo emocionado que estabas cuando te fuiste a la India y ahora... todo esto.

–Estoy bien. Y me alegro de poder estar aquí con ella. No quiero ni imaginármela afrontándolo todo sola. –Tragó saliva–. Y Kat, el mero hecho de saber cuánto amaba a mi padre... hace... que haya valido la pena.

–Me alegro –dijo ella, y Remy percibió el cansancio en su voz.

–¿Y tú, amor? –preguntó–. ¿Cómo va todo por allí?

–Estoy bien –se apresuró a responder ella–. Todo está bien. Cuídate mucho. Y a ella.

Él cerró los ojos, agradecido, aunque se preguntó si él sería igual de altruista si se invirtieran los papeles. Aunque, claro, no existía el peligro de que Kathy tuviera que volar trece mil kilómetros para cuidar de su familia, pues la madre de Kathy, Rose, vivía a apenas diez kilómetros de distancia.

Kathy estaba hablando de algo y él se obligó a prestar atención.

–Quédate unos días más si hace falta –decía–. Cuando vuelvas a casa, no quiero que tengas remordimientos, ¿me oyes? Te hace falta un cierre.

«¿Cierre?», pensó Remy después de colgar. Qué suerte, qué estadounidense, poder considerar la vida como algo tan prístino y domable como para adaptarse a un relato con principio, desarrollo y final. En la India entendían la naturaleza desordenada de la vida, la continua fusión de una historia con otra, de una generación con la siguiente. La idea de un cierre era un cuento de hadas, el hilo musical de la condición humana. Sentado en el banco delante de la habitación de su madre, en la mañana posterior a una terrible noche, aquel concepto sonaba hueco, impostado, una negativa a enfrentarse a la vida, a su imprevisibilidad.

Se quedó dormido y se despertó con el sonido de alguien que carraspeaba. Era el doctor Bilimoria, que lo miraba con desasosiego.

—¿Una noche difícil? —preguntó el médico—. Me he enterado. —Remy asintió—. Pero se ha sobrepuesto. Es más fuerte de lo que parece. La fiebre ha bajado, según el informe de las cinco.

—Pero ¿puede volver a pasar? Quiero decir, los últimos días estaba mucho mejor.

Bilimoria se encogió de hombros.

—Cualquier cosa puede pasar, pero por el momento ha respondido bien al nuevo antibiótico, así que seamos optimistas.

—¿Se lo van a seguir dando?

—Sí. —Bilimoria carraspeó—. La mayoría de los pacientes ya se habría recuperado, pero, dada su edad, me imagino que…

—Por el amor de Dios, solo tiene setenta años. —De pronto, Remy se sintió irritado—. Y los parsis tienen una de las esperanzas de vida más altas del mundo. Mire a los pacientes que hay aquí; la mayoría tiene ochenta años largos o noventa. No entiendo por qué la tratamos como si...

Bilimoria lo miró con detenimiento.

–Le voy a decir algo, ¿de acuerdo? –Se volvió hacia los residentes–. Empezad con el siguiente paciente, yo iré enseguida. –Remy se puso tenso mientras Bilimoria se sentaba a su lado–. Ya había venido a verme –dijo este–. Hace más o menos un año.

–¿Quién?

–¿Quién? Su madre. Entonces también tenía neumonía, por eso hay cicatrices en sus pulmones. En ese momento le receté un nebulizador y otros tratamientos. También le di una charla sobre nutrición y demás, aunque me di cuenta de que no le interesaba en absoluto.

–¿Por qué demonios no le interesaba?

Bilimoria lo miró con severidad.

–¿Usted querría?

–¿Querría qué? –preguntó Remy.

–¿Querría seguir viviendo si estuviera solo? ¿Si su único hijo no quisiera saber nada de usted?

Remy se estremeció y el recién recuperado amor por su madre se le agrió y se transformó en resentimiento por haber compartido esos detalles tan íntimos con un desconocido. Recordó al niño que había sido, llorando en silencio en la cama, herido por las palabras mordaces de su madre. Recordó a su padre, que casi se había vuelto loco por la crueldad de Shirin; cómo ella se llevaba de la mesa los documentos del trabajo o las llaves del coche y los escondía durante un día entero; cómo le quitaba la cartera y juraba no haberla visto, hasta que esta aparecía días después bajo el colchón.

–No tiene ni idea –le dijo al médico–. No tiene ni idea de las cosas que hacía...

Bilimoria alzó la mano para interrumpirlo.

—Hijo, no lo estoy juzgando. Estoy seguro de que había buenas razones. Siempre las hay. Solo intento decirle que su madre ha perdido la herramienta más importante para recuperarse: las ganas de vivir. ¿Lo entiende?

Remy asintió, incapaz de mirar a los ojos de Bilimoria.

—Está bien —dijo este al cabo de un momento. Luego se puso en pie y se pasó los dedos por la cabeza calva, como si hubiera olvidado que no tenía pelo—. Le cambiaré otra medicación y la daré un esteroide durante varios días. Eso debería ayudarla a respirar y controlar la fiebre. —Miró a Remy—. ¿Alguna pregunta?

Remy se levantó.

—No, ninguna. —Le tendió la mano—. Gracias, doctor.

Bilimoria se la estrechó y no se la soltó.

—No hay de qué. Lo siento si… Solo quería que se hiciera una idea cabal de lo que ocurre, para saber qué hacer a continuación.

—De acuerdo.

De pronto, Remy se sintió más liviano, como si Bilimoria y él fueran ahora un equipo.

—Una cosa más, *deekra* —dijo el médico—. No se olvide de cuidarse usted también. —Un atisbo de sonrisa—. Vaya a casa, aféitese, dúchese, desayune, descanse un poco. No se preocupe, su madre es más fuerte de lo que parece.

Remy pagó a Manju horas extra para que se quedara un rato más con Shirin mientras él volvía a casa. Llamó a Jango desde el taxi para ponerlo al día y se sintió reconfortado al escuchar suspirar a su amigo:

—*Saala*, estábamos muy preocupados. Esta mañana hemos estado a punto de ir al hospital.

—No, mi madre está mejor. Le ha bajado la fiebre.

–Qué buena noticia. Bueno, y… ¿tienes algún plan para esta noche? Sin presión, pero si quieres puedes venir. Solo estaremos Shenaz y yo.

Remy vaciló. Todavía no había llamado a Dina Mehta y, cuanto más esperara, más incómodo sería. A fin de cuentas, había sido la experta gestión de sus asuntos por parte de Dina lo que le había permitido pasar tanto tiempo fuera. Pero, tras la noche que había tenido, quería estar con gente de su edad. Quedaría con Dina más adelante, esa misma semana.

–¿Puedo decirte algo cuando vuelva al hospital? Quiero ver cómo va el resto del día. Si mi madre no está bien, pasaré la noche allí. Y no quiero echar a perder otra velada, como hice ayer.

–Pero ¿qué tonterías dices, *yaar*? –exclamó Jango, exasperado–. ¿Crees que si pongo un plato más en la mesa me voy a arruinar o qué? Todo el mundo entendió por qué tuviste que irte pitando. En fin, ven esta noche si puedes. Cuídate y, si necesitas cualquier cosa, pide ayuda como un ser humano normal, ¿vale?

–Sí –dijo Remy, agradecido por la brusca amabilidad de Jango.

Se sentía increíblemente afortunado de que dos chicos jóvenes, tan diferentes entre sí, se hubieran convertido en amigos para toda la vida.

Capítulo 14

Cuando regresó al hospital después de ducharse, se encontró a Shirin sentada en la cama y dando sorbos a una lata de Coca-Cola que sostenía Manju. Remy experimentó un sobresalto de aprensión. «¿Alguna vez bebe agua? –se preguntó–. ¿O vive a base de cola? –Luego, al recordar lo mal que se había puesto la noche anterior, pensó–: ¿Qué más da?».

–Hola, mamá –dijo–. ¿Te encuentras mejor?

Ella lo miró y él percibió un atisbo de sonrisa en su semblante, tan leve que era posible que lo hubiera imaginado. Pero entonces ella levantó una mano huesuda y dio una ligera palmada en la cama. Con el corazón desbocado, Remy se sentó a su lado. Manju también se quedó atónita, como si hubiera visto cobrar vida a una estatua.

Manju. Remy daba gracias por que ella hubiera estado allí la noche anterior. Siempre era bueno tener a un compañero en las trincheras. Abrió la cartera y sacó varios billetes nuevos y relucientes.

–Quiero que cojas un taxi para ir a casa –dijo–. Y esta noche, puedes empezar más tarde. ¿Hay bastante dinero para que después vuelvas también en taxi?

La mujer se quedó boquiabierta.

–Señor, es demasiado dinero. No puedo aceptarlo.

–Por favor –insistió él–. Anoche fuiste de gran ayuda. No quiero que tengas que preocuparte por coger trenes ni nada de eso. Ve a casa y duerme un poco.

–Señor –Manju se rio de su ignorancia–, a esta hora iré más rápido en tren. Hay demasiado tráfico.

Cómo no. Aun así, él le tendió el dinero. Manju no tenía idea de lo exigua que era esa cantidad convertida a dólares.

–Como prefieras –dijo–. Pero, por favor, acepta esto como una pequeña muestra de agradecimiento.

–Es mi deber, señor –contestó Manju al tiempo que cogía los billetes–. Iré y volveré rapidito esta noche.

–Manju, por favor; no hay prisa. –Remy bajó la voz para añadir–: ¿Quién sabe qué pasará esta noche?

Habían conseguido que a Shirin le bajara la fiebre, pero el pico de la noche anterior había dejado una huella evidente. Cuando llegó la bandeja del almuerzo, a Remy se le ocurrió una idea.

–Vamos a probar un poco del flan primero, mamá –dijo–. ¿De acuerdo? Primero el postre, pero luego tienes que comer de verdad. ¿Prometido?

Mientras le daba de comer, no dejó de hablar con ella y de animarla, con un tono a veces firme y otras cariñoso. Shirin comió con gusto un tercio del flan, pero masticó muy despacio el cordero, con la mirada clavada en el rostro de Remy.

–Está bien, mamá –dijo al cabo él, incapaz de soportarlo más–. Trágalo o escúpelo.

Le acercó a los labios una bandeja riñonera para que escupiera el bocado y, aunque sintió náuseas al verlo, no apartó la mirada. Después le compraría unas bebidas proteicas.

Tras el almuerzo, mantuvo una conversación animada, decidido a conseguir que ella le prestara atención. Se devanó los sesos para encontrar temas e inspirarse. ¿Por qué no había llevado al hospital un pequeño reproductor de música? Seguramente, algo de Kishore Kumar o de los Beatles la habría animado.

Al cabo de una hora, alguien llamó con los nudillos a la puerta. Al alzar la vista, Remy vio a Monaz y el estómago le dio un vuelco. ¿Acaso lo estaba acosando aquella chica? Menuda desfachatez, presentarse allí sin avisar. Ni siquiera había hablado de Monaz con su madre, ni tampoco le había contado el verdadero motivo de su repentina llegada a Bombay. Se levantó de un salto, meneando despacio la cabeza en señal de advertencia, mientras la chica se acercaba. Ella le dedicó una sonrisa tranquilizadora.

—Mamá, esta es la sobrina de Shenaz —dijo Remy para ganar tiempo.

Shirin le dedicó una débil sonrisa. Monaz se acercó a la cama, se inclinó y le dio un beso rápido en la mejilla. Por primera vez, Remy notó la barriga por debajo de su camiseta de algodón.

—Hola, tía —dijo Monaz—. ¿Cómo se encuentra?

Para sorpresa de Remy, la sonrisa de Shirin se ensanchó mientras miraba alternativamente a Monaz y a él. «Si no supiera que es imposible, juraría que lo sabe», pensó. Cuando se trataba de asuntos relacionados con él, toda su vida había temido el sexto sentido preternatural de su madre.

—¿Qué te trae por aquí? —le preguntó a la chica, que le dedicó una mirada nerviosa.

—Quería hablar contigo sobre una cosa —dijo en voz baja.

Remy suspiró.

—Descansa un poco, mamá —dijo—. Estaré justo delante de tu habitación. Monaz —comenzó una vez se sentaron en el banco del pasillo—, no quiero ofenderte, pero no puedes aparecer sin más cuando te dé la gana. Ni en el piso ni mucho menos en el hospital. Mi madre ni siquiera sabe por qué estoy aquí; no sabe nada de ti ni del bebé.

–Dios mío, lo siento. Pero tengo buenas noticias y no quería esperar.

¿Cómo hacerle entender que él no podía surfear las olas de sus estados de ánimo y sus caprichos? ¿Que apenas daba abasto intentando que su madre se recuperara lo bastante como para llevarla a casa? ¿Que ya era demasiado mayor para jueguecitos con una chica que era incapaz de tomar una decisión?

–¿No quieres escuchar mis noticias? –preguntó ella.

–¿Qué noticias? –Remy le dedicó una mirada cansada.

–Me he decidido, tío. Os voy a dar a la custodia a Kathy y a ti. No volveré a cambiar de opinión, lo juro.

–Monaz, si necesitas unos días más para pensarlo…

–No hace falta. He pensado y reflexionado, pero el niño no va a dejar de crecer mientras yo pienso.

–Eso es cierto. –Un diminuto rayo de esperanza iluminó el corazón de Remy–. Si hablas en serio… Es decir, si vamos a seguir adelante con esto, tiene que haber un contrato. Ya sabes, algo por escrito.

Monaz sacó una hoja de su bolso.

–Lo sé; ya lo he escrito. ¿Ves? Hasta lo he firmado.

A regañadientes, Remy se sintió conmovido por la evidente sinceridad de Monaz y su deseo de enmendar las cosas.

–¿Y Gaurav?

–¿Qué pasa con él? –La boca de Monaz se cerró en una línea tensa y amarga–. ¿Crees que le importa un comino? –Él abrió la boca para manifestar su simpatía, pero ella se le adelantó–: Hay algo más, tío Remy; tengo una condición. Sé que es mucho pedir, pero es imposible tener a este niño en la India y que continúe siendo un secreto. Llévame contigo a Estados Unidos. Volveré después del parto y así nadie se enterará de mi embarazo.

Capítulo 15

Después de acompañar a Monaz a la salida y volver a la habitación de Shirin, a Remy le daba vueltas la cabeza. Su madre dormía plácidamente, con un hilillo de saliva que le caía de la boca. Reprimió el impulso de limpiárselo por miedo a despertarla. Ya era demasiado tarde para llamar a Kathy, así que, en su lugar, salió de nuevo al pasillo para llamar a Dina Mehta. Si Kathy aceptaba la condición de Monaz, le pediría a Dina que redactara un documento legal. Justo cuando iba a sacar el teléfono, escuchó gritos desde dos habitaciones más allá, seguidos de un lamento agudo.

–*Banu!* –exclamó una voz masculina–. No, cariño.

Remy se dirigió apresuradamente hacia el ruido. Mehernosh estaba inclinado sobre la cama de su esposa, con el torso sacudido por los sollozos.

–Por favor, mi amor –decía–. Por favor, por favor. No me dejes.

Cuatro enfermeras se arremolinaban alrededor de la cama mientras Remy observaba. Una de ellas le acariciaba la espalda a Mehernosh.

–Tranquilo, tío –dijo–. La pobre sufría mucho.

Mehernosh levantó la cabeza y vio a Remy.

–*Deekra* –lo llamó, pero Remy estaba paralizado–. Ayúdame, *deekra* –imploró el anciano al tiempo que extendía un brazo, y Remy no tuvo más remedio que entrar en la habitación.

Echó un vistazo rápido a la mujer fallecida y apartó la mirada, centrándose en su desconsolado marido.

–Lo siento mucho, tío –dijo.

El rostro de Mehernosh era un retablo de sufrimiento, con los ojos inyectados en sangre.

–¿Qué voy a hacer ahora? –gritó.

«Esto es lo que se siente al perder a tu compañera de vida», pensó Remy. Cuando su padre había muerto, él se había quedado destrozado, pero la pérdida de un cónyuge era diferente. Mehernosh estaba hecho trizas por el dolor. Remy le pasó el brazo por la cintura.

–Lo siento –murmuró.

Un médico entró en la habitación.

–¿Es usted su hijo? –le preguntó a Remy.

–¿Yo? No, soy solo… –Irguió la espalda–. Soy solo un amigo.

El médico asintió y colocó su estetoscopio sobre el pecho de la mujer fallecida. Al cabo de un momento, alzó la vista.

–Lo acompaño en el sentimiento, señor –dijo, antes de volverse hacia la enfermera jefa–. Ya podéis llamar al coche fúnebre.

Al escuchar «coche fúnebre», Mehernosh se echó a llorar de nuevo.

–Ay, mi amor –dijo–. ¿Qué va a ser de mí ahora?

–¿No va a venir su hija desde Estados Unidos? –preguntó Remy.

Mehernosh negó con la cabeza.

–Su marido se ha caído. –Suspiró–. Le he dicho que de quien debía preocuparse primero era de él. Mi sobrina y mi sobrino están en camino.

Remy esperó a que llegaran los familiares y luego salió de la habitación. Cómo cambiaban las cosas de un día para otro. La noche anterior, él podía haber estado en el lugar de Mehernosh. «Pero ¿te habrías quedado tú tan devastado si mamá hubiera muerto?», se preguntó, y la respuesta era sí... y no. No, porque, a diferencia del pobre Mehernosh, él tenía una esposa con la que pronto se reuniría. Sí, porque le habrían arrebatado a su madre justo cuando estaba a punto de aprender a amarla en lugar de temerla. El hecho de que ella hubiera llamado a su padre era algo que atesoraría durante el resto de su vida; la certeza de que, bajo la hostilidad y los silencios de enfado, había ardido un amor callado.

Fue a ver cómo estaba su madre, que seguía dormida, y luego salió al pasillo y llamó a Dina.

—¡Qué alegría escucharte, Remy! —exclamó ella—. ¿Cómo está tu querida madre?

Su voz, afectuosa y amistosa, hizo que se sintiera de inmediato más liviano, como el brillo después del primer trago largo de *whisky*. Le contó que se encontraba en Bombay y que su madre estaba ingresada en el hospital, y dejó que, por el momento, asumiera que el motivo de su viaje era la enfermedad de Shirin.

—Lo lamento mucho —dijo Dina—. Espero que haya buenas noticias pronto.

—Sí —dijo él—. Y tú, ¿cómo estás, Dina?

—Ah, bien. Me hago mayor, pero aquí sigo. Dime, ¿en qué puedo ayudarte?

—Bueno, me preguntaba si podía pasar a verte un día de estos. Ya sabes, para saludarte y también para revisar todas las cuentas y hacer algunos cambios. Es evidente que mi madre va a necesitar cuidados a largo plazo.

—Por supuesto.

—Y... también necesito tu consejo sobre otro asunto legal. Te daré más detalles en persona.

–Claro. Espera un momento mientras miro mi agenda.

–Al cabo de un momento, dijo–: Esta semana la tengo muy complicada durante el día, pero... ¿estás libre alguna noche? ¿Para cenar?

–Por lo general salgo del hospital pasadas las siete. ¿Es demasiado tarde?

Dina se rio.

–No, es perfecto. Yo ceno alrededor de las ocho. ¿Sabes qué? ¿Por qué no vienes a mi casa mañana por la noche? Estoy segura de que te mueres de ganas de comer platos caseros parsi.

Conmovido por su invitación, Remy no mencionó que había comido muy a menudo en casa de Jango. Saltaba a la vista que Dina lo trataba como a un amigo de la familia.

–Me encantaría –dijo–. Llevaré el postre.

–Cómo te pareces a tu padre –dijo ella, y él percibió la sonrisa en su voz–. Te lo digo, ese hombre no vino nunca a mi oficina sin traer un pastel u otro postre. Vivo en P. M. Road, justo detrás del Bombay Store. ¿Sabes dónde está? Apartamentos Trumbal.

Capítulo 16

Por suerte, el taxista sabía dónde se encontraba el Bombay Store. Muchos de los *taxiwalas* de la zona provenían del interior y a Remy siempre le sorprendía lo poco que conocían la ciudad. Al pasar frente a la tienda, deseó tener tiempo para entrar y comprar regalos para sus suegros, pero no quería hacer esperar a Dina, sobre todo en un día entre semana.

En cuanto la vieja cocinera de Dina lo condujo al salón, sintió que se relajaba. Los tapices hechos con telares manuales colgados de las paredes blancas, los cuencos de cerámica azul, los muebles de buen gusto: todo confería al piso el ambiente de un santuario interior, un refugio del ruido y el caos de las calles. El *Concierto para violín en re mayor* de Brahms sonaba en el equipo de música. Remy lo reconoció de inmediato, era una de las piezas preferidas de su padre.

–Remy –dijo Dina al entrar en la estancia–, qué alegría verte de nuevo.

Llevaba unos pantalones vaqueros y una camisa de lino azul celeste, y el conjunto la hacía parecer más joven que los saris almidonados que eran su uniforme de trabajo. Remy se inclinó hacia delante y le dio un rápido beso en la mejilla al tiempo que le entregaba la caja de pastelillos.

–Tu casa es exquisita –dijo.

A Dina se le iluminó el semblante. «Qué cara más expresiva y transparente tiene», pensó él. No pudo evitar compararla con el rostro impasible de Shirin y experimentó aquel viejo y conocido dolor. Qué distinta habría sido su infancia si, en lugar de su madre, lo hubiera criado esa mujer culta y elegante.

—Siéntate —dijo ella—. ¿Qué te apetece? ¿Vino? ¿Cerveza? ¿Algo más fuerte?

—Vino estaría genial —respondió Remy.

Por alguna razón, pedirle a Dina que le sirviese un *whisky* le parecía descortés. Mientras contemplaba el espacioso salón, su mirada se posó en un cuadro y se acercó para verlo mejor.

—Si no supiera que no puede ser, diría que es un Husain —comentó.

Ella se acercó y le tendió la copa.

—Qué observador eres —dijo ella—. La mayoría de la gente solo reconoce sus característicos caballos. Esta pieza en concreto apenas aparece en los catálogos.

Él estudió el cuadro: el rostro ennegrecido de la madre acunando a su hijo, la postura trágica y encorvada, los colores luminosos.

—¿Esto es…? No será un original, ¿no? —preguntó.

—Ojalá. No, es una reproducción de edición limitada; solo hay cincuenta. La compré con lo que gané con mi primer caso. Antes incluso de tener este piso, ya tenía esa lámina. —Bajó la voz para añadir—: En realidad sí que tengo un original, muy pequeño, aquí. Tuve mucha suerte de poder comprarlo en su momento. Ahora no me lo podría permitir.

—Es curioso —dijo Remy cuando terminaron de admirar el original—, tienes un gusto muy parecido al de mi padre. En música, en arte, en todo.

Dina se ruborizó.

—Cyrus fue una gran influencia en mi vida —dijo—. ¿Sabes

que fui a mi primer concierto de música clásica con tu padre y su madre?

—¿Conocías a mi abuela? —preguntó él.

—No mucho. A veces me invitaban a conciertos, nada más. Pero, para alguien como yo, era todo un privilegio.

—No entiendo por qué mi padre no se casó contigo. Está claro que erais muy compatibles. —Las palabras habían salido de su boca antes de que pudiera contenerlas y se interrumpió, avergonzado—. Lo… lo siento mucho. Ha sido muy grosero por mi parte.

—No te preocupes —dijo Dina, que se miró las manos y luego alzó la cabeza—. Tuvimos una gran pelea cuando yo… Él no quería que me fuera a Londres a estudiar, pero para mí… Verás, yo venía de una familia de clase media baja. Mi padre era empleado en el Banco Central, así que aquella beca era una oportunidad única en la vida. Me enfrenté a Cyrus y me fui. Creía que me esperaría. —Dina sonrió, aunque tenía una mirada pensativa—. Fui una ingenua. Todavía no sabía nada de la vida. Tu abuela, por supuesto, no quería que él se casara conmigo, una chica con mis orígenes. Cuando regresé, Cyrus ya había pasado página y, años después, cuando conoció a Shirin, lo perdí del todo. Se enamoró de tu madre. Shirin era preciosa. Un auténtico bellezón, como decíamos antes. Y, además, venía de una familia adinerada. Así que… —Dina se encogió de hombros.

Remy se sintió culpable por algo que había ocurrido décadas atrás.

—Lo siento —repitió.

Dina negó con la cabeza.

—Todo eso es agua pasada, querido. Solo desearía que Cyrus y Shirin hubieran sido más felices juntos. De verdad que tenía esa esperanza.

Remy apuró el resto del vino y Dina se levantó enseguida para volver a llenarle la copa.

—Hace dos noches pasó algo muy raro —dijo él—. No quería contártelo por teléfono, pero mamá tuvo una fiebre altísima. Estaba… Estaba convencido de que la iba a perder. Pero en su estado febril no paraba de gimotear el nombre de papá, una y otra vez. «Cyrus, Cyloo, mi amor», decía. Fue muy reconfortante. Así que, ya ves, creo que, a su manera, sí se querían.

Aunque Dina le daba la espalda, Remy vio cómo su cuerpo se tensaba y lamentó sus palabras; era como meter el dedo en la llaga. La observó con curiosidad cuando por fin se volvió y le tendió la copa. Qué ingenuo había sido al creerla cuando había dicho que habría deseado que el matrimonio de sus padres funcionara.

Dina se sentó en el sofá, frente a él.

—¿Llamó a Cyloo? ¿Qué más dijo?

Al ver el amor que ella seguía sintiendo por su padre, a Remy le costó continuar hablando.

—Eso fue todo. Al cabo de un rato, se calmó.

—Ya veo. —Dina juntó las manos con fuerza sobre el regazo—. Bueno, supongo que nunca se sabe lo que ocurre a puerta cerrada.

—Cierto —dijo Remy, que quería cambiar de tema y la puso en antecedentes sobre el tema de Monaz y la posible adopción—. Me preguntaba si podías redactar unos documentos para mí.

—Claro. Pero, si ella cambia de opinión, el contrato no servirá de nada. Ningún tribunal de la India fallará en contra de la madre biológica.

—Hay algo más —dijo Remy—. Ayer me dijo que su oferta estaba supeditada a ir conmigo a Estados Unidos y quedarse con nosotros hasta que dé a luz.

—Caramba, esa chica es muy lista —respondió Dina con el ceño fruncido—. Pero tú te marchas pronto, ¿no? Tardaremos meses en conseguirle un visado estadounidense. ¿Tiene siquiera pasaporte?

Remy sonrió. Él mismo le había planteado esas cuestiones a Monaz, pero ella lo había interrumpido:

«Tengo un visado de turista de diez años, tío —le había dicho—. Hace dos veranos iba a ir a Estados Unidos con mis padres, pero mi madre se rompió un tobillo y cancelamos el viaje, así que tengo todos los papeles. Hasta tengo ahorros para pagar el billete. Estoy segura de que Shenazfui me ayudará si me falta dinero».

«No digas tonterías —había respondido Remy—. Si hacemos esto, yo te compraré el billete. Aunque antes tengo que hablar con mi mujer».

«Por supuesto, tío. Por favor, dile que soy una persona muy honesta y responsable. Cocinaré y limpiaré para vosotros hasta que nazca el niño. Sé preparar buena comida parsi. No seré una carga, lo prometo».

A pesar de su reticencia, las palabras de Monaz habían enternecido a Remy. La adopción sería mucho más íntima, más familiar, si Monaz estaba con ellos durante los últimos meses de su embarazo. Kathy y él podrían estar presentes cuando naciera su hijo.

—Tiene visado y pasaporte —le dijo a Dina—. Ha pensado en todo.

—Excepto en usar protección para no quedarse embarazada —repuso la abogada. Había una amargura en su voz que sorprendió a Remy—. Perdona. Es uno de mis talones de Aquiles: esas chicas que se dejan utilizar por los hombres. He visto muchos casos así.

Remy le había dado la noticia a Kathy la noche anterior, ya de madrugada para él, justo antes de que ella se fuera a trabajar. Kathy se había quedado atónita y luego se había agobiado.

«La habitación de invitados está hecha un desastre», había soltado.

«Cariño, creo que esa es la menor de nuestras preocupaciones», había contestado él en voz baja.

«Y no me hace gracia tener a una desconocida en casa durante los próximos cuatro meses. Quiero decir que no sabemos nada de sus costumbres o sus gustos, ni de ella en general».

Pero Remy sí que lo sabía. Aunque hacía menos de una semana que conocía a Monaz, ya sentía una suerte de vínculo familiar con ella. Gaurav tenía razón: los parsis eran una comunidad tan pequeña y particular que todos estaban emparentados, si no por sangre, sí por cultura. Claro que había diferencias entre la educación de él y la de Monaz: ella había crecido en la aldea de Navsari, mientras que él se había criado en el lujo de la ciudad más cosmopolita de la India. Aun así, Remy sabía que Monaz también comía *dhansak* los domingos; que acudía al templo de fuego en Navroz, el Año Nuevo parsi; que había visto *Sonrisas y lágrimas* mil veces; que en su cumpleaños sus padres le colgaban una guirnalda y le aplicaban un *tili* rojo en la frente.

«Te caerá bien –había dicho Remy, y era verdad–. Es una mezcla curiosa de ingenuidad y listeza. A ver, se enamoró de un auténtico gilipollas y se tragó todas sus mentiras, pero fíjate en cómo ha encontrado una manera de salir de la India».

Kathy había suspirado. «Es que… tengo la sensación de que nos está manipulando».

Remy había cerrado los ojos un instante, mientras buscaba las palabras adecuadas para explicarle a su esposa que se equivocaba. Kathy pensaba como una estadounidense, y él necesitaba que entendiera a Monaz dentro del contexto indio.

«Entiendo por qué lo ves así, cariño –había dicho–, pero esa no fue la sensación que tuve cuando Monaz me lo propuso. Está asustada. Desesperada. Sus padres no volverán a dirigirle la palabra si da a luz aquí. Los hombres la acosarán, porque pensarán que es una mujer fácil, mercancía defectuosa. En la India, un embarazo fuera del matrimonio sigue siendo un auténtico tabú».

«Dios. Es como si siguieran atrapados en los años cincuenta».

«Tú has estado aquí, Kat. Sabes cómo son las cosas».

Pero Kathy solo había visitado el país cuando el padre de Remy aún vivía, y la riqueza y el estatus de Cyrus la habían protegido de la India real. Este no le había permitido siquiera poner un pie en la calle. Sus visitas habían sido una vorágine de cenas, fiestas y escapadas a balnearios costeros, en los que les daban masajes en la playa. Kathy solo había conocido la versión de postal de la India, vista fugazmente desde coches con aire acondicionado. No sabía nada de los cotilleos y el escándalo, del aislamiento social y el ostracismo que aguardaban a las madre solteras.

«También pensaba –había continuado Remy– que estaría bien conocer un poco a Monaz, ¿no crees? Y que ella nos conozca a nosotros, para que se sienta tranquila con su decisión. No quiero que esta adopción sea una simple transacción. Y así podremos estar presentes en el parto».

Kathy había suspirado.

«De acuerdo. Tráela contigo, ya nos las apañaremos. El tiempo pasará rápido. Solo asegúrate de que el contrato garantice que volverá a casa tras el nacimiento».

–¿Tu esposa está conforme con este acuerdo? –preguntó entonces Dina.

–Sí. Entiende la situación en la que se encuentra Monaz –dijo Remy.

–¿Y tu madre lo aprueba?

Remy le dedicó una mirada cómplice.

–Todavía no se lo he dicho. No tengo ni idea de cómo reaccionará.

Dina cogió un cuenco de anacardos y se los ofreció a Remy.

–Es difícil de saber, *beta* –dijo–. Ojalá se alegre por ti.

La cocinera de Dina entró en el salón.

–La cena está lista, señora –dijo–. ¿La sirvo ya?

Consiguieron mantener viva la conversación mientras comían y las horas pasaron volando mientras intercambiaban historias como si fueran un balón de playa. Dina puso cara de póquer al contarle un caso inusual: un cliente multimillonario que quería demandar a su exmujer por incumplimiento de contrato y negligencia tras la muerte de su loro.

–¿Qué hiciste? –preguntó Remy.

Dina arqueó una ceja.

–¿Qué hice? Le dije que el juez revocaría mi licencia si aceptaba un caso tan absurdo. Vamos a ver, el retraso en los tribunales con los casos graves ya es inconcebible.

–¿Así que lograste convencerlo para que no la demandara?

–No. –Ella sonrió irónica–. Contrató a un picapleitos. ¿Cómo los llamáis en Estados Unidos? Perseguidores de ambulancias. Es un término maravilloso. El inglés estadounidense es muy evocador.

Remy sonrió.

–Sí, ¿verdad?

Cuando el reloj dio las once, Remy alzó la vista, sorprendido.

–Lo siento mucho –dijo–. No me puedo creer que me haya quedado hasta tan tarde; y encima tú tienes que trabajar mañana.

Dina sonrió.

–No digas tonterías. Me lo he pasado muy bien hablando contigo. Eres tan inteligente y amable como decía siempre tu padre.

Remy sintió una punzada en el corazón que era a un mismo tiempo cálida y dolorosa. ¿Por qué su madre nunca lo había elogiado con tanta naturalidad como Dina? En presencia de la abogada, bajo su mirada divertida y apreciativa, se sentía inteligente. Enseguida lo asaltó la culpa por comparar otra vez a las dos mujeres. La culpa en sí era una experiencia nueva; durante la mayor parte de su vida, Remy había coleccionado madres y siempre se había puesto melancólico al comparar el amor mezquino de Shirin con la adulación que le dedicaban las demás mujeres de su vida. El día que conoció a la madre de Kathy había intentado ganársela con un tesón implacable, desplegando todos sus encantos al punto que, al final de la velada, Rose proclamó que ya era uno más de la familia y le dio el título del hijo que no tenía.

Las calles nocturnas seguían siendo un hervidero de gente cuando salió de casa de Dina, y decidió caminar un rato antes de coger un taxi. Esa noche no hacía tanto frío y rezó para que no fuera un presagio de que se avecinaba el calor. Dada la situación con Monaz y con su madre, casi con toda seguridad iba a quedarse en Bombay más tiempo del previsto. Por suerte, el volumen de trabajo en el mundo de la publicidad solía bajar en enero y Eric, su director creativo, era un segundo al mando brillante y de fiar. Aun así, por muy agradable que hubiese sido la velada con Dina, no había conseguido lo que buscaba. Su intención había sido encauzar la conversación hacia la situación legal y financiera de su madre, pero el tiempo se le había escurrido.

Le vino la cabeza el momento en el que la abogada le había contado su romance universitario con su padre. Cyrus había animado tanto a Remy para que estudiara en Estados Unidos que le costaba creer que hubiera intentado disuadir a su novia de aceptar una beca tan infrecuente en el extranjero. ¿Y salir con otras mujeres mientras Dina estaba lejos? ¿Haber hecho caso a su propia madre a la hora de elegir esposa? La abuela paterna de Remy había muerto cuando él era muy pequeño, pero los pocos recuerdos que tenía de ella no eran agradables. La recordaba riñéndolo por correr por su piso y acusándolo falsamente de robar dinero de su bolso. ¿Por qué diablos había hecho caso papá de sus consejos?

Un hombre que venía en sentido contrario carraspeó y escupió en la acera y, aunque Remy se apartó de manera instintiva para evitar la trayectoria de su flema, siguió absorto en sus pensamientos. Todos los niños creen que el mundo empieza con su nacimiento, pero ser adulto significaba reconocer los infinitos círculos de la vida que comenzaron antes de uno mismo y que continuarán mucho después; darse cuenta de que la historia propia está moldeada y escrita por desconocidos. Su historia había empezado mucho antes que su relato personal. Las decisiones de Cyrus, tomadas por razones que ahora que no estaba vivo no podía defender o justificar, habían influido directamente en las suyas.

Remy miró a su alrededor y, por un instante fugaz, vio más allá de la fila de coches aparcados, de los escaparates cerrados por la noche, del perro que levantaba la pata para mear sobre los neumáticos de una moto aparcada. Escuchó a sus antepasados susurrándole al oído, contándole sus decepciones y triunfos, sus alegrías y fracasos. Por muchos años que pasara en Estados Unidos, la realidad era la misma: estaba hecho del barro de esa ciudad, de su tierra imperfecta.

En casa, no tenía tiempo para pensar en cosas así. En Estados Unidos había sido un joven con prisas, decidido a ser digno de Kathy, quien se había arriesgado a casarse con un aspirante a poeta. Esa era una de las razones por las que había cambiado de carrera tras graduarse. En Bombay podía permitirse ser un soñador idealista y taciturno, pero la riqueza de su padre no le iba a servir de mucho en Estados Unidos, y ver lo duro que trabajaba Kathy en la facultad de Medicina había alimentado su ambición de tener éxito por méritos propios. Estaba más que claro que un posgrado en poesía no le permitiría mantener a una familia.

En cualquier caso, la poesía lo había abandonado. Para la tesis de su máster había escrito un librito que había recibido buenas críticas, *Habitación en caída libre*. Dos semanas después de graduarse había empezado a trabajar en la mayor agencia de publicidad de Columbus y luego... nada. La musa se había esfumado. Quizá era un castigo por el pacto faustiano que había hecho al entregar su talento a cambio de un sueldo fijo. Quizá el hecho de estar con Kathy había ahuyentado la melancolía que inspiraba su obra literaria y la había reemplazado por la satisfacción. La satisfacción, enemiga del arte. Había renunciado a su rico mundo interior por otras retribuciones: el Clio que había comprado dos años atrás, la reforma de la cocina el verano anterior, la presidencia del club Rotary local. De vez en cuando, vislumbraba al joven delgado y apesadumbrado que deambulaba por el campus aquel primer semestre en la universidad de Ohio State, pero era como ver el destello del jersey rojo de un amigo entre los árboles del bosque. Antes de poder saludarlo, el chico ya había desaparecido.

Pero esa noche, mientras caminaba por las calles, escuchaba los sonidos de Bombay y aspiraba el olor del aire salado por el cercano océano, Remy sintió de nuevo la nostalgia del pasado. Ese era el poder de la India: te desgastaba, te despojaba, te hacía creer no en la promesa del futuro como Estados Unidos, sino en la solidez del pasado. En América, un hombre podía convertirse en lo que soñaba; en la India, soñar podía quebrar a un hombre.

«Pero eso no es verdad –se dijo–. Eres libre. Escapaste de este museo de los fracasos. Eres tú el que logró escapar».

Aquella noche, mientras dormía, vio rostros de mujeres: Kathy, Monaz, Shirin, Dina y Rose. No tenían cuerpo, solo caras que pasaban muy deprisa ante él, como cartas repartidas unas sobre otras. Madres, esposas, hijas, todas compitiendo por su yo fragmentado. Dejó escapar un gemido, sin saber cómo huir de aquella visión.

Se despertó sobresaltado por el repiqueteo de unas campanas.

Capítulo 17

Hacía un rato que sonaba el timbre, pero él continuaba incorporando el sonido a su sueño. Entonces sonó su teléfono; Remy se despertó de golpe y se apresuró a ponerse en pie. Mierda. Se había quedado dormido y ahora tenía que dejar entrar a Hema pese a las ganas que tenía de ir al baño. Corrió hacia la puerta mientras contestaba el teléfono.

—¿Todavía estás en la cama? —preguntó Kathy—. ¿No es un poco tarde allí?

—Sí —respondió él al tiempo que abría la puerta—. Me he quedado dormido.

—Ah —dijo Kathy—. Solo necesitaba…

—Oye, ¿puedo llamarte en cinco minutos?

—Claro —dijo Kathy en tono risueño—. Ve al baño.

Remy sonrió para sus adentros y se dirigió al baño mientras revisaba el teléfono. Dos mensajes de Jango y una llamada perdida de Dina. Lo había llamado a las 7:14 de la mañana y él ni se había enterado. Ni siquiera había bebido tanto la noche anterior. ¿Por qué demonios estaba tan cansado?

—Hola —dijo Kathy cuando le devolvió la llamada—. Solo tengo una pregunta rápida. ¿Recuerdas aquella carta a los Chatham que me ayudaste a redactar el día antes de irte? No la encuentro. ¿Por casualidad tienes una copia en tu portátil?

Los Chatham eran una pareja joven que había perdido

a su hija de seis años. Remy había ayudado a Kathy a escribir una carta para darles el pésame.

–No lo sé –respondió él–. Déjame mirar, ¿vale?

Había corregido la carta apenas diez días atrás y, sin embargo, aquel recuerdo le parecía tremendamente lejano e irreal, como si su vida en Estados Unidos le hubiera sucedido a otra persona.

Encontró el correo electrónico y se lo reenvió.

–No entiendo por qué no la mandaste nada más escribirla –dijo.

Se hizo un silencio abrupto.

–Bueno –dijo Kathy–, las cosas no han sido precisamente fáciles por aquí, ¿sabes?

Remy percibió la tensión en la voz de su mujer.

–Lo sé –se apresuró a decir–. Lo siento.

–Y ahora tengo que poner la casa en orden antes de que traigas a Monaz.

–Cariño, no hace falta –respondió él–. Monaz es… Es poco más que una adolescente. No le va a importar si la habitación de invitados está ordenada.

–Pero nosotros no somos adolescentes, Remy –repuso Kathy–. No voy a recibir a una invitada con la casa hecha un desastre. Además, está embarazada; quiero que esté lo más sana y cómoda posible. En cualquier caso, no te preocupes. Jerry va a venir a ayudarme a reorganizar los muebles.

Remy experimentó una inmensa gratitud hacia su cuñado por ayudar a su esposa en su ausencia. Aun así, no pudo evitar sentirse excluido, atrapado en Bombay.

–Aunque preferiría mil veces que me ayudaras tú –añadió Kathy, y Remy supo que había interpretado a las mil maravillas su silencio.

–Es duro estar aquí –dijo en voz baja–. Te echo de menos.

–Yo también –respondió Kathy–. Pero lo superaremos.

Kathy le describió su largo día de trabajo y él se recostó en la cama, interesado pero distraído. Iba a llegar tarde al hospital. Aun así, no se atrevía a interrumpirla. Se recordó a sí mismo las veces que Kathy había viajado con él a Bombay y había soportado el choque cultural, cómo había tolerado el comportamiento errático de su madre durante las visitas de sus padres a Columbus, cómo había aprendido a cocinar platos parsis y cómo había intentado incluso aprender guyaratí para impresionar a sus padres aunque ambos hablaban inglés con fluidez.

–Remy –dijo Kathy–, hay algo más. Detesto sacar el tema, pero tengo que saberlo. Tenía pensado organizarte una fiesta sorpresa de cumpleaños, pero te lo digo ahora para tenerlo claro. ¿Seguro que estarás aquí para tu cumpleaños?

–Seguro –dijo él–. Pero, Kat, no tienes que hacer nada.

–Sí, ya, ¿después del jolgorio que me organizaste a mí el año pasado?

Remy había llevado a Kathy a pasar el fin de semana en Cedar Point y la había sorprendido invitando también a veinte amigos y familiares. Kathy había disfrutado como una niña montando en las atracciones desde la mañana hasta el anochecer y, para asombro de Remy, había subido tres veces a la montaña rusa. Él se había acobardado después de subirse una sola vez.

–¿Cómo están las chicas? –preguntó Remy.

Las «chicas» eran las hermanas mayores de Kathy: Karen y Liz. Aunque ya tenían poco de chicas, estaban tan unidas que era así como se llamaban entre ellas

–Bien. Te echaremos de menos en la fiesta de aniversario del tío Albert y la tía Regina este fin de semana.

A Remy lo reconfortaba saber de los acontecimientos

cotidianos, de las celebraciones que tenían lugar a medio mundo de distancia. Al mismo tiempo, hacía que se sintiera fantasmal, distante, como si estuviera atrapado en el espacio exterior y Kathy le enviara imágenes desde la Tierra.

En ese momento llamaron con suavidad a la puerta de su habitación y Remy abrió.

—Señor —dijo Hema—, ¿empiezo con el desayuno?

Él asintió y esperó a que la joven se marchara.

—Echo de menos nuestra vida —dijo en voz baja. Pero, como no quería contagiarle su tristeza a Kathy, añadió—: ¿Ves? Este es tu castigo por haberte casado con un inmigrante. Deberías haberte casado con ese jugador cachas de fútbol americano de la universidad, el que estaba coladito por ti. ¿Cómo se llamaba? ¿Biff? ¿Hogan? ¿Rambo? En fin, da igual. Él se habría conformado con tumbarse en el sofá a comer nachos y no salir de Ohio durante el resto de su vida.

Kathy se rio.

—Soy feliz con mi indio flacucho. Estará en casa en menos que canta un gallo.

Remy colgó el teléfono con una sonrisa en los labios. Como siempre, Kathy lo había recalibrado. Por enésima vez, se sintió agradecido por aquel regalo tan insólito: un matrimonio feliz. De hecho, la oración más ferviente de su padre se había cumplido: «Lo que deseo más que nada en este mundo es que encuentres una buena esposa —solía decir cuando Remy aún vivía con ellos—. Elige con sabiduría. El noventa por ciento de la felicidad de la vida se basa en escoger bien a tu pareja».

En aquel entonces, Remy veía la tristeza en los ojos de su padre y pensaba: «Ni por asomo me voy a casar. Lo último que quiero es ser tan infeliz como tú. Como vosotros dos». El termostato del matrimonio de sus padres tenía dos configuraciones: disputas acaloradas y silencios gélidos.

El sábado era el peor día de la semana. Cada sábado por la mañana, Shirin acudía a la iglesia de Mount Mary en Bandra y Remy se quedaba en casa con su padre. De niño, Remy había pedido que lo dejaran acompañar a su madre, pero su padre se lo había prohibido. Como la mayoría de los parsis de su generación, Cyrus era un hombre laico, tolerante con todas las religiones, pero el hecho de que su mujer fuera a una iglesia católica en un suburbio alejado le molestaba. Al volver a casa, Shirin estaba a menudo cansada y de mal humor.

«¿No podrías haber vuelto antes? –decía Cyrus–. ¡Has dejado a tu hijo solo todo el día!».

«Yo lo cuido todas las tardes después del colegio, ¿y tú te quejas por cuidarlo un día a la semana? –Los ojos de Shirin se entornaban al dirigirse al niño atemorizado–. ¿No te he dicho que solo hicieras los deberes y no molestaras a tu padre? Eres un niño podrido por molestar a tu padre».

Décadas después, la palabra «podrido» seguía despertando en Remy una sensación desagradable; le hacía pensar en un plátano ennegrecido con moscas revoloteando a su alrededor. Pero al poner a cargar el teléfono, recordó lo que Dina le había contado la noche anterior. Remy siempre se había echado la culpa por el desastroso matrimonio de sus padres, pero ahora comprendía que los problemas de ellos se remontaban a antes de su nacimiento: su padre nunca había superado su amor por Dina y su madre nunca se lo había perdonado.

Hema alzó la vista cuando Remy asomó la cabeza por la puerta de la cocina.

–Voy a darme una ducha rápida –dijo–. ¿Puedes esperar a preparar el desayuno?

–Esperaré, señor.

La sensación de amargura persistió mientras encendía el calentador de agua y se desnudaba, y se obligó a pensar en Kathy. «Soy feliz con mi indio flacucho», había dicho. Siempre había sido así de cariñosa, desde el día en que la conoció en la universidad de Ohio State.

Remy vivía de alquiler en un pequeño estudio cerca del campus y su posesión más preciada era un equipo de música Technics, regalo de su padre. Dedicaba el día a ir a clase y estudiar en la biblioteca, enamorado del silencio académico del edificio. Al mediodía, se sentaba tiritando bajo un enorme roble en el Oval y allí mordisqueaba un sándwich mientras dibujaba y escribía en su cuaderno. Había estudiantes de primer año que perseguían *frisbees* vestidos todavía con camiseta y pantalón corto, pero a Remy, criado en la tropical Bombay, el frío de octubre se le colaba a través de los vaqueros y el jersey que había comprado su segundo día en Columbus.

Estaba fascinado por la oblicuidad de la luz otoñal, su textura y su tono, distintos a cualquiera que hubiera visto. El carmesí y el dorado de los árboles le recordaban a cuando, de niño, jugaba al Holi en las calles de Bombay y volvía a casa bañado en colores. Le encantaba apresurarse a ir a clase bajo el inmenso cielo otoñal, con sus pinceladas de nubes blancas recortadas sobre el azul vaquero del firmamento. El aire olía a manzanas frescas y Remy respiraba hondo para llenarse los pulmones. «Estoy en Estados Unidos. Estoy caminando por un campus de Estados Unidos», se repetía, con un asombro por su buena suerte que no menguaba jamás.

Por las tardes paseaba un rato más, unas veces por el Olentangy Trail, mientras que otras vagaba durante horas por la calle mayor. Le maravillaba la amabilidad de sus compañeros de clase, cómo todos sonreían y lo saludaban con un «¿Qué pasa?» o un «Hola» al cruzarse con él. Remy se había plantado delante del espejo y había practicado aquel sutil gesto de asentimiento hacia arriba, tan típicamente estadounidense, mientas repetía: «¿Qué tal?», hasta quedar satisfecho con el dominio tanto del gesto como de la entonación de aquel saludo informal.

A menudo compraba la cena en uno de los muchos restaurantes que había cerca del campus. Su favorito era un pequeño local de pollo asado regentado por una pareja griega mayor. Lo trataban como a un nieto y allí se sentía como en casa; había algo en sus movimientos lentos y precisos, en el cuidado con el que llenaban su recipiente de arroz, que le resultaba familiar y precioso. Siempre les dejaba propina y ellos se negaban a aceptarla y lo echaban cuando insistía.

Al llegar a casa, encendía el equipo de música antes de servirse una Coca-Cola fría y abalanzarse sobre la cena. Hasta que terminaba el día, R.E.M., Savage Garden y Bob Dylan le hacían compañía mientras comía y lavaba los platos, para luego sentarse a leer a poetas que hasta entonces desconocía: Jorie Graham y Claudia Rankine, Maggie Anderson y Yusef Komunyakaa. Se deleitaba con el placer del descubrimiento, esa sensación embriagadora de leer un verso que le quitaba la respiración al tiempo que estimulaba su propio espíritu competitivo. Quería saborear esos poemas, desmenuzarlos para ver si podía encontrar el corazón que palpitaba en su centro, analizarlos, memorizarlos, interiorizarlos. Quería quedárselos para sí mismo, aunque también deseaba compartirlos con quienes conocía.

No conocía a mucha gente. Sus compañeros de posgrado eran amables; sus profesores, cercanos. Después de lo pública que había sido su vida en Bombay, donde todos los vecinos de su barrio sabía quién era y de quién era hijo, en Columbus nadie lo reconocía. A Remy le encantaba esa sensación de anonimato, la invisibilidad que experimentaba al caminar por el campus al anochecer, empapándose de la quietud, de la cualidad amortiguada de la vida humana allí, comparada con el bullicioso desfile que era Bombay. Con todo su glamur y su deslumbrante ostentación, Estados Unidos le parecía apagado y comedido en comparación con la exuberancia estruendosa de las calles de Bombay.

Una noche de viernes, se dirigió a casa de Ralph Addington. Una vez que se dejaba atrás el bullicio de los bares de la calle mayor, las callejuelas laterales eran silenciosas y tranquilas. Bajo el resplandor ámbar de las farolas, una larga fila de arces se erguían como pregoneros del pueblo, rebosantes de las noticias del día, soportando el peso del clima, divulgando el pronóstico en sus hojas, que giraban muy despacio en el aire. El único sonido que oía Remy era el de sus pasos sobre la acera. Hasta donde alcanzaba la vista, no había ni un alma en Seventeenth Avenue. En Bombay, las calles no estarían tan vacías ni siquiera a las cuatro de la mañana, pero ya empezaba a acostumbrarse a cómo Columbus enrollaba su alfombra al anochecer y a que hubiera muchos más coches que personas. «La vieja calle vacía está demasiado muerta para soñar»; el verso de la vieja canción de Dylan se zambulló en su cabeza, dulce y familiar como la respiración.

Todo en aquel país –el frío aire otoñal, la cantidad ilimitada de libros que podía sacar de la biblioteca, sus largos paseos solitarios, las discusiones acaloradas en su seminario sobre los modernistas– encendía un fuego en su interior que le hacía sentir vivo de una manera gloriosa y voraz, como si fuera un trapo en llamas. Los poemas brotaban de él a un ritmo asombroso. Por la noche soñaba con torrentes de palabras, las veía desplegarse en rollos de papel y, al despertar, lloraba de frustración por no recordarlas.

Ralph Addington, que acudía con él al taller de poesía, era un chico alto y desgarbado, de sonrisa fácil y con el pelo rojo y alborotado. Se había presentado a Remy el primer día de clase y a este le había caído bien de inmediato, en cuanto descubrieron que a ambos les encantaba Patti Smith. Antes de comenzar la segunda clase, Ralph le dio a Remy un ejemplar amarillento y con las esquinas dobladas de los *Cantos* de Ezra Pound.

«Bienvenido a Estados Unidos», le había dicho con una sonrisa.

El precio del viejo libro –seis dólares– estaba escrito a lápiz en la primera página, y el hecho de que Ralph le hubiera comprado un ejemplar de segunda mano reforzó la romántica idea de Remy de que eran estudiantes de posgrado sin un centavo. Más adelante se enteraría de que el padre de Ralph era dueño de más de trescientas hectáreas de terrenos agrícolas en el sur de Ohio, lo que le convertía en un hombre rico.

Con el tiempo, Remy descubriría que, en Estados Unidos, los hijos de los ricos vestían vaqueros desgarrados y se quejaban constantemente de estar «pelados», mientras que en la India los hijos de los pobres intentaban por todos los medios vestir como alguien de una clase social superior y nunca hablaban de su pobreza. Durante ese primer semestre, Remy casi se arruinó invitando a almorzar o a tomar algo a sus compañeros cada vez que decían estar pelados, hasta que Ralph le explicó que estar pelado no era lo mismo que ser pobre. Seis semanas después del comienzo del semestre, Ralph le dijo que iba a celebrar su cumpleaños ese viernes, que todo el mundo iría y que Remy debía pasarse sí o sí, y a este no se le ocurrió un motivo para negarse.

Así que ahí estaba, plantado frente a una casa victoriana de tres pisos con un pack de seis cervezas Molson en la mano. Decenas de estudiantes se paseaban por el porche delantero, riendo a carcajadas y hablando todos a la vez. Por el jardín había esparcidas botellas de cerveza abandonadas y, mientras subía por el camino de acceso, Remy percibió el olor dulce a marihuana y tabaco. Se dio cuenta de que, con la cantidad de gente que había allí, Ralph no lo echaría de menos si daba media vuelta y se iba a casa.

–Hola –lo llamó un chico desde el porche–. Vas a la clase del profesor Lincoln, ¿verdad?

–Sí –dijo Remy al tiempo que subía la escalera, sintiéndose demasiado arreglado con su chaqueta vaquera, su camisa blanca, sus tejanos y sus mocasines de cuero–. Me alegro de verte. –Miró a su alrededor–. ¿Has visto a Ralph?

El chico hizo un gesto con la cabeza hacia el interior de la casa.

–Creo que está en la cocina.

Cuando Remy entró, Ralph estaba vertiendo vodka en el bol de ponche.

–¡Remy! –exclamó, y le dio un abrazo eufórico, como si fueran hermanos–. Has venido, tío.

Remy sonrió, incómodo, agarrando todavía el *pack* de seis cervezas.

–Toma –dijo–. Feliz cumpleaños. Me he dejado en casa tu regalo de verdad.

Su madre lo había enviado a Estados Unidos con decenas de bibelots indios para regalar.

–Eh, colega, con la cerveza me doy por servido –dijo Ralph en voz alta, demasiado alta. Tenía la cara roja y sudorosa y saltaba a la vista que estaba borracho–. ¿Conoces a todo el mundo? –añadió al tiempo que abarcaba la cocina abarrotada con un gesto de la mano.

–La verdad es que no –respondió Remy.

¿Había olvidado Ralph que era nuevo en Ohio State?

–Yo tampoco –resopló Ralph entre risas, antes de echar ponche en un vaso y tendérselo a Remy–. Brindemos por los nuevos amigos.

–Por los amigos. –Remy se bebió el vaso de un trago.

A pesar de su inofensivo color rosa, el ponche sabía a alcohol etílico. Bajó la vista hacia el suelo ajedrezado mientras se obligaba a no atragantarse ni toser. Cuando por fin levantó la cabeza, se encontró mirando de frente a una mujer que estaba al otro lado de la isla de la cocina.

–Esa mierda es asquerosa –dijo ella, y sonrió.

Remy parpadeó. Su sonrisa era tan deslumbrante, su voltaje tan potente que dio medio paso atrás, como si se hubiera quemado.

–Sí –dijo al cabo, sintiéndose ciego, torpe. Era imposible que se hubiera mareado solo con un vaso de ponche aunque tuviera un noventa por ciento de alcohol–. Es para poncharse –dijo, sonriendo por su propio ingenio.

Ella dejó escapar un gemido.

–Madre mía, qué chiste más malo.

Él se sintió fatal, como un bromista fracasado. Pero entonces ella volvió a sonreír y el universo se equilibró de nuevo.

—¿De dónde eres? —preguntó la chica.

—De Bombay. Solo llevo aquí un mes y medio.

—Vaya, estás muy lejos de casa. Bienvenido a Estados Unidos.

—Gracias.

Remy quiso añadir algo ingenioso o gracioso, algo que hiciera que esa chica se quedara a hablar con él, pero estaba cohibido y no le salieron las palabras. Ella asintió, cogió una cerveza y se alejó, no sin antes pararse y mirarlo por encima de su hombro.

—Yo de ti no me acercaría a las mezclas de Ralph. La cerveza es más segura. Joder, hasta el arsénico es más seguro.

Remy se quedó en la cocina, desorientado y dando vueltas sobre sí mismo mientras un intenso deseo le desgarraba las entrañas. Quería encontrar de nuevo a la joven, pero le daba miedo moverse. Le daba miedo salir de la cocina y buscarla solo para descubrir que ella se había ido y que nunca volvería a verla. —El corazón le dio un terrible vuelco al pensarlo—. Le daba miedo encontrarla en el salón con los brazos alrededor de su apuesto novio estadounidense. Le daba miedo de que ella estuviera sentada sola y no saber qué decirle. En la India había tenido novias en la universidad, pero eran chicas amables y delgaduchas que estaban pendientes de cada palabra que salía de su boca. Ahora le parecían insignificantes, bobas. ¿Aquella mujer, en cambio? Parecía de acero. Hasta que sonreía, claro. Entonces, era luz solar. Se había abrasado solo con mirarla.

A Remy le faltaba el aliento. En la cocina hacía calor

y necesitaba sentir de nuevo el aire fresco de la noche. Cogió una cerveza del frigorífico y se dirigió al porche, mirando a los grupos que llenaban el salón para ver si la encontraba. Allí estaba, rodeada de un grupo de estudiantes, riéndose. Sintió una descarga de pura miseria. No había manera de arrancarla de aquella multitud. El zapato de cuero se le enganchó en una tabla levantada del suelo y dio un traspié. Se irguió de inmediato, pero, cohibido, la miró por el rabillo del ojo. Ella arqueó las cejas y levantó ligeramente su botella en respuesta a su torpeza. Fue un gesto tan sutil que solo lo percibió él. Aun así, embargado por la vergüenza, Remy salió al porche y esperó a que su corazón se apaciguara.

—Eh, tío —exclamó alguien—, solo quería decirte que me encantó tu poema de esta semana. —Y cuando Remy lo miró sin entender, añadió—: Soy Dustin. Estoy en tu taller de poesía, ¿te acuerdas?

—Ah, sí. Hola.

—¿Estás bien?

—Sí, estoy bien. Es solo que… hacía mucho calor en la cocina.

Dustin se lo quedó mirando y luego se echó a reír.

—Colega, no me digas que has bebido el ponche ese.

—Sí. Ralph me lo ha ofrecido. —Remy sonrió—. Aunque quizá «ofrecido» no sea la palabra adecuada.

—Dios, lo siento. Te llamas Remy, ¿verdad?

—Sí.

Dustin ladeó la cabeza.

—¿Y es un nombre… indio?

—Bueno, yo soy indio, pero el nombre es francés. Es una historia muy larga.

Dustin le dio una palmada en la espalda.

—Venga, vamos. Te voy a presentar a los demás.

Alguien encendió un porro y se lo pasó a Remy, que dio una calada antes de pasárselo a la chica rubia de su derecha. La conversación derivó hacia los profesores y los tutores de la tesis, y Remy se dio cuenta de que Ralph también había invitado a estudiantes de posgrado de otros departamentos. El hermano mayor de Dustin, Justin, estaba haciendo un doctorado en Física. Remy se apoyó en la barandilla mientras escuchaba, consciente de que cada instante en el porche era un momento alejado de la mujer del salón.

Oyó a alguien apagar el equipo de música y luego afinar una guitarra. Una voz masculina empezó a cantar una melodía que no reconoció y un coro de voces la siguió. Remy sonrió a Dustin y se disculpó sin palabras antes de dirigirse de nuevo al salón. Allí seguía ella, gracias a Dios, sentada en el sofá entre otras dos personas. Él se quedó de pie en el umbral. Tras unas cuantas canciones, quedó libre un sitio en el futón que había justo enfrente de ella y Remy lo ocupó. Todo el mundo cantaba *Blowin' in the Wind* y él cerró los ojos y los acompañó. Conocía la letra tan bien como si la hubiera escrito él mismo; su padre se la había enseñado mientras conducían por Marine Drive con las ventanas bajas y le había explicado la importancia cultural de Dylan.

Al abrir los ojos, los de ella –¿de qué color eran? ¿Azul, morado, violeta? No estaba seguro– estaban posados con calidez sobre su rostro. Remy le devolvió la mirada al tiempo que una blancura mareante se abatía sobre él, un pitido en los oídos que hizo desaparecer las demás voces. Ella mantuvo los ojos clavados en él y, cuando al final Remy apartó la mirada, ella también lo hizo. Le costó un gran esfuerzo prestar atención a la gente que lo rodeaba y que pedía canciones al guitarrista.

–*Gentle on My Mind* –se oyó decir a sí mismo.

El cantante se volvió hacia él.

–No la conozco.

–¿No? ¿Glen Campbell?

–No me sé los acordes.

Remy tendió la mano hacia la guitarra y el hombre lo miró con curiosidad antes de pasársela. Remy la afinó y luego la tocó mientras cantaba para la mujer que estaba sentada frente a él, pero ella no lo miraba. La decepción hizo que se equivocara en un verso, pero se recuperó y terminó la canción entre aplausos.

Después fue imposible hablar con ella, con todo el mundo cantando a coro. Cogió una cerveza que alguien le pasó y se la bebió de un trago. De todos modos, había ido a Estados Unidos a estudiar, no a enamorarse de la primera mujer que le hablara. Dirigió su atención a la chica sentada a su lado.

–¿Qué estudias? –preguntó entre canción y canción.

–Historia del Arte –contestó ella–. ¿Y tú?

–Estoy haciendo un posgrado de Escritura Creativa. Me llamo Remy, por cierto.

–Yo Janice. ¿Eres escritor?

–Poeta. –Desvió la mirada hacia la mujer con la que realmente quería hablar, sentada a un par de metros de él.

–Qué guay –dijo Janice–. Pensaba que estudiabas música. Por lo bien que cantas y tal.

Estaba a punto de darle las gracias cuando escuchó reír a la chica de ojos violeta. Volvió la cabeza y vio que lo miraba al tiempo que se cubría la boca con la mano. En sus ojos había un brillo de picardía.

Remy se dirigió de nuevo a Janice con resolución.

–Gracias –dijo–. Eres muy amable.

Fue a por otra cerveza y luego regresó al futón. Alguien

encendió otro porro y él lo vio pasar de mano en mano y cómo las mejillas de Ojos Violeta se hinchaban al dar una calada. Pero, en lugar de pasárselo al chico que estaba a su lado, ella se inclinó hacia él y lo miró directamente. Él tendió la mano para coger el resto del porro y sus dedos se rozaron. Remy le sostuvo la mirada mientras inhalaba. ¿Por qué se había saltado a la persona que había junto a ella y se lo había dado a él en su lugar? ¿Era algún tipo de señal? No había manera de saberlo. Se volvió hacia Janice y le pasó el porro.

Más tarde, mucho más tarde, después de que muchas parejas hubieran subido al segundo piso y Janice hubiera desaparecido, Remy se trasladó a un sillón recién desocupado. La marihuana le había relajado y se sentó con una pierna colgando sobre el brazo mientras retorcía su cuerpo larguirucho sobre el asiento.

–Hola. –Era Ojos Violeta–. ¿Cómo te llamas?

Él la miró con la cabeza embotada.

–Remy.

Esperó a que ella se presentara, pero no lo hizo.

–Así que vas a ser poeta, ¿eh? ¿Vas a prender fuego al mundo con tus palabras?

Alguien en la habitación dejó escapar una risita, pero Remy la ignoró.

–¿Por qué no?

–Así es, ¿por qué no? Además, te pareces un poco a Rimbaud. –Remy emitió un sonido desdeñoso–. ¿O es a Rilke? Nunca los distingo. En fin, no importa. Reny, Rimbaud, Rilke, ¿qué más da?

Remy se levantó del sillón y fue a sentarse junto a ella.

–¿Qué más da? –dijo–. Para empezar, me llamo Remy, no Reny. Con eme, no con ene.

–Con eme, no con ene –lo imitó ella–. Eres mono.

Él la miró, aterrorizado por la súbita oleada de sentimientos que le inundó. Era menuda, con el pelo corto y oscuro, y esos enormes ojos azul violeta, y él deseaba cogerla entre sus brazos y no soltarla. La sensación era tan intensa que su piel se estremeció, como si realmente la estuviera abrazando. ¿Estaba coqueteando con él? No tenía ni puñetera idea. Todo lo que había dicho hasta entonces era un poco excéntrico. Remy fue consciente de su propia juventud, de su inexperiencia, con más intensidad que nunca. A su alrededor, la gente se besaba, se acariciaba, pero ellos dos permanecían sentados, separados.

–En fin –dijo, con la voz ronca–, ¿qué estudias?

–Voy a la facultad de Medicina. Segundo año.

–¿Me tomas el pelo?

–No. ¿Por qué iba a hacerlo?

–No lo sé. Solo pensaba que... ¿De qué conoces a Rilke?

–Ah, vamos. ¿Has oído hablar de las amígdalas?

–Por supuesto.

–Vaya, ¿estudias Medicina?

–*Touché* –sonrió él–. ¿Te das cuenta de que no sé cómo te llamas?

–¿Es culpa mía que no lo hayas averiguado?

Remy abrió la boca y luego la cerró. La miró consternado porque, sin previo aviso, tenía unas espantosas ganas de mear.

–Tengo que ir al baño. –Se levantó–. El aseo, como decís vosotros los estadounidenses. ¿Me prometes que no te marcharás?

Ella sonrió, pero no respondió. Remy entró en el pequeño baño que había junto a la cocina y terminó lo más rápido posible, sabedor de que no podría soportar la decepción de volver y descubrir que se había ido, como una mariposa que se posara en su hombro y luego echara a volar. Se secó las manos en los vaqueros al salir.

Ella estaba de pie junto a la puerta y a Remy se le iluminó el rostro.

–No sabes cuánto me alegro…

Ella se puso de puntillas y lo besó. Fue un beso largo, firme y tierno, que removió todas las fibras de su ser. Él le rodeó la cintura y ella abrió la boca para él. Remy estaba excitado, pero más aún conmovido. El beso se prolongó, con una sensación más sensual que sexual. Había un atisbo de promesa en él, no solo la promesa del momento, sino de algo más estable. Era excitante pero familiar, como volver a casa.

Él se separó primero, para mirarla. Los ojos de ella brillaban con una emoción que fue incapaz de descifrar. Remy dejó escapar un leve sonido y luego se inclinó para besarla de nuevo. Permanecieron allí, con los labios pegados, hasta que al final alguien dijo un exasperado «Por favor» y se desplazaron a un rincón de la cocina, donde se quedaron sonriéndose el uno al otro.

–Me llamo Kathy.

Ella le tendió la mano y, después de la intimidad que habían compartido, la incongruencia del gesto hizo reír a Remy, que aun así la cogió y la sostuvo sin apartar la mirada de su rostro.

–Hola, Kathy –susurró.

–Eh, vosotros dos –gritó alguien–, ¿por qué no os vais ya a una habitación?

Remy escuchó las carcajadas, pero apenas les prestó atención. «No me importa lo que pase ahora –pensó Remy–, siempre que ella no aparte la mano». Habría sido como perder una parte de su propio cuerpo.

–¿Quieres salir al porche? –dijo Kathy–. Podemos…
charlar allí.

–Claro.

Sin soltar su mano, porque una parte de él todavía pensaba que ella era un duendecillo que iba a desaparecer, Remy abrió la nevera y sacó dos cervezas. Intentó abrirlas con una sola mano, pero ella se rio.

–No te preocupes, no me voy a ir a ningún sitio.

En el porche encontraron un sillón Papasan y, una vez sentados, un Remy con más confianza la rodeó con el brazo y Kathy se acurrucó junto a él. Él sintió una explosión de dicha en el corazón. ¿Cómo podía haber pensado que esa mujer era de acero? Era tan suave como el algodón. No, el algodón era ordinario, corriente, mientras que Kathy parecía luminosa, incandescente.

–¿En qué piensas? –preguntó ella.

Él besó el lustroso pelo de su coronilla y luego recitó los primeros versos que le vinieron a la cabeza:

–«No me sostiene el pan, el alba me desquicia, busco el sonido líquido de tus pies en el día».

Kathy le lanzó una mirada que él no pudo descifrar y de pronto se sintió ridículo, torpe.

Cuando ella habló, su voz era neutra:

–¿Quién lo escribió?

–Neruda.

–¿Quién es tu poeta indio favorito?

Él se lo pensó bien.

–No estoy seguro. En Bombay, estudiábamos sobre todo a poetas británicos y algún que otro estadounidense. No… Bueno, he leído a unos cuantos por mi cuenta, por supuesto.

–Un día quiero que me recites poesía india –dijo ella.

A Remy se le hizo un doloroso nudo en el estómago.

–¿Quieres decir que no soy un rollo de una noche?
Ella alzó la cara hacia él.

–Esperemos que no, Remy –dijo.

Se besaron con más pasión. La boca de Kathy olía a cerveza y a marihuana, un olor seco y ardiente que le habría repelido, pero cada vez que se besaban sentía como si ella le insuflara vida. Notó la fricción de sus vaqueros contra su muslo y cambió de postura para acomodar la tensión en su entrepierna.

–Tengo una compañera de piso –susurró ella– y esta noche ha llevado a su novio a casa.

Él abrió mucho los ojos al comprender a qué se refería.

–Yo no.

–¿Has venido en coche?

Remy negó con la cabeza.

–No. Vivo en Thirteenth Avenue. No está lejos, he venido a pie. –Tenía la firme sensación de que, aunque Kathy hubiera tomado la iniciativa hasta ese momento, no se invitaría ella misma–. ¿Te gustaría ver mi apartamento? –preguntó.

Kathy no respondió.

Quizá la había malinterpretado y había ido demasiado lejos. No conocía las reglas del cortejo estadounidense. Se preparó para una amable negativa, un melancólico rechazo, y entonces notó cómo la mano de Kathy se deslizaba en la suya.

–Sí –dijo.

Él miró el reloj al levantarse del sillón. Era la una.

–Vamos –dijo, ayudándola a ponerse en pie.

Y así, cada uno con el brazo alrededor de la cintura del otro, Remy y Kathy se adentraron tambaleantes en la madrugada llena de tintineos y campanillas.

Capítulo 18

Casa. Remy suspiró mientras se sentaba a desayunar. Kathy no era la única a la que echaba de menos. Le habría encantado estar en casa para la fiesta de aniversario del tío Albert y la tía Regina. Adoraba a su familia política, el bullicioso clan de los Sullivan, y la manera en la que Rose interactuaba con sus tres hijas en las reuniones familiares, cómo las acariciaba cuando pasaban a su lado, cómo se reía a carcajadas cuando les ganaba al póquer, cómo preparaba el postre favorito de cada una. Aun después de tantos años, todavía le maravillaba cómo un encuentro fortuito con Kathy se había convertido en algo tan profundo y transformador.

Cuando terminó de comer, llevó su plato a la cocina pese a las protestas de Hema. Este era un aspecto de la vida india al que no podía acostumbrarse: la dependencia por parte de los ricos de sus criados para realizar las tareas más básicas y rutinarias. Le costaba incluso dejar que Hema hiciera su colada todos los días, y lavaba su ropa interior a mano cada mañana antes de meter el resto en la lavadora. Ni por asomo iba a dejar que ella también recogiera sus platos.

—Tengo que irme en unos minutos —dijo—. Llego tarde al hospital.

—¿Cómo está *memsahib, seth*?

Él frunció el ceño.

—Muy débil todavía.

—No se preocupe, señor —dijo Hema—. No se estrese. Hoy pasaré por el santuario de Sai Baba de camino a casa y le haré una ofrenda. Ya verá. Pronto estará en casa, en plena forma.

Remy le dio las gracias y volvió al dormitorio. No tenía idea de si Hema se creía de verdad sus propias palabras o si solo las decía para demostrar su lealtad. Por lo que había dicho Roshan, su madre había sido cruel con todas las criadas que habían trabajado para ella. Seguro que Hema también había sido blanco de su ira.

En el hospital, Manju lo esperaba en el pasillo.

—¿Me has esperado? —preguntó Remy—. Perdona por llegar tarde.

—Señor —Manju sonaba sin aliento—, ¿dónde ha estado? Está muy enfadada porque no ha llegado a tiempo.

—¿Es consciente de que yo no estoy? —Remy aceleró el paso en dirección a la habitación de Shirin.

—Señor, ha pedido su cola.

Remy se detuvo y dejó escapar una risa sorprendida.

—¿Por eso pregunta por mí? ¿Porque quiere su Coca-Cola?

Manju no entendió la ironía.

—Sí, sí —dijo—. ¿No la ha traído?

No, no se había parado en la tienda, resuelto a llegar junto a su madre lo antes posible. Abrió su cartera.

—¿Puedes ir deprisa antes de marcharte y traer dos botellas?

Al entrar en la habitación de Shirin, notó la diferencia de inmediato. En lugar de la habitual languidez, su madre tenía una expresión alerta, con los ojos entornados y clavados en él mientras cruzaba la habitación. Al inclinarse para besarla en la mejilla, percibió una leve, casi

186

imperceptible rigidez en su cuerpo. «Está enfadada», se dio cuenta con incredulidad. Después de pasarse el día corriendo de un lado, de las interminables horas que había pasado tratando de animarla y las prisas por llegar al hospital cada mañana, ella estaba enfadada con él por la puñetera Coca-Cola.

Una semana atrás, le habría hecho daño. Ahora, lo veía como una pequeña victoria.

«O tal vez no tenga nada que ver conmigo —razonó—. Quizá sea el cambio de medicación. Qué demonios, quizá se encuentre mejor gracias al azúcar y los químicos de la puñetera Coca-Cola». Sonrió ante esta última posibilidad y se imaginó la cara que pondría el doctor Bilimoria si su ocurrencia resultara ser acertada.

Miró a Shirin y parpadeó: su madre le estaba sonriendo. ¿Qué demonios?

—Mamá —dijo—, ahora llega tu Coca-Cola, ¿vale? Manju la va a traer. Siento haber venido con las manos vacías.

Ella pestañeó para indicar que lo entendía y luego se señaló la garganta.

—Sed —dijo.

—Dios mío —dijo Remy, mordiéndose el labio.

Llenó el vaso de agua, introdujo una pajita y le levantó la cabeza para que pudiera dar un sorbo. Ella bebió sin apartar la mirada de él.

—Gracias —dijo con voz ronca al terminar.

Remy deseó que Manju hubiera presenciado ese momento. Como una vieja Polaroid, su madre se estaba restableciendo poco a poco y la vida empezaba a regresar a ella.

Se sentó a su lado y le acarició el pelo. Una abrumadora sensación de ternura le invadió y se sintió desconcertado ante el extraordinario hecho de que la emoción más ordinaria y universal –el amor por su madre– le provocara una sensación tan plena y preciosa. Ella seguía escrutando su rostro y Remy tuvo la extraña impresión de que podía leer sus pensamientos.

Por fin, la comunión que siempre había deseado y la cercanía que tanto anhelaba eran suyas, aunque llegaban justo cuando él estaba a punto de dejar atrás a Shirin y comenzar un nuevo capítulo como padre. Esta vez, la despedida sería difícil. «Aún no es de noche, pero está oscureciendo», se coló en su mente el verso de la canción de Dylan. Un sentimiento dulce de arrepentimiento le atravesó como una brisa vespertina.

«Pero aún no es de noche –se recordó–. Todavía estoy aquí».

Manju entró y de inmediato empezó a revolotear alrededor de Shirin: le ahuecó las almohadas, elevó la cama del hospital y le dio de beber la Coca-Cola. Mientras lo hacía, le trasladó a Remy el informe de la mañana: el médico *sahib* ya había hecho su ronda. Shirin había comido una tostada entera y un poco de huevo. Manju había querido llevar a su madre a la ducha, pero Shirin se había negado, así que la había limpiado con la esponja. El talco casi se había acabado, ¿podía Remy comprar más?

Él asintió, aunque solo la escuchaba a medias. Era como si su madre y él se encontraran solos en la habitación, manteniendo una conversación sin palabras. Allí, en aquella austera habitación de hospital, era exactamente donde él tenía que estar.

Capítulo 19

—Buenos días —dijo Shirin cuando él entró en su cuarto del hospital al día siguiente y, de pronto, Remy escuchó el oleaje y sintió la calidez almibarada del sol de la mañana.

Dos días después de la ceremonia Navjote de Remy, Cyrus había llevado a la familia a Goa durante una semana. Remy aún estaba radiante después de que el sacerdote principal elogiara lo bien que había recitado sus oraciones, y Cyrus había abarcado con la mano la extensión del mar Arábigo al tiempo que decía: «¿Ves esto, hijo? Hace dos días, el mar tenía la mitad de tamaño. Pero, como memorizaste tus oraciones a la perfección, Dios lo ha duplicado para que lo disfrutes». Y Remy, con siete años, le había creído.

Habían sido unas vacaciones maravillosas, sin asomo de la frialdad ni la tensión que por lo general empañaban la relación de sus padres. En su primer día completo, Cyrus había cedido al impulso de contratar a un pescador para que les diera una vuelta en su barco de madera. Remy todavía recordaba los perfiles de sus padres recortados sobre el cielo azul claro, el pelo hasta los hombros de su madre ondeando con la brisa, a su padre sentado con el brazo alrededor de su mujer, mientras detrás de ellos el pescador pilotaba el barco con el torso desnudo. Al principio Remy se había mareado, pero Cyrus le había enseñado a balancearse con las olas y, a medida que su malestar desaparecía, él había contemplado a su padre con asombro, pensando que era tan sabio como Dios.

A la tarde siguiente, habían hecho un crucero por el río Mandovi al atardecer.

«¿Veremos delfines? –preguntó Remy al subir al ferri, pero Cyrus negó con la cabeza–. ¡Pero yo quiero ver delfines!».

«Otro día –dijo Shirin–. Hoy es demasiado tarde. Los delfines tienen que irse a dormir con su mamá y su papá. Ellos también se cansan, ¿sabes?».

«¿Por qué? ¿Qué trabajo hacen durante todo el día?». Shirin fingió sorprenderse.

«*Arre wah.* ¿Qué trabajo? ¿Crees que es fácil nadar todo el día? ¿Recuerdas cuando fuiste a la playa de Juhu el verano pasado?».

«Sí».

«¿No te cansaste después de nadar en la piscina del hotel?».

Remy asintió con seriedad.

«Buenas noches, delfines –gritó al tiempo que se inclinaba sobre la barandilla y Shirin lo sujetaba por la cintura–. Buenas noches, peces. –Se volvió hacia su madre–. Las olas también se cansan –dijo–, pero ¿cuándo descansan ellas?».

Ella sonrió y se lo sentó de nuevo en el regazo.

«Muy tarde por la noche, cuando está oscuro», murmuró, acariciándole el pelo.

Oyeron el furioso retumbar de unos tambores y un grupo de bailarines folclóricos de Goa apareció corriendo.

«¡Mira, mamá! ¡Hadas!», chilló Remy, y luego observó encantado cómo varios pasajeros se levantaban para unirse a los bailarines.

La música le recordó la noche de su Navjote, cuando había bailado con Zenobia, la niña que vivía en el edificio de al lado.

Se volvió para decirle algo a su padre justo al tiempo que una de las bailarinas se acercaba contoneándose hacia él y le tendía el brazo. Para gran sorpresa de Remy, Cyrus se levantó de un salto. Tenía un aspecto muy extraño, allí bailando con las hadas masculinas y femeninas.

«¿Mami?», protestó, pero Shirin se reía y aplaudía al ritmo de la canción en konkani.

Sobre ellos, el cielo adoptó el color de la miel y, después, ardió en rojo, como si alguien hubiera encendido una hoguera. El sol se hizo más pequeño, una canica roja que rodó tras la orilla lejana. Remy se entristeció al verlo desaparecer y deseó que volviera.

«Mami, mira –gritó, al tiempo que se incorporaba en su regazo–. El sol se está derritiendo».

«Volverá mañana cuando te despiertes –contestó Shirin–. Te lo prometo».

Pero, a pesar del ambiente festivo que reinaba en el barco, la melancolía persistió y Remy aprendió sus primeras lecciones sobre la pérdida: que su tristeza era proporcional a la felicidad que había sentido antes y que solo echas de menos lo que valoras.

A la mañana siguiente, dejaron a Remy dormir hasta tarde. Cuando Cyrus por fin consiguió vestirlo, padre e hijo caminaron de la mano para desayunar con Shirin en el restaurante de la azotea del hotel. Shirin llevaba una camisa de cuadros y pantalones oscuros y el pelo recogido con un pañuelo de seda. Un vaso de zumo de sandía descansaba en la mesa mientras ella miraba hacia el mar. Aunque el restaurante estaba a rebosar de huéspedes, su madre parecía sumida en una soledad serena y absoluta.

En paz. A Remy se le cortó la respiración al verla; pensó que era la mujer más guapa del mundo.

«Mami», gritó cuando ya casi estaban a su lado, y Shirin giró la cabeza y sonrió.

«Buenos días», dijo, y el sol de la mañana centelleó en el borde de su vaso.

El niño parpadeó al tiempo que tomaba una fotografía con los ojos. Si hubiera tenido que ponerle un pie de foto, la habría titulado «Felicidad perfecta».

–Buenos días, mamá –respondió ahora Remy, absteniéndose de compartir el dulce recuerdo que aquellas dos palabras habían despertado. Aunque Shirin hablaba un poco más cada día, Remy seguía tratándola como a una gata salvaje a la que intentaba domesticar, temeroso de asustarla–. ¿Dónde está Manju? –preguntó, antes de recordar que la joven le había preguntado si esa mañana podía marcharse un poco antes. Aun así, parecía que la enfermera había vestido a su madre antes de irse, aunque se había olvidado de peinarla–. Venga, vamos a levantarte de la cama –dijo, mientras el recuerdo del viaje a Goa persistía.

Le costaba reconciliar la imagen de la hermosa joven que se había vuelto para sonreírle frente al mar con la Shirin de ahora. «El tiempo es un monstruo –pensó–. Arrasa con todo a su paso, destruye la juventud y la belleza, empaña incluso la memoria». Tal vez eso fuera lo único que los seres humanos debían temer: el constante tictac, la implacable corriente. Porque, ¿qué era la muerte sino la parada del reloj?

Alzó a su madre y la sentó en una silla y luego le pasó con delicadeza el peine por el pelo.

–¿Recuerdas cuando me lo hacías tú a mí? –dijo mientras

intentaba deshacer los nudos–. Cómo cambian los tiempos, ¿eh, mamá?

Una sonrisa floreció en el rostro de Shirin, que con un esfuerzo de concentración levantó la mano derecha del regazo y se la llevó al pecho.

–Lo recuerdo –dijo.

–¿Recuerdas cuando yo no quería lavarme la cara de pequeño? ¿Recuerdas el juego que te inventaste?

Shirin le dedicó una mirada inexpresiva. Él le dio un momento y luego la ayudó:

–¿Polvo…?

–Polvo –terminó ella.

–Exacto. Me pasabas las manos por la cara mientras cantabas: «Polvo, polvo». No sé por qué funcionaba, la verdad. ¿Tú lo sabes?

No hubo respuesta verbal, pero Remy notó que su expresión se suavizaba. «Sabe que lo intento», pensó, aunque no tenía del todo claro a quién intentaba agradar. A fin de cuentas, a su madre no le importaba ir despeinada. «Pero a mí sí –pensó–. A mí sí».

Había tantas cosas que los habían separado, a su madre y a él: la distancia, sin duda, pero también el dolor de los recuerdos desagradables. Bueno, intentaría reemplazar los viejos recuerdos con otros nuevos. Después de todo, se dedicaba a la publicidad, por el amor de Dios. ¿Quién mejor que él conocía el poder de la nostalgia y cómo podían manipularse los recuerdos? Eso era lo que haría mientras estuviera allí: llenar pequeños frascos de memoria para llevarse a casa.

De espaldas a ella, retiró unos cuantos pelos del peine y los envolvió en un pañuelo de papel. Algo de ella, algo de aquel momento, para llevarse a Estados Unidos.

Capítulo 20

Remy había pasado su infancia ocultándole secretos a su madre, así que cuando Kathy dejó caer que ya era hora de contarle lo de Monaz y el niño, su primer instinto fue rehuirlo.

–No creo que sea el momento adecuado –dijo–. Con su estado de salud, no puedo arriesgarme. ¿Quién sabe cómo reaccionará ante la noticia? –Se hizo un largo silencio–. ¿Hola? –dijo al cabo.

–Sí, estoy aquí –respondió Kathy y, tras otro silencio, continuó–: Supongo que solo me pregunto a quién intentas proteger en realidad: ¿a Shirin o a ti mismo?

Remy no había dormido bien la noche anterior y el estrés de pasar días enteros en el hospital empezaba a afectarle, así que se puso de inmediato a la defensiva.

–No me jodas, Kat. Sabes muy bien lo mucho que he cuidado de mi madre. No puedo permitir que sufra otro percance.

–¿Otro percance? –replicó Kathy en tono incrédulo–. ¿Por qué, por el amor de Dios? No es como si le fueras a confesar que eres un asesino en serie, ¿no? Vamos a adoptar a un bebé dulce e inocente. ¿Por qué narices iba a empeorar Shirin por eso? Si acaso, es posible que le diera algo por lo que ilusionarse.

Remy se sintió acorralado. Muchos parsis parecían tener una aversión instintiva a la idea de adoptar al hijo de otra persona y él no sabía si su madre era una. ¿Y si se entusiasmaba con la idea de tener un nieto? No tenía intención de llevarla con él a Estados Unidos. ¿Cómo se tomaría ese rechazo? Ahora que habían alcanzado una suerte de equilibrio, se estaba esforzando mucho por no remover el avispero.

–¿Remy? –dijo Kathy–. ¿De verdad no me vas a contestar?

–Oye, vas a tener que confiar en mí. Conozco a mi madre; yo sabré cuándo es un buen momento, ¿de acuerdo? Se lo diré en el momento adecuado.

–Dios, estás a punto de subirte a un avión con una chica desconocida. ¿Crees que Shirin no se va a enterar? Siempre me dices lo pequeña que es la comunidad parsi y lo unida que está. ¿Cómo puedes ocultarle algo así a tu propia madre?

–Espera un momento… –empezó él.

–No. No, Remy. No vamos a empezar la vida con nuestro hijo en secreto y con vergüenza. No pienso hacerlo.

El enfado de Remy estalló.

–¿Tú te estás oyendo? –dijo–. Esto es entre mi madre y yo. ¿Crees que no entiendo la situación mejor que tú?

–Pero esto también me afecta a mí, ¿no? ¿O es que no voy a tener voz ni voto en este asunto?

–¿De qué narices hablas? –replicó él. Entonces se le ocurrió una idea–. ¿Estás enfadada porque Monaz va a venir conmigo? ¿A eso viene todo esto?

–Ya estás otra vez tergiversando mis palabras. Olvídalo, Remy; haz lo que te dé la gana. Pero, personalmente, a mí ni se me pasaría por la cabeza ocultarle un secreto así a mi madre. Se quedaría destrozada.

Remy se mordió la lengua para no decir lo que le vino de inmediato a la cabeza: «Vaya, qué suerte la tuya por no tener que preocuparte por la reacción de tu madre, pues sabes que te apoyaría pasara lo que pasara. Por no tener que cargar el lastre que yo llevo encima».

–Mira, ni siquiera mi padre era muy partidario de la idea la adopción –contestó–. Me lo dijo una vez, lo recuerdo. Y mamá es mucho más chapada a la antigua que él. Así que, sí, no tengo ni idea de cómo reaccionará, pero sospecho que no será bien.

–Quizá te sorprenda.

–Quizá. –Remy suspiró–. Oye, ¿podemos hablar de otra cosa, por favor? Se lo diré en los próximos días, lo prometo. Solo tengo que encontrar el momento adecuado.

A la mañana siguiente, el cielo amaneció gris y cubierto, pero el sol acabó por disipar la niebla y dejó una tarde resplandeciente. De pie en el pasillo, Remy miraba por la ventana abierta mientras una enfermera bañaba a Shirin. El calor del sol en la cara era muy agradable. Mientras contemplaba los frondosos jardines y se fijaba en el arco que formaban dos buganvillas al inclinarse una hacia la otra, volvió a repasar la charla del día anterior con Kathy. Y se le ocurrió una idea.

Se apresuró a llamar a Monaz y le dejó un mensaje para decirle que no podía ir a almorzar como habían quedado, y luego se dirigió con paso decidido al puesto de enfermería, cogió una de las sillas de ruedas que había allí y la llevó de vuelta a la habitación de su madre, ignorando a la enfermera que le dijo:

–Señor, ¿en qué puedo ayudarlo?

Esperó delante de la habitación hasta que salió la enfermera. Shirin estaba tumbada de lado, visiblemente cansada. Se sentó junto a ella y la dejó descansar al tiempo que se preguntaba si era mejor abandonar su idea. Pero en ese momento la brisa entró por la ventana y Remy sintió ganas de estar al aire libre.

–Oye, mamá –dijo–, hace un día precioso. ¿Qué te parece si salimos un rato?

Su madre no respondió. Mientras Remy debatía qué hacer, un celador pasó por el pasillo y entre los dos levantaron a Shirin; era muy ligera y menuda y, cuando la acomodaron, su cuerpo se desplomó sobre la silla. Un escalofrío de temor recorrió a Remy, pero, convencido de que el aire fresco animaría a su madre, empujó la silla hacia el ascensor.

–Disculpe –dijo una voz femenina justo cuando estaba a punto de abrir las rejas metálicas del viejo ascensor–. El doctor debe autorizar el traslado de la paciente.

La jefa de enfermeras se plantó frente a él y Shirin levantó apenas la cabeza, como interesada por ver cómo afrontaba su hijo la situación. Ese pequeño gesto le dio a Remy el valor que necesitaba.

–Tranquila –dijo–, es mi madre. Asumo toda la responsabilidad.

Metió a Shirin en el ascensor y pulsó el botón de la planta baja.

Remy empujó la silla con cuidado por la rampa exterior. Escuchó el insistente canto de un pájaro y sintió cómo su estado de ánimo mejoraba. Las buganvillas rojas se mecían con la brisa mientras él conducía a Shirin hacia un banco de piedra del jardín. Aunque ella no debía de pesar más de cuarenta y ocho kilos, como mucho, cuando llegaron a su destino a Remy le faltaba el aliento. Se dio cuenta de que se había preparado para una confrontación con el personal del hospital por violar sus normas y casi había dado por hecho que alguien los perseguiría.

Tras asegurar la silla de su madre, se sentó en el banco de cara a ella. Deseó poder identificar cada uno de los árboles que los rodeaban, pero, por encima de todo, se sintió agradecido por aquel raro estallido de verde en esa ciudad polvorienta.

—Qué tranquilo se está aquí, ¿verdad, mamá? —dijo al fijarse en que Shirin alzaba la cabeza y entornaba los ojos hacia el sol. Se quitó las gafas de sol y se las colocó en la nariz—. Toma. ¿Mejor así?

Shirin levantó el rostro hacia el cielo. Aunque Remy no le veía los ojos, notó cómo se relajaba y experimentó un escalofrío de emoción. «Está disfrutando», pensó. Había hecho bien en llevarla afuera. Proyectó el pensamiento hacia el futuro y se preguntó si debían hacer aquello todos los días.

En ese momento, le sonó el teléfono. Era Monaz.

—Oye, ha habido un pequeño cambio de planes —dijo—. Estamos sentados en el jardín delantero. ¿Puedes venir aquí?... Estaré pendiente... Muy bien, hasta ahora.

Una pareja de ancianos pasó junto a ellos; el hombre sostenía a la mujer por el brazo.

—*Sahibji* —los saludó Remy.

La pareja se volvió para devolverle el saludo y, al hacerlo, la mujer tropezó. Remy se levantó de inmediato.

—¿Está usted bien, tía? —preguntó.

El anciano hizo una mueca y articuló un «no» con los labios. Remy miró a su madre, que no parecía correr peligro en su silla.

—Vuelvo en un periquete —le dijo—. ¿Puedo? —preguntó al tiempo que se acercaba a la pareja.

Sujetó el otro brazo de la mujer y los acompañó con cuidado hasta la entrada del hospital. Después de haber ayudado a la pareja, se apresuró a regresar junto a su madre, que se había quitado las gafas de sol y las tenía cogidas sobre el regazo. Su expresión plácida le indicó que aprobaba lo que acababa de hacer. Tanto su madre como su padre habían sido siempre serviciales con los demás y le habían inculcado esa deferencia. Shirin le había enseñado la expresión: «De no ser por la gracia de Dios, ese podría ser yo».

—¿Estás cansada? —le preguntó Remy—. ¿Quieres volver adentro?

Shirin negó con la cabeza.

—Mamá, ¿te acuerdas de Monaz, la chica que vino a verte hace unos días? ¿La sobrina de Shenaz? Va a pasarse por aquí en un rato. Nos… Quiere saludarnos…

Su voz se apagó al tiempo que su valor flaqueaba. Quizá habría sido mejor darle la noticia de la adopción cuando estuvieran a solas. ¿Y si Shirin le decía a Monaz algo desagradable sobre su embarazo? Había sido un descuido por su parte no prever algo así.

Monaz llegó con una caja blanca, que dejó sobre el banco de piedra, entre Remy y ella.

—Hola, tía —dijo—. He traído volovanes de pollo de RTI. Están recién hechos y calientes. ¿Quieres uno? —Lo cogió con una servilleta y se lo dio.

Remy se levantó para ayudar a su madre, pero Shirin se llevó el volován a la boca y le dio un mordisco ella sola. Él la observó, recordando sus numerosos y vanos intentos de lograr que Shirin comiera. Monaz había solucionado el problema en cuestión de cinco segundos.

La chica le dedicó una sonrisa triunfal y le ofreció uno a él. Los tres permanecieron sentados en silencio, masticando como si aquello no fuera más que un pícnic. A Remy le asombró la sencilla naturalidad del momento. «La juventud es un superpoder», pensó. Sin necesidad

199

de que Shirin dijera una sola palabra, percibía que Monaz le caía bien.

Shirin asintió hacia la chica.

–¿De cuántos meses estás? –preguntó.

Remy estuvo a punto de dejar caer su comida, pero Monaz no se inmutó. No había en ella ni rastro de la joven confundida y nerviosa que él conocía.

–De cinco, tía –contestó Monaz–. Pero ¿tan evidente es? Llevo estos *kurtas* holgados para que no se note.

–Kathy y yo queremos adoptar al niño de Monaz, mamá –se apresuró a decir Remy–. Quería contártelo y pedirte tu bendición –añadió, sintiéndose ridículo.

Sus palabras sonaban a estereotipo indio, como si repitiera una frase de un melodrama de Bollywood. Él, que ni siquiera había pedido permiso a sus padres para casarse con Kathy. Shirin le dedicó una mirada irónica antes de centrar de nuevo su atención en Monaz.

–Lo cuidarán bien –dijo–. Mi hijo es… un hombre bondadoso.

Sus palabras le quitaron un peso tremendo de los hombros. Kathy había tenido razón al obligarlo a sincerarse. Aquello tenía mucho más sentido que la cobarde manera en que había pensado lidiar con la situación, una vez que estuviera a salvo de vuelta en Estados Unidos.

–Gracias, mamá –dijo–. No sabes lo feliz que soy ahora mismo.

Shirin sonrió, pero de repente empezó a toser, un ataque feo y prolongado, mientras se ponía roja por el esfuerzo. Remy miró a su alrededor, enfadado consigo mismo por no haber llevado nada de beber, pero Monaz rebuscó en su mochila y sacó una botella de agua. Ayudó a Shirin a dar varios sorbos al tiempo que le acariciaba la espalda, y Remy tuvo la certeza de que estaba asistiendo al nacimiento de una amistad entre su madre y la madre de su futuro hijo.

–Gracias –dijo Shirin con voz ronca.

–De nada, tía Shirin. Me recuerdas mucho a mi abuela.

Madre e hijo intercambiaron una rápida mirada divertida y Remy experimentó una sensación de liviandad en el pecho, aunque parte de él aún se preguntaba cuánto entendía Shirin en realidad.

–Mamá –dijo con cautela–. Entonces, ¿estás de acuerdo con que adoptemos?

Shirin bajó la mirada hacia sus manos y cuando al fin alzó la cabeza tenía los ojos llenos de lágrimas.

–Tu padre y yo siempre habíamos pensado que tendríamos una casa llena de niños –dijo, y luego se volvió hacia Monaz–. ¿Cuándo sales de cuentas?

A Remy le llamó la atención que Shirin hablara con frases completas y coherentes. A todas luces, los nuevos medicamentos que le daban después del susto de la semana anterior estaban funcionando.

–El 15 de mayo –respondió Monaz, y se volvió hacia Remy para pedirle permiso en silencio para revelar su acuerdo.

–Me voy a lleva a Monaz a casa, mamá –dijo Remy, intentando parecer despreocupado–. Así podrá... ya sabes, dar a luz al niño en Estados Unidos.

Una expresión extraña cruzó el rostro de Shirin.

–¿Tus padres no lo saben? –preguntó.

Monaz se sonrojó.

–No, tía Shirin. Mi padre es muy tradicional. Se pondrían... Me desheredarían.

Shirin guardó silencio. Cuando Remy la miró, su rostro estaba inexpresivo, pero él sospechaba que le molestaba que se llevara a una desconocida a Estados Unidos mientras ella se quedaba allí.

Su madre se estremeció.

–Vamos adentro, mamá –dijo Remy de inmediato–. Estás cogiendo frío.

Estaba a punto de empujar la silla de ruedas para volver cuando ella levantó un dedo para detenerlo.

–Puedes venir a mi piso cuando quieras –le dijo a Monaz–. Tenemos una habitación de invitados libre.

Monaz se inclinó y le dio un beso.

–Eres un sol, tía –dijo–. ¿Puedo llamarte *granna*?

Shirin sonrió, pero no respondió. Remy le dio un abrazo rápido a Monaz.

–Hablamos pronto –dijo–. Gracias por el almuerzo.

–Adiós. Hasta pronto –respondió ella.

Remy empujó la silla de Shirin hacia el hospital y se sintió culpable al ver las marcas que dejaba en el césped. Mientras trataba de dilucidar cómo subir la rampa, Shirin se volvió en la silla y lo miró, antes de cubrir con su mano la de Remy, que descansaba sobre su hombro.

–Hijo –dijo–, sácame de aquí. Llévame a casa. Quiero irme a casa.

LIBRO SEGUNDO

Capítulo 21

Bombay tiritaba, sumida en una ola de frío. Todo el mundo iba envuelto en prendas de lana. Remy se había reído al ver llegar a Hema esa mañana con un jersey tricotado debajo del sari y quejándose del *baraf* –«hielo»–, que en el contexto de una ciudad tropical no era más que una metáfora. Divertido, había sacado el móvil para enseñarle una foto de Kathy y él quitando la nieve de su camino de entrada con una pala después de una ventisca. Hema lo había mirado como si de repente se hubiera transformado en un extraterrestre.

Ese día había invitado a comer a Gulnaz, que llegó también con un jersey. A veintidós grados Celsius –setenta y dos grados Fahrenheit, según le informó el móvil–, Remy disfrutaba del tiempo, encantado de escapar del duro invierno de Ohio. Pero Gulnaz lo miró horrorizada cuando abrió la puerta en camiseta.

–¿Estás loco? –le dijo–. No me digas que no estás helado. ¿O es que vivir en Estados Unidos te ha convertido el cerebro en yogur?

–Bienvenida, Gulnaz –dijo él–. Y, no, no tengo frío. Aquí estamos a unos balsámicos setenta y dos grados, mientras que en Ohio están a cinco.

–*Ae*, no me vengas con chorradas en Fahrenheit. Habla en Celsius, *na*, como una persona normal –dijo Gulnaz mientras entraba en el salón–. ¿Por qué vosotros los yankis tenéis que ir siempre a contracorriente del resto del mundo? Ni siquiera habéis adoptado todavía el sistema métrico.

Remy sonrió.

–Las ventajas de ser la única superpotencia del mundo, querida.

Gulnaz miró a su alrededor.

–¿Dónde está tu madre?

–En su habitación. ¿Quieres ir a saludarla?

–Enseguida –respondió Gulnaz al tiempo que cogía la mano de Remy entre las suyas–. Dime, ¿cómo van las cosas desde que la has traído a casa?

Remy se paró a pensar en su pregunta. Por un lado, las cosas eran más fáciles. Shirin estaba mucho más comunicativa y él agradecía no tener que batallar con el tráfico de la hora punta. Gladys, la enfermera diurna que había contratado, era alegre y competente. Monaz se pasaba a menudo por la tarde, después de las clases, y entretenía a su madre con anécdotas sobre sus profesores. A veces se quedaba a cenar y estudiaba en el cuarto de invitados hasta que era hora de comer. Tanto Remy como su madre disfrutaban de sus visitas.

Por otro lado, Remy echaba de menos el bullicio del hospital: hablar con los familiares de otros pacientes, charlar con las enfermeras y los médicos que entraban a examinar a Shirin. Vivía con la preocupación constante de que su madre volviera a ponerse enferma y él tuviera que llevarla por calles embotelladas en las que nadie se apartaba para dejar pasar una ambulancia porque no había sitio. Su amplio piso era tranquilo, apacible y cómodo, pero Remy ya no acababa el día yendo a casa de Jango para desconectar con unas copas y una buena conversación. En su lugar, tenía que conformarse con las visitas de amigos que se pasaban a comer o a tomar el té.

–*Chalta hai* –dijo, usando la expresión universal tan típica de Bombay–. Más o menos bien. Nos las apañamos.

–¿Te sientes solo? –preguntó ella.

A Remy le sorprendió la perspicacia de Gulnaz.

–Sí, claro. Echo de menos… mi vida. A Kathy.

–¿Y tu madre? ¿Cómo van las cosas entre vosotros?

Remy se encogió de hombros, sin saber qué se escondía detrás de las preguntas de Gulnaz. De niño, sus relaciones con sus amigos y sus compañeros de clase se habían basado en intereses comunes: el críquet, la afición por las quintillas jocosas, las películas o la música pop. Jamás había hablado con ellos de sus problemas familiares. Pero Gulnaz había vivido a tres edificios de distancia hasta que su familia se mudó a Hughes Road, cuando ella tenía dieciséis años. ¿Había sabido todo el mundo que su relación con su madre era tensa?

–Remy –dijo Gulnaz–, no quiero entrometerme, *yaar*. Es solo que… no sé si te acuerdas, pero una vez, creo que estábamos en tercero o así, fue a tu casa un sábado. Tu madre acababa de volver; creo que había ido a Bandra o a alguna otra parte. Y yo…, bueno…

–¿Qué? ¿Pasó alguna cosa?

Gulnaz lo miró con curiosidad.

–¿De verdad no te acuerdas? –preguntó.

Él negó con la cabeza.

–Lo siento. No, no me acuerdo.

–Ella… Tú estabas presumiendo un poco por haber quedado el primero de la clase ese trimestre. Ya sabes lo competitivos que éramos tú y yo en el colegio. Recuerdo que tus notas estaban sobre la mesa y, Dios, si yo hubiera sacado esas notas mi madre habría encargado cajas de *jalebis* para repartirlas por todo el vecindario. Pero la tuya…

–¿La mía qué?

–Se enfadó muchísimo contigo. Dijo que eras un fanfarrón y que tenías que aprender a ser más humilde. Nunca…, nunca pude olvidar aquel incidente, ¡fue tan raro! Quiero decir que la mayoría de nuestros padres se enorgullecía de nuestros logros.

Remy sintió el cosquilleo de un gusano de memoria en el cerebro, aunque era tan débil que no sabía si eran las palabras de Gulnaz las que lo habían implantado allí.

–De verdad que no lo recuerdo –dijo.

–Pues yo lo recuerdo bien –respondió Gulnaz–. Tu padre entró en el salón y se enfadó muchísimo con tu madre. Y luego nos llevó a los dos a Kailash a tomar un helado. Dijo que era para celebrar tu éxito.

–Sí, mi padre era genial –observó Remy–. Y no tengo ni idea de por qué mi madre se enfadó tanto, aunque siempre estaba encima de mí con lo de ser modesto. No sé, quizá tenía miedo del mal de ojo o algo así. Pero tampoco era supersticiosa en ese sentido. En fin –añadió–, todo eso pasó hace mucho tiempo.

–Ya, es verdad –se apresuró a decir Gulnaz, que dio un paso hacia Remy–. Solo quiero decirte que para mí eres como un hermano. Si necesitas cualquier cosa mientras estés en Bombay, pídemela, ¿vale? Yo cuidé de mis dos padres hasta el final y sé lo duro que es.

–Gracias, Gulu. Siempre has sido muy buena, no has cambiado nada.

–*Arre*, soy una vieja chocha. ¿Para qué demonios iba a cambiar a mi edad?

–Siento no haber mantenido el contacto estos últimos años. He sido un amigo terrible. No hay excusas, pero llevo una vida tan ajetreada que…

–Por el amor de Dios, Remy, ya vale –dijo Gulnaz, mirándolo con seriedad–. Siempre he entendido por qué necesitabas distanciarte de tu vida aquí. Además, veía a menudo al tío Cyrus en el templo de fuego y él me ponía al día. Estaba muy orgulloso de ti.

–Siempre me lo contaba. Se alegraba de verte.

–Yo quería mucho al tío Cyrus –dijo Gulnaz–. ¿Recuerdas cómo llevaba a todos los niños del barrio a comer comida china?

–Sí. Qué buenos tiempos.

–¿Has ido? –preguntó Gulnaz–. Desde que llegaste.

–¿Adónde? ¿A comer comida china?

–No, tonto; al templo de fuego.

–No, yo… –Remy meneó la cabeza–. Ya sabes que no soy religioso.

–¿Sigues llevando tu *sadra* y tu *kusti*, al menos?

Remy vaciló, desconcertado por la intensidad con la que Gulnaz lo miraba.

–Llevo mi *sadra*; me sirve a la perfección de camiseta interior. Pero, si te soy sincero, ni siquiera tengo un *kusti*.

–Ya veo. –Gulnaz no intentó ocultar su decepción, pero luego se animó–. Iremos ahora mismo; te compraré un *kusti* nuevo en la tienda que hay frente al *agiary*. Vamos a dar las gracias por la recuperación de tu madre.

–¿Ahora? ¿Y la comida?

Ella hizo un sonido para quitarle importancia.

–Volveremos en un santiamén, *yaar*. Mi chófer nos dejará en la entrada. Venga.

–No hace falta, Gulu –protestó él–. De verdad.

Gulnaz se plantó delante de él con los brazos cruzados sobre el pecho y Remy meneó la cabeza ante aquel giro inesperado de los acontecimientos. Comprobó que su madre estuviera bien y luego fue a su habitación a coger la cartera, un poco perplejo por el cambio de actitud de su amiga. Esperaba que el sentimiento de culpa por haberse casado con alguien que no compartía su fe no la hubiera convertido en una fanática religiosa.

El coche de Gulnaz tenía los cristales tintados y, a través de ellos, Bombay le pareció más afable, casi benigna, mientras se dirigían al templo de fuego.

–¿Te acuerdas de Tortuga? –preguntó ella–. Murió el año pasado. Lo atropelló un coche.

–Oh, no –dijo Remy.

El mendigo había sido una presencia constante a lo largo de su infancia. Un chico del barrio le había puesto el apodo a aquel pobre hombre discapacitado, y se le había quedado para siempre. Una malformación congénita había dejado a Tortuga con muñones en lugar de brazos y piernas, y los usaba para impulsarse por las calles de la ciudad sobre un monopatín de madera. Cada mañana, al llegar a la parada del autobús, uno de los hombres de la zona lo volteaba para dejarlo boca arriba para que pudiera mirar al cielo y dar las gracias a quienes echaban monedas en su taza de hojalata. Al terminar el día, una mujer venía a recogerlo. A veces, Remy los veía cruzar la calle: la mujer extendía la mano para parar el tráfico y Tortuga se lanzaba con su monopatín para ponerse a salvo. Remy nunca había sabido quién era la mujer. ¿Su madre? ¿Su esposa?

–Madre mía, hacía mucho que no pensaba en él.

–En realidad se llamaba Sukendar –dijo Gulnaz–. Me enteré hace solo unos años. De hecho, conseguí que lo admitieran en uno de esos albergues. Los años empezaban a pasarle factura, ¿sabes? Pero allí era muy desgraciado; decía que echaba de menos el bullicio. Aquella parada de autobús se había convertido en su hogar.

Remy pensó que esa era una de las cosas que caracterizaba a Bombay: las interacciones cotidianas entre las distintas clases sociales, los humildes intentos de personas como Gulnaz por cambiar la vida de los pobres. En Bombay, la pobreza era omnipresente, desprovista de la segregación residencial habitual en ciudades como Cleveland o Chicago. Aquí la gente vivía codo con codo, unos junto a otros, con barrios de chabolas y viviendas improvisadas que surgían a la sombra de relucientes rascacielos. Así que, aunque los acomodados vecinos de esos edificios se quejaran sin cesar de las «molestias» que causaban los moradores de las chabolas, no era raro que los residentes más compasivos «adoptaran» a una familia sin hogar de su calle, a la que proporcionaban ropa además de comida.

–¿Cómo averiguaste su verdadero nombre? –quiso saber Remy.

–Pregunté –dijo Gulnaz–. Me cansé de pasar a su lado sin hacerle caso. Después de años de prácticamente ignorarlo, pensando que yo era buena persona solo porque siempre le daba dinero, un día me agaché junto a él y nos pusimos a hablar. ¿Recuerdas esa película antigua, *Sholay*? Pues se la sabía de memoria. Palabra por palabra, escena por escena. Remy, ¿te imaginas qué cociente intelectual debía de tener?

Remy suspiró. Todo aquel potencial humano desperdiciado. ¿Quién habría sido Tortuga si alguien como Gulnaz hubiera aparecido antes en su vida? ¿Quién habría sido si la pobreza de su infancia y su discapacidad no hubieran marcado su destino? Cuando Remy tenía tres o cuatro años, creía que todas las personas mayores de pelo blanco con las que se cruzaba por la calle eran pobres y necesitaban su ayuda. Tiraba de la manga del abrigo de su padre y lo miraba suplicante para que les diera dinero. Una vez, mientras compraban frutos secos en pleno auge del Diwali, Cyrus se había encontrado con un amigo mayor parsi. Mientras los dos hombres charlaban Remy dijo en voz muy alta: «Papá, por favor, dale algo de dinero a este pobre tío, *na*? Solo hablas y hablas, pero no ayudas». El hombre mayor miró con sorpresa a Cyrus, que, con la cara roja, balbuceó una disculpa y una explicación. Entonces el viejo se echó a reír con estruendo, le dio una palmadita en la cabeza a Remy y dijo: «Que Dios te bendiga. Que Ahura Mazda siempre te dispense su favor, *beta*».

Bueno, sin lugar a duda, la fortuna le había sonreído. Pero ¿qué pasaba con los millones de desgraciados como Tortuga? No era un dios quien había abandonado a Tortuga, sino sus semejantes, y eso incluía a Remy. «¿Qué has hecho tú para cambiar las cosas en el lugar donde naciste? —se preguntó—. Has actuado como si no tuvieras ninguna responsabilidad solo porque tuviste la suerte de escapar. Pero ¿de qué te exime eso?».

—Gulu —dijo—. Me… ¿Puedes recomendarme organizaciones que trabajen en la ciudad y a las que pueda apoyar? Me gustaría enviar contribuciones regulares. En fin, ya sé que eso no va a cambiar la vida de todo el mundo, pero algo es algo, ¿no?

—Sí, y cambiará algunas vidas —contestó Gulu de inmediato—. No te preocupes, te haré una lista de organizaciones benéficas locales.

—Gracias —dijo él, y le dio un apretón en el brazo.

En la pequeña tienda anexa al templo de fuego, Gulnaz le compró a Remy un *kusti*, las largas hebras tejidas de lana de oveja que los parsis se atan alrededor de la cintura. También compró dos pequeñas ofrendas de sándalo. En la entrada, le dio a Remy un casquete de terciopelo rojo para cubrirse la cabeza y ella se la tapó con un pañuelo. Entraron en el vestíbulo del templo y, tras mojar los dedos en el cuenco de agua, se los pasaron por los ojos. El líquido estaba frío al tacto.

Un familiar olor a humo los recibió al entrar en el amplio *sanctum* y los ojos de Remy se acostumbraron poco a poco a la penumbra. En la silenciosa sala revestida de madera, el ruido y el bullicio de Bombay quedaron atrás y Remy experimentó una inmediata sensación de sosiego, como si hubiera entrado en un club privado y lujoso. Entendió por qué personas como Gulnaz buscaban refugio a diario en aquel lugar.

–Vamos al patio y hagamos nuestro *kusti* junto al pozo –susurró ello–. Luego volveremos adentro.

–¿Sabes? –dijo Remy–. Creo que no recuerdo las palabras. Mi Navjote fue hace mucho tiempo.

–No te preocupes –respondió Gulnaz–. Yo rezaré, tú solo tienes que imitarme. Lo principal es que lleves siempre tu *kusti*, Remy. Te ayudará a orientarte a través de los problemas a los que te enfrentas.

Se situaron frente al pozo y Remy siguió los pasos de Gulnaz; recordaba el ritmo marcado y la entonación de la breve oración, aunque no todas las palabras. El hecho de que la recitaran en una lengua muerta tampoco ayudaba. Se sintió torpe, hipócrita, como si observara el ritual desde fuera, pero a la mitad algo le conmovió y se dio cuenta de que estaba emocionado por la evidente sinceridad de su amiga. Le vinieron a la cabeza más palabras, en fragmentos, y sus manos supieron qué hacer al enrollar las hebras del *kusti* tres veces alrededor de su cintura. «Memoria muscular», pensó.

Después, Gulnaz lo llevó a la sala principal y hacia el *sanctum* interior, al que solo accedían los sacerdotes. Un *dastur* vestido de blanco rezaba frente a una enorme urna de plata y cuidaba del fuego sagrado, que se mantenía encendido día y noche. El sacerdote saludó a Gulnaz con la cabeza y luego se acercó a ellos con una cuchara larga de plata, que contenía cenizas del fuego. Gulnaz tomó un pellizco y ofreció los trozos de sándalo. El hombre regresó junto a la urna y acto seguido alimentó las llamas con su ofrenda.

Gulnaz untó un poco de ceniza en la frente de Remy antes de aplicar el resto en la suya. Se sentaron uno al lado del otro en un banco de caoba y contemplaron al sacerdote. Gulnaz se inclinó hacia Remy y señaló un lugar a su derecha.

–Ahí es donde me encontraba a tu padre. Él nunca se sentaba, siempre rezaba de pie. Y déjame decirte, Remy, que tenía una voz preciosa. Era como si cantara las oraciones. Todos esos sacerdotes podrían haber aprendido de él.

–Así es como recuerdo a mi padre –dijo Remy.

–Era muy generoso. Siempre daba dinero a los sacerdotes antes de irse, hiciera sol o lloviera. ¿Quién hace algo así?

En el barrio, todo el mundo parecía atesorar un recuerdo de Cyrus que suavizaba su expresión al hablar de él. ¿Cómo era posible que su madre fuera la única que no lo había valorado? Sí, la otra noche en el hospital lo había llamado, pero era demasiado tarde.

De pronto, Remy tuvo un pensamiento absurdo: «Ojalá hubiera sido lo bastante mayor para aconsejarle que no se casara con mamá. Quizá con otra esposa, ambos podrían haber sido felices». Meneó la cabeza para desechar aquella ridiculez y se hundió más en el banco, disfrutando del raro silencio y la soledad.

—¿Vienes todos los días? —le susurró a Gulnaz.

—Sí.

—Entiendo por qué. Es tan... tranquilo.

—Claro —respondió Gulnaz de inmediato—. Dios está aquí.

Remy deseó poder compartir la convicción de Gulnaz; poder sentarse también en aquella sala y sentir la presencia de Dios. Cyrus había sufrido por el agnosticismo de su hijo, había creído que era culpa suya.

«Debería haber insistido en que vinieras conmigo al templo de fuego más a menudo —le había dicho una vez, sentado en la cocina de Remy en Columbus—. Es culpa mía por dejarte venir a Estados Unidos sin haberte dado antes una fe a prueba de balas».

«¿Qué más da, papá? —había respondido Remy—. Intento ser una buena persona».

«Lo eres —le había dicho Cyrus—. Eres bueno. Pero hijo, la fe es como una armadura: sirve para tu propia protección. Este mundo puede ser un lugar implacable, y la fe ayuda a un hombre a no dejarse zarandear».

«Sé mejor que yo», le había escrito su padre. En aquel momento, a Remy le parecía imposible estar a la altura de ese mandato. «Nunca seré tan valiente o bondadoso como papá», pensó, y echó de menos a su padre con una vehemencia que le estremeció. Envidiaba a Gulnaz por haber pasado más tiempo que él con Cyrus en los últimos años, por haber podido escucharlo rezar con su voz sonora. Habría dado años de su vida por cinco minutos más con él. Deseó estar enfrascado en un debate teológico con su padre. Deseó que él le dijera algo que mitigara su confusión hacia su madre, que le aconsejara si debía confiar en esa nueva tregua entre Shirin y él.

Recordó las veces en que se había enfurecido con su madre durante las visitas de sus padres a Columbus, después de que Shirin dijera algo especialmente hiriente a Kathy, y cómo Cyrus le pedía que fueran a dar una vuelta en coche. Se subían al vehículo, Remy apretando con fuerza el volante, y su padre buscaba las palabras adecuadas antes de hablar mientras miraba a Remy con preocupación para evaluar el nivel de su enfado. Cuando al final Cyrus hablaba con su tono grave de barítono, le pedía a Remy que entendiera las frustraciones de su madre y le explicaba que Shirin era una de esas mujeres que expresan su dolor mediante la ira.

«¿Por qué demonios está triste? –había estallado Remy en una ocasión–. Nos desvivimos por ella».

«Sabe que pronto nos iremos a Bombay. Te va a echar muchísimo de menos».

«Joder, y ¿por qué no dice que está triste, sin más?».

Cyrus había meneado la cabeza.

«No sabe hacerlo. La gente es… La gente es complicada, Remy. No siempre reaccionan como uno esperaría. Procura entenderla».

«Ya, papá –había exclamado Remy–; me das todos estos consejos pero tú tampoco soportas sus tonterías. Te he visto perder los estribos con ella».

Cyrus lo había mirado con tristeza.

«Tienes razón. Supongo que esperaba que fueras mejor hombre que yo».

–Lo echo de menos –le dijo Remy a Gulnaz–. Han pasado tres años, pero aún lo echo de menos.

–No creas que ese dolor desaparecerá –dijo Gulnaz–. Nunca lo hará. Y cuando tu madre se vaya, te pasará lo mismo. Es como si te quedara un dolor enquistado en el corazón. En cualquier caso, siempre puedes hablar con tu padre, lo sabes, ¿no? Si no puedes hablar con Dios, habla con él. Te ayudará.

–Gulu –dijo él–, gracias por traerme aquí. Este lugar es una especie de escape. Un verdadero refugio.

–De nada –sonrió Gulnaz–. ¿Sabes lo que me dijo tu padre una vez? Nunca lo he olvidado. Dijo que la espiritualidad es un músculo; hay que ejercitarlo a diario.

–¿Mi padre dijo eso?

–Sí. Qué sabio, ¿verdad?

–Supongo que sí.

Gulnaz soltó una carcajada y le dio un golpe amistoso en la espalda.

–Supongo que sí –lo imitó, pero luego se puso seria–. Intenta venir aquí a menudo mientras estés en la ciudad. Ya lo verás, te sentirás mejor después de cada visita. Bueno, ahora déjame rezar unos minutos.

Cuando salieron, Remy miró hacia atrás y se imaginó que veía a Cyrus, confiable y fuerte, los ojos cerrados, las manos unidas, con una expresión de concentración mientras permanecía de pie ante el fuego sagrado. «¿Qué pediría papá en sus oraciones? –se preguntó–. ¿Paz en su matrimonio? ¿Buena salud?». Pero no le hacía falta preguntarse porque conocía la respuesta: todas las oraciones de Cyrus habían sido para él, para Remy.

Nadie lo amaría jamás de manera tan incondicional como lo había hecho su padre, ni siquiera Kathy. Mientras salía del templo de fuego con Gulnaz, el pensamiento reconfortó Remy y, a la vez, le hizo sentir huérfano.

Capítulo 22

Remy estaba sentado en el salón con un contratista, discutiendo sobre el trabajo que quería que realizaran en el piso: reemplazar el yeso caído del techo, dar una mano de pintura a todo el apartamento y reparar varias baldosas del suelo.

—Lo más importante, jefe, es que necesito que empecéis cuanto antes. Ponnos los primeros de la lista. Estoy dispuesto a pagar un extra.

El hombre sonrió.

—Me han dicho que es usted extranjero, señor. Debe de tener ganas de volver a casa, ¿no?

¿Las tenía? Sí y no.

—Estaré aquí por lo menos una semana más —contestó—. Quiero supervisar el trabajo.

Su madre estaba demasiado débil para vigilar a los obreros y había otros obstáculos que imposibilitaban un regreso rápido a Columbus. Remy no había podido conseguir dos plazas en un vuelo, ni siquiera en clase preferente. Seguía siendo temporada alta y miles de personas volvían a Estados Unidos tras visitar a sus familias en la India durante las vacaciones.

También estaba posponiendo los planes que tenía que organizar con Dina y Pervez, porque, por primera vez en su vida adulta, Remy estaba disfrutando de la compañía de su madre. A veces, cuando ella le contaba una historia de su propia infancia —sobre su querido padre, por ejemplo–, Remy sentía que con ello llenaba un pozo de nostalgia que él desconocía. Sus cuatro abuelos habían muerto antes de su nacimiento o cuando él era pequeño. Estaba ávido de historias familiares.

–¿Sabes? –había dicho Shirin dos días antes mientras comían–. Los demás cirujanos de la ciudad detestaban a mi padre.

–¿Por qué?

–Porque dejaba que sus pacientes pagaran los honorarios que pudieran permitirse. Decía que se había hecho médico para ayudar a la gente, no para estafarla. Los demás médicos tenían miedo de que eso los obligara a bajar sus precios. –Shirin sonrió–. Pero no podían decir mucho, porque era el mejor cirujano ortopédico de la ciudad. Una vez operó la cadera de un hombre que llevaba siete años en silla de ruedas. Ningún otro cirujano quería hacerse cargo de su caso, pero mi padre consiguió que el hombre volviera a caminar. El paciente era un sencillo empleado de banco, pero llegó a la casa con el ramo de flores más grande del mundo. Aunque yo tenía solo siete años, todavía puedo oler esas rosas.

–Papá me contó una vez que, cuando murió el abuelo, lloró como un bebé –había dicho Remy mientras se servía otra ración de *okra*–. Dijo que lloró más que cuando murió su propio padre.

Una expresión que Remy no pudo descifrar había cruzado el rostro de Shirin.

–Sí –dijo ella al cabo–. Mi padre quería a papá como a su propio hijo. Estaban muy unidos.

Una hora después de que el contratista se marchara, el timbre sonó y Monaz y Shenaz aparecieron en la puerta con una sonrisa en el rostro. Llevaban un bote de tinte para el pelo, una palangana para los pies y una bolsa de papel marrón.

El cambio de imagen de Shirin había sido idea de Monaz después de ver una foto vieja de Shirin con el pelo oscuro. Remy las llevó al dormitorio de su madre y observó cómo Monaz la abrazaba y le explicaba por qué estaban allí. Shirin le dedicó a Remy una mirada de sorpresa, pero no protestó, reacia a aguar el evidente entusiasmo de la chica. Entre ellas se había creado un vínculo cada vez más fuerte; el otro día, Shirin había vuelto a ofrecerle a Monaz el dormitorio de invitados para cuando volviera de Estados Unidos.

–Venga, *granna* –dijo Monaz–. Vamos a devolverte la juventud. Cuando acabemos, te sentirás como nueva.

Remy fue a la farmacia para recoger la medicación de Shirin. Al regresar, Gladys le abrió la puerta.

–La señora está en su dormitorio –dijo–. Quiere que vaya a verla.

Al entrar en la habitación, Remy se quedó sin aliento. Sentada al borde de la cama, la madre de su juventud había regresado. Le habían limado las uñas de los pies, le habían cortado y teñido el pelo, y también la habían bañado y vestido con un conjunto limpio.

Shirin puso los ojos en blanco.

–Estas dos *chokris* se han divertido de lo lindo intentando transformar una calabaza en Cenicienta.

A pesar de la modestia de su comentario, Remy notó que estaba contenta con la transformación.

–No digas tonterías, mamá –dijo–. Estás estupenda. –Se volvió hacia Shenaz–. No sé cómo daros las gracias. Es un milagro, ni más ni menos.

–Es todo mérito de Monaz –contestó Shenaz–. Ella es la que hace milagros. –Rodeó a su sobrina con el brazo.

Remy les pidió que se quedaran a comer, pero ellas se negaron.

–Le he prometido a esta señorita que almorzaríamos en el Copper Chimney y luego tenemos una revisión con el ginecólogo. Después la llevaré de compras; va a necesitar ropa nueva para su viaje a Estados Unidos.

–No hace falta –protestó Remy–. Kathy la llevará de compras en cuanto lleguemos. –De pronto tuvo una idea–: ¿Debería...? ¿Queréis que vaya a la visita con el médico?

Shenaz negó con la cabeza.

–Estaremos bien –dijo.

Monaz le dio un beso a Shirin.

–Hasta pronto, *granna* –dijo.

«Se ha hecho un sitio en nuestra familia», pensó Remy. Aunque, ¿por qué no iba a hacerlo? Estaba a punto de regalarles lo más precioso que tenía.

–Sois bienvenidas en cualquier momento –dijo Shirin.

Su voz era débil y Remy frunció el ceño. Era evidente que la transformación la había agotado.

–Oye, mamá –dijo después de que sus invitadas se marcharan–. ¿Por qué no te echas una siestecita antes del almuerzo?

–¿No te entrará hambre? –preguntó Shirin, y Remy percibió su instinto maternal reflejo.

¿Por qué había creído alguna vez que no lo quería? ¿Había estado equivocado sobre ella todos esos años o se engañaba ahora? Era imposible saber si aquello era un alto el fuego temporal, una tregua pactada por una crisis, y si podía confiar en que fuera genuina.

–Puedo esperar –dijo con suavidad, aunque luego fue a la cocina y cogió unas galletas.

Comieron tarde en el comedor. Remy ayudó a Gladys a

recoger los platos y luego se sentó de nuevo con su madre mientras Gladys les servía pudin de pan parsi.

—No está lo bastante dulce —dijo Shirin tras probar un bocado.

—¡Ay, Dios mío! —exclamó Gladys—. Hema ya le ha puesto mucho azúcar. No es bueno para su salud, señora, comer tanto dulce.

—Gladys —dijo Remy—, no te preocupes. Por favor, tráele a mi madre lo que pida. Un poco de esa salsa de caramelo, quizá. Caliéntala unos treinta segundos.

A Remy también le inquietaba la ingente cantidad de azúcar que consumía Shirin. Pero ¿quién era él para ponerle pegas a la resurrección que había presenciado? Un par de semanas atrás no habría podido imaginar que se sentaría con ella en su propio piso para compartir una comida.

—Déjame a mí —dijo Remy cuando Gladys volvió con la salsa, y la vertió sobre el pudin con una cuchara.

—¿Ya no eres goloso? —preguntó Shirin—. Antes te encantaban los duces.

—Todavía me gustan —dijo Remy, que se palmeó el vientre—. Pero me está saliendo un poco de barriga. Kathy me hace vigilar el peso.

—No seas ridículo. Tú vienes de mi parte de la familia. Mi padre era aún más delgado que tú. Los Wadia, en cambio... —Shirin se puso a toser, bebió un sorbo de agua y le lanzó una mirada de soslayo—. Tu padre empezó a echar barriga a los cincuenta.

Él asintió.

—Quiero preguntarte algo —dijo al cabo de un momento—. ¿Por qué dejaste de hablar? Roshan dijo que fue antes incluso de que te trasladaran al hospital.

Shirin guardó un silencio tan largo que Remy comenzó

a sentirse incómodo; la complicidad entre ellos seguía siendo frágil.

—Lo siento… —empezó.

Pero Shirin negó con la cabeza.

—No estaba bien —dijo—. Me sentía tan débil y me faltaba tanto el aliento que cualquier cosa me suponía un esfuerzo. Hasta hablar me costaba demasiada energía.

—Tiene sentido —dijo Remy.

—Pero eso no era todo —continuó Shirin—. También fue porque… ¿qué me quedaba por decir? ¿A quién se lo iba a decir? Todos se habían ido. Tú cada vez llamabas menos. Decidí que había terminado con este mundo, que ya no tenía nada más que decirle.

—¿Que lo decidiste, dices? —exclamó él.

Shirin hizo un puchero y Remy tuvo un repentino atisbo de cómo debía de haber sido su madre a los siete años.

—Fue algo gradual… No sé. ¿Quién sabe?

—Mamá, ¿eras consciente de que yo estaba en el hospital? Durante…, ya sabes, los primeros días.

Shirin lo miró directamente a los ojos.

—¿Acaso deja el corazón de sentir su propio latido?

Al cabo de dos días, Gulnaz volvió a la casa, llevó a Remy al templo de fuego y luego se quedó a almorzar. Una vez que se hubo ido, Remy se echó una siesta. Al despertar, encendió el portátil y dedicó varias horas a comentar con su equipo creativo la campaña publicitaria que estaban a punto de presentar al centro médico Wexner. Envió un correo electrónico a Eric para darle las gracias por su trabajo en el proyecto y luego se fue al cuarto de su madre. Eran alrededor de las siete de la tarde y Shirin y Manju estaban en la terraza. En cuanto él entró, Manju se levantó y desapareció en la cocina.

Remy ocupó su asiento, frente a Shirin, y los dos se quedaron sentados mirando cómo el cielo se oscurecía. A lo lejos, la luna empezaba a salir, aunque un edificio la tapaba en parte.

—Qué anochecer más bonito —dijo Remy.

Shirin sonrió, pero no dijo nada. A la hora de comer había estado mucho más animada, cautivada por el parloteo constante de Gulnaz. Remy estaba acostumbrado a esos ciclos de conversación y silencio, a las subidas y bajadas en el nivel de energía de su madre.

—¿Te lo has pasado bien durante la comida? —le preguntó.

—Es una buena chica —respondió Shirin.

—Sí que lo es. —Remy jugueteó con sus manos—. ¿Te parece bien que vengan visitas? Ya sabes, que mis amigos se pasen por aquí de vez en cuando. —Shirin se encogió de hombros—. Gulnaz me ha contado que, cuando éramos niños, los fines de semana venía a estudiar conmigo —continuó Remy—. Se me había olvidado. Sus padres y ella vivieron durante años en el edificio Norman, ¿te acuerdas?

Shirin lo miró y parpadeó.

—Me acuerdo.

Remy se estremeció. «Lo sabe —pensó—. Se acuerda del incidente del que me habló Gulnaz. ¿Por qué soy el único que no lo recuerda?». El silencio entre ellos se volvió más tenso.

—¿Adónde habéis ido? —preguntó Shirin en voz tan baja que Remy tuvo que inclinarse para oírla.

—¿Hoy? Ah, hemos ido al *agiary*. Gulnaz ha insistido.

—Tu padre la veía allí a veces. Un día la trajo a casa a comer. —Shirin sonrió, apenas la sombra de una sonrisa—. Cómo no, yo no tenía nada especial preparado; solo unos bocadillos de *chutney*.

«A su cerebro no le pasa nada», pensó Remy. En la cama

del hospital, Shirin le había parecido pequeña, como una concha abandonada en la orilla. Pero aquella concha bullía de vida, de recuerdos y emociones.

—Estoy seguro de que a Gulnaz no le importó —dijo—. Tus bocadillos de *chutney* eran los mejores.

Shirin irguió la cabeza de golpe.

—¿Te acuerdas?

—Claro, mamá. Solo de pensar en ellos se me hace la boca agua.

—Llévame a la cocina. Te prepararé unos cuantos. Voy a…

—No hace falta, mamá. Quizá dentro de unos días, *accha*? Cuando estés un poco más fuerte. Además, ya han hecho la cena para esta noche.

—Antes de que te vayas. Antes de que te marches, te los haré.

—Vale —dijo Remy para darle el gusto aunque sabía que se quedaría sin aliento antes incluso de terminar de rallar el coco para el *chutney*.

—¿Aún la dejan entrar en el templo de fuego? —preguntó Shirin de pronto—. Ahora está casada con un no parsi, y musulmán, nada menos.

Remy no se acostumbraba a la novedad de escuchar a su madre pronunciar frases enteras. Sin duda, había tomado la decisión correcta al llevarla a casa.

—Bueno, yo me casé con una mujer no parsi —dijo Remy—. Y nunca he tenido ningún problema.

—Eso es distinto. Tú eres un hombre; las normas no son las mismas.

Remy meneó la cabeza.

—Qué doble moral… En cualquier caso, no ha habido ningún problema. El sacerdote ha saludado a Gulnaz como a una vieja amiga.

Shirin frunció el ceño.

—Fardoon, menudo sinvergüenza. A cambio de una cantidad suficiente, dejaría entrar al mismísimo Satán en ese lugar sagrado.

Ahí estaba: la amargura, el cambio de humor repentino. A Remy, el *dastur* le había parecido un hombre decente. Todo el mundo sabía que los sacerdotes eran pobres y dependían de las propinas para complementar su salario. Y tal vez el hombre ni siquiera supiera que Gulnaz se había casado. En cualquier caso, no era asunto de ellos. Remy notó un sabor acre en la boca y se obligó a reconducir la conversación a un terreno neutral.

—¿Cuándo fue la última vez que fuiste al *agiary*? —preguntó.

—¿Yo? Hace mucho que no voy. Rezaba en casa. Antes incluso de que te marcharas a Estados Unidos, ya había dejado de ir, ¿no te acuerdas?

—Íbamos cada año por Navroz, ¿no?

—Por Navroz y por tu cumpleaños. Era importante para tu padre, así que esos días íbamos al *agiary* de Banaji, en Fort. Aparte de eso, yo no iba nunca.

Remy se preguntó si aquello tendría que ver con la creciente insistencia de Cyrus para que su hijo fortaleciera su fe. Quizá su padre temía que, sin darse cuenta, Remy estuviese siguiendo los pasos de su madre. Pero había una diferencia: Shirin era devota, mientras que Remy no. Desde que él tenía uso de memoria, Shirin había rezado una hora cada noche antes de la cena.

¿Por qué Pervez y Roshan no habían llevado el libro de oraciones de su madre al hospital? Podría haberle dado consuelo. De hecho, ¿por qué no se le había ocurrido a él desde que la había llevado a casa? Remy se reprendió a sí mismo. Demonios, si a él no se le había pasado por la cabeza, ¿cómo iba a ocurrírsele a Pervez que la mujer medio inconsciente que habían dejado en el hospital fuera capaz de leer el Avesta?

—Enseguida vuelvo —dijo.

Fue al armario de su madre y, al abrirlo, recordó que de niño no le permitían tocar su libro de oraciones, que Shirin siempre mantenía fuera de su alcance. Una vez, ella lo había sorprendido subido a un taburete para alcanzar la balda más alta. Remy se había quedado petrificado al verla entrar y se había preparado para recibir, como mínimo, un azote en el trasero, pero ella se había limitado a bajarlo del taburete y hacerle un gesto con el dedo para que saliera. La humillación porque lo hubiera pillado le quitó todo el misterio a husmear allí, y nunca volvió a intentarlo.

Ahora alcanzó la balda con facilidad y sus dedos tocaron una botella de cristal: era un frasco sin abrir del agua de colonia de Tata, cuyo líquido, antaño dorado claro, había adoptado un tono cobrizo. ¿Cuántos años llevaría guardada esa botella? Recordó las noches de verano que había pasado tumbado en la cama de sus padres, con su pequeño cuerpo ardiendo por la fiebre, y la sensación de frescor en la frente al contacto con un paño empapado en colonia y sumergido en agua con hielo. Su madre creía que era un método infalible para bajar la fiebre y, de hecho, él había usado esa técnica con ella en el hospital. Dejó la botella sobre la mesilla de noche y palpó la balda en busca del libro de oraciones.

Lo encontró enseguida y lo bajó del estante. Al hacerlo, de su interior cayó un pedazo de papel y Remy se agachó a recogerlo. Era una foto tamaño carné suya, pero en la habitación había poca luz y no la veía bien, así que encendió la lámpara del techo. Era él, sí, pero su imagen estaba deformada. El niño de la fotografía era una versión grotesca de sí mismo: los brazos torcidos, la boca deformada. Tenía los ojos de Remy, pero estaban velados, algo esencial se había apagado en ellos. Mirar aquella foto era como buscar su reflejo en un espejo empañado y no encontrarlo. Remy le dio la vuelta, desconcertado. «Cyloo C. Wadia, 6 años –estaba escrito en el anverso con la letra de su madre–. 5 de enero de 1986».

Remy parpadeó, confuso. Según la fecha, el niño de la foto era dos años mayor que él. Pero ¿quién era? ¿Un primo desconocido? Y ¿por qué guardaba su madre la foto en su libro de oraciones?

«Cyloo». Era el nombre que había exclamado ella esa noche en el hospital. Remy agitó el libro, con la esperanza de que una explicación cayera de entre sus páginas. Tal vez una foto de él o una nota, cualquier cosa que disipara lo que sentía. Pero las páginas amarillentas del libro no contenían más pistas.

Volvió despacio a la terraza. La luna se había elevado en el cielo y bañaba con su luz a Shirin, que la contemplaba con las manos sobre el regazo. El rayo de luna parecía un signo de interrogación. A lo lejos se oía el rumor tenue de las olas del mar al romper contra las rocas. Había algo tan quieto y fantasmal en la imagen de su madre sentada sola en la terraza que Remy se paró en seco, asaltado por una inexplicable sensación de miedo, una inquietud que se instaló en sus entrañas.

«No seas dramático –se dijo–. Seguro que hay una explicación simple». El niño deformado de la foto debía de ser un pariente lejano, cuya pobre y desdichada madre había pedido a Shirin que rezara por una cura milagrosa. De ahí que la foto estuviera en el libro de oraciones. «¿Por qué demonios iba a guardar mamá tu foto en un libro sagrado? –se reprochó–. Tú, que has tenido todas las ventajas y ninguna de las desgracias que deformaron el rostro de ese pobre chico».

Pero el corazón le latía desbocado cuando se sentó frente a ella y, por un momento, se preguntó si estaría enfermo. Se frotó las manos antes de tenderle la foto.

–¿Mamá? –dijo, intentando adoptar un tono despreocupado–. ¿Quién es?

Shirin echó un vistazo a la foto y volvió a mirar al cielo con el rostro impasible. Remy esperó y, cuando quedó claro que ella lo ignoraba, sintió una punzada de ofensa que se transformó en ira.

–Te he preguntado quién es –repitió con la voz tensa, herida, al tiempo que se le llenaban los ojos de lágrimas–. Mamá, por favor. Tengo derecho a saberlo. ¿Quién es este niño? –Su voz había adoptado un tono quejumbroso que él mismo detestó.

Shirin giró la cabeza muy despacio y lo miró. A la luz de la luna, Remy vio que sus ojos adquirían una nueva hondura al clavarse en su rostro. Ella abrió la boca una vez, dos, pero la cerró y carraspeó.

–Déjalo, hijo –dijo al fin–. No deberías haber venido.

A Remy le invadió un miedo súbito e indescriptible, como si unas manos invisibles lo hundieran en un mar opaco.

–¿De qué hablas? –dijo–. ¿No debería haber venido dónde? ¿A verte?

Shirin asintió.

–Es mejor que me odies a mí –dijo–. A mí, y no a él.

Remy volvió a pensar en la extraña carta de su padre: «Lo siento. Sé mejor que yo». ¿Tenía esa disculpa algún tipo de relación con aquel niño? En el hospital había intentado preguntarle a su madre por la nota, pero ella se había limitado a mirarlo con el rostro inexpresivo. Y al volver a casa, él no había insistido en que le explicara por qué no se la había entregado.

Remy se deslizó por la silla y cayó de rodillas, un penitente mirando a una diosa distante.

–Mamá, por favor –suplicó mientras las lágrimas le caían por las mejillas–. Contéstame, te lo ruego. Mira la foto, mamá; mírala.

Para controlar su temblor, sujetó la foto con ambas manos a pocos centímetros de ella, pero el rostro de Shirin era una máscara impenetrable. Por fin, tras lo que pareció una eternidad, ella le pasó la mano por el pelo.

–Mi Remy –dijo–. Qué pelo más sedoso has tenido siempre. Mejor que el de cualquier hija que hubiera podido tener.

Él permaneció de rodillas con los ojos cerrados, sin atreverse a moverse mientras ella seguía pasándole la mano por el pelo. Recordó cómo esas manos le acariciaban el pelo siempre que estaba enfermo o se hacía daño. Fuertes manos maternas que solo aparecían cuando él estaba vulnerable. El resto del tiempo, ella se las negaba o las usaba para pellizcarlo cuando nadie miraba, o para amenazarlo con el movimiento de su dedo.

–¿Por qué no lo hiciste? –dijo al cabo de un rato–. ¿Tener una hija, quiero decir?

–¿Para qué? –respondió ella–. Ya tenía dos hijos perfectos y maravillosos.

El comentario debió de acelerar la respiración de Shirin, que comenzó a toser con fuerza. Remy la ayudó a dar varios sorbos de agua y le frotó la espalda mientras bebía a pesar de tener todo el vello de punta. Sabía que sus pulmones todavía estaban un poco cargados, pero en ese momento no pudo evitar preguntarse si ese largo ataque de tos no era fingido, una manera de retractarse de lo que había escapado entre sus labios. Remy sentía calor y frío a la vez, el cuerpo hecho un manojo de nervios por la impaciencia, pero también entumecido por el impacto. ¿Dos hijos? ¿Dos hijos maravillosos? ¿Quién era el otro niño que tenía un lugar en su corazón? No podía ser el niño deformado de la foto. ¿Dónde estaría ahora? Algo parecía haberse enredado en la mente de su madre, un cruce de cables que la desorientaba y hacía que tomara por su hijo a un pariente pobre y desafortunado que guardaba un parecido superficial con Remy. Por su segundo hijo. O más bien el primero, según la fecha de la fotografía. Si Remy hubiera tenido un hermano mayor, lo habría recordado. ¿O no? Sin duda se lo habrían contado. Su padre siempre decía que además de padre e hijo, ellos eran amigos y confidentes.

Remy se reclinó en la silla. Al día siguiente, cuando su madre estuviera descansada, le preguntaría por la fotografía. Con suerte, por la mañana su memoria se aclararía y él descubriría la verdadera ascendencia del niño de la foto. Lo más seguro era que se tratara del hijo de una viuda pobre que vivía en uno de esos *chawls* parsis, y que había acudido a su piso décadas atrás pidiendo ayuda para los gastos médicos de su hijo discapacitado. Cyrus habría accedido a enviarle un cheque mensual y Shirin habría salvaguardado el orgullo de la pobre mujer guardando la fotografía y prometiendo incluir a su hijo en sus oraciones diarias. Y, mientras tanto, habían hecho quedarse a Remy en la otra habitación, para que los celos de la viuda no amortiguaran la luz de su cuerpo fuerte y atlético. Remy y un niño desconocido, ejemplos de los caprichos aleatorios de la vida.

Recogió la fotografía del suelo y la estudió de cerca. Era asombroso, pero el niño tenía las mismas cejas arqueadas, casi femeninas, que él. Sus ojos eran del mismo color y tenían la misma forma, aunque la enfermedad le daba a su mirada una expresión vacía. Volvió a guardar la foto en el libro de oraciones.

–Se llamaba Cyrus. Cyloo. Mi primogénito.

–Mamá, no digas tonterías –respondió Remy–. Estás confundida. Cyrus era tu marido.

Shirin lo miró con intensidad.

–Una madre no puede olvidar a su hijo –dijo–. Aunque el mundo le exija que lo haga.

«Sin duda son los medicamentos –pensó Remy–. O igual tiene fiebre». Se inclinó y le tocó la frente, pero esta estaba fría al tacto.

–Hijo –dijo Shirin con voz ronca–, nunca quise contártelo, pero ahora estás a punto de ser padre. Quizá ha llegado el momento de que sepas la verdad sobre tu familia. –Y entonces se echó a llorar, lo que desencadenó otro ataque de tos.

Manju salió a la terraza con una cucharada de yogur para aliviar la garganta de Shirin. Una vez que se fue, la tos de Shirin amainó y Remy se inclinó hacia adelante y cogió su mano huesuda.

–Siempre fuiste un niño muy cariñoso –dijo Shirin, contemplando la luna. ¿Estaba tratando de recuperar la compostura? Remy no estaba seguro. Cuando se volvió hacia él, su mirada era nítida–. Tuviste un hermano, dos años mayor que tú. Le pusimos el nombre de tu padre, aunque lo llamábamos Cyloo.

A Remy se le cortó la respiración.

–Cuéntame –dijo en voz baja–. Por favor, cuéntame todo.

Capítulo 23

Un año después de casarse con Shirin Sethna, a Cyrus Wadia le ofrecieron un ascenso y un traslado a la ciudad de Jamshedpur. Como alto ejecutivo de Tata Steel, Cyrus había visitado la ciudad en numerosas ocasiones y trató de persuadir a su mujer con descripciones de los amplios bulevares de Jamshedpur, sus espacios verdes y su condición de única ciudad de la India que no estaba administrada por un gobierno local, sino por una empresa eficiente y responsable.

Shirin, nacida y criada en Bombay, se mostró horrorizada.

—¿Cómo puedes comparar ese pueblo con nuestra Bombay? —dijo—. ¿Qué haría yo todo el día mientras tú estás en el trabajo? Me aburriría a muerte.

—Piénsalo, Shirin —repuso Cyrus—. Un aumento de sueldo del treinta por ciento. Además, allí el coste de la vida es más bajo y me ofrecen muchos beneficios. Te lo digo, podemos ahorrar tanto que, en pocos años, podré montar mi propia empresa de ingeniería.

Shirin, que no estaba convencida, fue a ver a su padre. Framrose la escuchó con atención, con una expresión comprensiva en el rostro. Cuando ella terminó, se acomodó las gafas sobre la nariz.

—¿Y qué quieres que te diga? —preguntó—. ¿Que dejes a tu marido?

—¡Papá! —exclamó Shirin—. Claro que no. Lo amo.

–Bien. Y por eso debes seguirlo allí adonde vaya. Así se hacen las cosas en la India, *beta*. Es algo que tu difunta madre y yo te enseñamos.

Shirin se trasladó a Jamshedpur con un peso en el corazón, pero al cabo de tres meses ya se había adaptado al ritmo de la vida allí. Los Wadia se hicieron miembros del prestigioso United Club, donde enseguida entablaron amistad con otros ejecutivos y sus esposas. Shirin se hizo muy amiga de Jasmine, la esposa de la mano derecha de Cyrus, Behram. Jasmine era afectuosa, enérgica y divertida, y las dos mujeres empezaron a almorzar juntas tres veces por semana. Los hombres jugaban al billar los sábados por la tarde. Shirin acabó por cogerle cariño a Jamshedpur, con sus calles bien planificadas, su vegetación y el paisaje que enmarcaba la ciudad.

Por encima de todo, le encantaba su espacioso y soleado chalé, así como los jardines que lo rodeaban. Jaiprakash, el jardinero, tenía un hijo de cinco años llamado Chotu, y cuatro días a la semana Shirin le enseñaba a leer y a escribir. Le fascinaba ver cómo el rostro de Chotu se iluminaba por el asombro mientras el lenguaje florecía en su mente, y compartió su júbilo el día en que el niño aprendió a escribir su propio nombre.

Así que cuando Shirin descubrió que estaba embarazada, lo primero que pensó fue en lo maravilloso que sería leerle a su hijo, sentir su aliento en la cara mientras se lo sentaba en el regazo y él la ayudaba a pasar las páginas de un libro. El tiempo que pasaba con Chotu la convenció de que esperaba un niño.

Exultante, Cyrus declaró que le importaba un pimiento el sexo del bebé, pero que si, por la gracia de Dios, era un niño, le enseñaría a conducir antes de que cumpliera doce años.

–¿Y si es una niña? –preguntó Shirin, riéndose.

–Si es una niña, le pondré flores frescas en el pelo todos los días y le enseñaré a bailar. Así –añadió, al tiempo que hacía piruetas con Shirin.

–Qué doble moral. En Bombay, ahora muchas chicas ya conducen, ¿sabes?

Cyrus sonrió.

–Enseñaré a mis hijos a conducir, a bailar, a silbar, a jugar al críquet y… a todo.

–*Arre wah* –dijo Shirin, mirando las paredes–. Aún no tenemos ni un hijo y ya habla en plural.

–Hijos –repitió Cyrus–. Un equipo de críquet entero. Con la belleza de su madre y mi… –Se dio cuenta de que ella lo miraba–. Y la inteligencia de su madre.

Esa noche fueron a cenar a casa de Jasmine y Behram. De camino, Cyrus paró en una confitería y compró un surtido de *mithai*.

–Para endulzar tu boca –dijo al entregarle la caja a Jasmine–. Como celebración por nuestra buena noticia.

Mientras volvían al coche esa noche, Shirin tropezó con un adoquín. La mano de Cyrus salió disparada para sujetarla.

–Cuidado –dijo–. Llevas un cargamento muy valioso.

–¡Ay, Dios! –Shirin rio apartando su mano–. Haces que parezca uno de tus contenedores de carga.

Pero Cyrus no se rio.

–Esos contenedores transportan acero –dijo–, mientras que tú… Tú llevas el cargamento más frágil del mundo. Nuestro hijo.

Shirin puso los ojos en blanco.

–¿Me vas a tratar así durante los nueve meses?

–No te quepa duda –contestó Cyrus–. No te quepa duda.

Shirin planeaba viajar a Bombay para dar a luz, pero, cinco días antes de su partida, todo cambió.

Era una tarde tranquila. La cocinera se había ido una hora antes y Shirin estaba sola, leyendo en el sofá. Cuando llegó el primer espasmo, supuso que algo le había sentado mal. Al segundo, se levantó para tomarse un antiácido. Pero el tercer espasmo la hizo caer de nuevo sobre el sofá. Se quedó inmóvil con la mano sobre el vientre, sin saber qué hacer. «No tendría que haber comido el *dhansak* –pensó, aquel pesado guiso de lentejas y pollo–. Respira –se dijo–. Respira».

La respiración profunda la calmó lo suficiente como para volver a coger la novela. El siguiente espasmo la hizo estremecerse de dolor y el libro acabó sobre el suelo. Shirin se quedó petrificada. El teléfono de la casa se encontraba al otro extremo del largo salón y le parecía inalcanzable. Entonces notó un chorro y alargó el cuello para mirar debajo de su torso. Sus pantalones y el sofá estaban empapados: había roto aguas.

Gritó con una mezcla de dolor y terror, y siguió gritando. Se había puesto de parto y estaba sola y sin poder alcanzar el teléfono.

–*Memsahib, memsahib.* –Oyó una voz masculina, amortiguada y lejana.

Al volver la cabeza en esa dirección, vio al jardinero asomado por la puerta corredera de cristal.

–¡Mali! –exclamó, señalándose el vientre–. Llama a una ambulancia. ¡Ya!

El sudor le nublaba la vista. Tras unos minutos que parecieron horas, alguien llamó con fuerza a la puerta principal. Cerró los ojos, rezando para que la cocinera no hubiera puesto llave y, al abrirlos, vio a Jaiprakash con una expresión en el rostro que la asustó.

—El teléfono —jadeó, al tiempo que lo señalaba.

La ambulancia tardó media hora en llegar. El dolor no se parecía en nada a lo que había imaginado.

El bebé había empezado a coronar cuando metieron a Shirin en camilla en la sala de partos. Contempló los rostros desconocidos de aquel hospital que no conocía y se preguntó por qué su propio médico no estaba presente, por qué su marido no estaba allí. Entonces volvió la cabeza y vio a Cyrus corriendo hacia ella con los ojos desorbitados y una expresión de terror que reflejaba el que ella sentía.

—Shirin —dijo Cyrus al tiempo que le cogía la mano—. No te preocupes. Estoy aquí.

Ella cerró los ojos y dejó escapar un gemido.

Donde debería haber habido un peso, sentía los brazos livianos. Estériles. Shirin abrió los ojos y vio que se encontraba en una habitación oscura y silenciosa. Gritó. Cyrus entró corriendo, con el rostro demacrado, los ojos rojos y los párpados hinchados por el cansancio.

—El niño —jadeó ella—. ¿Ha muerto mi niño?

Él asintió.

Luego negó con la cabeza.

—El feto está vivo —dijo.

«El feto».

Nunca se lo perdonó.

El doctor tenía el semblante serio. Algo había ido mal. «Mal. Mal. Mal».

La palabra resonó en los oídos de Shirin, acompañada por el retumbar de su corazón. El resto de lo que dijo el médico quedó flotando a su alrededor, desconectado, desprovisto de toda lógica o sentido.

«Parto con fórceps. Cordón umbilical alrededor del cuello. Privado de oxígeno».

Privado. Su bebé, privado de oxígeno.

–Quiero verlo –dijo en voz muy alta–. Tengo que amamantarlo.

El doctor intercambió una mirada con Cyrus.

–Quizá sea mejor que no lo haga, señora Wadia. Eso dificultará la separación. En cualquier caso, está en la unidad de observación.

Ella ya había empezado a incorporarse, ignorando las palabras de Cyrus:

–*Jaan*, no.

La llevaron en silla de ruedas por el pasillo mientras le advertían que tuviera cuidado con los puntos de sutura. Ella ignoró sus consejos de la misma manera en que había ignorado el dolor.

Cuando por fin lo vio, apartó la mirada de su rostro y sus extremidades magullados y retorcidos. El bebé tenía manchas en la cara de un rojo virulento y daba la impresión de que una máquina gigantesca hubiera doblado su mandíbula y sus manos.

Shirin respiró hondo y volvió a mirarlo, y entonces se fijó en las uñas perfectas en forma de medialuna. Algo le mordisqueó el pecho, un ratoncillo. Era amor. Alzó la vista hacia Cyrus con lágrimas en los ojos.

–Es precioso –dijo, y notó que él se estremecía.

Para castigar ese estremecimiento, decidió llamar Cyrus a su hijo. El nombre del hombre que había llamado «feto» a su hijo.

Capítulo 24

Durante los primeros meses después de regresar del hospital, Shirin se dio cuenta de que Cyrus hacía un esfuerzo por conectar con su hijo, por cogerlo en brazos y jugar con él. Pero Cyloo fruncía el rostro cuando su padre lo levantaba de la cuna y gritaba hasta ponerse rojo. Shirin intentó explicarle a su marido que Cyloo hacía lo mismo con todo el mundo, que no era algo personal, pero Cyrus estaba devastado. No tardó en limitarse a mirar a su hijo al volver del trabajo y preguntar:

—¿Cómo está el pequeñín?

A menudo, ni siquiera esperaba la respuesta antes de irse a otra habitación.

Al caer la noche, Shirin estaba tan agotada que se entrenó a sí misma para prestar poca atención al comportamiento de su esposo. Durante tres meses, discutieron sobre la necesidad de una niñera; Cyrus le suplicaba que contrataran a alguien para poder retomar algún tipo de vida social —ir al club, por ejemplo—, pero Shirin se negaba a separarse de su hijo.

Al final, un domingo por la tarde, Cyrus abrió la puerta después de que alguien llamara con fuerza, dejó entrar a una mujer mayor católica llamada Rita y se la presentó como su nueva niñera interna.

Shirin estaba a punto de protestar cuando Cyloo dejó escapar un grito, y Rita lo cogió en brazos y empezó a frotarle la espalda.

–Está bien, pequeñín; cálmate –dijo, y luego se dirigió a Shirin–: Le das masajes todos los días, ¿verdad?

–No –contestó Shirin, preguntándose por qué nadie le había dicho que lo hiciera.

–Es muy importante –observó Rita–. Mire, hay que hacerlo así, en círculos. Es importante para la circulación sanguínea.

Shirin se volvió hacia Cyrus.

–Sí –dijo.

Al sexto mes, su padre fue de visita. Cuando Framrose conoció a su nieto, se le llenaron los ojos de lágrimas. Pasó las manos con suavidad por la columna y las extremidades del bebé, presionando con el pulgar a intervalos regulares.

–No se puede hacer nada –dijo al terminar el examen y, aunque Shirin ya había recibido la misma devastadora noticia por parte de otros médicos, se derrumbó al escuchar a su padre.

Esa noche, Cyrus y Framrose se sentaron a la mesa y se pusieron a beber.

–Qué mala *naseeb, deekra* –oyó Shirin decir a su padre–. Lo mejor es que tengáis otro enseguida.

Ella salió de puntillas de la habitación, perturbada por la crueldad de las palabras de su padre. Cyloo no era la carga que todos creían. Si tan solo pudieran verlo como ella lo veía: sus sonrisas al soltar un gas, la manera en que la miraba, como si conociera sus secretos más profundos; lo adorable que estaba con el gorro amarillo que ella le había comprado. Rita y ella eran las únicas que sabían que el pequeño era un tesoro.

Rita acabó por convertirse en una sustituta de Cyrus, que viajaba con frecuencia a Bombay por cuestiones de trabajo. En varias ocasiones, Shirin le pidió que le dejara acompañarlo; podían quedarse en casa de su padre, decía. Pero, cada vez, Cyrus daba al traste con sus planes y culpaba a la logística necesaria para viajar con un niño discapacitado.

Shirin sabía la verdad: Cyrus se avergonzaba de su hijo y no quería que vieran lo que había engendrado. El dolor que le provocó esa certeza fue más hondo de lo que había imaginado Además, estaba furiosa con él aunque no lo manifestara. ¿Qué lo había poseído para arrastrarla a aquel lugar pequeño y aislado? ¿Habría sucedido el accidente de haber vivido en Bombay? Nunca lo sabrían con seguridad, pero sin duda los médicos de allí habrían sido más experimentados.

Una tarde, cuando Cyrus regresó del trabajo, Shirin dejó que la besara en la mejilla y luego saludara a Rita y fuera a ducharse. Se sentó en la cama y esperó, y cuando él salió del baño cubierto solo con una toalla y con el pelo oscuro mojado se levantó.

—¿De qué hablaste con ese doctor que atendió el parto de Cyloo? —le preguntó—. El que no quería que viera al fruto de mi vientre.

—¿Qué?

—Dijo algo así como que ver a Cyloo haría que la separación fuera más difícil. ¿Qué tramabais?

Cyrus meneó la cabeza mientras se ponía el pantalón del pijama.

—¿Qué *bhoot* te ha picado esta noche? ¿Por qué me haces revivir el peor día de mi vida?

Shirin se echó hacia atrás, como si él la hubiera golpeado.

—¿El peor día? ¿El día en que nació nuestro hijo?

Él la agarró de la muñeca y la hizo sentarse a su lado en la cama.

–Shirin, lo siento. No era eso lo que quería decir. Por favor, *jaan*, no seas así. Tienes que entenderme. Las esperanzas que tenía para mi… Nuestro hijo. Nuestro primogénito. Los meses que pasé planeando lo que haría, lo que le enseñaría, cómo presumiría de él. Y, en cambio, nos ha tocado esto. Para el resto de nuestra vida.

Ella se apartó.

–Dime algo y no mientas. ¿Lo quieres?

Cyrus adoptó una expresión confundida.

–Yo… no estoy seguro. Estoy seguro de que lo querré, con el tiempo. Todavía estoy impactado, ¿vale? Dame tiempo, Shirin. Trata de entender, necesito tiempo. –Y, al ver la incredulidad reflejada en el semblante de ella, añadió–: Piensa en cómo me gano la vida: soy ingeniero de profesión. Dios me ha concedido el don de resolver problemas, pero no sé cómo arreglarlo a él.

–No hay nada que arreglar –gritó ella–. No necesita que lo arreglen. ¿No ves lo perfecto que es?

Cyrus se puso en pie, sin apartar la vista del rostro de su esposa, y se mordió el labio inferior.

–Si piensas que es perfecto, me quito el sombrero, *yaar* –dijo al fin–. Pero seré sincero contigo: ahora me da miedo volver a casa por las tardes, mientras que antes… –Se secó las lágrimas con la mano y salió de la habitación.

Podría tomarse todo el tiempo que necesitara para aprender a amar a su hijo, pensó Shirin, para ver más allá de las deformidades y contemplar el alma de Cyloo. Mientras tanto, ella tenía suficiente amor en su corazón para compensar la negligencia y el desprecio que el mundo arrojaría a los pies de su hijo. Ese era su único trabajo ahora: proteger y defender a Cyloo. Y se comprometió a hacerlo bien.

Capítulo 25

El siguiente embarazo llegó por sorpresa y Shirin esperó tres días antes de darle la noticia a Cyrus. Cuando finalmente lo hizo, en el rostro de él se reflejaron todas las emociones encontradas que ella misma sentía. Shirin esperó para seguir el ejemplo de su marido, lista para alegrarse si él se alegraba. Cyrus esbozó una débil sonrisa y luego la abrazó.

—Es lo que nos hace falta —dijo—. Y te prometo que esta vez darás a luz en el mejor hospital de Bombay. De hecho, quiero que consultes de inmediato con un ginecólogo de la ciudad. Pídele a tu padre que te recomiende a alguien. Mañana mismo reservaré los billetes de avión.

—El médico dijo que lo que le pasó a Cyloo fue un caso extraordinario. Que no volverá a suceder.

Él la estrechó entre sus brazos.

—Por supuesto que no.

Aun así, no iban a correr riesgos. En el séptimo mes de embarazo, Cyrus, Shirin, Cyloo y Rita volaron a Bombay y se instalaron en el piso de Framrose. Cyrus regresó a Jamshedpur al cabo de unos días, aunque llamaba a Shirin por la mañana y por la noche. Y Shirin se dio cuenta de que echaba de menos su vida en Jamshedpur. Había perdido el contacto con sus amigas de la universidad. Sobrellevó las visitas de varios amigos de su padre, pero, tras percibir su morbosa fascinación por su hijo discapacitado y escuchar sus cacareos compasivos y sus ridículos consejos sobre cómo «curarlo» –consulta a tal *sadhu*, visita a tal astrólogo, reza novenas en la iglesia de Mahim–, decidió poner fin a las visitas. Se daba por satisfecha con conversar con su sabio padre, y con cuidar de su hijo. «Hijos», se decía.

Cyrus volvió a Bombay una semana antes de la fecha prevista para el parto, después de conseguir permiso para trabajar desde la oficina principal durante todo el tiempo necesario una vez que naciera el bebé. Shirin se alegró de verlo, pero no podía negar que tener a Cyrus allí, ver la ansiedad reflejada en su rostro cuando observaba su vientre abultado y darse cuenta de cómo evitaba a Cyloo alteró el ritmo de su vida durante los últimos dos meses. Con una fría claridad, tomó conciencia de que ser madre la consumía a tal punto que le dejaba poca energía para ser también esposa. Y quizá, muy poco amor de sobra. Ese último pensamiento la hizo llorar; Cyrus era un buen hombre y había sido un buen esposo.

El nacimiento de Remy fue tan fácil como tortuoso había sido el de Cyloo. Era como si los últimos dos años hubieran ofendido el sentido de la justicia de Dios. Todas las enfermeras de la sala de maternidad acudieron a admirar al recién nacido: sus labios perfectamente formados, sus largas pestañas, el cráneo suave y delicado, los exquisitos dedos de las manos y los pies. Cyrus lo cubría de besos y se mostraba reacia a entregárselo a Shirin incluso para amamantarlo. De hecho, el amor instantáneo por su segundo hijo era tan evidente que Shirin tenía que obligarse a hacer la vista gorda e ignorar los celos que sentía en nombre de su primogénito.

Shirin había querido ponerle al niño el nombre de su padre, pero Cyrus se agachó junto a la cama del hospital y sonrió.

—¿Recuerdas aquella posada en Toulouse donde nos alojamos durante nuestra luna de miel? —preguntó.

Ella lo miró con curiosidad.

—¿Sí? ¿Por qué?

—¿Te acuerdas de cómo se llamaba el dueño? ¿Lo bien que se portó con nosotros, lo felices que fuimos allí?

—Claro. Remy Arnette. Era un hombre maravilloso. ¿Por qué?

Cyrus cogió a su hijo en brazos.

—Míralo. Tiene cara de Remy. Pongámosle su nombre, para que siempre que lo miremos recordemos esa época tan feliz.

¿Un niño parsi creciendo en Bombay con un nombre francés?, se preguntó ella, preocupada porque sus compañeros de clase se burlaran de él y lo acosaran. ¿No les costaría a los criados pronunciar su nombre? «Pero a tu primer hijo le pusiste su nombre por rencor —se dijo—. ¿Qué hay de malo en darle el gusto a Cyrus?». Así que se tragó sus reticencias. Saltaba a la vista que era una idea que Cyrus había tenido hacía años y que se había guardado el nombre para la ocasión. Y tal vez tuviera razón. Tal vez la conmemoración de un momento feliz les trajera buena suerte.

Tendió los brazos para acunar al recién nacido, que la miró con esos ojos grandes y nítidos tan parecidos a los de Cyloo y, al mismo tiempo, tan distintos.

—Bienvenido al mundo, Remy Wadia —dijo.

Mientras estaban en Bombay, continuaron con la terapia de Cyloo. Framrose había contratado a uno de los mejores fisioterapeutas de la ciudad para trabajar con su nieto y, todas las tardes, el joven dedicaba más de una hora a mover con suavidad las extremidades de Cyloo, a estirarlas y a animar al pequeño a caminar. Una mañana, mientras Shirin le cantaba a Remy, que por entonces tenía ya tres meses, Cyloo emitió un sonido agudo. Al mirarlo, lo vio levantarse y dar tres pasos vacilantes hacia ella antes de caer al suelo. Cyrus había ido al banco con el padre de Shirin y cuando vio regresar el coche ella bajó corriendo las escaleras para darles la asombrosa noticia. Su marido y su padre intercambiaron una mirada rápida antes de sonreír por su alegría.

–Esperemos lo mejor, *beta* –dijo Framrose.

Y era lo que estaba decidida a hacer cuando, al cabo de unos días, la familia voló de regreso a Jamshedpur. Shirin echaba de menos a su padre, pero se alegró de estar de nuevo en casa. Su vida retomó sus rutinas: Rita cuidaba de Remy mientras Shirin trabajaba con el nuevo fisioterapeuta de Cyloo, decidida a ayudarlo a alcanzar el mayor nivel de autonomía posible. La cocinera llegaba al mediodía para preparar las comidas y, después de almorzar, Shirin se echaba una siesta con un hijo a cada lado. Tomaba el té de la tarde sentada en el sofá del salón, con Remy en el regazo y Cyloo apoyado en ella. De vez en cuando, Cyloo estiraba la mano para tocar los deditos o la barriga del bebé, y el corazón de Shirin daba un vuelco de alegría ante lo que suponía era el intento de Cyloo de estrechar lazos con su hermano.

Al cabo de unos meses, sintió que ya era seguro dejar a los niños con Rita el tiempo suficiente para ir al banco o a la tienda y, cuatro días a la semana, Shirin empezó a ir a caminar a un parque cercano. Al principio, se pasaba todo el rato preocupaba por los niños y a menudo acortaba sus paseos. Pero, después de que Rita le asegurara una y otra vez que tenía la situación bajo control, empezó a disfrutar de aquellos raros momentos de tranquilidad y soledad. A veces invitaba a Jasmine a comer, porque esta parecía tomarse con naturalidad las deformidades de Cyloo y estaba locamente enamorada de Remy. Jasmine se había criado con un tío con discapacidad intelectual y trataba a Cyloo de una manera natural y desenfadada que agradaba a Shirin. De hecho, Jasmine y Rita eran las únicas personas, además de ella, que querían a ambos niños por igual, y Shirin pensaba en ellas tres como en una soroidad de hermanas.

Para el primer cumpleaños de Remy, Shirin quiso dar una fiesta en casa, pero Cyrus la convenció para celebrarla en el United Club. Así, otra persona se encargaría de organizarlo todo y ellos podrían relajarse, dijo. Así, podría invitar a sus compañeros de trabajo sin sentirse culpable por aumentar la carga de Shirin.

El día indicado, Cyrus se tomó el día libre en el trabajo y los dos durmieron hasta tarde. Mientras disfrutaban de un desayuno tardío en la terraza, Cyrus se estiró.

—¿Cuánto dinero extra deberíamos pagarle a Rita por esta noche? —preguntó

—¿Dinero extra para qué? ¿Es que vamos a llevarla al club con nosotros para que cuide de los niños?

—No, claro que no —respondió Cyrus—. Me refería a cuidar de Cyloo mientras estamos fuera.

—¿Quieres que Cyloo se quede en casa con Rita? ¿Quieres excluirlo de la fiesta de su propio hermano? —preguntó Shirin con incredulidad.

Cyrus la fulminó con la mirada.

—¿Crees que a Cyloo le importa, o que lo entiende? Se pondrá histérico delante de tanta gente. Y ¿no crees que Remy se merece ser el centro alguna vez?

—¿Qué quieres decir? —A Shirin le temblaba la voz—. Siempre estoy pendiente de él.

–Hasta que su hermano grita o llora. Y entonces…
–Cyrus meneó la cabeza sin terminar la frase.

–Daa. ¿Da? –balbuceó Remy al entrar con paso vacilante, como si supiera que hablaban de él.

Había empezado a caminar con nueve meses, algo que llenaba a Cyrus de un orgullo desmedido.

–¿Qué pasa, mi niño? –Cyrus se levantó de la mesa, lo cogió en brazos y lo abrazó con fuerza–. ¿Qué quiere mi *raja*?

Le dedicó una mirada a Shirin y se marchó al salón arrullando a su hijo.

Como siempre, tuvo emociones encontradas. Cyrus a menudo llamaba a Remy *raja*, «rey», pero ¿en qué convertía eso a Cyloo? ¿En un mendigo? Bien podría serlo, dada la poca atención que le prestaba su padre.

Esa noche, Shirin se llevó su resentimiento al United Club. Este aumentó cuando se dio cuenta de que Cyrus había invitado a la fiesta a todos los ejecutivos de rango superior e inferior, las mismas personas a las que había dejado de invitar a casa tras el nacimiento de Cyloo. Y se acumuló al observar a su marido presumir de Remy, acariciarle la espalda mientras caminaban, levantarlo para que quedara a la altura de los ojos del jefe de Cyrus y reír cada vez que alguna socia le pellizcaba las mejillas a Remy y chillaba: «¡Eres moníííííísimo!».

Era cierto: con su traje de marinero azul marino y sus zapatillas Keds blancas, Remy estaba adorable. Y aunque Shirin sentía un latido de orgullo ante la belleza luminosa de su hijo, experimentaba una culpabilidad equivalente al pensar en su otro hijo, en casa con su pijama. Se miró el reloj. ¿Qué estaría haciendo Cyloo en ese momento? Lo más seguro era que Rita lo hubiera sentado en la trona para darle el puré con una cucharita. ¿Llegaría algún día a comer mejor? Un mes atrás, habían intentado darle pedacitos de pollo por primera vez, pero el niño se había atragantado y ella, aterrada, le había abierto la boca a la fuerza para sacar la comida. Cyloo, con los mismos ojos preciosos que su hermano, la había mirado entre lágrimas mientras ella le sujetaba la mandíbula con miedo a que él la mordiera, como hacía cuando se asustaba o se frustraba.

La banda tocaba en directo *Stayin' Alive*, que luego enlazó con *How Deep Is Your Love*, y Shirin se sorprendió tarareando el estribillo. ¿Cómo era de hondo su amor? Más hondo que el espacio exterior. Más hondo que los cinco océanos apilados uno sobre otro. Así de hondo. Por sus dos hijos, pero sí, quizá un poquito más por Cyloo. Porque él era el príncipe mendigo, el hermano desterrado por su propio padre.

Observó cómo Cyrus ajustaba su paso al de Remy mientras el niño se aferraba al dedo índice de su padre. «Son una unidad completa. No me necesitan», pensó. Pero, en lugar de sentirse herida, lo que experimentó fue liberación. Remy sería siempre una llama constante en su corazón, pero Cyloo era la hoguera. Shirin recordó algo que decían las monjas de su colegio: «Ve allí donde haya necesidad». Remy tendría todo lo que quisiera; el mundo se abriría ante él como un cofre del tesoro para un niño guapo, inteligente y sano.

Hasta hacía unos años, Shirin había formado parte de esa sociedad privilegiada. La riqueza de su padre y su propia belleza e inteligencia la habían hecho ver el mundo como un lugar benévolo, en el que podía entrar con la misma facilidad con que se acomodaba en su butaca favorita. Pero al ver a su marido acariciar la cabeza de su hijo –un gesto que antes le habría derretido el corazón–,

Shirin se dio cuenta de algo: de que, sin saberlo, había pasado a formar parte del grupo de los marginados y olvidados, de los invisibles e ignorados. Si los demás no podían ver más allá de las deformidades de Cyloo para alcanzar su espíritu, su alma, ella renunciaría encantada a su pertenencia a una sociedad tan superficial. Al tratar a su hijo como si fuera menos que humano, habían menoscabado su humanidad.

No le debía a nadie ni una puñetera cosa, ni siquiera a Cyrus. Shirin le había dado lo que él quería: un hijo perfecto, un espejo que reflejaba su propia imagen inmaculada. Un niño dulce y cariñoso que se había ganado el corazón de su padre desde el instante en que nació y que parecía decidido a compensar todas las pérdidas que Cyrus creía haber sufrido con su primogénito. «Todas las supuestas pérdidas», se corrigió Shirin. Cyrus podría haber aprendido a amar a su hijo si hubiera visto a Cyloo como una persona y no como un secreto vergonzoso.

Como si lo hubiera invocado, Cyrus apareció ante ella con una sonrisa en la cara. Algunos de sus pensamientos debían de reflejarse en su rostro, porque por un instante la sonrisa de él se congeló y Shirin vio cómo se obligaba a ignorar lo que fuera que había percibido en su expresión al tiempo que la cogía de la mano.

—¿Bailamos? Hace muchísimo que no lo hacemos.

Shirin estuvo a punto de negarse, pero la mirada suplicante de él la hizo ceder. Cyrus la condujo hacia el escenario y susurró una petición a los músicos. Era una canción tan antigua —*Save the Last Dance for Me*— que los miembros de la banda tuvieron que consultarse entre ellos antes de empezar a tocarla.

Mientras se mecían al compás de la música, Shirin sintió

el aliento de Cyrus, cálido como el coñac que había estado bebiendo, mientras él le cantaba el tema al oído. Notó cómo su cuerpo se ablandaba hacia él y cómo el resentimiento que la había invadido antes se disolvía poco a poco. Deseó ir a buscar a Remy y volver bailando a casa, flotando en ternura y música; deseó entrar en la casa, decirle a Rita que podía marcharse, cerrar la puerta y ser una familia, los cuatro juntos.

Cyrus tenía un corazón de oro. Eso era lo primero que le había dicho la vieja casamentera a su padre: «Escúchame bien, Framrose: por más que busques, jamás encontrarás a un chico como él. Tiene un corazón de oro, créeme». Y la tía había acertado. En su primera cita, Cyrus les había dado dinero a todos los mendigos que se les acercaban, de una manera distraída, como si la generosidad fuera tan natural para él como respirar. Shirin se había fijado porque era el polo opuesto a los otros hombres con los que había salido, que trataban de impresionarla ahuyentando con agresividad a los niños de la calle. Y aquella noche, sentados en el parapeto de Marine Drive mientras contemplaban las oscuras olas del mar Arábigo, él no se movió con torpeza ni titubeó como un escolar, sino que se limitó a preguntar: «¿Te puedo pasar el brazo por la cintura?». Ella había asentido y, al cabo de unos minutos, se había sorprendido a sí misma apoyando la cabeza en su hombro.

Ese era el hombre con el que bailaba aquella noche, quien la estrechaba con tanta fuerza como si supiera que, si la soltaba ni aunque fuera un instante, ella lo dejaría y echaría a volar hacia su primogénito.

Remy se quedó dormido en el regazo de Shirin mientras Cyrus conducía de vuelta a casa. Ella besó a su hijo y un estremecimiento de amor recorrió su cuerpo. «Mi

Remy –pensó–. Que siempre seas un luminoso rayo de sol». Shirin tenía la difusa luz lunar de Cyloo y la dorada luz diurna de Remy. En otras palabras, una galaxia perfecta. ¿Qué más podía pedir?

Animada por ese pensamiento, puso la mano sobre el muslo de Cyrus.

–¿Te lo has pasado bien? –preguntó.

–Sí. –Una leve pausa–. Es evidente que tú no.

–No, no; no es cierto. Me lo he pasado bien. Ha sido una buena fiesta.

Cyrus apartó la vista de la carretera para mirarla.

–¿De verdad? Entonces, ¿por qué te has pasado media noche con el ceño fruncido, como si acabaras de quedarte viuda o algo así?

Comparada con la dulzura de los primeros tiempos, la amargura de la voz de Cyrus sorprendió a Shirin. ¿Qué había pasado con el hombre de corazón de oro? ¿Era ella la responsable de haberlo mancillado?

–Lo… lo siento –balbuceó–. No me he dado cuenta…

–¿De que parecía que estuvieras en un puñetero funeral? Todo el mundo te miraba. Todo el mundo lo ha notado.

–Cyrus, he hecho lo que he podido. Sabes que soy tímida. No tengo tu personalidad, no soy sociable.

–Ya, bueno, tal vez si yo soy tan extrovertido es porque tengo que compensar tu actitud. Todo el rato.

Ella parpadeó para contener las lágrimas y miró la oscuridad a través de la ventana. Remy se removió en sus brazos y ella cambió de postura para que no le colgara la cabeza.

–Nada que decir. Como siempre –dijo Cyrus.

Shirin guardó silencio durante largo rato.

–No puedo… –dijo al cabo–. No quiero fingir, como

tú, que no tenemos otro hijo No permitiré que se vuelva invisible. No lo permitiré.

—¡Una noche! —exclamó Cyrus—. Una maldita noche alejados de la pesadumbre. Una noche para ser jóvenes y despreocupados. Para disfrutar de nuestro otro hijo. Es lo único que pedía.

—Lo siento…

—Parece que has olvidado, Shirin, que eres madre, sí, una madre muy buena, de hecho, pero —a Cyrus se le descompuso el rostro— también eres esposa. Has olvidado esa parte.

Ella sabía que cualquier cosa que dijera no haría más que aumentar la discusión, así que no intentó consolarlo. Él la quería por entero, como antes de tener que compartirla con los niños, pero Shirin sabía que la mujer que había sido ya no existía. Ahora estaba dividida en partes, en muchas partes, y un pedacito de ella pertenecía a cada uno de los cuatro hombres de su vida: su padre, su marido y sus dos hijos. Si tuviera que elegir, si Cyrus la obligara, sabía a quién escogería.

Como si supiera lo que ella pensaba y temiera presionarla, Cyrus también se quedó callado. El resto del trayecto a casa transcurrió en silencio mientras el sonido de la respiración de Remy llenaba el coche.

Capítulo 26

Durante el segundo año de vida de Remy, alcanzaron un equilibrio precario. A Cyrus lo ascendieron de nuevo y Shirin, que se alegró por él, dejó que la llevara a un buen restaurante para celebrarlo. El ascenso significaba que viajaría aún más que antes, aunque eso no alteraba demasiado la vida de Shirin, que contaba con la ayuda de Rita para criar a sus dos hijos. Cada mañana, las dos mujeres se repartían las tareas: Shirin bañaba a un niño mientras Rita bañaba al otro; una de ellas daba de comer a Cyloo mientras la otra preparaba el desayuno de Remy.

En un intento por revitalizar su alicaída vida sexual, Cyrus se ofreció a hacerse una vasectomía. Shirin se mostró evasiva. Lo que de verdad habría reavivado su interés habría sido que aceptara a Cyloo, pero, casi cuatro años después del nacimiento del niño, sabía que eso nunca sucedería. Era la lección más amarga de la vida: la certeza de que no se puede obligar a alguien a amar lo que tú amas.

Cyrus estaba de viaje el día en que Cyloo se acercó con paso tambaleante a Remy, que jugaba con sus bloques sobre el suelo, e intentó coger uno con su mano torcida. Shirin entró en el salón unos minutos después y encontró a sus hijos sentados uno al lado del otro mientras Remy trataba de colocar con paciencia los bloques en las manos de su hermano. La emoción que sintió fue tal que dejó caer el cuenco de frutas que llevaba y dos pares de ojos idénticos se volvieron hacia ella.

El fisioterapeuta decía que era positivo para Cyloo interactuar con su hermano y Shirin animaba a sus hijos a jugar juntos tanto como fuera posible. Pero Cyloo era propenso a gritar de frustración al cabo de pocos minutos y Remy acudía a menudo a ella hecho un mar de lágrimas para quejarse de que su hermano era malo y había derribado su torre.

Celebraron el segundo cumpleaños de Remy en casa, sin ninguno de los festejos que habían marcado el primero. Cyrus se tomó el día libre y almorzaron la comida parsi tradicional de las ocasiones especiales: pescado frito, *daal* amarillo con arroz y un acompañamiento de yogur dulce. De postre, Shirin preparó *sev*, fideos finos endulzados y decorados con pasas doradas y almendras tostadas. Le encantaba preparar *sev*; le traía recuerdos felices de celebraciones pasadas. A Cyrus también le gustaba la comida casera de Shirin; la prefería a los pesados platos de restaurante que se veía obligado a comer cuando se reunía con clientes.

Un mes después del cumpleaños de Remy, Shirin decidió preparar un menú más ambicioso para Navroz, el Año Nuevo parsi: de primero, *patra ni machhi* –palometa untada de *chutney* verde y cocida al vapor en hojas de plátano–, seguida de *pulao* de pollo con *dhansak daal*. De postre, haría pudin de pan. Estaba en la cocina dando instrucciones a la cocinera cuando escuchó un grito aterrador y corrió al dormitorio pensando que Cyloo se había hecho daño, pero era Remy, que se cubría la mejilla con una mano mientras un hilillo de sangre le corría por la cara. Cyloo, sentado a su lado, señalaba a su hermano con una sonrisa ausente.

Shirin cayó de rodillas.

—¡Remy! —exclamó—. ¿Qué ha pasado? ¿Por qué estás sangrando?

—Me… ha… mordido —sollozó Remy con voz indignada.

—¿Mordido? ¿Quién te ha mordido? —preguntó Shirin aunque ya conocía la respuesta.

—*Bhai. Bhai* me ha mordido.

Rita entró en la habitación y cogió a Remy en brazos para dejar que Shirin se encargara de Cyloo.

—¿Es verdad? —le preguntó a este—. ¿Has mordido a tu hermano?

A modo de respuesta, Cyloo sonrió. Una sonrisa vacua. Estúpida. Maliciosa.

—Niño malo. —La mano de Shirin salió disparada y golpeó la cabeza de Cyloo. Plaf—. Niño malísimo.

Otro golpe, esta vez en la mejilla. Shirin era incapaz de controlar lo que hacía su mano. Plaf, esta vez más fuerte. Cyloo aullaba, pero, incapaz de soportar el llanto de Remy, ella no se detuvo. Alzó la mano aún más alto y golpeó a Cyloo por cuarta vez. Rita le gritó que parara, pero la voz que Shirin escuchaba con más claridad entre todo el caos era la de Remy.

—Mami, por favor —gritó el niño—. No pegues más a mi hermano.

A continuación, se apartó de Rita y se colocó entre Shirin y Cyloo. La mano de ella se quedó congelada en el aire mientras miraba alternativamente a los dos niños. Cyloo seguía llorando, pero Remy había dejado de hacerlo, aunque tenía los ojos llenos de lágrimas.

—Ven aquí —le dijo Shirin—. Vamos a lavarte la cara.

Le limpió la mejilla con agua y jabón y luego aplicó presión con una toalla hasta que dejó de sangrar. Remy no lloró mientras ella echaba Dettol en una gasa y se la aplicaba sobre la cara. Luego lo llevó a su cama, lo sentó y le indicó que sujetara la gasa en su sitio. Estaba a punto de coger el teléfono para llamar a la clínica del doctor Mistry cuando Remy dijo:

–¿Mami?

Se dio la vuelta.

–Sí, mi niño.

Él la miró con sus grandes ojos heridos.

–Gracias por quererme tanto.

Las palabras penetraron en Shirin como una puñalada. Se acercó de nuevo a la cama y se puso en cuclillas frente a él.

–Te quiero muchísimo, mi pequeño –dijo–. Siento pasar tanto tiempo con tu hermano. Es solo porque…

–Lo sé –dijo Remy al tiempo que asentía–. Papá me lo contó. Es porque Cyloo no está bien.

Ella cogió su mano entre las suyas.

–Pero os llevo a los dos en el corazón. Pase lo que pase, quiero que lo recuerdes siempre. ¿Me lo prometes?

–Te lo prometo –respondió él.

Esa misma tarde, el doctor Mistry acudió a la casa para echar un vistazo a la mejilla de Remy y le recetó una pomada antibiótica. Le dijo a Shirin que la mordedura no parecía infectada, pero que debía vigilarla. Por suerte, a Remy le habían puesto la vacuna antitetánica unos meses atrás, así que no habría problemas.

–¿Cómo puedo evitarlo? –preguntó Shirin.

–Procure mantenerlos separados –respondió el doctor.

Esa tarde, Cyrus regresó de un viaje de negocios de seis días a Dubái y palideció al enterarse de lo ocurrido. Shirin logró calmarlo e hizo todo lo posible por restarle importancia al incidente.

–Es Navroz –dijo–. Los dos están bien, así que no echemos la noche a perder. Hemos preparado tus platos favoritos.

Todo podría haber terminado allí si, en plena noche, a Remy no le hubiera subido la fiebre.

Ahora, a Remy le embragó la aprensión al ver que la respiración de su madre se volvía más superficial a medida que le contaba la historia.

–Descansa un poco, mamá –dijo, y se dirigió a la cocina para abrir una botella de Coca-Cola.

–¿Caliento la cena, señor? –preguntó Manju en cuanto él entró.

–Danos un rato más –respondió él–. Ya te avisaré. Pero, por favor, tú empieza a comer.

Le dio a Shirin dos ráfagas de su inhalador y luego le ofreció la Coca-Cola. Tras unos sorbos, ella pareció sentirse mejor.

–¿Qué pasó después? –preguntó Remy con delicadeza.

Shirin lo miró.

–En plena noche, te subió la fiebre –repitió ella.

Remy tuvo fiebre durante dos días. El doctor Mistry estaba desconcertado, ya que la mordedura no parecía grave. Lo más probable era que se debiera al *shock*.

–Tranquilo –le dijo a Cyrus–. No es nada.

Aun así, Cyrus decidió trabajar desde casa para no perder de vista a Remy y, aunque al tercer día el niño mejoró, se quedó de nuevo en casa. Su amiga Dina Mehta, que ejercía de asesora legal para Tata Steel en un caso complicado, llegaría en un vuelo a Jamshedpur esa misma tarde, la habían invitado a quedarse con ellos durante su estancia en la ciudad.

Shirin sabía que Dina y él habían salido mientras estaban en la universidad, pero Cyrus le aseguró que se había casado con la mujer que amaba. Shirin no tenía motivos para dudar de él; había visto a Dina en varias ocasiones y, a pesar del evidente afecto que se profesaban los dos amigos, no había percibido el menor interés romántico por parte de Cyrus. Fue idea de ella que Dina se alojara con ellos, no en un hotel.

Dina se quedó tres noches. Cyrus y ella iban juntos al trabajo por la mañana y regresaban por la tarde. La primera noche, Cyrus sugirió que Rita diera de comer a Cyloo en su habitación mientras ellos cenaban en el comedor, pero Dina se negó.

–Ah, no digas tonterías. Comamos todos juntos, *na*? –dijo en tono jovial.

Y durante toda la comida prestó la misma atención a ambos niños. Asentía con la cabeza y miraba a Cyloo mientras hablaba, incluyéndolo en la conversación, y él la observaba fascinado.

Shirin también empezó a cogerle cariño a Dina. «Quizá Cyrus aprenda de su ejemplo», pensó mientras Dina le contaba que se había criado con su primo Adi, que tenía una discapacidad intelectual. No había ni rastro de lástima en su voz. Shirin miró a Cyrus, que asentía mientras Dina hablaba. Cuando sus miradas se cruzaron, él apartó la vista, como si se avergonzara. Tras la cena, Shirin sirvió un pudin parsi.

–¿Puedo repetir, por favor? –preguntó Remy al terminar su ración.

Había algo tan cortés y sincero en su tono que Dina estalló en carcajadas.

–¡Madre mía! –exclamó–. Es un pequeño Lord Fauntleroy.

Como para demostrar que tenía razón, al terminar la cena Remy se levantó de su silla e hizo una floritura con la mano.

—Las señoras primero —le dijo a Dina.

Cyrus se ahogó de la risa.

—Mi hijo, el conquistador.

Cuando Dina se marchó, la casa se quedó vacía. Aunque solo había estado allí por las tardes, había traído un nuevo ritmo a sus vidas. Al encontrar algo que admirar en ambos niños y por el mero hecho de prestar atención a Cyloo, había alterado la dinámica familiar. La revelación obligó a Shirin a darse cuenta, una vez más, de cuánto favorecía Cyrus a uno de sus hijos por encima del otro.

La casa estaba llena de cajas apiladas y Shirin tenía que ir con mucho cuidado para que los niños no tropezaran con ellas. A Cyrus lo habían vuelto a ascender y se iban a trasladar de nuevo a Bombay. Aunque faltaban aún varias semanas para la gran mudanza, ya habían enviado parte del mobiliario y Shirin había comenzado a empaquetar el resto. Costaba creer todo lo que habían acumulado durante sus cinco años y medio en Jamshedpur. Shirin tenía sentimientos encontrados sobre el regreso a Bombay: por un lado, le daba pena abandonar la tranquilidad que les ofrecía su pequeño chalé, además de que iba a echar de menos a Jasmine y a Behram, por no hablar de Rita. Por otro lado, sería agradable empezar de cero en el piso que había comprado Cyrus y vivir en la misma ciudad que su padre.

Acababa de entrar en la ducha cuando escuchó un grito ensordecedor. Salió con una toalla envuelta alrededor del cuerpo y encontró a Remy doblado en dos.

–Yo… solo los he dejado solos un momento –dijo Rita en tono de disculpa–. He ido a la cocina a calentarles la leche y, antes de que pudiera pararlo, Cyloo le ha dado una patada a Remy en el estómago.

–Cyloo –dijo Shirin, y lo sacudió con fuerza mientras lo sujetaba por los hombros–. ¿Por qué lo has hecho? ¿Acaso eres un *mawali*? ¿Un matón? Aquí no se dan patadas ni se muerde a nadie.

–Mamá –dijo Remy con lágrimas en los ojos–, me da miedo. Lo odio.

Shirin le pasó el brazo por los hombros.

–No, *baba*. No hay que hablar así de tu hermano, ¿de acuerdo? Él… no lo hace a propósito. Es solo un niño.

–Pero es mayor que yo.

–Lo sé, Remy, lo sé. Pero… de alguna manera… no lo es. Lo siento, mi *baba*.

Shirin separó a los dos niños y llevó a Remy a su cama para que se tumbara con ella. Al cabo de un momento, Remy se dio la vuelta para mirarla.

–¿Puedo preguntarte algo, mamá? –dijo.

–Claro, mi amor.

–¿Cyloo es un monstruo, como Godzilla?

–Remy –dijo ella, atónita–. No, claro que no. ¿Cómo puedes pensar eso? No es un monstruo, es tu hermano.

–Entonces, ¿por qué es tan malo?

Shirin lo atrajo hacia sí.

–No es su intención ser malo. Te quiere mucho, ¿lo entiendes?

Remy le dedicó una mirada dubitativa con sus grandes ojos, pero asintió. Shirin trató de darse por satisfecha con eso, pero, después de que él se durmiera, se quedó despierta con el corazón encogido. Esperaba que Remy olvidara el incidente antes de que Cyrus volviera.

Por primera vez desde el nacimiento de Cyloo, Shirin experimentó un sentimiento de desesperación.

–¿Por qué, Dios? –dijo en voz alta–. ¿Qué te he hecho yo? ¿Por qué me has dado este desafío?

Pero, incluso mientras formulaba las preguntas, sabía que el verdadero desafío no era su hijo discapacitado. El verdadero desafío era su marido, a quien debía ocultarle secretos.

«Bueno –pensó–, quizá las cosas mejoren cuando volvamos a Bombay». En su nuevo puesto, Cyrus no tendría que viajar tanto y tal vez eso trajera más estabilidad a sus vidas. Shirin redoblaría sus esfuerzos por encontrar un mejor tratamiento médico para Cyloo, terapias que lo ayudaran a ser más funcional. Seguramente, el incidente de ese día se debía a que el niño percibía los cambios que iba a haber en su vida. La ausencia de objetos familiares debía resultar perturbadora para Cyloo. Incapaz de hablar o expresar sus sentimientos, ¿qué otra salida tenía sino desquitarse con alguien más pequeño que él?

Shirin decidió explicarle eso a Remy cuando se despertara. A pesar de todas sus diferencias, existía un vínculo entre los hermanos, estaba convencida. Remy a menudo se acercaba a su hermano para darle un beso y, cada vez que lo hacía, Cyloo sonreía. Emocionada, Shirin procuraba fomentar esos momentos. Eran sangre de la misma sangre y su relación continuaría mucho después de que Cyrus y ella hubieran muerto.

«Bombay –pensó–. Un nuevo comienzo».

Ese domingo, Cyrus y ella empaquetaron juntos todo lo que había la cocina. Shirin estaba alcanzando una copa de vino cuando Cyrus dijo:

–¿Así que no me contaste que Cyloo le dio una patada en el estómago a mi hijo?

Ella estuvo a punto de dejar caer la copa, pero se recompuso.

–Los dos son hijos tuyos –respondió de inmediato y, al no recibir respuesta, añadió–: ¿Cómo te has enterado?

Cyrus envolvió un cuenco con papel de periódico.

–No por ti –dijo–. ¿No tenías pensado contármelo?

–¿Quieres que te cuente cada vez que un niño le pega al otro? –Shirin arrancó una hoja de papel y envolvió la copa–. Son hermanos y se pelean. Es normal.

–¿Normal? ¿Por eso Remy estaba traumatizado al día siguiente? ¿Eso es normal?

Shirin parpadeó, asombrada al darse cuenta de que Cyrus estaba furioso.

–Cyrus –dijo–, son niños. ¿Qué esperas que haga?

Él la miró durante un largo rato.

–Nada –dijo al fin–. No espero que hagas nada.

Capítulo 27

Le habían dado a Cyloo un sedante suave para el vuelo a Bombay y todavía dormía en la silla de ruedas cuando llegaron a la zona de recogida de equipaje. Mientras esperaban a que llegaran sus maletas, Shirin alzó la vista y vio a una mujer menuda que se apresuraba hacia ellos. Llevaba un sari blanco con borde azul y Shirin pensó que parecía una de esas monjas que trabajaban en los hogares de la Madre Teresa. Su rostro sudoroso le indicó a Shirin que fuera hacía calor.

La mujer le dedicó una sonrisa rápida.

—Lo... lo siento mucho, señora, pero necesito molestar al señor Wadia un momento. Es urgente. Sé que acaban de aterrizar y demás, pero...

Shirin suspiró. Apenas habían puesto un pie en Bombay y el trabajo de Cyrus ya lo reclamaba.

—Por supuesto —dijo, y se volvió hacia Cyrus—: No te preocupes, ya me encargo yo de las maletas. El porteador las sacará de la cinta transportadora.

Mientras ella esperaba el equipaje, Cyrus y la mujer se alejaron un poco para hablar mientras él miraba de vez en cuando en dirección a Shirin. Ella sonrió para hacerle saber que estaba bien, que no le molestaba la interrupción. De todos modos, tenía que ocuparse de Remy, que tenía sed y quería hacer pis.

—Dos minutos —dijo ella—. Aguanta un poco y antes de irnos a casa pasaremos por el lavabo, *accha*?

De camino a la salida llevó a Remy al baño mientras Cyrus indicaba al porteador que llamara a un taxi y empezara a cargar las maletas. Cuando Shirin salió, vio que Cyrus había sentado a Cyloo en el coche de la joven, junto con un par de maletas, y frunció el ceño. Entendía que tenía que terminar la conversación con su colega, pero ¿por qué llevarse a Cyloo en lugar de enviarlo a casa con Remy y ella?

–Estará más cómodo en un coche con aire acondicionado –explicó Cyrus, como si le hubiera leído el pensamiento–. Nos vemos en el piso. Si llegas antes, pídele al guardia de seguridad que suba las maletas. Ni se te ocurra llevarlas tú, ¿me oyes?

–¿No irás justo detrás de nosotros? –preguntó Shirin, pero él ya se había subido al coche, que arrancó antes incluso de que ella sentara a Remy en el taxi.

Llegó al bloque de pisos antes que Cyrus y rezó para que Cyloo no se hubiera hecho en el pañal, pues sabía que Cyrus se moriría de vergüenza.

Media hora pasó sin señales de vida de su marido ni de su hijo mayor. Shirin abrió todas las ventanas para ventilar el piso nuevo, que todavía olía a pintura fresca. Le apetecía mucho una taza de té, pero estaba demasiado cansada para rebuscar la tetera en una caja. Abrió un paquete de galletas maría y las compartió con Remy, y luego se dirigió al teléfono recién instalado para llamar a su padre, pero no había línea. «¿Todavía no han dado de alta el teléfono?», pensó con irritación.

Remy estaba cansado y al borde de un berrinche, así que lo acostó y se tumbó a su lado para contarle un cuento pero se quedaron dormidos. Un leve ruido la despertó. Al abrir los ojos, vio a Cyrus junto a la cama, mirándola. Tenía una expresión extraña y Shirin se incorporó asustada.

–Cyrus –dijo al tiempo que le cogía la mano, que estaba fría y húmeda–. ¿Dónde has estado tanto rato? Empezaba a preocuparme. –Miró a su alrededor–. ¿Cómo se ha portado Cyloo? ¿Necesitas ayuda con él?

Él hizo un gesto hacia el salón y ella lo siguió, pero la estancia estaba vacía.

–¿Dónde está Cyloo? –preguntó.

–Siéntate, Shirin. Tengo que contarte algo. Siéntate.

El rostro de Cyrus estaba tenso, los ojos entornados. Shirin experimentó un terror repentino.

–¿Dónde está Cyloo? –repitió–. ¿Se ha hecho daño? ¿Ha tenido un accidente? Cuéntamelo, Cyrus.

–¿Qué? No, no. –La sujetó por los hombros y la obligó a sentarse en el sofá–. Siéntate. Cyloo está bien; mejor que bien: está donde le corresponde. Donde deberíamos haberlo puesto desde el principio.

–No te entiendo. ¿Puedes hablar claro, por favor? Me estás asustando mucho. ¿Dónde está?

–Con personas que cuidarán de maravilla de él. Que tienen mucha experiencia con niños discapacitados. Él... ni siquiera ha llorado cuando lo he dejado. Siento haber tenido que hacerlo así, Shirin, pero sabía que nunca accederías. Mira, estamos a punto de comenzar un nuevo capítulo en nuestras vidas y, de esta manera, podemos empezar de cero. Todavía somos jóvenes, Shirin. Todavía podemos...

Shirin lanzó un grito.

Cyrus retrocedió.

–Para –susurró–. Vas a despertar a Remy.

Al ver que ella no paraba, le cubrió la boca con la mano. Shirin lo arañó y lo golpeó una y otra vez, pero él no apartó la mano hasta que se calló.

–¿Acaso eres mi enemigo? –dijo ella en cuanto pudo

hablar–. ¿Mi archienemigo de una vida pasada? ¿Tanto me odias como para matar mi alma, pero dejar mi cuerpo con vida? ¿Qué hace mi hijo con desconocidos? ¿Por qué, teniendo dos padres sanos?

–Porque también tiene un hermano –replicó Cyrus–. Un niño que está siendo maltratado, mordido, golpeado. Por no hablar de que su madre no le presta la atención que se merece.

Shirin se echó a llorar.

–¿Cómo lo vas a saber tú? Te pasas todo el día fuera. Quiero a Remy y hago todo lo que puedo por él. Además, él sabe que lo quiero; se lo digo todos los días.

Cyrus la atrajo hacia sí.

–No lo dudo, Shirin. Eres una gran madre, pero solo eres una persona. Has dedicado casi cinco años de tu vida a cuidar de Cyloo. Te mereces algo mejor, mi amor.

–¿Y qué es él, un trozo de clínex que podemos desechar? –exclamó ella–. ¿Te has vuelto loco, Cyrus? ¿Crees que lo voy a permitir? ¿Crees que mi padre consentirá que su nieto sea criado por desconocidos? Esto es un secuestro; te voy a denunciar por secuestro. Mi padre contratará a un abogado y…

–Framrose lo sabe y está de acuerdo conmigo. Sabe que, si queremos sobrevivir como familia, esta es nuestra única opción.

–Mentira. ¡Mentira! Papá nunca accedería a participar en un plan como este. Me divorciaré de ti antes que renunciar a mi Cyloo.

Cyrus la miró con dureza.

–No vuelvas a usar la palabra «divorcio» en esta casa. Nadie en mi familia se ha divorciado nunca. Y ¿cómo vas a apañártelas sola en esta ciudad como madre soltera de un niño discapacitado?

–Niño no, niños. Me llevaré a los dos conmigo.

–Shirin, entra en razón Prefiero perder la vida antes que separarme de Remy. Lo sabes.

Ella se puso a llorar de nuevo.

–Por favor, Cyrus, no lo hagas. No te molestaremos. Ni siquiera tendrás que verlo cuando llegues a casa. Lo mantendré alejado de ti.

Cyrus se sintió herido por el comentario.

–¿Crees que ese es el motivo por el que lo hago? ¿Es que no has escuchado ni una sola palabra de lo que he dicho? Lo he dejado allí por el bien de Remy, para que pueda crecer sin cargas. Y por tu bien… No, por nuestro bien, para que podamos volver a ser una pareja normal. –Su voz adquirió un tono de urgencia al continuar–: Piensa, Shirin. Cyloo tiene un retraso de desarrollo permanente. ¿Crees que entiende la diferencia entre estar aquí o en otro sitio? El otro día fue una patada. Antes de eso, un mordisco. Un día de estos podría hacer algo más peligroso. ¿Y si prende fuego a algo, por ejemplo? O…

–¿Cómo va a prender fuego a nada? Ni siquiera puede sostener…

–¿Y nosotros qué? ¿Qué pasará cuando seamos mayores? ¿Quieres limpiarle el culo a un hombre adulto cuando tengas cincuenta años? Porque nosotros envejeceremos, pero Cyloo nunca crecerá. ¿Por qué debería cargar el pobre Remy con esa responsabilidad durante el resto de su vida? Shirin, escúchame: esto dolerá muchísimo durante un tiempo, pero es lo correcto. A mí también me duele, créeme. Solo intento salvar a mi familia, eso es todo.

Shirin no dijo nada. Al cabo de mucho rato, alzó la cabeza y le dedicó una mirada exánime.

–¿Qué familia? –dijo.

Remy tenía la sensación de estar escuchando una historia de terror, un relato alucinatorio nacido del cerebro deshidratado de su madre. Nada de aquello podía ser verdad. ¿O sí? ¿Era posible que su padre –su bondadoso y cariñoso padre– hubiera hecho algo así? No, no lo era. Y, sin embargo, la foto del niño que había encontrado no era una alucinación de Shirin.

De pronto se le ocurrió algo.

–Espera un momento –dijo y, tras correr a su habitación, rebuscó en la maleta hasta dar con un sobre–. Esta carta –le dijo cuando regresó–. Papá me la escribió antes de morir. ¿Por qué se disculpaba?

Shirin se lo quedó mirando y Remy tuvo la inquietante sensación de que ella se alejaba de él, como la luna, que había trepado por el cielo.

–Debería haberla destruido –dijo al cabo su madre–. No quería que la encontraras, aunque él me rogó que te contara lo que había hecho. Ya ves, quería arreglar las cosas entre tú y yo. Esas fueron las últimas palabras que me dedicó: dos días antes de que llegaras, me pidió que te lo contara.

En ese instante, Remy supo que decía la verdad. Que aquella historia no era producto de su imaginación, sino un recuerdo desgarrador. Shirin había guardado el secreto de su padre a costa de sí misma. Año tras año, el día del cumpleaños de Cyloo, por ejemplo, en un millón de ocasiones, se había mordido la lengua para no pronunciar las palabras que habrían cambiado para siempre la vida de Remy, que habrían reescrito su historia. ¿Qué clase de entereza, qué dominio de sí misma había hecho falta para algo así? Las décadas de hermetismo, de ocultación y de silencio habían acabado por pasarle factura. El secreto había hecho desaparecer a la madre

cariñosa y afectuosa que había sido Shirin y había dejado tan solo la cáscara arisca y frágil que Remy había conocido durante la mayor parte de su vida.

Remy miró a su madre con nuevos ojos. Había amado
tanto a su padre que lo había protegido del desprecio de
su propio hijo. Había querido tanto a Remy que también
lo había protegido de la desilusión hacia su padre. De no
haber encontrado la foto por casualidad, ella se habría
llevado el secreto de Cyrus a la tumba. Pero ¿por qué
no tenía Remy ningún recuerdo de su hermano? ¿Era
normal? ¿O lo había reprimido? No lo sabía.

—Mamá —dijo—. ¿Dónde está Cyloo ahora?

Algo cambió en el rostro de Shirin, como si de pronto
se hubiera convertido en piedra.

—Pregúntaselo a ella —dijo al cabo—. Ve y pregúntaselo.
Ella lo sabe.

—¿A quién?

—A esa bruja, Dina Mehta. Ella lo sabe todo. Pregúntale cómo mató a mi hijo.

Capítulo 28

Remy se detuvo frente al bloque de pisos de Dina Mehta y miró hacia arriba. Había llegado sin avisar, sin llamar, sin saber siquiera si ella estaba en casa. Quería aprovechar el factor sorpresa, arrancarle la verdad antes de que pudiera ocultarla de nuevo. La verdad; desnuda, sin adornos. La verdad, enterrada o escondida, seguía siendo la verdad; eso tenía que decirle.

Dina tenía un semblante honesto, lo cual debía de ser un gran inconveniente para una abogada. «Pero sigue siendo una abogada», se recordó a sí mismo al entrar en el vestíbulo. La sinceridad, la compasión, el afecto casi maternal que le había mostrado eran, casi con toda seguridad, una pamema. Eso si su madre tenía razón, por supuesto. Y, Dios, cuánto deseaba Remy que no la tuviera y que esa noche terminara con al menos uno de sus ídolos aún en pie.

Había salido de su piso después de pedirle a Manju que le diera la cena a su madre. Confuso y alterado, había caminado empapado en sudor hacia la carretera principal para coger un taxi. Mientras caminaba, experimentó una ira tan pura como el oxígeno que lo impulsaba hacia adelante y le hacía odiar aquella ciudad fea y vil, su perfidia y sus traiciones. Quería subirse a un avión esa misma noche y marcharse, dejar atrás Bombay para que se ahogara en sus propios gases tóxicos. Pero, por mucho que anhelara escapar de su vida allí, también deseaba

271

afrontarla, mirarla a los ojos de una vez por todas, por primera y última vez.

Ahora Remy era consciente de que, desde pequeño, su padre lo había manipulado para abandonar la India y de que él había pasado su niñez envuelto en una niebla dorada, como un príncipe soñador cuyos pies apenas tocaban el suelo. Cyrus lo había colmado de cómics y novelas estadounidenses, lo había llevado a ver películas de Hollywood y lo había criado con música folk y rocanrol. Por extraño que pareciera, los conflictos con su madre eran lo único que lo habían mantenido anclado a la realidad. Y la mayoría de esos conflictos, comprendió ahora, se habían producido porque Remy salía en defensa de su padre ante el comportamiento inexplicablemente cruel de su madre hacia él, y ella, a su vez, estallaba contra Remy por ponerse del lado de su padre.

Remy tuvo ganas de echarse a llorar allí mismo, en plena calle, pero la rabia se abrió paso entre su dolor como un cincel y, justo entonces, vio un taxi parado en el semáforo. Sorprendió al conductor abriendo la puerta trasera y subiendo sin más al tiempo que ignoraba sus quejas porque ya había terminado su turno, y le pidió con una voz apagada por la furia que lo llevara a P. M. Road. El hombre lo había mirado, asustado, y había hecho lo que le pedía.

Ahora, Remy subía en el ascensor al piso de Dina, sin saber qué haría si ella no estaba en casa y temiendo lo que haría si estaba.

Después de tocar el timbre, el cocinero abrió la puerta y lo dejó pasar, para luego ir al dormitorio a avisar a Dina. Ella salió vestida con una bata de estar por casa y unas zapatillas, y Remy sintió una punzada de culpa por no haberla llamado antes.

–¿Qué ocurre? –preguntó ella–. ¿Le pasa algo a tu madre?

–Está bien –respondió él en tono abrupto, teñido de brusquedad.

–Me alegro. Bueno, ven, siéntate.

Pero Remy siguió en pie. En cuanto el cocinero salió de la estancia, se metió la mano en el bolsillo de la camisa y le tendió a Dina la fotografía de Cyloo.

–¿Quién es? –preguntó sin rodeos–. Y, por favor, no me mientas.

Dina miró la foto durante un instante y un músculo le palpitó en la mandíbula. Solo se oía el murmullo lejano del tráfico. Cuando ella alzó la vista, su mirada era serena, de alivio.

–Siéntate, hijo –le pidió con voz inexpresiva–. Y deja que te prepare una copa. Vas a necesitar algo fuerte.

Volvió con dos vasos de coñac y le tendió uno, antes de dar un sorbo e indicarle con un gesto que hiciera lo mismo. Remy intentó calmar el torbellino en su estómago. Parte de él había esperado que ella le preguntara por qué le enseñaba la foto de un niño desconocido. Dina dio otro sorbo mientras lo observaba por encima del vaso.

–Siempre le dije a tu padre que tenías que saberlo –empezó.

–¿Saber qué?

Ella siguió hablando por encima de él.

–Debería haber sido Cyrus quien te lo contara. Lo de tu hermano mayor, Cyloo. Al que dieron en adopción.

–¿Dieron, no dio?

–Remy, tienes que prometerme que me escucharás sin interrumpirme. –Se le quebró la voz–. Porque no sé si soy capaz de contar esta historia más de una vez. Tu padre vino a verme varias semanas antes de que vuestra familia regresara a Bombay desde Jamshedpur –explicó Dina–. Se presentó una tarde sin avisar; igual que tú esta noche, de hecho. En realidad es asombroso. Hasta la expresión de tu cara...

»En fin. Cyrus sabía que yo había trabajado *pro bono* para un orfanato católico en Bandra. Lo dirigían las Hermanas de la Caridad, que hacían una labor maravillosa. La mayoría de los niños que tenían no eran solo huérfanos, sino también discapacitados. Cyrus me hizo todo tipo de preguntas: sobre la calidad de su atención, sobre cómo trataban a los niños y demás. Yo supuse que quería hacer una donación; ya sabes, en honor a Cyloo. Tenía lógica. Me pidió que lo llevara allí para ver el sitio con sus propios ojos y yo le dije que sí, que cuando volvierais a Bombay podíamos ir, que trajera también a Shirin. Pero él quería ir al día siguiente, el sábado. Tenía que regresar a Jamshedpur el lunes.

»Así que fuimos. Las monjas me conocían, por supuesto, y nos hicieron una visita guiada por el lugar. Cyrus habló con muchos de los niños; me acuerdo. Como siempre, había llevado una enorme caja de dulces para ellos. *Ladoos* y *jalebis* para todos. Cayeron rendidos a sus pies. Habló con la madre superiora para pagar el tejado que necesitaba el orfanato.

»Fue mientras volvíamos a casa cuando me contó el verdadero motivo de la visita. Me rogó que lo ayudara. Yo le grité, le dije que no, que lo que proponía estaba mal, que era imperdonable. Pero el trayecto desde Bandra era largo y, al final del viaje, me arrancó una promesa. Y ¿sabes cuál fue el principal motivo por el que cedí y acepté ayudarlo? Vi la mirada en sus ojos, vi el amor que sentía por ti. Cyrus creía de todo corazón que te estaba salvando la vida.

Capítulo 29

Remy esperó el ascensor, pero, incapaz de estarse quieto, acabó bajando por la escalera hasta la calle. Aunque ya era de noche, necesitaba despejar la cabeza antes de volver a casa. Tenía que reordenar el caleidoscopio de su mente, lograr que los pedazos rotos se organizaran en una nueva realidad. Arriba era abajo y abajo era arriba. Debía repensar todo lo que había creído sobre su madre y su padre antes de poder enfrentarse de nuevo a Shirin.

Su pie tropezó con algo duro y, aunque dio un traspié, logró recuperar el equilibrio. Al mirar el objeto se dio cuenta de que era alguien que dormía en la acera, cubierto por completo con una sábana, como un cadáver. Remy murmuró una disculpa y siguió andando, pero el hombre apartó la sábana y se puso en pie.

–*Saala chootia!* –exclamó–. ¡Mira por dónde vas!

Remy se detuvo.

–Perdón –dijo.

A la luz de la farola, vio cómo el rostro del hombre se contraía por la ira.

–¿Perdón? –repitió este, acercándose a Remy. Llevaba una camiseta interior de tirantes–. ¿Es que no tienes ojos en la cara? ¿O para los ricos como tú los que no tenemos casa no existimos?

–Mira –dijo Remy con brusquedad–, ya me he disculpado. No te he visto. Está oscuro.

Los demás cadáveres alineados en la acera empezaron a moverse. De pronto, Remy tomó plena conciencia de su entorno y experimentó una vulnerabilidad desconocida. Media docena de hombres comenzó a incorporarse. Los observó avanzar hacia él y se sorprendió al ver lo rápido que lo habían rodeado.

—¿Qué pasa, *seth*? —dijo uno de ellos. Parecía un vagabundo cualquiera, del tipo que su padre habría contratado para hacer recados, de los que no mirarían a Remy a los ojos. Pero con el anonimato de la noche los ojos del hombre ardían de odio—. ¿Qué somos, animales? ¿Nos haces daño y sigues caminando?

Algo estalló en el pecho de Remy: furia porque esos rufianes le hubieran quitado de la cabeza los pensamientos sobre su familia, irritación por su teatralidad, por fingirse ofendidos por un simple tropiezo.

—¡Apartaos de mí! —gritó—. Ha sido un accidente. Las aceras son para caminar, no para dormir. Si…

—*Arre, chup.* —Una mano lo golpeó con fuerza en la espalda—. ¿Adónde quieres que vayamos? ¿O me estás invitando a dormir en tu casa con tu madre?

Remy giró sobre sus talones y dio un puñetazo a la primera mandíbula que vio. Notó el crujido del hueso y la vibración que le recorrió el hombro. Hubo un alarido, seguido de un instante de silencio, y luego un par de manos lo agarraron de la camisa y alguien le golpeó en la cara. Retrocedió tambaleándose, pero se negó a caer al suelo, sabedor de que, si lo hacía, lo patearían hasta dejarlo inconsciente. Oía la respiración de aquellos hombres y percibió el olor de su propia sangre.

—Basta. ¡Basta! —Un hombre mayor se abrió paso entre la multitud, apartando a las personas del apretado círculo que se había formado alrededor de Remy—. *Arre, bhenchot*, he dicho que paréis. ¡Os digo que es el sobrino de Dinabai!

Los hombres se apartaron de él.

–¿El sobrino de Dinabai? –dijo uno.

–Podría haberlo dicho –murmuró otro, malhumorado.

–No lo sabíamos.

–*Chalo, sahib.* Vamos arriba –dijo el cocinero de Dina–. Puede lavarse y descansar un poco.

–No. –Remy se soltó de la mano del hombre e irguió los hombros al tiempo que se frotaba la cara–. No pasa nada. No hay necesidad de molestar a Dina.

–Pero, *sahib…*

–No. Estoy bien. Gracias por tu ayuda.

Pensó si debía darle una propina, pero descartó la idea de sacar la cartera en plena calle, así que lo saludó con la cabeza y se alejó deprisa, ignorando las súplicas del hombre para que lo dejara llamar un taxi.

Solo se sintió a salvo cuando llegó a la carretera principal. Se dio cuenta de que caminaba en sentido contrario a su casa y que se dirigía de forma maquinal hacia los lugares que había frecuentado de joven en el sur de Bombay: el Elphinstone College, donde había obtenido su licenciatura en Filología Inglesa, y la galería de arte Jehangir, donde se reunía con sus amigos durante su época universitaria. Pasó junto a las pocas tiendas de *paan* y cigarrillos que seguían abiertas a esa hora. A aquellas alturas, Manju ya debía de haber acostado a su madre, y él no tenía adónde ir. Seguiría andando hasta encontrar un restaurante abierto en el que pudiera lavarse y, quizá, tomar una copa.

Entonces le sonó el teléfono: era Kathy. Tras un instante de vacilación, silenció la llamada. Si hablaba con ella en aquel momento, se desmoronaría. Estaba conmocionado;

tenía que asimilar lo que su madre y Dina le habían contado. Además, le daba miedo lo que opinaría ella al respecto. ¿Qué clase de familia...? «No, dilo bien»: ¿qué clase de padre haría lo que Cyrus había hecho? Kathy se horrorizaría y, a pesar de que en aquel momento Remy odiaba a su padre, no sería capaz de soportarlo. Y ella no entendería por qué su madre había guardado un secreto así.

Remy sí lo entendía. Shirin había querido ahorrarle precisamente lo que experimentaba ahora: la destrucción de todas las certezas de su infancia, de esa visión estúpida e infantil del «bueno contra el malo» con la que había compartimentado su vida. Pero a aquellas ecuaciones –papá = el bueno, mamá = la mala– siempre les había faltado un valor, ¿no era así? Remy sencillamente desconocía la existencia del factor x, el hermano ausente.

Joder. Un hermano. ¿Cuántas veces se había lamentado de niño por ser hijo único? ¿Por qué nadie, ni siquiera el abuelo Framrose, se lo había contado nunca? Su familia era reducida, pero sin duda alguien, tal vez un pariente lejano, debía de saber de la existencia de Cyloo. ¿Acaso no lo habría sabido la madre de Pervez, por ejemplo? ¿Cómo demonios habían conseguido sus padres ocultarle un secreto tan crucial?

Remy caminó hasta llegar al Delhi Darbar, un restaurante que recordaba de su niñez. El hombre que estaba detrás del mostrador lo miró sorprendido, aunque lo acompañó hasta una mesa. Él pidió una Corona y un pollo *tandoori*, y luego se dirigió al baño, donde se miró al espejo: el pelo revuelto, el corte que le sangraba en el labio inferior, el aspecto disoluto. Había cogido un avión a la India para adoptar a un niño y allí estaba, con pinta de colegial que se había metido en una pelea, como si fuera él quien necesitara cuidado.

Entonces recordó de nuevo toda aquella sórdida historia y se echó a llorar. La verdad era que sí necesitaba que lo cuidaran. Y la única persona que podía ayudarlo ahora era la anciana que lo esperaba en casa, una mujer que había guardado silencio porque era incapaz de articular lo inexpresable. Y a cuyas palabras él deseaba aferrarse ahora con todas sus fuerzas, durante el tiempo que aún les quedara juntos.

Capítulo 30

Hijo, sé lo que estás pensando.

Sé que intentas reconciliar lo que Shirin te ha contado con lo que has sabido a través de Dina; que analizas ambas historias en busca de incoherencias. Te veo buscando esa rendija esquiva por la que introducir un dedo y ensancharla, hasta poder trepar de nuevo hacia la cordura. Hacia la inocencia.

Siento no poder llevarte allí. Todas y cada una de las palabras que te han dicho son ciertas.

No sabes cuántas veces intenté confesarlo. En una ocasión, mientras paseábamos al atardecer por aquel parque, cerca de tu casa. En otra, cuando fuimos al centro comercial de Columbus en Nochebuena para comprarle una bufanda a Kathy. O cuando te frustrabas con tu madre y yo te pedía que me llevaras a dar una vuelta en coche. Pero nunca era el momento. A veces, las palabras llegaban hasta mi boca y tenía que relamerme para hacerlas desaparecer.

Nunca fue mi intención morirme sin contártelo. Cuando te escribí, ya era demasiado tarde. Le supliqué a Shirin que te entregara mi carta, pero subestimé su amor por ti, su necesidad de protegerte. Su generosidad al permitir que siguieras odiándola a ella en lugar de a mí, después incluso de que yo me hubiera ido.

Frente a ti, ¿qué podía decir? ¿Que tu padre, el hombre al que adorabas, era un monstruo egoísta y débil?

¿Que aquel acto que en su día me pareció imprescindible y urgente, tan rotundamente acertado, con el tiempo se

280

volvió cada vez más antinatural y espantoso? ¿Que aquella certeza inicial, aquella claridad moral, ahora me parecía un asesinato?

¿Que no quería que la verdad extinguiera el amor?

Una cosa tenía clara: que debía salvarte de los gases venenosos que yo mismo había bombeado dentro de nuestro hogar. Que debía sacarte de Bombay intacto, sin que supieras de la existencia de tu hermano muerto. Shirin, por supuesto, habría podido contártelo, pero, a pesar del resentimiento que había entre nosotros, yo confiaba en que su amor por ti me protegiera.

Mientras aún vivías con nosotros en Bombay, yo tenía un único objetivo: darte la vida por la que sacrifiqué a tu hermano. Y lo intenté, Remy.

¿Recuerdas aquellas tardes felices en los Jardines Colgantes?

¿Recuerdas cuando te dejamos celebrar tu cumpleaños dos veces en un mismo año o esas fiestas en las que eras el único niño que invitaba a toda su clase?

¿Recuerdas cómo me quedaba despierto contigo toda la noche mientras estudiabas para los exámenes finales y te preparaba esa horrible mezcla de café y té para que no te durmieras?

¿Recuerdas las tardes en Chowpatty, tú y yo, comiendo un plato tras otro de dahi puri y kulfi?

¿Recuerdas ese paseo por Marine Drive cinco días antes de que te marcharas a Estados Unidos y lo que te dije entonces? Que no volvieras a casa al terminar el posgrado; que mamá y yo estaríamos bien aquí; que era responsabilidad mía, no tuya, cuidar de ella. Que no te había educado para ser un chico indio: esmirriado, servil y agobiado por las obligaciones familiares, sino para ser como un chico estadounidense: seguro, ambicioso e independiente.

¿Recuerdas cuando trajiste a Kathy a la India por primera vez y llené el congelador de helados de ocho sabores porque me dijiste que era muy golosa?

¿Recuerdas, recuerdas, recuerdas?

Yo lo recuerdo todo, desde el momento en que te vi por primera vez hasta la última vez que sentí tu presencia a mi lado, cuando la luz se apagaba en mis ojos.

Entonces, como ahora, tú eras el rey de mi reino. No el príncipe. No el heredero. El rey.

Remy, escúchame. No eches la culpa a las mujeres, en especial a tu madre. Toda la frialdad que sentiste de ella, todas las palabras odiosas y crueles que te dedicó iban dirigidas a mí. Tú eras el blanco al que golpeaba porque no podía alcanzar al verdadero objeto de su odio. Fuiste un daño colateral en una guerra que ni siquiera sabías que se libraba en tu nombre.

Hijo, yo destruí a esa mujer. Y tuve una oportunidad tras otra de enmendarlo, de llevarme a Cyloo de aquel lugar y traerlo de vuelta a casa. No me preguntes por qué no lo hice. No me preguntes por qué permití que pasaran los años hasta el funesto final. Durante mucho tiempo, me engañé diciéndome que era por ti. La idea de que tuvieras que cargar con el cuidado de tu hermano, que tenía una seria discapacidad, mucho después de que Shirin y yo hubiéramos muerto me volvía loco. Pero también había otro motivo más egoísta: yo ascendía con rapidez en mi trabajo y no quería que se corriera la voz de que tenía un hijo defectuoso. Eso fue ego puro y duro. Lo que más temía era la mirada de lástima, la compasión blanda y húmeda en los ojos de mis colegas. Y después de nacer tú, vi con claridad mi destino: si iba a tocar el cielo, tenía que ser contigo volando a mi lado. De lo contrario, la riqueza, el éxito, los logros, todo carecería de sentido. Con un hijo defectuoso y una esposa que se alejaba de mí, tú te convertiste en mi razón de ser, mi motivo para respirar.

Al final, ¿cuántos de mis colegas acudieron siquiera a mi funeral? La mayoría eran hombres viejos, débiles, atrapados en los remolinos de sus propias vidas, que no tenían ni idea de que yo era un hombre que había asesinado a su propio hijo.

Divago. Hay mucho más que podría contarte, pero ya te he robado demasiado tiempo. Hace mucho que pasó el momento de dar explicaciones. Ya he hecho bastante daño sin necesidad de seguir hablando.

Remy, escucha.

Deja esa cerveza y vuelve a casa. Con ella, el único lazo de sangre que te queda.

Sé bueno con ella durante el tiempo que os quede juntos. Porque, lo creas o no, siempre fuiste más hijo suyo que mío. Sé que piensas que esas cualidades tuyas —tu búsqueda de la alegría, tu buen humor, tu amabilidad— las heredaste de mí, pero así era exactamente Shirin cuando me casé con ella. Así era ella: una mujer cariñosa y alegre, pero yo le arrebaté todo.

Aunque no me debes nada, te pediré un último favor: cuando subas a ese avión rumbo a Columbus con Monaz, déjanos atrás. Borra de tu mente esta historia infecta. Los pecados del padre nunca deben caer sobre los hermosos y frágiles hombros del hijo. Cría a tu hijo como un niño estadounidense, críalo sin todo este pasado. Por eso te dije una vez que estaba en contra de la adopción: porque sabía, mejor que la mayoría, el poder que tiene el pasado para destruir el presente. Déjanos atrás, Remy. Esta historia debe morir aquí, en estas orillas corruptas donde nació.

Remy, mi niño perfecto, escucha a tu padre una última vez.

No mires atrás.

Porque la única forma de destruir el museo de los fra-
casos es quemar todos los secretos vergonzosos que haya
albergado.

Capítulo 31

Remy dio un último trago a la Corona y le hizo señas al camarero para que le trajese la cuenta.

Las calles estaban tranquilas. «Bueno, tranquilas para los estándares de Bombay –pensó–. En Columbus, este tráfico se consideraría de hora punta».

Manju abrió la puerta antes de que él pudiera meter la llave en la cerradura y se llevó un dedo a los labios.

–La señora acaba de dormirse. Quería esperarlo, pero le di el jarabe para la tos y le entró el sueño.

–Está bien –susurró él.

No tenía valor para enfrentarse a su madre aquella noche.

A la mañana siguiente, se despertó temprano y se sentó a la mesa del comedor, donde se quedó con una taza de té en la mano. Oyó a Manju entrar en el dormitorio de su madre para ver cómo estaba y luego salir de puntillas.

–Todavía duerme.

–Bien. Ayer tuvo una tarde difícil.

Aunque Manju permaneció impasible, él se preguntó cuánto habría escuchado y si la noche anterior se había fijado en su labio superior amoratado o había notado su aliento a alcohol. «Los que nos sirven saben más de nosotros de lo que nosotros sabemos de ellos», pensó. Contempló el rostro delgado y preocupado de Manju, el pelo recogido en una trenza, el cuello deshilachado de su uniforme blanco de enfermera. Aquel no era el aspecto de una enfermera titulada estadounidense, que ganaba sesenta mil dólares al año.

Saber de la existencia de Cyloo le había despertado la curiosidad por conocer más de la mujer que tenía delante. Qué normal le había parecido, de niño, oír a los amigos ricos de sus padres hablar con desdén de las disfuncionalidades de los pobres: el alcoholismo, la violencia doméstica, la drogadicción. «Bueno –pensó Remy–, mi familia no es tan distinta».

–¿Qué familia tienes, Manju? –preguntó–. ¿Estás casada?

Ella lo miró, desconcertada por su repentino interés.

–Sí, señor –dijo ella–. Tenemos un niño de cuatro años.

–*Accha?* ¿Cómo se llama?

–Porosh, señor.

–¿Porosh? Es un nombre poco común. Nunca lo había oído.

–Sí, señor. Se lo puso el padre de mi marido, señor.

–Y ¿a qué se dedica tu marido?

Manju pareció avergonzada.

–Está en casa, señor. Perdió su trabajo hace cuatro meses. Era un buen empleo en una fábrica, señor.

Remy suspiró.

–Lo siento.

Decidió que le daría una buena propina cuando se marchara.

–En cierta manera, es bueno –continuó Manju–. Así uno de los dos está en casa para acostar a Porosh. Antes trabajábamos los dos por la noche.

–Manju –dijo él–, ¿por qué no te sientas? No hace falta que te quedes de pie.

–Oh, no pasa nada, señor. Estoy acostumbrada.

«Ahí está el problema», pensó Remy. Vio una instantánea de la vida de Manju: de pie en el trabajo, de pie en los trenes abarrotados de camino al trabajo, de pie en las largas colas para recoger el azúcar y el arroz racionados por el Gobierno. Una ciudad llena de mujeres a pie: trabajando, viajando, sobreviviendo para que sus hijos pudieran ir a un colegio un poco mejor, para que sus maridos en paro pudieran beber su copa diaria, para que sus hijas pudieran tal vez ir a la universidad, para poder pagar una dote para ellas cuando llegara el momento. Eso era lo que sostenía el mundo, ese ejército anónimo de mujeres que sufrían de pie y en silencio.

–Bueno, ahora no hace falta que estés de pie. –Remy sonrió–. Anda, siéntate y deja que te sirva una taza de té. En la tetera hay de sobra.

–No, no, señor; ya lo hago yo. Usted descanse. –Manju acercó una silla y se sentó frente a él. Tras dar unos sorbos, preguntó–: Debe de ser diferente donde usted vive, ¿verdad, señor? La gente como usted puede hablar con… la gente como nosotros. Como si fuéramos iguales, ya sabe.

–Manju –dijo él con delicadeza–, eres una enfermera excelente y has cuidado muy bien de mi madre. Eres inteligente y competente. Yo tengo mi propio negocio en Estados Unidos, pero durante muchos años también trabajé para otras personas. Igual que tú. ¿Lo entiendes?

Ella asintió, pero él se dio cuenta de que no estaba convencida. Y, a decir verdad, Remy tampoco lo estaba. El lujo del piso en el que se hallaban desacreditaba sus palabras. ¿Dónde vivía ella? Seguramente en una habitación lúgubre de un mísero *chawl*, donde compartía el baño con otras familias.

287

–Señor –dijo Manju con seriedad–, si mi hijo estudia mucho, ¿también podrá hacerse un gran hombre en América?

Remy tuvo que apartar la mirada del rostro esperanzado de ella, ese espejo brillante y reluciente en el que no podía mirarse. ¿Cómo iba a explicarle las políticas de inmigración? ¿Cómo reaccionaría Manju si le hablaba de los hijos lactantes de inmigrantes arrancados de sus madres y encerrados en jaulas?

–No es fácil –murmuró–. Ya lo sabes, por lo que le pasó a tu hermano. –Al ver el rostro abatido de Manju, añadió–: Pero la India está mejorando, Manju. Quizá tu hijo no tenga que marcharse.

–Hay demasiados problemas aquí, señor. La gente solo pelea y pelea. A todos les importa tu casta, tu religión y tu dinero. *Bas*. Aquí no hay humanidad.

En el rostro de Remy se dibujó una sonrisa sombría. Justo durante las vacaciones de Navidad, un grupo de adolescentes blancos había apaleado a un estudiante asiático cerca de la universidad de Ohio State. Aunque él siempre había deseado que la India se pareciera más a Estados Unidos, daba la sensación de que, en cambio, las cosas iban en dirección contraria.

–En fin –dijo–, ¿estaba mi madre... alterada... anoche? Después de que me fuera. ¿Comió algo?

–No, lo siento. Hice lo que pude, pero se negó.

–No te preocupes. –Remy se miró el reloj–. ¿Sabes qué? Vamos a dejar que duerma una hora más. Tengo que llamar a mi mujer y luego la despertamos.

–Muy bien, señor. –Manju recogió ambas tazas–. Dé *salaams* a su esposa de mi parte. Su madre siempre habla muy bien de ella.

Remy no sabía que su madre sintiera aprecio por Kathy.

Meneando la cabeza por el asombro, se fue al dormitorio a llamar a su mujer.

Kathy parecía agotada. Había tenido que darles a los padres de una niña de seis años la noticia de que su hija tenía cáncer de huesos. Remy escuchó en silencio mientras ella hablaba. Era su ritual: siempre encontraban un momento para contarse al otro cómo había ido el día y, aunque los separaran un teléfono y dos océanos, estaban decididos a mantener esa costumbre como mejor pudieran.

—Basta ya de hablar de mí —dijo ella al cabo—. Cuéntame tú, ¿cómo está tu madre?

—Mejor.

No tenía la menor intención de explicarle nada que pudiera agobiarla en la otra punta del mundo, y menos después de un día como el que ella había tenido.

—¿Y Monaz? ¿Has hablado con ella? ¿Cuándo vendréis?

Él respondió distraído mientras se preguntaba cómo y cuándo le revelaría a Kathy la historia de su familia. Él mismo tenía muchas preguntas todavía. Aquel no era el momento.

—¿Qué pasa, Remy? —dijo Kathy—. Te noto muy distante.

—Estoy muy lejos —respondió él—. A trece mil kilómetros de distancia. —Y, al ver que Kathy no se reía, añadió—: Lo siento; solo estoy cansado. Además, es muy duro, ¿sabes? Ver a mamá en este estado.

Kathy suspiró.

—Lo entiendo. A mí me da pavor pensar en el día en que le pase algo a mi madre. Oye, ya te lo he dicho, pero cuando vuelvas no quiero que tengas remordimientos, ¿vale?

—Gracias, Kat —dijo él, aunque pensó para sus adentros:

«¿Que no tenga remordimientos?». En ese momento, su vida entera era un enorme remordimiento.

Después de colgar, fue al dormitorio de Shirin. Manju la estaba ayudando a levantarse de la cama. El miró su reloj.

—Son casi las nueve —comentó—. ¿No debería estar ya aquí la enfermera de día?

—Gladys ha dicho que hoy llegará tarde —dijo Manju—. No pasa nada. Me quedaré hasta que venga.

—Gracias —respondió él.

Tenía mucha suerte de haber encontrado no a una, sino a dos enfermeras competentes y responsables. Manju y Gladys formaban un buen equipo.

—Buenos días —le dijo Shirin a Remy.

—Buenos días, mamá —respondió él—. ¿Has dormido bien?

Ella encogió levemente el hombro derecho.

—*Chalta hai* —dijo.

Estaba sentada con los pies colgando de la cama, lo que recordó a Remy los primeros días en el hospital. «No es cierto —se corrigió—. Está bastante mejor que cuando llegué». Y aunque eso le proporcionó una momentánea satisfacción, enseguida se le cayó el alma a los pies. ¿Qué pasaría cuando él se marchara? ¿Volvería su madre a sumirse en el estado comatoso en el que la había encontrado?

—¿Estaba Dina en casa? —preguntó Shirin.

—¿Cómo? Ah, sí. Estaba en casa. —Remy bajó la vista hacia el suelo—. Me lo contó… todo.

Madre e hijo intercambiaron una larga mirada, una promesa silenciosa de hablar cuando Manju se fuera.

—Vamos a asearte un poco —dijo Remy con una sonrisa.

Shirin se la devolvió.

El corazón de Remy se inundó de amor. Eso fue lo que sintió: un torrente cálido y líquido que arrastraba hasta el último canto rodado de resentimiento que aún albergara. «Soy libre —pensó—. Libre del dolor con el que he cargado todos estos años». Durante toda su vida había creído ingenuamente que el amor debía declararse: expresarse y hacerse visible con palabras y regalos. Pero en un solo día Shirin le había enseñado una lección transformadora: el amor también era contención. Cuánto debía de haberle costado a su madre guardar silencio durante todos esos años, no revelar el secreto que habría puesto a Remy en contra de su padre.

Ayudó a Manju a llevar a Shirin en la silla de ruedas hasta la ducha. Cyrus había renovado el cuarto de baño años atrás y, en previsión de su vejez, lo había hecho accesible. «Pero él no tenía que enfermar y morir tan pronto», pensó Remy, y el nudo que se le hizo en la garganta era la prueba de que, a pesar de todas aquellas espantosas revelaciones, seguía queriendo a su padre. Sin embargo, ahora sentía ese amor de una manera distinta, más templada. Siempre había idolatrado a Cyrus, lo había visto como alguien a quien él solo podía aspirar a parecerse. Recordó la advertencia de Cyrus en su carta: «Sé mejor que yo» y, por primera vez en su vida, Remy pensó: «Ya lo soy».

Le parecía inconcebible que sus padres no se hubieran divorciado tras la muerte prematura de Cyloo, que hubieran seguido conviviendo. Que durante años hubieran viajado juntos y hubieran ido a visitarlo varias veces a Estados Unidos. ¿Cómo habían conseguido fingir de esa manera?

«Bueno, ¿qué otra opción les quedaba? —pensó—. Con un hijo muerto, tenían que aguantar para proteger al otro».

Remy recordó el viaje familiar que habían hecho al Gran Cañón en 2012 y cómo sus padres parecían genuinamente felices. En un momento dado, su madre había tropezado y su padre había alargado la mano de inmediato para que no perdiera el equilibrio. Durante el resto de la excursión, Cyrus no había soltado la mano de su mujer, y Kathy y Remy habían intercambiado una mirada de sorpresa por aquella inusual muestra de cariño entre sus padres.

«Qué difícil es entender a los seres humanos –pensó Remy–. Criaturas complejas, contradictorias, imposibles de encasillar o reducir a sus mejores o peores rasgos».

Gladys llegó y les llevó el desayuno a la habitación de Shirin. Remy equilibró el plato sobre su regazo mientras Shirin lo miraba.

–¿Qué te ha pasado? –preguntó al tiempo que lo señalaba y se tocaba el labio inferior.

–Nada –respondió él–. Un tropezón.

Shirin lo observó con atención y, de pronto, sonrió.

–No te habrá hecho daño esa *daakan*, ¿no?

–¿Quién? –dijo Remy de inmediato aunque sabía a quién se refería: Dina Mehta, a quien, supuso, su madre tenía todo el derecho a considerar un demonio, una bruja–. No, mamá –añadió con una débil sonrisa.

Shirin guardó silencio un momento.

–No odio a nadie –dijo luego–, ni siquiera a ella. Todo el mundo tiene sus motivos.

Gladys los miraba alternativamente con una expresión de desconcierto en el rostro. Remy se levantó.

–Tengo que hacer un recado –dijo–. Volveré dentro de media hora, más o menos.

Le dio un beso a Shirin, le alisó el pelo y salió de la habitación.

Entró en el estudio fotográfico Tiptop, ubicado en una calle a pocas manzanas del piso de su madre, y, tras sacar de la cartera la foto de Cyloo, eligió un marco de madera sencillo y pagó mientras el dependiente colocaba la fotografía en el marco.

De camino a casa, vio a un vendedor ambulante que ofrecía cocos frescos y, tentado, se detuvo a comprar uno. El hombre cortó la parte superior de la fruta, insertó una pajita y se la tendió a Remy.

–¿Quiere la *malai*? –preguntó el vendedor cuando Remy terminó de beber el agua dulce.

Él asintió.

Mientras Remy comía los gajos de pulpa translúcida del coco, vio la fina línea gris del mar a través de un hueco entre dos edificios. Siempre estaba allí, el mar, testigo silencioso del teatro humano de aquella ciudad-isla. Su omnipresencia le recordó su primera visita a Seattle. Una mañana de domingo húmeda y con niebla, había salido a correr, pero la niebla se había levantado mientras corría y, en un momento dado, se dio la vuelta y allí, detrás de él, se erguía como el mismísimo Buda, como Dios mismo, el monte Rainier en toda su majestuosa gloria nevada. Remy se había parado, sobrecogido, con la sensación de estar contemplando el rostro de Dios. El hecho de que la montaña hubiera estado allí todo el tiempo, observándolo tras la niebla, hacía que su aparición repentina pareciera aún más mística.

Aquí, el cercano mar Arábigo había estado pendiente de sus padres, de sus debilidades humanas y su fuerza sobrehumana; los había observado en silencio mientras se desarrollaba su historia y, sin juzgarlos, había incorporado su saga a los demás dramas familiares que se representaban cada día en aquella ciudad.

Tras pagar al vendedor de cocos, reanudó el camino deseando que allí cerca hubiera un acceso público hacia el mar, para poder sentarse junto a sus reconfortantes aguas y dejar que su mente repasara las desgarradoras revelaciones de la noche anterior. Necesitaba un rato a solas para asimilarlo todo, pero también estaba ansioso por volver a casa con su madre.

Era otro día radiante; el sol había disipado la niebla y la contaminación que oprimían la ciudad con su puño de hierro. Mientras caminaba, Remy sacó el marco de fotos de la bolsa de papel y contempló el rostro de su hermano. Vio su reflejo en el cristal, superpuesto al de Cyloo. «Qué simbólico», pensó.

Enseguida se reprimió y controló aquel viejo impulso poético. Había cosas en la vida tan profundamente dolorosas que resultaba inmoral convertirlas en símbolos. Cyloo había sido una persona real, un niño de carne y hueso que, de no haberse quedado sin oxígeno durante unos fatales instantes durante su nacimiento, podría estar caminando con él por esa misma calle. Un hermano de treinta y nueve años, tan parecido a él que los habrían tomado por gemelos.

Remy sintió la presencia de Cyloo a su lado, como una extremidad fantasma. La noche anterior, mientras la cabeza aún le daba vueltas por las revelaciones del día, toda su compasión se había centrado en su madre. Ahora, sin embargo, sentía de lleno el peso de su propia pérdida. Y pensar que su padre había creído hacer aquello por él, como si Remy hubiera sido capaz de elegir esa escisión, esa amputación. Era un hombre sin sombra. No era de extrañar que siempre hubiera habido algo insustancial en él. A lo largo de toda su vida le había faltado un pedazo de sí mismo y ni siquiera lo había sabido.

Le molestaba no tener ni el menor recuerdo de su hermano. Muchos tenían memoria de su infancia. Remy se esforzó por recordar algo de Cyloo: su risa, su voz, hasta el dolor del mordisco de su hermano mayor. Pero su mente era una hoja en blanco.

En su teléfono sonó una notificación. Era un recordatorio para comprobar la disponibilidad de asientos en su vuelo. Al programar aquella alarma, su mundo era muy distinto, dividido con nitidez en dos bandos: el padre al que admiraba y adoraba, y la madre a la que temía y con la que estaba resentido. Esa era la historia que siempre se había contado a sí mismo, la de un niño marcado por la crueldad y la volubilidad de su madre que, al crecer, se había convertido en un hombre que había puesto medio mundo de distancia entre él y ella.

¿Y ahora? Ahora lo único que quería era volver corriendo a casa con Shirin, pasar todo el tiempo posible a su lado, hacerle saber que comprendía cada gesto airado, cada palabra hiriente. Y que la perdonaba, aunque al mismo tiempo también le pedía perdón.

Shirin estaba sentada a la mesa del comedor, bebiendo su zumo de naranja. Con su vestido limpio de algodón, su olor a jabón y polvos de talco, y el cabello recogido en un pequeño moño, parecía menuda como una muñeca.

–Hola, mamá –dijo–. ¿Cómo te encuentras?

Ella le cogió la mano mientras él arrimaba una silla.

–Mejor –respondió.

–Me alegro.

–¿Has salido a dar un paseo?

Él sacó el marco de fotos y lo colocó sobre la mesa.

–He ido a comprarte esto –dijo–, para que lo pongas en tu tocador. Así podrás mirar a Cyloo incluso cuando estés en la cama.

Ella le dio vueltas al regalo entre las manos y luego miró con atención la foto de Cyloo antes de dejarla sobre la mesa.

–Este marco es individual –dijo–. Necesito uno doble; así podré mirar a mis dos hijos. A uno con cada ojo.

Remy notó cómo le temblaba la barbilla y, para disimularlo, se inclinó hacia ella y la abrazó. La estrechó con fuerza, como si no fuera a soltarla nunca. Bajo sus brazos sintió la fragilidad de sus huesos, el débil latido de su sangre, el tictac de su mortalidad.

Capítulo 32

Estás echándote una siesta después de volver a casa con la foto enmarcada.

No esperaba volver a verte más, pero un buen día ahí estabas, en mi habitación del hospital. Y ahora, aunque la despedida es inevitable –o quizá precisamente por eso–, no quiero perderte de vista ni un segundo. Sé que pronto tendrás que regresar a casa y sé que, cuando te vayas, te llevarás el sol contigo. Esa es una decepción que habrá que afrontar, en una vida plagada de decepciones. Pero, mientras estás aquí, he enloquecido de hambre y avaricia. No quiero compartirte con nadie: ni con tus amigos cuando vienen a visitarte, ni con Gladys o Manju, ni siquiera con el *fruitwalla* con quien charlas cuando te trae las naranjas.

Sin embargo, hijo mío, te dejaré descansar. El mero hecho de saber que estás en la habitación contigua me insufla vida.

La última vez que viniste, te marchaste enfadado. Y todos los días que pasaste aquí, debatí conmigo misma si debía darte o no la carta de Cyrus. Estabas tan angustiado por la enfermedad de tu padre que ni me planteé entregártela mientras él viviera. ¿Y después? Solo quedábamos tú y yo en esta casa, después de que la mitad de nuestra pequeña familia se hubiera ido. Día tras día, te dedicabas a hacer un recado tras otro: ir al banco, a la compañía de seguros y sabe Dios adónde más, para intentar poner en orden todos los papeles de papá. Por primera vez en nuestras vidas, estábamos en paz el uno con el otro; compañeros de armas unidos por la solidaridad del duelo. Ahora, quizá te preguntes por qué me devastó tanto la muerte de Cyrus.

La verdad es sencilla: amaba a tu padre. O, para ser más precisa, sentía por él un guiso de emociones: odio, amor, ira, culpa, tristeza, compasión, remordimiento, arrepentimiento. A veces, un ingrediente de ese guiso era más potente que los demás. Me imagino lo agotador que debió de ser para ti y para Cyrus vivir con una mujer tan voluble, incapaz de decidir si debía castigar o compadecer al hombre con quien se había casado. Pero, Remy, ¿te imaginas tú lo agotador que era para mí vivir con esa misma mujer?

A veces, cuando eras adolescente, pensaba en cómo ayudarte a recordar que habías tenido un hermano. Algo tan sencillo: unas pocas palabras para refrescar tu memoria, palabras que habrían hecho añicos la cúpula de cristal de secretismo bajo la que vivíamos los tres. Pero fui incapaz de hacerlo. Tú habías tomado partido, habías jurado lealtad a tu padre y habías aprendido a desconfiar de mí y temerme. Tal vez incluso a odiarme. Ese último pensamiento me retorcía las entrañas.

No voy a mentir: a veces me extrañaba tu falta de curiosidad. ¿Nunca te preguntaste por qué iba todos los sábados a la iglesia de Mount Mary, en la otra punta de la ciudad? ¿Por qué papá nunca me acompañaba? ¿Por qué siempre volvía de tan mal humor? Y yo pensaba: ¿por qué no recuerda a su hermano?

Al principio, justo después de llegar a Bombay, preguntabas por tu *bhai*, pero Cyrus siempre tenía una respuesta alegre y locuaz. Y ¡cómo te distraía tu padre del dolor que él mismo había traído a nuestro hogar! Las dos primeras semanas después de nuestro regreso a Bombay, se quedó en casa y te llevó por toda la ciudad: al museo del Príncipe de Gales, a los jardines Victoria, al acuario, a las cuevas de Elephanta. El encubrimiento fue tan minucioso como uno de los planos de ingeniería de Cyrus; borró a Cyloo por completo. Vivíamos lejos de mi padre, en un edificio nuevo donde nadie nos conocía y apenas había parientes que hubiesen llegado a conocer a Cyloo.

Y tú solo tenías tres años, Remy, tan reluciente como una moneda recién acuñada, con la promesa de toda una vida por delante. ¿Qué niño dedica su tiempo a escarbar en las cicatrices del corazón de su madre?

Una vez, solo una, estuve a punto de contarte la verdad: el día que me di cuenta de que Cyrus planeaba enviarte a Estados Unidos.

–¿Estás loco? –le grité–. Jamás dejaré que Remy se vaya. Ya me has matado una vez, ¿acaso intentas matarme otra?

–No lo mando al exilio. Volverá cuando termine la carrera.

–Mentira. ¡Mentira! ¿Cuántos chicos parsis vuelven después de irse a Estados Unidos? Dímelo.

Él se encogió de hombros.

–Remy no es como los demás. Sabe que aquí tiene futuro. Gracias a Dios, puedo ayudarlo a conseguir el trabajo que quiera cuando regrese.

–Por favor, Cyrus –le supliqué–, convéncelo para que entre a trabajar en tu empresa.

–Shirin –repuso él en tono amable–, nuestro hijo es un artista. Quiere ser poeta, no ingeniero como su padre. Remy tiene mucho talento, me lo ha dicho su profesor.

–Se lo contaré –dije yo–. Le contaré lo de Cyloo, lo que hiciste. Si mandas lejos a mi único hijo, dejaré de protegerte.

Vi cómo el miedo se apoderaba de su mirada, pero, un instante después, volvió a mostrarse sereno.

–Haz lo que tengas que hacer –dijo–. No voy a dejar que me chantajees y no impediré que Remy haga lo que le dicta su corazón.

Tu corazón, tu corazón. Cyrus estaba dispuesto a arriesgarse a que no volvieras con nosotros, a perderte y afrontar la soledad, con tal de darte lo que deseabas. Y, tal como yo había predicho, tu corazón deseaba Estados Unidos. En forma de Kathy.

Entendí lo que habías visto en ella en el preciso instante en que la conocí; vi cómo te había cambiado con su franqueza, con esa amplia sonrisa estadounidense, con su fortaleza, suavizada por el hecho de que estaba perdidamente enamorada de ti. Cogió a mi melancólico, sensible e introvertido hijo y lo transformó en un hombre sociable y seguro de sí mismo. Vi cómo te tomaba el pelo y te hacía reír. Hacía mucho tiempo que no oía tu risa, espontánea, desbordada.

–Kathy es pura chispa, papá –le dijiste a Cyrus cuando le hablaste de ella por teléfono, y yo no entendí lo que querías decir hasta que la conocí.

Entonces me sentí agradecida, muy agradecida. Me encantaba la complicidad que teníais, incluso cuando introducías a tu padre en ese circuito cerrado de amor que compartíais y me dejabas a mí fuera. Yo, sin gracia y rara, en el exterior de vuestra órbita. El mundo de Cyrus era mucho mayor que el mío; él entendía los chistes y referencias de Kathy mucho más deprisa que yo. Nunca tenía problemas con sus americanismos, su intensa curiosidad, su deseo de explorar hasta el último rincón de Bombay.

Yo siempre había albergado la leve esperanza de que volvieras a casa y te casaras con una buena chica parsi, pero entonces me di cuenta de que tu padre había planeado tu salida a la perfección, que había esperado el resultado exacto que obtuviste: una novia estadounidense y un futuro en tierras lejanas.

Incluso cuando Kathy y yo chocábamos durante nuestras visitas a Columbus, incluso cuando inevitablemente te ponías de su lado, incluso cuando Cyrus me regañaba por mi comportamiento con nuestra nuera, incluso cuando notaba por la mirada cautelosa de Kathy que le habías hablado sobre tu infancia conmigo, una parte de mí siempre le estaba agradecida. Con su devoción por ti, sabía que siempre te protegería. Hasta de mí, una mujer sin gracia y rara.

No me vi con ánimos de entregarte la carta después de que Cyrus muriera aunque se lo había prometido. ¿De qué habría servido? Ya te habíamos robado demasiado: a tu hermano mayor, la atención de tu madre. «Déjale conservar lo único que lo ayudó a sobrellevar su infancia: su constante y palpitante amor por su padre», pensé.

Ahora, después de tu siesta, entras en mi habitación y hay una nueva ternura en tus ojos, una comprensión renovada. Aunque lamento el motivo de este cambio, me emociona. Alargo la mano hacia ti.

–Ven a sentarte a mi lado, Remy –digo.

Carraspeo. No sé cuánto de la historia te contó anoche Dina, qué partes adornó y qué partes dejó fuera. Pero quiero que la escuches de mi boca. Lo que perdí, lo que me fue arrebatado. Por qué siempre creí que lo que le ocurrió a mi hijo mayor no fue un accidente, sino un asesinato.

Solo por esta vez, quiero contar mi propia historia.

Durante cuatro meses, no supe del paradero de Cyloo. Le supliqué a Cyrus que me dijera qué había pasado con mi primogénito, pero sus historias no dejaban de cambiar. El primer día se limitó a decirme que Cyloo estaba con personas que podían ayudarlo. En otra ocasión, afirmó que a Cyloo lo había adoptado una familia que se lo había llevado al extranjero para recibir tratamiento. Luego, que se encontraba en un centro donde le hacían terapia. Siempre insistía en que estaba bien atendido, que recibía mejores cuidados de los que nosotros podríamos haberle dado.

A veces me asaltaba un miedo irracional. En una ocasión, lo expresé en voz alta.

–¿Has hecho que lo mataran? –le pregunté–. ¿Has asesinado a mi hijo?

–¿Te has vuelto loca, Shirin? ¿Cómo puedes pensar algo así? –respondió él.

–No lo sé –dije, y me eché a llorar–. Si no es así, ¿por qué no me dices dónde está? ¿Por qué no puedo verlo?

Cyrus me abrazó.

–Espera unos meses más –dijo–. Está haciendo progresos. Cuando mejore, iremos a verle.

–¿Me lo prometes?

–Te lo prometo.

¿Por qué no hice más?, podrías preguntar. Lo intenté, hijo. Al principio, un tarde te llevé conmigo a ver a mi padre y le supliqué que me ayudara. Me eché a llorar, rota por dentro, y me di cuenta de que eso le dolía. Pero se mostró inamovible.

–Tu esposo es un buen hombre –dijo–. Confío ciegamente en cualquier decisión que tome. Todavía eres joven, *beta*; no desperdicies así tu vida. Cyloo siempre tendrá la misma edad que ahora. Tienes otro hijo sano, concéntrate en él.

–Voy a ir a la policía –dije yo.

Mi padre se quedó consternado.

–¿La policía? Estás casada con un hombre honrado y decente –dijo–. ¿Vas a mancillar su buen nombre yendo a la policía? Y ¿qué crees que harán? ¿Tienes idea de las tonterías que dices?

Si mi propio padre y mi marido conspiraban contra mí, ¿qué esperanza podía albergar de que me ayudara un inspector de policía desinteresado, de esos que mascan tabaco y se hurgan la nariz? Cyrus irradiaba tal poder y autoridad que sabía que cualquier agente de tres al cuarto se doblegaría ante su influencia, o bien caería rendido ante sus encantos.

Al volver a casa, me metí en la cama y no me levanté durante tres días. Siento haberte descuidado, Remy. Siento no haber podido seguir el consejo que me dieron y fingir que solo tenía un hijo. No se trataba solo de que quisiera a Cyloo, sino también de que no soportaba la idea de que el mundo lo desechara como un pañal sucio. Algunos días tenía la sensación de estar loca, maldecida con un tercer ojo que me había permitido ver, más allá de su cuerpo deformado, los ojos de su inocencia y su ausencia de maldad. Otros días, pensaba que los que estaban locos eran todos los que me rodeaban, por no haber sido capaces de ver su belleza. Pero, por encima de todo, la idea de que Cyloo pensara que lo había abandonado, que yo también estaba enfadada o asqueada con él, me hacía sentir como si alguien me arrancara la piel.

Entonces, una mañana, entré en el dormitorio mientras Cyrus hablaba por teléfono. Estaba sentado de espaldas a la puerta y yo estaba a punto de salir cuando lo oí pronunciar el nombre de mi hijo.

–Dile a Dina que ya he enviado el cheque para Cyloo. Tendría que recibirlo en dos días, o eso espero –dijo.

Me eché a temblar, como si una corriente eléctrica me hubiera atravesado el cuerpo. En cuanto tu padre se fue al trabajo, busqué la dirección de Dina Mehta.

Te dejé con la criada aunque por entonces me daba miedo dejarte solo ni siquiera cinco minutos. Ayah te cogió en brazos mientras tú me llamabas a gritos desde el balcón, pero yo te saludé deprisa con la mano y me subí a un taxi.

La oficina de Dina estaba entonces en Worli. Entré en una gran sala con una hilera de despachos acristalados al fondo. Ya en aquellos tiempos, Dina tenía un bufete próspero. Una mujer joven se acercó a mí.

–¿Puedo ayudarla, señora? –preguntó.

La ignoré. Tenía la frente caliente y me ardían las mejillas. Me sentía poderosa, destructiva, como un demonio.

–¡Dina! –exclamé–. Sal aquí. Dime, ¿dónde tienes escondido a mi hijo?

Un temblor recorrió la oficina y un puñado de rostros angustiados se volvieron hacia mí. Los empleados más jóvenes parecían asustados, como si creyeran que iba a sacar un cuchillo.

–Llamad a seguridad –susurró alguien.

Me volví hacia la voz.

–No hace falta que venga seguridad –dije–. Decidme solo dónde está Dina. ¿Dónde está esa…?

–Estoy aquí. –Dina habló en voz baja, pero yo me sobresalté. Se encontraba justo detrás de mí–. Ven, Shirin. Vamos adonde podamos hablar en privado.

Me cogió de la mano y, aun en mi estado maniaco, noté su frescor, su aplomo y, sí, su amabilidad. Me llevó a su despacho y, tras cerrar la puerta, me indicó una butaca y se sentó frente a mí. Aunque su mirada era afectuosa, yo no podía bajar la guardia. Dina abrió la boca, pero yo me adelanté.

–¿Dónde está? ¿Dónde está mi hijo? Dímelo o te juro que llamaré a la policía. Haré que te detengan por secuestro. Te…

–Shirin, cálmate. No… –Alzó el índice para callarme. Me removí en mi asiento sin saber qué hacer, con la vista clavada en su dedo. Ella apartó la mirada un instante y, cuando me miró de nuevo, sus ojos tenía una expresión nueva, decidida.

–Cyrus me va a matar –dijo–, pero tienes derecho a saberlo. –Se dirigió a su mesa y descolgó el teléfono–. Que el conductor traiga el coche –dijo, y luego se volvió hacia mí–. Vamos. Te llevaré a ver a Cyloo.

De camino a Bandra, Dina me explicó su conflicto. Cómo Cyrus había acudido a ella en busca de ayuda. Cómo le había prometido hacer una gran donación. Cómo le había contado que Cyloo te pegaba y te mordía. Cómo ella nunca había visto a Cyrus tan angustiado, desesperado y preocupado por tu bienestar. Cómo él le había suplicado que usara su influencia con las monjas para conseguir una plaza para Cyloo en un hogar para huérfanos con discapacidad. Cómo la había convencido de la importancia de hacerlo antes de que Cyloo se instalara en el nuevo piso de Bombay. Cómo esto nos daría a Cyrus, a ti y a mí la posibilidad de un nuevo futuro. Dina

305

dijo que había intentado razonar con él, convencerlo de que se equivocaba, pero que él suplicó y suplicó y, al final, ella accedió y envió a su secretaria al aeropuerto para que se llevara a Cyloo.

Dijo muchas más cosas, pero yo apenas la escuchaba. Mientras contemplaba su hermoso y elegante perfil, lo único que podía pensar era: «Esta mujer sigue enamorada de mi marido».

Capítulo 33

El hogar Saint Mary para niños discapacitados se hallaba a poca distancia de la iglesia de Mount Mary, pero era la primera vez que Shirin tomaba conciencia de su existencia. A pesar de que Dina había intentado prepararla para su aspecto limpio pero espartano, a Shirin se le llenaron los ojos de lágrimas mientras caminaban por el pasillo. Las únicas imágenes que había en las paredes blanquecinas eran las de Jesús, Gandhi y el papa Juan Pablo II. Shirin no pudo evitar comparar el ambiente funcional y austero del lugar con el lujo de su propio piso. Mientras esperaban sentadas en el despacho de administración a que apareciera la hermana Hillary, su cuerpo estaba rígido por la furia.

—¿Dónde duermen los niños? —preguntó a Dina, que tenía la cabeza entre las manos, como si ella también se hubiera dado cuenta de hasta qué punto habían cambiado las condiciones de vida de Cyloo.

—Tienen un gran dormitorio común —contestó en voz baja—. Así los chicos se acompañan de noche.

—Un dormitorio común —repitió Shirin con amargura—. Como si estuviera en la cárcel, cuando podría dormir en su precioso piso de Nepean Sea Road. —Tuvo que contenerse para no escupir a Dina.

La hermana Hillary entró apresuradamente en la sala. El velo blanco que enmarcaba su delgado rostro moreno hacía difícil establecer su edad, pero Shirin supuso que tendría treinta y pocos años. «Parece un pájaro nervioso», pensó al notar que se ablandaba.

Pero en un solo segundo su simpatía se transformó en resentimiento cuando la monja la ignoró y se dirigió a Dina.

—Señorita Mehta —dijo—. Es un raro placer verla aquí. ¿A qué debemos su presencia?

—Soy la madre de Cyrus Wadia —intervino Shirin antes de que Dina pudiera responder—. Quiero ver a mi hijo. ¿Dónde está?

Mientras hablaba, la embargó una fiereza desesperada y tuvo que luchar contra el impulso de coger el pisapapeles de cristal del escritorio de Hillary y usarlo como arma si no le permitían ver a Cyloo. La hermana Hillary lanzó una mirada rápida a Dina antes de centrar su atención en Shirin.

—Encantada de conocerla, señora Wadia —dijo—. Gracias por confiarnos el cuidado de Cyloo. Nos encanta tenerlo aquí.

Las palabras, destinadas a calmarla, no hicieron más que provocar a Shirin.

—¿Se consideran un orfanato y roban a los hijos de la gente? ¿Incluso cuando saben que tienen padres?

—Shirin, por favor —dijo Dina.

Hillary meneó la cabeza.

—No, está bien. Lo entiendo. —Se volvió hacia Shirin—. Déjeme llevarla con su hijo —dijo—, así podrá juzgar usted misma sus progresos. Estos niños necesitan socializar, señora Wadia.

La condujo por un pasillo hasta una gran sala con aparatos para hacer ejercicio. Había más de una decena de niños, todos vestidos con camiseta blanca y pantalones cortos color caqui. Shirin vio a Cyloo de inmediato.

Estaba en una silla de ruedas con ambos brazos levantados y trataba de alcanzar una de las barras superiores con el torso estirado hacia arriba.

–¿Por qué está mi hijo en una silla de ruedas? –preguntó Shirin–. En casa era capaz de dar varios pasos seguidos y nos dijeron que debíamos animarlo a caminar.

–La usamos sobre todo para trasladarlo al gimnasio y para ciertos ejercicios, señora Wadia –dijo Hillary–. Le aseguro…

Shirin no la escuchaba.

–¡Cyloo! –lo llamó mientras se apresuraba hacia él.

El niño no respondió, pero la terapeuta que trabajaba con él la oyó, le tocó el hombro y le dobló los brazos sobre el cuerpo antes de darle la vuelta.

–Cyloo –repitió Shirin–. Soy mamá.

Se encontraba a poco más de un metro de él. La auxiliar lo acercó en la silla de ruedas y Cyloo echó la cabeza hacia atrás para mirarla, un gesto tan familiar que a Shirin se le llenaron los ojos de lágrimas. Se dejó caer de rodillas para quedar a su altura.

–Mi Cyloo –dijo al tiempo que lo rodeaba con los brazos–. Mi dulce niño.

Él emitió un ruido de terror y se apartó. Shirin se quedó rígida de vergüenza y luego sintió miedo. ¿Se había olvidado Cyloo de ella? ¿Le estarían dando medicamentos? ¿Cómo era posible que no reconociera a su propia madre?

–Señora Wadia –la hermana Hillary carraspeó–, dele unos minutos, por favor. Solo necesita familiarizarse.

Shirin soltó a su hijo, despacio y a regañadientes, pero mantuvo la mirada clavada en él, aunque Cyloo balbuceaba entre dientes y miraba sus manos superpuestas. Parecía casi el mismo a pesar de su espantoso corte de pelo. Su Cyloo tenía un precioso cabello sedoso que ella siempre le dejaba un poco largo; ahora lo llevaba demasiado corto, casi rapado. También tenía el rostro más delgado. ¿Le estarían triturando la comida? ¿Qué clase de lugar era aquel? La mayoría de los niños de la sala hablaban en hindi y parecían hijos de familias pobres. ¿Por qué habría elegido Cyrus aquel lugar desolado para su hijo? Al menos, los aparatos de gimnasia parecían caros y bien diseñados.

Se volvió hacia la terapeuta.

—¿Cómo está mi hijo?

—Bien, bien, señora. Es un buen chico. Y se está fortaleciendo. ¿Ve esos músculos? —Tocó el bíceps de Cyloo y él dejó escapar una risita.

—Me gustan los aparatos de gimnasia. Parecen nuevos.

La hermana Hillary sonrió.

—Deberían. Si hemos podido conseguir todo esto ha sido gracias a la donación de su esposo. —Señaló una placa en una pared lejana—. Todo esta ala fue posible gracias a la generosidad de la familia Wadia.

Shirin volvió la cabeza. Era como si Cyrus hubiera planeado construir un universo entero a sus espaldas.

—¿Viene a menudo a ver a Cyloo? —preguntó.

La sonrisa desapareció del rostro de la hermana Hillary.

—Esto…, no. Pero, bueno, sabemos que su esposo es un hombre muy ocupado. —Su semblante se iluminó—. Aunque la señorita Mehta viene cada semana. Cyloo espera con entusiasmo esas visitas.

Un sonido gutural surgió desde lo más hondo de Shirin y salió por sus labios. Hillary la miró, preocupada.

—¿Quiere un poco de agua, señora Wadia?

—No. Sí. Un poco, gracias. —Shirin miró a la fisioterapeuta y luego a la monja—. En realidad, me gustaría estar un rato a solas con mi hijo. ¿Hay un despacho o una habitación donde podamos tener un poco de intimidad?

–Claro. –La hermana Hillary parecía reacia, pero Shirin aprovechó su vacilación para coger la silla de ruedas de Cyloo.

–Por favor, acompáñenos –dijo con educación pero con firmeza.

Recorrieron otro pasillo hasta un despacho vacío y Shirin esperó a que la monja cerrara la puerta antes de volverse hacia Cyloo.

–Hola, cariño –ronroneó–. Soy tu mamá. ¿Cómo estás, mi *jaan*? ¿Comes bien? ¿Estás sano?

Cyloo ladeó la cabeza y la observó. De pronto, sin previo aviso, sonrió y levantó una mano para saludar. ¿La había reconocido? No podía saberlo.

–Te echamos de menos –continuó ella–. Te echo de menos. Remy te echa de menos. –No pudo obligarse a sí misma a decir el nombre de Cyrus.

–Remmm.

¿Acababa de intentar pronunciar el nombre de Remy?

–Remy te echa de menos –lo intentó de nuevo.

–Remmm.

Lo estaba repitiendo después de ella, no le cabía duda. Miró a su alrededor, deseando que alguien hubiera presenciado aquel momento. Y entonces le vino un pensamiento a la cabeza, rápido y devastador: ¿había hecho Cyrus lo correcto, después de todo? Cyrus, que creía que todo problema tenía una solución. ¿Era este el entorno que Cyloo necesitaba? ¿Había mejorado gracias a la socialización con otros niños? ¿Acaso Shirin lo había sobreprotegido demasiado y había impedido su desarrollo? Se mordió el labio para no llorar.

Luego pensó: «Ahora que lo sé, puedo crear un ambiente parecido en casa». Podía invitar a otros niños al piso para jugar con él, incluso convertir el dormitorio de invitados en un pequeño gimnasio. Frenética, miró a su alrededor. Dina. De improviso, se alegró de que Dina estuviera en el mismo edificio que ella. Haría lo que fuera necesario –amenazar a Dina, suplicarle–, pero Cyloo iba a volver a casa con ella. Ese día.

Abrió la puerta del despacho y habló con la fisioterapeuta que esperaba afuera.

–Esté pendiente de mi hijo –dijo–. Indíqueme dónde está el despacho de la hermana Hillary.

Encontró a Dina tomando una taza de café allí.

–Dina –dijo en cuanto entró–, quiero sacar a mi hijo de aquí. Hoy. No me voy a ir sin él.

–No es tan sencillo –comenzó Dina.

La lástima que se reflejaba en su mirada la enervó.

–No me importa. Sencillo, complicado, imposible: no me importa. Es mi hijo. Soy su madre, lo di a luz. Se hará lo que yo diga.

–Shirin –Dina mantuvo los ojos clavados en su rostro–, no lo entiendes. Cyrus renunció a la custodia. En nombre de ambos.

–Vas a perder tu licencia para ejercer, te lo juro –dijo Shirin, apenas consciente de que Hillary se levantaba detrás del escritorio–. Te llevaré a los tribunales por lo que has hecho. A ver qué juez no devuelve…

–No lo entiendes –repitió Dina–. Los deseos del padre prevalecerán en el tribunal. Además, está la cuestión de tu situación financiera.

Un espasmo de miedo atenazó a Shirin.

–Mientes. ¿Qué crees…?

–Shirin, escúchame –dijo Dina–. Sé que estás alterada

y lamento que hayas tenido que venir aquí sin Cyrus. Créeme, él tenía pensado traerte pronto. En cuanto…

–¿En cuanto qué?

–En cuanto Cyloo hubiera progresado un poco más. –Dina la miró a los ojos–. ¿No has visto su mejoría, Shirin? ¿En cuestión de meses? ¿No ves que aquí es mucho más feliz? Ya no agrede a los demás niños como antes golpeaba al pobre Remy. Porque aquí recibe ayuda profesional.

«Pobre Remy». Shirin sintió que las ganas de luchar abandonaban su cuerpo. Se dejó caer sobre la silla de metal y se volvió hacia la hermana Hillary.

–Dígame la verdad. ¿Está mi hijo…? ¿Aquí medican a los niños? ¿Los castigan…?

–Nunca. Esto no es el orfanato de una novela de Dickens, señora Wadia. Aquí seguimos las enseñanzas de Cristo: tratamos a nuestros niños con compasión, amor y respeto.

Ambas mujeres la miraron con intensidad, esperando su respuesta, y Shirin sintió cómo las dudas se colaban en su mente y la hacían vacilar. Siempre había creído que el amor de una madre era la fuerza más poderosa mundo, pero ¿y si no era así? Sobre todo cuando ese amor tendría que profesarse a escondidas, lejos de la mirada fulminante de Cyrus.

Comenzó a sollozar.

–No lo sé. No sé qué hacer.

–Shirin, escucha –dijo Dina–. Has encontrado a tu hijo y lo volverás a ver. Vámonos a casa. Tienes que hablar con Cyrus y dejar que te explique las cosas desde su punto de vista. Tal vez podáis llegar a un acuerdo.

Cyrus. ¿Cómo reaccionaría al saber lo que ella había hecho, cómo había irrumpido en el despacho de abogados de Dina? Pero no podía ocuparse de su ira, tenía asuntos más inmediatos que resolver.

–Mientras mi hijo esté aquí, vendré a verlo con frecuencia –dijo–. Y, cada vez que venga, me gustaría sacarlo varias horas para que le dé el aire.

La hermana Hillary se removió, incómoda.

–Por lo general solo permitimos visitas una vez al mes, en sábado. Hoy ha sido una excepción. –Su expresión se suavizó–. Aunque soy consciente de la singularidad de su situación, señora Wadia. La mayor parte de nuestros niños no tiene padres. En su caso, haré todo lo posible para adaptarme a sus peticiones.

«¿Cómo puede una monja sin hijos entender mi sufrimiento?», sintió deseos de decir Shirin, pero en cambio se limitó a asentir, agradecida por la que compasión que veía en los ojos de la mujer.

–¿Puedo llevármelo unos días a casa?

Hillary miró a Dina para pedirle ayuda. La cruz de plata colgada en su pecho brilló bajo el sol.

–Me temo que eso es imposible –dijo–. Sería una alteración tremenda en la rutina de Cyloo. Podemos procurar organizarlo para que nos acompañe cuando nos llevemos a los niños de excursión. Y los familiares pueden venir el día del cumpleaños del niño. Haré todo lo que pueda por ayudarla, señora Wadia. Estamos en el mismo bando, créame.

Salir por la verja de hierro forjado de la institución sin Cyloo fue lo más duro que había hecho Shirin jamás. Al subirse al coche de Dina, se clavó la uña del pulgar en el índice con tanta fuerza que se hizo sangre, pero apenas se percató del dolor, absorta como estaba en aquel momento que amenazaba con partirla en dos.

Capítulo 34

Al llegar a casa, tu padre me estaba esperando. Alguien del orfanato lo había llamado por teléfono en cuanto yo me había marchado. Nunca lo había visto tan enfadado como ese día. Se había enterado de la escena que había montado en el despacho de Dina, pero yo le respondí con sus mismas armas. Los dos alzamos la voz y le golpeé el pecho con los puños. Entonces tú entraste corriendo en nuestro cuarto y te echaste a llorar.

—Mamá, no pegues a papá —sollozaste.

Cyrus y yo nos quedamos petrificados, como sonámbulos que salieran de un trance y se descubrieran al borde un precipicio. Así es el amor de una madre, Remy: el dolor que sentía por mí misma de pronto lo sentí por ti. «Imagínate a un niño viendo pelearse a sus padres —pensé—. ¿Qué daño puede hacerle algo así a su psique?». En aquella época, aún era capaz de controlarme para que tú no sufrieras.

Pero, a medida que pasaron los años, la misma sensibilidad que mostraste ese día, la virtud que me hizo cerrar la boca, empezó a irritarme. Endurecí mi corazón ante tu rostro siempre anhelante y cómo corrías hacia mí para abrazarme en cuanto me ablandaba. Por más que lo intentara, era incapaz de no comparar tu fácil vida con la de tu hermano. Sé que era injusto por mi parte, pero no podía evitarlo.

A pesar de eso, Remy, hubo muchos momentos dulces

entre nosotros, ¿no es así? ¿No es así? ¿Cuándo tenías tres, cuatro, cinco años? ¿Te acuerdas de cómo nos acurrucábamos por las tardes, tu hecho un ovillo contra mi cuerpo? «Mi pequeña lombriz», me burlaba yo, y tú te reías y te arrimabas aún más. «Todavía tengo un hijo, todavía tengo un hijo –me recordaba a mí misma, pero enseguida sentía una culpa candente–. Todavía tengo a mis dos hijos», me corregía.

Hasta el día en que solo tuve uno.

El acuerdo al que llegué con Cyrus tras averiguar el paradero de Cyloo fue un pacto con el diablo: todos los sábados, él se quedaba en casa mientras yo iba a pasar el día con Cyloo en el Saint Mary. Dina había convencido a la hermana Hillary de que se saltara las reglas y me dejara visitarlo cada semana. Esperaba con tal ansia esas visitas que los otros seis días se convirtieron en meros escalones de una escalera que tenía que subir para llegar al sábado. Hillary me dio incluso permiso para llevar comida casera e, incapaz de soportar el hambre en los ojos de sus amigos –sí, ¡Cyloo tenía amigos allí!–, no tardé en empezar a llevar comida a los demás niños. Cuando tú tenías unos seis años, me preguntaste por qué llevaba tanta comida a la iglesia.

–Es para los granujas de la calle que hay delante de la iglesia –te dije.

–Gracias por cuidar de los pobres, mami –respondiste, con una mirada tan limpia y solemne que me quedé sin aliento.

Había días en que me daban ganas de contarte en susurros que tu hermano Cyloo estaba vivo, días en los que deseaba llevarte conmigo a verlo. Pero esa era la única promesa que me había arrancado Cyrus a cambio de mis visitas semanales. Además, ¿qué habrías ganado sabiéndolo, aparte del miedo a que también nos deshiciéramos de ti?

A decir verdad, otro de los motivos era mi avaricia: una vez a la semana, quería a Cyloo solo para mí. Si ya me costaba compartirlo con los demás residentes del hogar, tener que compartirlo contigo habría sido demasiado. Porque, Remy, a pesar de tu corta edad, tú tenías ya el porte de un príncipe. No habría soportado las lisonjas de las monjas y las profesoras, y es posible –que Dios me perdone– que te hubiera cogido manía. Tú, un niño considerado y cariñoso que llevaba su legado con tanta ligereza. Sé que estaba mal lo que pensaba, pero la pena y la pérdida pueden hacer esas cosas, *beta*. Te deforman hasta hacerte irreconocible.

Cyrus era consciente de ello, creo. Me dio tiempo; tiempo para dejar de estar deformada, para encontrarme, para perdonarlo y acercarme de nuevo a él. A veces, durante unos milagrosos momentos, sucedía. Tú te indignabas por algo que te había pasado en la escuela y nosotros intercambiábamos una mirada por encima de tu cabeza y compartíamos una sonrisa. O bien él me compraba un regalo para mi cumpleaños, algo que yo me había parado fugazmente a mirar en un escaparate, y yo pensaba: «¡Qué pendiente está de mí! Y cuánto se esfuerza por hacerme feliz». Pero entonces el peso de su traición me asaltaba y pensaba: «Preferiría con creces tener a mi Cyloo que estos pendientes» o: «Estas flores son muy bonitas, pero ¿cuándo fue la última vez que Cyloo aspiró el aroma de una rosa?».

Con esto fue lo con lo que creciste, Remy, con este desastre de madre, una veleta, y a medida que te hacías mayor aprendiste a distanciarte de mí. Yo percibía el miedo en

317

tus ojos cuando me portaba mal contigo, y la desconfianza cuando me portaba bien. Lo percibía todo y era
incapaz de cambiar nada. Aprendiste a temer los sábados
en la misma medida en que yo los anhelaba. Alrededor
de las cuatro de la tarde, me despedía de Cyloo y hacía
todo lo posible por dejar atrás mi pena en el trayecto
de vuelta en coche. Pero cuando entraba en el piso y os
encontraba a tu padre y a ti riendo, el resentimiento se
apoderaba de mí.

Aun así, me alegraba que tuvieras a tu padre. Contigo,
Cyrus era el hombre que estaba destinado a ser: el hombre bueno y fuerte que había sido hasta que un cordón
estranguló a su primogénito y sus sueños. Todas las esperanzas que en su día había albergado para su matrimonio, todo el amor que había sentido por mí, los volcó
en ti. Vi cómo ocurría, cómo los dos os protegíais mutuamente de mí.

¿Esa cosa imperdonable que te dije una vez? ¿Que
ojalá no hubieras nacido? La solté sin poder contener-
me después de que Cyloo muriera. Ni siquiera Dios
puede perdonármelo. Poco a poco, aprendiste a cerrar
con postigos tus ojos, a transformar tu corazón en acero,
a dejar que tu amor se endureciera, sustituido por el
desprecio. Cuando cumpliste trece años, ya me hablabas
con educación pero distante.

Y ¿por qué no ibas a hacerlo? Cyrus era tanto tu padre como tu madre. Todo el mundo comentaba lo unidos que estabais; las viejas del vecindario os bendecían
mientras caminabais por la calle, con el brazo de Cyrus
pasado sobre tus hombros, como si te atrajera hacia él
para presumir de vuestro vínculo ante el mundo entero.
A los catorce años, ya eras más alto que él, algo que lo hacía inmensamente feliz; quería que lo superaras de todas

las maneras posibles. ¿Por qué crees que se esforzó tanto para que te fueras a Estados Unidos? Ese era el trofeo definitivo.

Cuando tenías siete años, una noche Cyrus me pidió que saliera con él. Te dejamos con Ayah para ir al cine, pero, en lugar de eso, Cyrus llevó el coche a Malabar Hill y aparcó en una calle tranquila. Entonces se volvió hacia mí, juntó las manos y se echó a llorar.

–Te lo ruego, Shirin –dijo–, véngate conmigo. Lo entenderé. Te he hecho un daño irreparable y es mi *paap*, mi pecado, por el que Dios me hará pagar. Pero te lo ruego, no descargues tu ira sobre Remy, él es una víctima. Apelo a tu instinto maternal, por favor.

Dijo muchas más cosas, pero lo que mejor recuerdo es el dolor de su rostro. Lo hacía parecer antiguo; había algo clásico, intemporal, en su sufrimiento. «Un hombre caído», pensé. Me recordó a uno de esos personajes de la mitología griega a los que había estudiado en la universidad. Pero él no era un dios de la Antigüedad: era Cyrus, el hombre al que había amado y con el que me había casado. No pude soportarlo; sus manos unidas de penitente, las lágrimas, los sollozos que eran la banda sonora de mi pena infinita.

–Prometo esforzarme –dije–. Quiero a Remy, lo sabes.

Esa noche, fuimos a la costa y paseamos por la playa cogidos de la mano, como adolescentes. Pero éramos adultos caídos, con cicatrices, mucho que confesar y perdonar. La mirada y las palabras de Cyrus esa noche: urgentes, febriles, llenas de remordimiento. Y, aun así, un rayo de esperanza palpitante. De que no fuera demasiado tarde. De que, a pesar de lo heridos que estábamos, todavía pudiéramos ser una familia.

Y me esforcé más. Seguía visitando a Cyloo todos los

sábados, pero ahora, cuando volvía a casa, le hablaba a Cyrus de la visita y él me escuchaba. En tres ocasiones me acompañó a verlo. Me di cuenta de que Cyrus se sentía incómodo, pero abrazó a Cyloo y le alborotó el pelo y participó en su sesión de terapia física. Aunque no había ni rastro del brillo, del radiante orgullo que sentía cuando estaba contigo, me obligué, me obligué, me obligué a no fijarme.

Cyloo había mejorado mucho. Yo ya podía entenderlo a veces cuando hablaba, tenía más fuerza en las piernas y le estaban enseñando cómo sujetar la cuchara para comer solo. Lo mejor de todo era que su comportamiento era mucho menos agresivo. Yo albergaba la esperanza de que Cyrus usara su influencia para convencer a la hermana Hillary de que nos dejara pasar el día fuera con él. A lo mejor podríamos llevarlo a un restaurante chino que había allí cerca, en Bandra. El corazón me dolía solo de pensar en aquel sencillo placer.

Mientras volvíamos a casa después de nuestra última visita juntos, Cyrus me dijo:

—Cuando Remy sea mayor, le hablaremos de su hermano. No quiero que lo sepa por otro.

Recuerdo la esperanza que prendió en mi pecho ese día. Recuerdo que le sonreí y soñé con un futuro en el que nuestros hijos estaban juntos de nuevo.

Cuatro días después, Dina Mehta se presentó en nuestra puerta a la diez de la noche, temblando y con el rostro desgarrado por el dolor. Saltaba a la vista que había llorado. Al verme, se deshizo en lágrimas.

Yo también me eché a llorar, porque sabía lo que no sabía.

Capítulo 35

Se había desatado un incendio en uno de los dormitorios. Un fallo en la instalación eléctrica, dijeron. Cuatro niños murieron antes de que pudieran llegar hasta ellos.
Cyloo era uno de esos cuatro.
Cyloo era uno de esos.
Cyloo era uno.
Cyloo era.

Mi pobre niño, que estaba cada vez más fuerte, que se había reencontrado con su mamá y su papá, que un día iba a reunirse con su hermano, murió solo en su cama.
Lo vi.
Vi su cuerpo.
Cyrus me lo prohibió.
Dijo que él iría al orfanato en mi lugar.
Yo grité, grité y grité.
No sé cómo, pero mientras tanto tú dormías y no te despertaste.
Tú dormías, mi niño dulce e inocente.
Tú dormías, ajeno a la masacre cometida en tu nombre.
Tú dormías, libre de culpa, ignorante.
Te dejemos con nuestra vecina Dilnawaz, una mujer mayor. Al día siguiente, te mandamos con ella a su chalé de Lonavala.

Dina y yo nos sentamos en la parte de atrás del coche.

Cyrus ocupó el asiento del acompañante, junto al chófer de Dina. No pronunció palabra durante todo el largo trayecto.

Yo apoyé la cabeza en el hombro de Dina. Creo que me desmayé durante unos instantes, o quizá solo lo deseé. Recuerdo que pensé: «Muerta, muerta». Deseaba morir, deseaba reclamar la muerte, ponérmela como si fuera un chal. «Esto es lo que se siente cuando estás muerta, pero aún respiras –pensé–. Se acabó, se acabó, se acabó».

La hermana Hillary me suplicó que no viera su cuerpo. Dijo que, si lo veía, jamás podría dejar de verlo. Cyrus intentó sujetarme y yo grité:

–¡Asesino!

Él retiró sus manos de mi cuerpo, como si se apartara del fuego. Estupefacto. Asustado.

Lo vi.

Vi su cuerpecito.

Vi lo que le había hecho el fuego.

Vi su cuerpo despreciado e incomprendido, su cuerpo retorcido y lisiado, su cuerpo rechazado y rehuido, y me reí. Cyrus y Dina se estremecieron, pero yo me reí. Porque era evidente que al fuego había disfrutado dándose un festín con su cuerpo.

Mira cómo había hecho desaparecer su pierna deformada, para que al fin pareciera un niño normal. Un niño normal sin piernas. Mira cómo había besado su calcinada oreja derecha y cómo había lamido su pelo. Mira cómo se había colado en sus pulmones rosados y los había vueltos negros. Nadie, nadie había amado tanto el cuerpo de Cyloo como el fuego.

«Hijo de puta. Cabrón, maldito cabrón. Que los gusanos

se coman tu cara. Púdrete en el infierno». Palabras que ni siquiera sabía que sabía salieron de mi boca, dirigidas a Cyrus. Era lo único que tenía. Todo el mundo se había puesto de su parte cuando había llevado a cabo aquel acto monstruoso: mi propio padre, la hermana Hillary, Dina. Y, con toda seguridad, la policía y los tribunales también lo habrían hecho. Yo era una mujer sin nada más que palabras. Y las usé de machete.

El cuerpo de mi hijo. Ay, *khoda*, ¿qué pecado tras otro había cometido para acabar arrastrada tan abajo? Nueve años amé a mi hijo, de cerca y de lejos. Y, ahora, el fuego apenas había dejado nada al amor.

Me ingresaron en un hospital psiquiátrico. Iba medicada día y noche. En el momento en que el efecto se me pasaba, me despertaba gritando. Los gritos eran lo único que me ayudaba.

Cyrus venía a verme cada día, con el dolor pintado en el rostro, como una corbata que lo asfixiara. Lloraba, hablaba, consolaba. Perdóname, Remy, pero no pregunté por ti ni una sola vez durante todo ese tiempo. Lo único que intentaba era borrar la imagen de Cyloo en esa cama, con un ojo todavía abierto y su orejita, que me encantaba acariciar, desaparecida.

La medicación que me daban hacía que viviera confundida día y noche, y mezclaba el amor y la pena, la culpa y la vergüenza, la vida y la muerte. La muerte. Cada vez que volvía en mí, como un nadador que atravesara la superficie del agua, chillaba. Pero, aun así, Cyrus volvía. A veces, al despertarme, me encontraba con su mirada asustada y abría la boca para gritar.

–Por favor, Shirin –decía él–. Por favor, mi vida. Por favor, te lo suplico…

Pero yo gritaba:

—Asesino. Desgraciado. Cabrón. Criminal. Tú lo has matado. Tú has matado a mi hijo.

Yo seguía en el hospital cuando tuvo lugar el entierro. Cuando volví en mí, más malas noticias: Cyrus me contó que no había habido ceremonia para Cyloo en la Torre del Silencio. Se habían oficiado los ritos cristianos y lo habían enterrado en un cementerio cristiano detrás del orfanato de Saint Mary, con los otros tres niños muertos. No me podía creer que mi hijo no mereciera un entierro parsi. Era como si nunca hubiera existido. Como si no lo hubiera dado a luz.

Remy, si sobreviví fue solo gracias a ti. Ya habías perdido a un hermano, no quería que también perdieras a una madre.

Cuando por fin regresé a casa, cada día era una lucha: por levantarme de la cama, por moverme, por comer. Comer era un deber; el mero hecho de mirar la carne o el pescado me daba náuseas. No soportaba escuchar música en el equipo de sonido; un acorde de violonchelo, una nota en clave menor me sumían en la miseria. Cuando estaba cerca de mí, Cyrus se mostraba cansado y sombrío. Dormía en el cuarto de invitados y a menudo lo escuchaba llorar por la noche, tendido en la cama. Yo sabía que lo que le había pasado a nuestro hijo era un accidente. Pero también sabía que era un asesinato. Sabía que Cyrus también estaba triste, que le costaba mantener el negocio, estar alegre para ti. Y yo quería que sufriera, que se sintiera tan destrozado como yo.

El sábado era el peor día de la semana; ahora, en lugar de ir a Saint Mary, cogía un taxi hasta el cementerio. Siempre llevaba media docena de rosas. En la tumba había una lápida, pero en ella no estaba escrito el nombre de Cyloo, sino que tan solo se leía: «A los cuatro del Saint

Mary. Siempre os recordaremos». Después me enteré de que Cyrus había pagado por la inscripción. ¿Qué clase de padre no le da a su hijo su propia lápida?

Le lancé la pregunta seis meses después de la muerte de Cyloo.

—Sabía que al ver su nombre te desmoronarías —dijo él—. No soportaba la idea de que fueras allí y vieras… Vieras…

—¿Viera el qué?

—Vieras la prueba definitiva e irrefutable de que Cyloo ha muerto.

Lo miré con incredulidad.

—No te creo —dije al cabo—. Es porque no quieres que el mundo se entere de lo que has hecho. De la clase de hombre que eres en realidad.

Él se estremeció y yo me alegré. En aquella época, eso era lo único que deseaba: destruirlo, igual que él me había destruido a mí.

Y así fue como empezaron los pellizcos, Remy.

La primera vez que pasó, no fue a propósito. Cyrus había vuelto al trabajo después de pasarse meses en casa y tú estabas desconsolado. Te quedaste llorando en el balcón hasta mucho después de que su coche hubiera desaparecido y te negaste a entrar. Frustrada, te pellizqué el brazo y tú dejaste de llorar, asombrado. Era la primera vez que me dejaba llevar por el enfado hasta el punto de hacerte daño.

Al ver tu expresión de sorpresa, tuve dos emociones encontradas: culpa, por supuesto, pero también furia por tu privilegio inmerecido de estar vivo. Mientras uno de mis hijos yacía enterrado en una tumba sin su nombre, tú, con siete años, te espantabas por un pellizco. ¿Qué habías hecho para merecer aquella buena suerte?

Me reprendí a mí misma, avergonzada por mi resentimiento hacia el único hijo que me quedaba con vida. Te rodeé con los brazos y lloré. Sé que te asusté. En aquella época, todo lo que hacía te asustaba.

Al cabo de una semana, volví a pellizcarte. De pura rabia. ¿Para castigarte? ¿Para castigarme? Una vez más, la culpa se apoderó de mí.

La tercera vez, Cyrus vio la marca en la parte de arriba de tu brazo y se puso lívido de ira.

–Remy dice que lo has pellizcado –dijo, sin ser apenas capaz de pronunciar las palabras.

–Cuando ha venido de la escuela, no quería hacer los deberes.

–¿Y?

–Y tenía que darle una lección.

–En esta… –Tragó saliva y empezó de nuevo–: En esta familia no maltratamos a los niños, ¿queda claro?

Un sentimiento de satisfacción demencial me recorrió el cuerpo, como si viera los próximos movimientos de ajedrez que estaba a punto de hacer.

–No –dije pausadamente–. Nos limitamos a dejar que mueran pasto de las llamas.

Su mano se acercó tanto a mi mejilla que noté cómo el aire se agitaba, pero en el último momento la retiró. Experimenté una punzada de desilusión. Él tenía una mirada homicida. Eso era lo que yo quería: que me matara, que me borrara de la faz de la Tierra, que pusiera fin a mi sufrimiento. Que colocara mi cáscara en una tumba, junto a mi hijo.

Pero aprendí mi lección. Empecé a pellizcarte en sitios que no fueran tan visibles para Cyrus. En el muslo. En la barriga. En la espalda. Te ponía el pijama antes de que él volviera a casa del trabajo y, sin necesidad de decírtelo, tú te diste cuenta de que aquel era nuestro secreto. A veces deseaba que se lo contaras a tu padre, pero eras un niño estoico, cuya alegría innata se había visto reducida a una seriedad callada por culpa de tu rencorosa madre. Me metía en mi habitación y me mordía el brazo o me daba bofetadas para castigarme, pero, aun así, no podía dejar de infligir daño a tu cuerpo indefenso. ¿Recuerdas ese terrible año de tu vida, Remy? Rezo para que no. La vergüenza todavía me escuece en la piel.

Terminó de una manera tan abrupta como había empezado. Un día se te cayó el plato de la mantequilla en la cocina y, temiendo que te clavaras las esquirlas en los pies, yo me puse a chillar al tiempo que te cogía en brazos. Luego te puse a salvo en el salón y, cuando estaba a punto de volver a la cocina, tú estiraste el brazo.

—Pellizca, mami —dijiste.

Sentí cómo el aire escapaba de mis pulmones y creí que iba a desmayarme. Tú te quedaste allí con el brazo extendido, como si fueras a donar sangre, y en cierto sentido eso era precisamente lo que hacías: donar tu cuerpecito amoratado a tu sádica madre.

—Pellizca, mami —repetiste, y el último vestigio de la maldad que me había mancillado durante el último año abandonó mi cuerpo.

Desde ese día, nunca más te hice daño. Continué agrediéndote con mis palabras, pero no volví a ponerte la mano encima.

Tengo un último secreto que confesarte, Remy: este último ingreso en el hospital me ha asustado. Me ha hecho darme cuenta de que pasaré mis últimos días de vida aquí en Bombay, lejos de ti. Aunque me dé vergüenza decirlo, tengo celos de Monaz, de la facilidad con la que ha encajado en tu vida, de que dentro de nada vaya a disfrutar de cuatro felices meses en vuestra casa, junto a vosotros. La idea de que tal vez nunca vea a mi nieto –sí, pienso en el hijo de Monaz como mi nieto– me duele más de lo que imaginaba.

Ahora ya no hay secretos entre nosotros. Le agradezco a Cyloo que decidiera dejar de permanecer oculto y cayera dando tumbos de mi libro de oraciones. El otro día –¿fue ayer o esta mañana? Las horas pasan tan deprisa que pierdo la noción del tiempo–, cuando nos sonreímos, me sentí transportada a un lugar del pasado. El pasado, cuando todavía éramos cuatro en un chalé de Jamshedpur, una familia herida y maltrecha, pero aún intacta. Cuando tú sonreías todo el tiempo y, cada vez que lo hacías, era como si tu rostro encerrara toda la belleza y la bondad del mundo. Dios me había bendecido con un segundo hijo perfecto y fue mi desgracia creer que el primero también lo era.

Pero aquí debo echar el freno. Tú estás a punto de empezar tu propia familia y todo esto sucedió hace mucho tiempo. Es extrañísimo, la cantidad de personas distintas que somos a lo largo de una sola vida. Pero al final, cuando se nos despoja de todo lo demás, solo queda una cosa.

Llamémosla amor.

Remy, rezo para que tengas una vida larga y feliz con Kathy y el niño.

Beta, hace demasiado tiempo que te lames las heridas. Te costaba elegir una de esas postales efusivas para el Día de la Madre mientras que a tus amigos parecía resultarles muy sencillo. Te preguntabas por qué ese sentimiento natural de amor no surgía de ti. ¿Que cómo lo sé? Digamos que es intuición materna. Pero, *jaanu*, has hecho muchas cosas bien. Te has casado con una mujer tan firme como la tierra, que derribaría una montaña por protegerte. Le darás a tu hijo la infancia que tú no tuviste.

Esto es lo que quiero decirte: no malgastes tu vida odiando a tu padre. Perdónalo.

Y, si es posible, perdona también a tu madre. No porque se lo merezca, sino por tu propio bien. Sé demasiado bien el precio que se paga por la amargura.

Sé que el momento de tu partida se acerca. Cuando crees que duermo, te he oído llamar a las compañías aéreas para comprar el billete. Cuando te marches, Remy, hazlo con la cabeza bien alta. Déjanos atrás; nuestras fragilidades, nuestros secretos y fracasos, nuestra vergonzosa y atrofiada humanidad. Esta historia es solo nuestra, de Cyrus y mía.

No la hagas tuya.

Escribe tu propia y hermosa historia, adornada con polvo de estrellas.

Es lo último que te pido.

Capítulo 36

Tras contárselo todo a Kathy, Remy se quedó callado. Llevaba tres días guardándoselo dentro, incapaz de compartir con nadie las confesiones sobre su hermano, el dolor de escuchar a su madre relatarle su historia a cachitos, con su voz ronca y áspera.

Pero esa mañana se lo contó todo a su mujer: la escena en el aeropuerto cuando su familia había llegado a Bombay desde Jamshedpur, las visitas al orfanato cada sábado, el fuego mortal. Se ahorró la súplica de su madre para que le perdonara su maltrato; esa parte le pertenecía y quedaría entre su madre y él.

Kathy guardó silencio hasta mucho después de que él terminara de hablar.

—¿Hola? —dijo Remy al cabo.

—Sigo aquí —se apresuró a responder ella—. Es solo... No me... Santo cielo.

—Lo sé.

—No sé; todo lo que hemos pensado de ella durante todos estos años... —Kathy se echó a llorar.

—Lo sé, Kat, lo sé.

—No sé ni cómo tomármelo.

—Lo sé, yo tampoco.

—¿Qué vas a hacer?

—No lo sé.

Lo que hizo fue aprovechar su tiempo en Bombay para organizarlo todo de modo que la vida de su madre fuera un poco más fácil cuando él se marchara. Quedó con Pervez para revisar sus asuntos económicos y establecer nuevos parámetros para su cuidado. Supervisó el trabajo de los pintores y del hombre que fue a reparar el yeso del techo. Instaló a su madre en su propio dormitorio mientras arreglaban el yeso en el de ella, y él se fue a dormir al cuarto de invitados. También encontró a alguien para reponer las baldosas rotas.

Y caminó mucho. Siempre pensaba mejor cuando estaba en movimiento y algunas de las campañas publicitarias más icónicas de su agencia se le habían ocurrido mientras daba un paseo o salía a correr. Ahora, deambuló por las calles de su vecindario pensando mucho, tratando de exprimir una gota de recuerdos de su hermano. Resultaba desconcertante tener casi treinta y siete años y descubrir que tu vida se había basado en una mentira. Era difícil hacer lo que su madre le había pedido: no juzgar a su padre, no sentirse traicionado por él. Era imposible no pensar en cómo su vida de ensueño se había construido sobre la espalda de su hermano muerto. Era complicado no imaginar el terror que debía de haber embargado a Cyloo mientras, tendido indefenso en la cama, veía cómo el fuego asolaba su cuerpo.

Ese día en concreto algo destelló en la mente de Remy, como la luz blanca del *flash* de una cámara. Una imagen. ¿O era un sonido? Remy se paró y esperó a que se le pasara el vértigo. ¿Qué era?

Raíz de jengibre.

Las palabras, seguidas de una risita. ¿Quién reía? ¿Qué estaba recordando? Otro destello. La mano retorcida de un niño, incapaz de cerrarse en un puño.

Claro. Estaba recordando la mano de Cyloo tal como aparecía en la fotografía. «Pero, no –pensó Remy–, no es exactamente eso».

Y entonces lo sintió: el cosquilleo, la recolocación de sus propios dedos. Estaba recordándose a sí mismo de niño, tratando de imitar la deformidad de su hermano. Y alguien, seguramente una criada, riéndose, burlándose de Cyloo, comparando su mano con una garra de jengibre. Un recuerdo enterrado largo tiempo atrás, que demostraba que Cyloo seguía vivo en algún lugar en lo más hondo de su subconsciente.

«Hermano –pensó–. *Bhai*».

Aunque ese día hacía frío, Remy se sintió febril y se secó la frente con la manga, decidido a no llorar en plena calle. Una parte de él, sin embargo, se sentía feliz, casi triunfal. Había encontrado una manera de mantener con vida a su hermano. O, más bien, ahora sabía que Cyloo siempre había vivido dentro de él, que lo había llevado en la médula de los huesos. A partir de ese momento, dependía de él aprovechar los años de los que su hermano se había visto privado. La mejor manera de honrar a su madre y a Cyloo era llevar una vida arraigada.

Iba de camino a casa cuando le sonó el teléfono. Era Jango.

–¿Qué pasa?

–¿Cómo estás, cabrón? –dijo Jango–. ¿Dónde narices te has metido? ¿Estás enfadado o qué? ¿Por qué no devuelves las llamadas?

–No. No, *yaar*. ¿Por qué iba a estar enfadado? –contestó Remy, que no sabía cómo explicar su silencio–. Es solo que he estado muy liado. Con mi madre, ya sabes; en ciertos aspectos, ahora que estamos en casa necesita más cuidados.

–Ya, *saala*, pero al menos devuelve las llamadas, *na*? Solo para que sepamos si estás vivo o muerto. Shenaz estaba muy preocupada.

–Tienes razón. Lo siento.

Remy le pidió perdón más veces, hizo planes imprecisos para verse pronto y, una vez que estuvo convencido de haber tranquilizado a Jango, colgó. Sabía que a sus amigos les había dolido su súbita desaparición. Jango, Shenaz y Gulnaz lo habían recibido con los brazos abiertos. ¿Por qué los ignoraba?

Por supuesto, la pregunta era meramente retórica, pues conocía la respuesta: todavía no se había recuperado del impacto de las revelaciones y era incapaz de confiar a sus amigos lo que había descubierto sobre su familia. ¿Cómo iba a contarles lo que había hecho su padre? ¿Cómo iba a soportar la incredulidad que se adueñaría de sus ojos, al tiempo que se reflejaba en los de él? Porque, pese a todo, Remy siempre sería el hijo de Cyrus, siempre sentiría el pulso de su sangre. Ninguna revelación cambiaría eso.

Pero, santo Dios, estaba muy harto de secretos.

Recordó lo que le había contado Gulnaz sobre el comportamiento de su madre aquel sábado de hacía una eternidad, cómo se había enfadado cuando Remy alardeó de sus buenas notas. Ahora, la historia adoptaba un nuevo significado. Su madre había vuelto a casa después de ir a ver al hijo abandonado en un orfanato y se había encontrado a su otro hijo regodeándose de sus calificaciones. No era de extrañar que hubiera perdido los estribos con él. Pero Gulnaz solo conocía la mitad de la historia, la mitad que no era favorable a su madre. «Sería imperdonable seguir adelante como si nada hubiera cambiado –pensó Remy–, sin intentar al menos dejar las cosas claras».

Los sábados por la mañana, Remy y Kathy siempre desa-
yunaban su habitual muesli con yogur y frutas en el porche y dedicaban el resto de la mañana a realizar las tareas
del hogar. Después de terminar el desayuno, Kathy decía:
«Bueno, mi amor, es hora de limpiar. Ahí que vamos».

«Es hora de limpiar», se dijo ahora Remy.

Se le hizo un nudo en el estómago al pensar en lo que
iba a hacer.

Capítulo 37

Remy envió un mensaje de texto a Monaz para pedirle que se pasara por su piso al terminar las clases. Ella llegó a las cuatro, casi sin aliento.

—He decidido subir por la escalera —explicó—. El ascensor tardaba demasiado.

—¿Cómo estás? —pregunto él—. ¿Te estás cuidando? ¿Descansas bien?

—No te preocupes tanto, tío Remy. —Se rio—. Estoy bien y el niño también.

Él la dejó en el salón con su madre mientras iba a buscar un vaso de limonada. Al volver, se las encontró hablando en voz baja con las cabezas muy juntas. Remy se las imaginó en su salón de Columbus. Igual debería llevarse a su madre a casa, además de a Monaz. ¿Amenazaría Kathy con divorciarse si se lo pedía? ¿Resistiría su madre un vuelo tan largo? ¿Estaba loco por plantearse siquiera aquella posibilidad?

—Ven, anda. Siéntate —dijo Shirin.

Remy le dio su vaso a Monaz y luego se sentó frente a las dos mujeres. El corazón se le aceleró al tomar conciencia de lo que estaba a punto de hacer, de lo que le iba a pedir a aquella chica.

—Monaz —empezó—, hace poco ha pasado algo que lo ha cambiado todo. He aprendido una importante lección sobre los peligros de guardar secretos familiares. Los secretos y las mentiras pueden destruirlo todo.

335

Vio que Shirin levantaba la cabeza, aunque no dijo nada, con los ojos brillantes y una expresión indescifrable. Él tenía las manos sudadas por el miedo.

—Monaz —empezó de nuevo—, no puedo llevarte conmigo a Estados Unidos sin que tus padres conozcan tu situación. No puedo formar parte de algo así. Sencillamente, no puedo. Sería como un secuestro. Tienen derecho a saber de la existencia de su nieto.

Monaz dejó escapar un gemido y los ojos se le llenaron de lágrimas.

—Tío Remy —dijo—, no sabes lo que me estás pidiendo. Mi padre se quedará hecho polvo. Se pondrá furioso. Tú no lo conoces.

Remy suspiró hondo y se volvió hacia su madre para que lo ayudara.

—¿Tú qué opinas, mamá? —preguntó.

—Creo que es un error —respondió Shirin—. No puedes imponer tu voluntad a la chica.

Él titubeó. Estuvo a punto de tirar la toalla, de retractarse, pero entonces pensó en todo lo que el silencio de Shirin le había arrebatado.

—Lo siento —dijo—. Sé que pido mucho, pero no puedo hacerlo si no es así. No puedo empezar una nueva vida con mi hijo sabiendo que su existencia misma está envuelta en secretos y vergüenza. Esta es la condición que pongo para que te vengas conmigo, Monaz.

—Me matará —susurró ella.

Remy la miró fijamente.

—¿Lo dices de forma literal?

—¿Qué? No. No, no, mi padre nunca me haría daño. —Se le desencajó el rostro—. Pero, tío Remy, puede que no vuelva a dirigirme la palabra.

—Remy, sé razonable —intervino Shirin.

Él ignoró a su madre y se dirigió a Monaz.

–No lo sabes. No sabes cómo va a reaccionar nadie. Pero, si no se lo cuentas a tus padres, los estás privando de algo, ¿no te das cuenta? Los vas a privar de estar a la altura, de superar sus limitaciones.

Mientras hablaba, Remy no dejaba de repetirse mentalmente: «Si papá me hubiera contado lo que había hecho, yo podría haber decidido si quería perdonarlo o no».

Monaz meneó la cabeza.

–Todo lo que dices es como de color de rosa, tío Remy –dijo con amargura–. Igual en Estados Unidos las cosas funcionan así, pero no conoces la India. Hace demasiado tiempo que no vives aquí.

–Esto no quiere decir que el plan vaya a cambiar –dijo él–. Solo siento que ellos tienen derecho a saber de la existencia de tu hijo. Eres joven; este es un horrible secreto para guardarlo durante toda su vida.

–¿Qué ha dicho Kathy? –preguntó Shirin–. ¿A ella le parece buena idea?

–No lo sabe –contestó Remy con voz cansada.

De pronto, se sentía muy infeliz. ¿Y si Kathy se oponía a su idea?

–Tal vez deberías hablar con ella –señaló Shirin–. Antes de que esta *chokri* haga una tontería.

Monaz se puso en pie.

–Y si no hago lo que quieres, ¿entonces qué? –quiso saber–. ¿Ya no querrás a mi hijo?

Remy cruzó la habitación y le puso una mano en el hombro.

–No hago esto por maldad. Creo de corazón que es la mejor manera de afrontarlo, por el bien de todos. También es lo mejor para ti, te lo prometo.

–Tú no lo sabes todo, tío Remy. –Monaz le dio un beso a Shirin y se colgó la mochila de un hombro–. Adiós, Granna –se despidió antes de marcharse.

¿Qué acababa de ocurrir? ¿Había abandonado Monaz su vida para siempre? Remy sintió deseos de seguirla y pedirle que se lo aclarara.

–Pobre muchacha –dijo Shirin.

Él se volvió a mirarla.

–¿Crees que la he caga… fastidiado? ¿No te parece que lo más justo es que los abuelos sepan lo que está pasando?

Shirin le dedicó una mirada eterna.

–No lo sé –contestó al cabo–. Estoy cansada y soy vieja. La gente siempre piensa que con la edad nos volvemos más sabios, pero en realidad es al revés. Todo se vuelve más complicado. –Se frotó el rostro en un gesto de cansancio que a Remy le partió el corazón–. Pregúntale a Kathy qué opina ella.

Esa noche, por teléfono, Kathy no estaba contenta.

–¿Has perdido la cabeza, Remy? Me has dicho un millón de veces lo tradicional que es la India. Estás pensando como un estadounidense. No sé, ¿y si el padre la mata o algo así? En el periódico no paran de publicar noticias sobre asesinatos por honor y mierdas parecidas.

–Kathy –repuso él, frustrado–. Su padre no la matará. Es parsi, por el amor de Dios. Es un hombre culto y con educación.

–Está bien, de acuerdo. Pero la mera idea de que la repudie… Es una posibilidad, ¿verdad? Y tú habrás sido el catalizador debido a tu sistema de valores, que no es el mismo que el suyo. Es… es casi como una apropiación cultural.

—Madre mía, Kathy —dijo él—. ¿Cómo va a ser una apropiación cultural? Es una obviedad, pero te recuerdo que yo soy indio.

—Pero ¿lo eres de verdad? A ver, por nacimiento sí lo eres, pero tu perspectiva es estadounidense, y tus padres estaban muy occidentalizados, mientras que los de ella no.

—Lo sé. Y si Monaz hubiera decidido tener a su hijo en la India, habría sido un escándalo. Pero ¿no lo ves? Al llevarla a Estados Unidos, les estamos ofreciendo una salida a los padres de Monaz. De esta manera, todas las cartas están sobre la mesa, pero ellos pueden lavarse las manos de toda la situación.

—Pero el caso es que está forzando a Monaz a hacer algo que ella no quiere. ¿Qué derecho tienes?

En ese momento, Remy supo lo que debía hacer.

—Tienes razón —dijo—. No puedo tomar esa decisión por ella, pero sé cómo solucionarlo.

—Sabía que todo esto sería difícil —continuó Kathy—, pero ni en un millón de años me imaginé semejante cataclismo. ¿Te acuerdas de cómo nos emocionamos cuando Jango nos llamó para hablarnos de Monaz? ¿Y ahora? Ni sé si quiero seguir adelante. Cuando superamos un obstáculo, siempre se presenta otro.

—Kat —dijo él—, tienes que confiar en mí, ¿de acuerdo? Sé lo que hay que hacer.

—¿Y qué es?

Remy percibió el recelo en su voz.

—La solución es simple y elegante. Debo contar la verdad.

Capítulo 38

Remy le había dicho a Shirin que esa noche iba a invitar a cenar a un grupo de buenos amigos y, aunque ella se mostró decepcionada, se guardó muy mucho de decir nada. Él vio la lucha interior reflejada en su semblante: sabía que ella lo quería para sí sola, pero que también era consciente de que tal vez pasaría mucho tiempo antes de que viera a sus amigos.

Gulnaz y Hussein llegaron a las ocho, seguidos poco después por Pervez y Roshan. Remy no había terminado de presentar a las parejas cuando Monaz entró con Shenaz, que llevaba una gran fuente de sus características pechugas de pollo rebozadas.

–¿Y Jango? –preguntó Remy.

–Está aparcando. –Shenaz sonrió–. Me ha dicho que te pida que empieces a prepararle una copa.

Monaz vestía un *kurta* holgado de algodón, pero Remy le notó la barriga, cada vez más grande. Se preguntó si Gulnaz se había fijado. Todavía no le habían dado la noticia.

–Me alegro mucho de que hayas venido –le susurró a Monaz, que sonrió con inseguridad–. No te preocupes –añadió–, no dejaré que te pase nada malo.

Después de sacar el aperitivo y las bebidas, Remy asomó la cabeza por la puerta del dormitorio en el que descansaba su madre. Manju le hizo un gesto de asentimiento con la cabeza.

–Está despierta.

–Hola, mamá –la saludó él al tiempo que entraba.

Ella le dedicó una sonrisa soñolienta.

–Puedo cenar aquí. Anda, ve a pasártelo bien con tus amigos.

Él negó con la cabeza con vehemencia.

–No, no, mamá. Quiero que salgas, ¿de acuerdo? Es importante para mí.

–Si insistes…

–Bien. –Remy se volvió hacia Manju–. ¿Puedes ayudarla a arreglarse antes de acompañarla al salón?

Volvió a sonar el timbre. Dina Mehta estaba en el rellano, con una expresión aterrorizada que reflejaba el propio miedo de Remy. Esa tarde, Kathy le había dicho que no estaba de acuerdo, que su idea era impulsiva. Ahora, él se preguntó si tenía razón.

Cuando Dina entró, se hizo el silencio. Sus amigos miraron con curiosidad a la mujer mayor antes de que Gulnaz se levantara.

–Hola, soy Gulu. Ven, siéntate –dijo al tiempo que le ofrecía su propio asiento, como si fuera la anfitriona.

Al darse cuenta, Remy se obligó a entrar en acción y presentó a Dina a todo el grupo.

–¿Quieres beber algo? –preguntó.

Dina negó con la cabeza, pero luego cambió de opinión.

–A lo mejor un *whisky* corto –dijo, y le dedicó una mirada nerviosa a Remy, que él fingió no ver.

Manju entró en la habitación con Shirin y las tres parejas se arremolinaron a su alrededor, de modo que solo Dina y Remy se quedaron sentados. Dina parecía a punto de desmayarse. Shirin, que todavía no la había visto, se mostró contenta de reencontrarse con los amigos de su hijo, con la excepción de Pervez y Roshan.

341

—¿Cómo te encuentras, querida Shirin? —preguntó Roshan.

—Mejor. —Fue la tensa respuesta de ella.

Dina se irguió en su asiento.

—Hola, Shirin —dijo.

Esta dejó escapar un jadeo y, tras volverse hacia Remy, que se estaba sentado con actitud abatida, le dedicó una mirada acusatoria con una expresión glacial en el rostro. ¿Qué podía decir él? De pronto, su noble propósito para aquella cena parecía ridículo.

—Llévame a mi cuarto —le pidió Shirin a Manju—. Ahora mismo.

—Ay, no, tía Shirin —protestó Jango—. ¡Si acabas de llegar! Quédate un rato con nosotros, *na*?

Shirin apretó los labios mientras miraba alternativamente a Jango y a Remy. «Pregúntale a él —parecía decir—. Pregúntale a qué viene esta jugarreta». Remy se levantó.

—Hola a todos —dijo—. Tengo… tengo que…

Sus invitados se volvieron hacia él, desconcertados, y Remy perdió el hilo de sus pensamientos.

—Ahora mismo —repitió Shirin, cada vez más alterada.

—Espera, mamá, por favor. Hazlo por mí. Déjame que te explique.

Shirin miró a Dina con virulencia.

—¿Qué hace esta mujer en mi casa?

Remy carraspeó y, mientras se metía las sudorosas manos en los bolsillos, clavó la mirada en Monaz, que tenía un gesto de perplejidad.

—Yo tenía un hermano mayor —dijo—. Murió. Mi hermano. Tenía discapacidad. Mi padre lo metió en un orfanato. A pesar de que tenía padres.

Sintió que le faltaba el aliento. Escuchó el silencio, vio el semblante pálido de Dina, se fijó en que Shirin se había hundido en su silla, pero aquella era la única manera que tenía de hacer justicia a su madre por todo lo que había tenido que soportar: ese reconocimiento público delante de familiares y amigos que la habían juzgado. Era su última oportunidad de reescribir el relato de su padre como el marido siempre sufridor y de su madre como la bruja voluble y enfadada que amonestaba a su marido y su hijo.

—Gulnaz —dijo, volviéndose hacia ella—, ¿te acuerdas lo que me contaste hace unos días? ¿Cuando dijiste que mi madre me había regañado por mis buenas notas? Bueno, pues tengo que algo que contarte.

—Basta —dijo Shirin al tiempo que se cubría las orejas—. Para ahora mismo, Remy. Te prohíbo que continúes.

Él se acercó a su madre y colocó una mano sobre cada uno de sus frágiles hombros.

—No te preocupes, mamá. Ha llegado el momento de que lo sepan de una vez por todas. Lo que has sufrido. A lo que has sobrevivido.

Una energía nerviosa impulsó a Remy a seguir y le permitió hacer caso omiso de la incomodidad de todos, ignorar el semblante acongojado de Dina y no prestar atención a los esporádicos gemidos de Shirin. Solo era consciente de las palabras que salían en torrente de su boca, ardientes, urgentes y rebosantes de indignación y moralidad. Habló y habló. No mencionó la culpabilidad de Dina, pues deseaba guardarse su humillación hasta el final. Cuando por fin se quedó callado, se volvió hacia ella.

—¿Dina?

—Es verdad —dijo ella—. Todo lo que has dicho es verdad, pero Remy no ha explicado mi papel en toda esta tragedia. Fui yo quien consiguió que admitieran a Cyloo en el orfanato. Yo soy la principal responsable de su muerte. Y ningún dios me lo perdonará.

Shirin dejó escapar un grito, alzó la cabeza y miró fijamente a Dina.

—No es culpa tuya. —Su voz era tan débil que todos tuvieron que esforzarse para escucharla—. Gracias a ti, pude pasar todos los sábados con mi hijo.

A Dina se le descompuso el rostro.

—Shirin... —dijo.

Las dos mujeres permanecieron sentadas mirándose a través del salón con los ojos llenos de lágrimas. Nadie más habló ni se movió, todos contuvieron el aliento. En un momento dado, Dina abrió la boca para decir algo, pero luego la cerró. Shirin no apartó la mirada de ella. Ambas mujeres se hablaban en un lenguaje que ninguno de los presentes era capaz de descifrar.

Aunque Remy había organizado aquel encuentro, ahora se sentía superfluo, como si la situación se le hubiera escapado de las manos al galope. Cuando se le había ocurrido la idea de la cena, había imaginado algo más triunfal: una salva de aplausos a su madre, tal vez, o que Pervez se levantara y reconociera que había estado mal por su parte desatender a Shirin. Algo distinto a aquella conversación silenciosa y llorosa entre dos mujeres que habían amado al mismo hombre.

Rodeó la silla de su madre y se puso en cuclillas delante de ella con el rostro alzado, deseando apoyar la cabeza en su regazo. Había hecho todo lo que estaba en sus manos; la había conducido hasta aquel momento, los había liberado. Y, más importante aún, le había demostrado a Monaz el efecto corrosivo de las mentiras.

Shirin apartó la mirada de Dina y bajó la vista hacia Remy. La frialdad de sus ojos lo dejó estupefacto.

–Quiero volver a mi cuarto –dijo ella–. Llévame.

Escaldado, Remy condujo a su madre al dormitorio. Se había olvidado de lo dura y distante que podía sonar ella. Se sentó en la cama, a su lado. Sus caras estaban a unos centímetros una de la otra.

–¿Era tu intención humillar a Dina al invitarla aquí? ¿O es que querías matarme?

–No, mamá. Quería honrarte, a ti y tus sacrificios. Quería que todo el mundo supiera quién eres en realidad. Ese era mi único propósito, te lo prometo.

Ella se lo quedó mirando un rato, y, cuanto más lo miraba, más pequeño se sentía él.

–No me sacrifiqué –dijo Shirin al cabo–. Luché con uñas y dientes. Sacrificarme habría implicado renunciar a él por mi propia voluntad.

–Por Dios, mamá, ya lo sé. ¿Crees que no lo sé?

–¿Por qué la has invitado?

–¿A Dina? Para que lo confirmara todo si no me creían.

Shirin negó con la cabeza.

–No, las has traído para humillarla. –Volvió la cabeza y luego lo miró de nuevo–. Ya basta. Basta de dolor y sufrimiento, ¿me oyes? No necesito que me den palmaditas en la espalda. No quiero su compasión. Dina ya ha sufrido bastante; ella y todos. Y ahora, dile a Manju que venga y tú ve con tus amigos.

Remy la miró sin entender nada. Noches atrás, había calificado a Dina de demonio. ¿A qué se debía aquel cambio? Y entonces cayó en la cuenta: contar la verdad y ver la sorpresa y el rechazo de Remy era lo que había liberado a Shirin. Después de recuperar a su hijo, ya no necesitaba a nadie más.

–¿Por qué no sales a cenar con nosotros, mamá?

–Estoy cansada. Pásalo bien, hijo. Mañana hablamos.

345

–Buenas noches, mamá. Lo siento. Te quiero.

Ella no contestó, pero, justo cuando él estaba a punto de salir de la habitación, dijo:

–¿Remy? –Él se dio la vuelta–. Ni se te pase por la cabeza volver ahí y hablar mal de tu padre. No me ayudará en lo más mínimo. Recuerda que todos hacemos lo que podemos. Esa es una verdad que me han enseñado estos tres últimos años sin Cyrus.

Remy entró en el baño para ganar tiempo mientras recobraba la compostura. Estudió su rostro en el espejo mientras se lavaba las manos y se fijó en las primeras canas que le habían aparecido en las sienes. Jamás había experimentado una sensación de derrota tan profunda como aquella. «Todos hacemos lo que podemos», había dicho su madre. Si era así, nada de lo que ellos habían hecho había sido suficiente. Él mismo había suspendido una prueba esencial, ¿no era así?

Deseó poder irse directamente a la cama y borrar el recuerdo de aquella desastrosa velada. Había querido darle a Monaz una importante lección acerca del poder liberador de la verdad, pero temía haber hecho justo lo contrario.

Al volver al salón, Dina se puso en pie.

–Será mejor que me vaya –murmuró.

Remy le cogió la mano y le dedicó una mirada suplicante.

–No, por favor. Quédate, te lo ruego

–Pero ¿para qué? Ya he cumplido mi función.

Él apartó la mirada, avergonzado.

–Por eso mismo. No quiero que pienses que… Por favor, Dina, quédate a cenar. No… no sé en qué estaba pensando, pero, por favor, déjame compensarte.

Una expresión de comprensión iluminó el semblante de Dina.

–Mi querido muchacho, te estás esforzando mucho. No es tu culpa. Si te hace feliz, me quedaré.

Monaz se sentó al lado de Remy durante la cena y le sirvió un trozo de pescado antes de servirse ella. Luego le hizo un gesto con la cabeza para animarlo a comer. «Se comporta como si fuera parte de mi familia en la misma medida que de la de Shenaz y Jango», pensó Remy, y se sintió agradecido. Quería a esa chica y el hecho de que les confiara a su hijo sería el honor de su vida. Debía asegurarse de que ella lo supiera.

Los demás hicieron todo lo posible por mantener viva la conversación. Hussein los entretuvo con historias sobre los errores garrafales que cometían los alumnos de su instituto en sus trabajos de inglés.

–Bah, ayer mismo leí uno que decía que no tenemos que dar por fechas nuestras libertades. ¡Por fechas! –exclamó.

Todos se rieron, pero luego retomaron su diálogo forzado; se turnaban para mantenerlo a flote, como si su charla fuera una bandera que tenían que llevar hasta la meta.

La meta llegó antes de lo habitual. Shenaz bostezó.

–Lleva noches sin dormir bien –dijo Jango–. *Chalo*, nosotros nos retiramos ya.

Dina se levantó de inmediato.

–Mañana tengo una reunión a primera hora. Ha sido un placer conoceros a todos.

–¿Tu chófer está abajo? –preguntó Remy.

–No, tiene la noche libre. Pediré un Uber.

–Qué tontería –dijo Hussein al instante–. Nosotros te llevamos.

–Pero si ni siquiera sabéis dónde vivo –repuso Dina con una sonrisa.

–Da igual, tía. No vas a irte a casa en un Uber a estas horas.

Gulnaz se puso de puntillas y le dio un beso a Remy en la mejilla.

–Te llamaré mañana –dijo, frotándole la espalda–. Cuídate, ¿vale? Olvídate de toda esta historia antigua.

–Gracias, Gulu –susurró él.

Pervez se acercó y le dio un abrazo.

–Lo siento, *yaar* –musitó–. No teníamos ni idea. Mi madre jamás dijo ni una palabra, te lo juro. Pobre Shirin.

–Gracias –murmuró Remy–. Mi madre es increíble.

Su primo lo miró a los ojos.

–Lo es. Y nosotros… lo haremos mejor. En el futuro. En fin, nos vamos, pero hablamos pronto, ¿vale?

Monaz se puso a recoger los vasos vacíos mientras los demás se marchaban. Shenaz miró a su sobrina con gesto interrogante.

–¿Vienes? –preguntó.

–Id vosotros –respondió Monaz–. Yo bajo en un minuto. Tengo que hablar con el tío Remy.

–Iremos a buscar el coche –dijo Jango.

–Ahora lo entiendo –dijo Monaz en cuanto se fueron–. Entiendo a qué te referías. –Apartó la vista y luego volvió a mirarlo–. Este fin de semana iré a casa; será más fácil decírselo en persona. Y en cuanto vuelva quiero que nos vayamos de aquí.

Remy sabía que debía sentirse agradecido por que Monaz hubiera reaccionado exactamente como él esperaba, pero era una victoria hueca.

–¿Seguro que estarás bien? –preguntó.

Monaz se encogió de hombros.

—Creo que sí. Aunque estar bien y decir la verdad…
son dos cosas distintas, ¿no?

Él dio un paso y la abrazó.

—Eres la persona más extraordinaria que conozco —murmuró.

—Eso no es cierto. La persona más extraordinaria que conoces está en la otra habitación.

Tras acompañar a Monaz a la puerta, Remy se asomó al cuarto de su madre. Tanto ella como Manju estaban dormidas. Fue a su habitación, se tumbó y hundió la cabeza en la almohada para llorar. Arañó la sábana ajustable, igual que hacía de niño cuando, pese a todos sus esfuerzos por insensibilizar su corazón ante las espinosas palabras de su madre, acababa desmoronándose en la cama. De pequeño, fantaseaba con lo tranquilo que sería el piso si en él vivieran solo su padre y él, con lo estupendo que sería bromear con su padre sin la presencia malhumorada de su madre. ¿Y ahora? Más que cualquier otra cosa, Remy quería saborear cada minuto con ella. Maldecía la injusticia de no poder reparar el daño atroz que había padecido Shirin. El pasado era un poema ya publicado que no permitía revisiones.

«Pero tú sigues aquí».

La voz sonó con tanta claridad en su cabeza como si alguien hubiera pronunciado las palabras en alto. ¿Su padre, quizá? Pero Cyrus estaba muerto. Kathy se hallaba a trece mil kilómetros de distancia. Dina, Jango y Shenaz no podían ayudarlo. «Solo quedas tú —pensó—. Tú eres el único que puede ayudarla».

Remy se levantó de la cama y abrió la puerta del dormitorio de su madre sin hacer ruido. Ella estaba tumbada de lado, con la cabeza incorporada para toser menos. Manju le oyó y abrió los ojos, pero Remy se llevó un dedo a los labios y luego se estiró en la cama de Shirin, junto a ella. Su madre se movió, pero él le rodeó la cintura con suavidad y, al cabo de un momento, Shirin cubrió la mano de Remy con la suya.

Durmió hasta las tres de la madrugada, cuando su madre se despertó tosiendo. Remy tenía la mano dormida por haberla tenido tanto rato en la misma posición, pero no le importó. La ayudó a tomar unos sorbos de agua y le frotó Vick VapoRub en el cuello y el pecho, recordando las innumerables veces que ella le había untado el ungüento a él.

—Vick VapoRub y agua de colonia —dijo Shirin como si le hubiera leído el pensamiento.

Él sonrió; aquella especie de código secreto que compartían era tan dulce como un beso.

—Siempre —respondió.

Esperó a que ella volviera a dormirse y luego regresó a su habitación. Se despertó de nuevo a las seis y media; cuando terminó de ponerse la camiseta y los pantalones cortos, ya había amanecido.

Capítulo 39

Era la primera vez que iba al parque Priyadarshini durante ese viaje y, al ponerse los auriculares y echar a correr por la pista, Remy lamentó no haber ido antes. Había parejas jóvenes que corrían juntas mientras las coletas de las mujeres se balanceaban de un lado a otro. En el césped cercano, hombres mayores hacían yoga o taichi. A lo lejos, un basurero solitario caminaba sobre las grandes rocas que formaban un dique contra el mar y se agachaba para recoger la basura. Detrás de él, una bolsa se hinchaba con el viento.

Remy había llevado allí a Kathy durante su primera visita a la India, para la boda. Se había sentido muy orgulloso de aquel parque inmenso y bien diseñado, con sus amplias vistas al mar, sus caminos impecables y sus enormes árboles, pero Kathy no se había percatado de su orgullo. Había disfrutado de la carrera, pero no había comentado nada sobre lo bien mantenida que estaba la pista ni sobre los jardines. Ahora, Remy lo vio todo a través de los ojos de ella: la extensión milagrosamente grande de aquel parque urbano no podía compararse con los parques estatales a los que Kathy estaba acostumbrada. Las aguas de su querido mar Arábigo parecían turbias para alguien que había visto el brillo del océano Pacífico. El aire de la mañana estaba contaminado.

Sin embargo, su padre había hecho que aquella visita resultara de lo más divertida. Remy recordó el enorme banquete de boda en el Bombay Gymkhana, en el que Cyrus había presentado con orgullo a su nuera a todos sus invitados. Kathy estaba resplandeciente con el sari azul oscuro que Shirin le había regalado. Cyrus había insistido en que fueran un par de días a la ciudad sagrada de Udvada para pedir bendiciones para los recién casados y los había invitado a comer al hotel Taj Mahal Palace cuando volvieron a Bombay.

Sin darse cuenta, Remy aceleró el paso, como si intentara dejar atrás la nube de recuerdos que arrastraba consigo las desconcertantes revelaciones sobre su padre, un conocimiento nuevo que tardaría años en asimilar y mucho más en comprender. Sus pies golpearon la pista hasta que creyó que le iba a estallar el corazón, hasta que el sudor le cayó en los ojos. Por los auriculares, el *Starman* de David Bowie dio paso a *Misty Mountain*, de Ferron, y el ritmo animado de la canción lo hizo correr aún más rápido.

Durante su primer invierno en Ohio, Kathy le había descubierto la música de Ferron y Remy se había enamorado de ella. Los domingos, ponían sus discos una y otra vez hasta media tarde y bebían café mientras seguían bajo las mantas y veían la nieve acumularse al otro lado de la ventana del dormitorio. «Qué buenos tiempos aquellos —pensó—, llenos de posibilidades».

Sonó otra canción de Ferron, *Shadows on a Dime* y, como siempre, la evocadora melodía le despertó una sensación hueca y nebulosa en el pecho. Una bandada de pájaros pasó volando por encima y él redujo el ritmo, atrapado por la belleza de su vuelo. Absorto como estaba, lo cogió por sorpresa el verso «¿Quién sería yo si no cantara?» y, aunque lo había escuchado muchas veces, la pregunta hizo que se parara.

El corredor que venía detrás casi chocó con él antes de cambiar de carril.

–Qué mala educación –masculló al pasar por su lado, y Remy alzó la mano a modo de disculpa.

Salió de la pista mientras le daba vueltas a la pregunta de Ferron. ¿Quién era él ahora que ya no era poeta? Y ¿por qué había renunciado con tanta ligereza a aquel don que le había salvado a lo largo de su infancia? Durante años se había enorgullecido de haber abandonado los asuntos infantiles para convertirse en un empresario de éxito. Al principio de su relación, Kathy le había dicho que quería que él escribiera a tiempo completo, que pronto ella ganaría suficiente para mantenerlos a los dos. Pero el ego de Remy no le había permitido tomarse en serio aquella oferta. Como inmigrante, él quería valerse por sí mismo, mirar a Rose a los ojos al decir que quería casarse con su hija.

Todas aquellas cosas –estatus social, dinero, la aprobación de los demás– que habían parecido irrelevantes cuando estaban solo Kathy y él, encerrados en su apartamento lleno de libros, cobraron una repentina importancia en el momento en que abrió la puerta y salió a la calle. Entonces vio los centros comerciales llenos de oropel que pregonaban el sueño americano; los anuncios de televisión que proclamaban que los anillos de diamantes eran la mejor manera de declarar el amor eterno; los informativos que hablaban del mercado inmobiliario; el mensaje omnipresente de que un hombre de verdad era el sostén de su familia.

«¿Es eso lo que le pasó a papá?», pensó Remy mientras caminaba hacia el mar. ¿Que cuanto más éxito tenía más importante se volvía tener éxito? ¿Hasta el punto de que todo lo que se interpusiera a su ambición, incluso su hijo con discapacidad, debía ser apartado? ¿Y si, Dios no lo quisiera, el bebé de Monaz nacía con una discapacidad? ¿Cómo reaccionaría Remy?

Kathy y él podrían haber adoptado en Estados Unidos... si hubieran estado dispuestos a adoptar a un niño negro. Kathy había querido adoptar en la India con la mejor intención, por supuesto, para poder tener un hijo que se pareciera a Remy. «Pero –pensó él–, ¿habríamos buscado aquí de haber encontrado un niño blanco en Estados Unidos?».

Tanto Kathy como él se habían enorgullecido siempre de sus creencias políticas; enviaban donaciones mensuales al Southern Poverty Law Center y apoyaban otras causas progresistas. Entonces, ¿por qué no habían considerado adoptar a un niño negro?

Remy conocía la respuesta: en Estados Unidos existía un sistema de castas y él lo había escalado con éxito. Las ventajas con las que había nacido en la India lo habían acompañado hasta Norteamérica. Pero un sistema de castas se fundamentaba en la división de las personas en estratos de privilegio y estatus cada vez más finos. –Esto era algo que los liberales blancos no entendían, pensó Remy, con su tendencia a agrupar a «la gente de color» como si fuera un solo bloque. Hasta que llegó a Estados Unidos, él ni siquiera sabía que se lo consideraba «asiático»–. Adoptar a un niño negro le habría metido de lleno en el caldero racial de la vida estadounidense, del que hasta entonces había logrado mantenerse al margen.

La reciente fealdad de la política estadounidense había dejado clara otra cosa: Remy podía estar en tres consejos de administración, podía conducir un Audi, podía dar trabajo a doce estadounidenses, pero... seguía siendo un inmigrante. Su tez era lo bastante clara como para que los desconocidos lo confundieran con un italiano o un griego, pero... no era blanco.

Un hombre de tez morena y su esposa blanca criando a un niño negro habrían llamado la atención allí donde fueran; en el supermercado, los desconocidos habrían tratado de descifrar aquel enigma. Remy Wadia no quería aparecer en un anuncio de Benetton. No quería ser objeto de la curiosidad ajena, en el mejor de los casos, o de la crueldad, en el peor.

Trepó por las rocas oscuras que protegían el parque del agua y miró hacia donde el cielo sucio de la mañana se fundía con la línea del mar Arábigo. Había contemplado el azul luminoso de otros océanos y sabía que aquel mar era un pariente pobre comparado con ellos. Y, sin embargo, sintió una paz insólita. Casi todas las demás cosas de aquella ciudad le dejaban desconcertado y perplejo, pero el mar era su verdadera herencia como habitante de Bombay. Las incontables tardes que había pasado junto al mar viendo cómo el sol dejaba sus huellas dactilares en el cielo; faltar a clase durante los monzones y sentarse en el muro del paseo marítimo de Nariman Point de espaldas a la ciudad, fumando un cigarrillo y escribiendo poesía; llevar a su primera novia a la playa de Juhu y perder la virginidad en un hotelito anodino de la zona. Ser de Bombay significaba llevar la sal del océano en la sangre, de modo que, incluso décadas después, podías salir de un restaurante de Columbus y desear de pronto dar un paseo junto al mar, antes de recordar que la ciudad a la que ahora considerabas tu hogar no tenía salida al océano.

Se sentó sobre una roca y contempló el agua que se acumulaba entre las peñas. «Hogar». Pensó en las hostas verde oscuro de su jardín de Columbus, en cómo cada primavera Remy las dividía y las plantaba en distintas partes del jardín. Ojalá pudiera hacer eso consigo mismo: plantarse en dos suelos diferentes.

El basurero regresaba, saltando con destreza de roca en roca mientras el viento hacía que el saco de plástico se inflara tras él. A medida que se acercaba, Remy vio que se trataba de un muchacho de unos diecinueve años. Observó su rostro sucio y su ropa gastada antes de apartar la mirada.

El chico pasó junto a Remy y luego se dio la vuelta de golpe, con los ojos muy abiertos.

—¿Señor? —dijo.

—¿Sí? —contestó Remy con impaciencia, porque el basurero le tapaba la vista y había interrumpido un raro momento de soledad.

El chico esbozó una sonrisa.

—Usted es el hijo de *sahib* Cyrus, ¿verdad? —Se señaló el pecho—. ¿No se acuerda de mí?

Remy lo miró.

—No —dijo al cabo—. Lo siento.

—No pasa nada, señor —dijo el chico, meneando la cabeza de un lado a otro—. Me llamo Rajesh. Mi padre lavaba el coche de su padre todas las mañanas. Usted tenía un Honda City azul, ¿verdad?

—Sí —respondió Remy, sin saber qué más decir.

Se metió la mano en el bolsillo para sacar la cartera; quizá unas rupias harían que el chico siguiera su camino. Los ojos de Rajesh siguieron el movimiento de la mano de Remy.

—Ah, no, no, señor. Solo quería saludar, nada más. No hace falta dinero. Por favor, dé *salaams* a su madre de mi parte, señor.

–Lo haré.

El muchacho sonrió.

–Dígale que me acuerdo del chocolate que me daba siempre que yo iba a su casa con mi padre.

Remy asintió.

–Se lo diré.

–Muy bien, señor. No molesto más. Es que me he alegrado mucho al reconocerlo. ¿Este trabajo de funcionario que tengo con el ayuntamiento? Todo gracias a su padre y su madre.

Eso despertó la curiosidad de Remy.

–¿Ellos te consiguieron este trabajo?

–Pagaron todas las mensualidades de mi escuela, señor. Por eso pude terminar el instituto. Hoy en día, en Mumbai, hasta para recoger basura necesitas como mínimo estudios de secundaria, señor. Así que, en cierto modo, ellos me consiguieron este trabajo.

–Mi padre murió. Hace tres años.

Rajesh frunció el ceño, consternado.

–Lo siento, señor. Sí, sí, lo sabía. Yo tenía solo dieciséis años, pero ese día, al volver a casa, mi padre lloraba tanto que pensamos que nuestra abuela había muerto en la aldea. Pero él lloraba por *sahib* Cyrus. –Miró a Remy con timidez–. Usted no se acuerda de mí, pero yo sí me acuerdo de usted, señor. Cuando volvió a casa con su madre después del entierro, toda mi familia fue a su puerta a presentar sus respetos. Lo recuerdo.

–Lo siento –dijo Remy de manera vaga, al tiempo que pensaba: «Si supieras lo grande que es mi mundo comparado con el tuyo, entenderías por qué no recuerdo un incidente tan intrascendente».

Y en ese momento sintió vergüenza. Se levantó y le tendió la mano.

—Gracias por contármelo. Significa mucho para mí. Y dale muchos recuerdos a tu padre.

A Rajesh se le descompuso el rostro; luego sonrió, se limpió la mano en los pantalones y estrechó la mano limpia y tendida de Remy.

—Gracias, señor. Muy amable, señor.

Tras echarse de nuevo el saco de basura al hombro, empezó a alejarse.

—Rajesh —lo llamó Remy al tiempo que se metía de nuevo la manos en el bolsillo para sacar la cartera. Dio un paso con cautela entre las rocas—. ¿Aceptarías este pequeño regalo en recuerdo de mi padre? Compra un dulce para tu familia de mi parte.

El chico estaba a punto de rechazar el dinero, pero de pronto cedió.

—Es usted igual que su padre, señor. Clavadito. Que Dios los bendiga a usted y a su madre.

Remy volvió a sentarse, pero la interrupción de Rajesh había roto el hilo de sus pensamientos. Cogió el teléfono y envió un mensaje de grupo a Gulnaz, Jango y Shenaz.

«Perdonad por lo de anoche —escribió—. No quería haceros sentir incómodos».

Gulnaz contestó: «No hace falta que pidas perdón. Tus intenciones eran buenas. Me encantó veros a todos».

«Gracias, Gulu», respondió él.

Su teléfono sonó. Era Jango: «En una reunión. Te llamo luego».

Un segundo después, Shenaz: «Te quiero. Todo está bien».

Remy sonrió con amargura. No se merecía tener tan buenos amigos. Claro que, pensándolo bien, no estaba seguro de haber merecido ninguna de las cosas buenas que le habían ocurrido.

Se miró el reloj. Vaya, llevaba allí más rato del que pensaba. Su madre ya debía de estar despierta.

Mientras bajaba de las rocas se le ocurrió la idea y siguió dándole vueltas hasta salir del parque. Lo último que quería era una repetición del desastre de la noche anterior, que a pesar de sus buenas intenciones había sido un fracaso asombroso

Sí, lo decidió, llevaría esa propuesta a su madre como una ofrenda de flores para que ella le diera su aprobación. A diferencia de la noche anterior, no habría ningún escarnio público, porque aquello solo los implicaría a ellos dos.

Capítulo 40

El chófer de Jango llegó a las diez de la mañana y ayudó a Remy a levantar a Shirin de la silla de ruedas alquilada y a meterla en el coche. Gladys revoloteaba a su alrededor con una expresión de inquietud.

–No te preocupes –dijo Remy–. Estará bien. Puedo apañármelas.

–Puedo acompañarlos para ayudar.

–No hace falta, Gladys, de verdad. Volveremos en unas horas.

–Su inhalador…

Remy dio unas palmaditas a la bolsa de papel que había en el asiento trasero, entre Shirin y él.

–Está aquí. Todo irá bien.

Dina le había dado indicaciones precisas para llegar al cementerio de Saint Mary. Al salir del parque el día anterior, la había llamado para disculparse por la cena y luego le había pedido consejo sobre su plan.

–La mayor parte del cementerio ha desaparecido –había dicho Dina–. Y el orfanato también.

–¿Desaparecido?

–La iglesia vendió la propiedad a unos promotores en 2011. El orfanato se trasladó a Pune.

–¿Y la tumba de mi hermano?

–Sigue allí. Tu padre luchó con uñas y dientes con la diócesis para que no la trasladaran. Pero te lo advierto:

no esperes colinas verdes, pajaritos cantando ni nada por el estilo, como en Estados Unidos. Es solo un pequeño terreno junto a una carretera muy transitada.

Remy se tragó su decepción.

–¿Mi madre lo sabe?

–¿Cómo? Sí, claro. Fue allí religiosamente durante años, hasta hace más o menos un año; supongo que porque su salud ya no se lo permitía.

–Entiendo. –Una brevísima pausa–. ¿Cómo lo sabes? No te comunicabas con ella.

Un largo silencio.

–¿Dina? –dijo Remy.

–Porque yo también iba. No tanto como tu madre, pero siempre que tenía tiempo. Y por lo general encontraba flores frescas sobre su tumba.

Remy había tenido que pararse para recuperar el aliento.

–¿Por qué? –dijo por fin–. ¿Por qué ibas?

–No estoy segura. Una mezcla de culpa y remordimiento y… y… amor, supongo. Tu hermano era un niño adorable. –La voz de Dina se quebró–. Le debía al menos eso a Cyloo. Y después de que tu padre muriera… Bueno, era mi manera, por insuficiente que fuera, de apoyar a Shirin. De hacerle saber que al menos otra persona recordaba a su hijo.

«¿Por qué tuvieron que inventar los seres humanos el cielo y el infierno?», se preguntó Remy. Todo estaba allí, en la Tierra: las estrellas y las alcantarillas, el paraíso y el infierno. Todas las contradicciones del mundo encarnadas en cada ser humano.

Qué juvenil y despreocupada había sido su existencia. Había paseado por el jardín de su vida satisfecho consigo mismo, ignorante de las espinas que habían atrapado a sus padres y a Dina. Ajeno a aquella comunicación secreta, escrita con flores, entre las dos mujeres de la vida de Cyrus, quienes a su manera se habían destruido mutuamente.

«El mundo es demasiado grande y complejo», pensó Remy, que nunca se había sentido tan pequeño e insignificante como en ese momento.

–*Beta*? ¿Sigues ahí? –La voz de Dina sonaba muy muy cerca, en su oído.

–Estoy aquí –dijo Remy tras aclararse la garganta.

Beta. «Hijo». Lo había llamado «hijo».

–Dina –dijo, envalentonado–. ¿Puedo ir a verte antes de marcharme? Ya sabes, para despedirme como es debido.

–Sí, por supuesto –respondió ella enseguida–. Me encantaría. ¿Cuándo te vas?

–Pronto –dijo él–. Pronto –repitió y, mientras pronunciaba las palabras, tomó una decisión.

Haría esa última cosa con su madre y se marcharía poco después de que Monaz regresara a Bombay.

Paseó la mirada por la vida callejera que lo rodeaba: los puestos de fruta con montones de naranjas y guayabas apiladas con orden; el sol, que relucía sobre el pelaje gris del gato callejero encaramado en el capó de un taxi negro y amarillo; los escolares, que esquivaban el tráfico, doblados por el peso de sus abultadas mochilas. Había más vida, más humanidad en un centímetro cuadrado de Bombay que en cincuenta kilómetros de Columbus, pensó, y de improvisó echó de menos esa ciudad, esa amada metrópolis infernal, exasperante y apabullante, como si ya se hubiera ido.

Remy se obligó a volver al presente.

–Bueno, ¿qué opinas? –preguntó–. ¿Crees que lo que hago es buena idea? –Dina se quedó callada tanto rato que Remy añadió–: ¿Hola? ¿Dina, estás ahí?

—Estoy aquí. —Y prosiguió—: ¿Sabes lo que es el arroz roto? ¿El plato?

—No —dijo él con cautela.

—Son los restos del arroz; ya sabes, la parte que nadie quiere comer. Era lo que comía la gente pobre en Vietnam, la que no podía permitirse nada más. Pero en la actualidad lo han sofisticado. Lo cubren con huevo, con cerdo y con mil cosas más, y ahora es uno de los platos más populares de Vietnam.

—Vale, pero ¿qué tiene que ver eso con...?

—¿No te das cuenta, Remy? Hace una semana te sirvieron un plato colmado de arroz roto. Información no deseada, incómoda. Y mira lo que intentas hacer: transformarla en algo fragante y bueno. ¿Tiene sentido lo que te digo?

—Sí, creo que sí —contestó el pausadamente—. Entonces, ¿te parece bien? ¿Lo que he pensado?

—¿Quién puede decirlo, excepto Shirin? Pregúntale a ella.

Remy dejó escapar una risa débil.

—Ah, no lo dudes. Después del fiasco de la cena, no pienso jugármela.

—Lo siento, Remy. Sé que tu intención era buena.

¿Lo estaba consolando? ¿Después de que él la hubiera humillado delante de sus amigos?

—Dina —dijo, buscando las palabras adecuadas, queriendo dar con la frase perfecta—. Dina, entiendo por qué mi padre te adoraba. Eres una persona maravillosa, de verdad.

Era una mentira, por supuesto. Cyrus nunca le había hablado de Dina, pero el cumplido funcionó. Remy percibió el cambio en la voz de Dina y eso le hizo feliz. Había demasiada tristeza en el mundo y no pensaba añadir más. ¿Qué había dicho su madre? Que la gente hacía lo que podía. Era una filosofía vital tan buena como cualquier otra. ¿Cuándo se había vuelto su madre tan sabia? ¿O siempre lo había sido y él había sido demasiado estúpido para darse cuenta?

Cuando Remy y Dina colgaron, se había producido una curiosa pero maravillosa alquimia: al ser amable con Dina, Remy se había animado a sí mismo.

Y, ahora, su madre y él estaban en el coche de Jango, de camino a Bandra. Remy deseaba pedirle al chófer que subiera el aire acondicionado, pero no lo hizo por el bien de Shirin, que contemplaba el paisaje.

Debió de notar su mirada, porque se volvió hacia él.

—¿Habrías ido a Estados Unidos si Cyloo se hubiera... quedado con nosotros?

¿Se habría marchado? ¿Se habría impuesto el seductor atractivo de sus sueños a cualquier otra consideración? ¿O se habría obligado a permanecer en la India por responsabilidad hacia su hermano discapacitado? Si se hubiera instalado en Estados Unidos, ¿quién habría cuidado de Cyloo durante el resto de su vida, después de que sus padres fallecieran? ¿Habría acabado de todos modos en una residencia? Pero si Remy no se hubiera mudado nunca habría conocido a Kathy. Se mareó solo de pensarlo.

—De esto era de lo que intentaba protegerte tu padre —dijo Shirin—. De esa carga. De tener que tomar esa decisión.

El camino no recorrido. Si su padre hubiera aceptado la situación de su familia... Si su padre no hubiera ingresado a Cyloo en un orfanato, lo más seguro era que aún siguiera vivo. Su familia habría permanecido unida. Y Cyloo y él habrían estado también muy unidos, a Remy no le cabía duda. Su padre no habría tenido ningún motivo para sacarlo de la India. En algún momento, Remy se habría enamorado de una mujer que no sería Kathy, y tal vez hubieran tenido hijos. Habrían vivido cerca y él habría visitado a sus padres y a su hermano. Sus hijos habrían conocido el amor constante de sus abuelos paternos. Remy habría estado allí cuando a su padre le diagnosticaron el cáncer y habría estado cerca para ayudar. La idea de una vida tan corriente, con placeres y desafíos cotidianos, inundó a Remy de nostalgia por lo que se había perdido.

—Me habría quedado —dijo—. Eso creo. No sé, mira a Jango y Shenaz. Son de lo más felices aquí.

Shirin frunció el ceño.

—Ni se te ocurra compararte con Jango. Eres diez veces más inteligente que cualquiera de tus amigos. ¿Te acuerdas de todos los premios de escritura que te dieron en la universidad? Dudo que te hubieras sentido satisfecho con las oportunidades que puede ofrecerte la India; tenías una mente demasiado inquieta. Además, cuando faltáramos nosotros, habrías sido responsable de cuidar de Cyloo. —Shirin suspiró—. Es curioso. Desde que te conté lo que había hecho Cyrus, entiendo mejor su punto de vista. ¿Cómo es posible?

—No lo sé. —Remy le puso una mano en la rodilla—. Pero no hace falta que justifiques lo que hizo papá, mamá. Nos robó a los dos. Me privó de tomar esa decisión.

Shirin lo miró con lágrimas en los ojos.

—Lo siento.

—En cualquier caso, me alegra que vayamos a ver a Cyloo. Vamos a pasar un buen día, ¿de acuerdo, mamá?

—Vale —dijo Shirin en tono pausado—. Pero… la hierba estará muy crecida. Hace mucho que no voy.

Su primogénito había muerto, su cuerpecito se había desintegrado mucho tiempo atrás, pero a ella le preocupaba el estado de su tumba. Remy tragó saliva para deshacer el nudo que tenía en la garganta.

> Me entrego al barro para crecer de la hierba que tanto amo.
> Si me quieres ver de nuevo, búscame en las suelas de tus botas.

Los versos del *Canto a mí mismo* le vinieron a la cabeza de manera espontánea.

El chófer frenó de golpe y sacó a Remy de su ensimismamamiento. Shirin lo miraba con avidez, como si aguardara una respuesta.

–No te preocupes –dijo él al tiempo que le apretaba la mano–. Si hace falta, yo me encargaré de limpiar la tumba de Cyloo. Estoy aquí contigo, ya no estás sola, ¿vale?

Shirin le devolvió el apretón.

–Hoy no –dijo.

Al dejar atrás los carriles rápidos del Sea Link e introducirse de nuevo en las calles de la ciudad, el tráfico en Bandra resultó ser tan espantoso como en el resto de Bombay. Cuando Remy era pequeño, Bandra había sido un barrio acomodado en el que vivían las estrellas de cine, y su cabeza rebosaba de las historias que su padre le contaba sobre una época aun anterior, cuando Bandra era un oasis de calma, lleno de chalés en lugar de bloques de pisos. Durante la juventud de Remy, las familias católicas goanas del barrio le daban un aire moderno y alternativo y, aunque suponía que la legendaria atmósfera bohemia de Bandra seguía viva, lo único que alcanzaba a ver mientras estaban atrapados en ese atasco infernal eran las calles atestadas y frenéticas y las tiendas y restaurantes bulliciosos. Un poco por delante de ellos, una comitiva nupcial con el novio montado en un caballo blanco y los tamborileros bailando a su alrededor ralentizaba aún más el tráfico

—Gira aquí —le dijo al conductor, siguiendo las indicaciones de Dina—. Y luego de inmediato a la derecha.

Miró a su madre en busca de ayuda, pero Shirin estaba reclinada en el asiento trasero con los ojos cerrados. «Mejor así —pensó—. Cuanto menos se acuerde de haber hecho sola este viaje un solitario año tras año, mejor».

No había aparcamiento frente al cementerio, así que el conductor se paró lo más cerca posible de la puerta y luego ayudó a Remy a acomodar a Shirin en la silla de ruedas.

—Daré vueltas con el coche —dijo—. Por favor, llámeme cuando estén listos para que los recoja.

Mientras Remy empujaba la silla de Shirin hacia la entrada, ella se protegió los ojos del sol y él se maldijo por haber olvidado sus gafas. Un guardia mayor se acercó a ellos.

—¿Puedo ayudarlos? —preguntó, y en su rostro de dibujó enseguida una sonrisa de regocijo—. Doña Shirin —dijo—. Alabado sea el Señor. No sabe cómo me alegro de verla viva y sana.

Shirin levantó la cabeza y se quedó mirando al hombre que tenían delante.

—Hola, señor Pinto —lo saludó—. ¿Cómo está usted?

—Aquí sigo, señora, por la gracia de Dios. ¿Y usted?

—Aquí sigo también.

Pinto se acercó a Remy arrastrando los pies.

—Permítame empujar la silla, señor —dijo.

Que un guardia anciano los acompañara hasta la tumba de Cyloo no entraba en los planes de Remy.

–No hace falta –respondió con poca convicción.

Pero Pinto no cedió.

–Dale una propina –le dijo Shirin a Remy en guyaratí–. Para agradecerle el gesto.

Claro. Con torpeza e incomodidad, Remy abrió la cartera y sacó un par de billetes nuevos.

–Por su ayuda –dijo.

–Que Dios lo bendiga, señor. ¿Quiere que los acompañe?

–No hace falta, Pinto –dijo Shirin con brusquedad–. Recuerdo el camino.

–Sí, señora. Por supuesto, señora.

Enseguida quedó claro que aquel lugar había caído en el olvido más absoluto. Las malas hierbas crecían sin control y el césped estaba seco y amarillento. Ninguna tumba tenía flores frescas y no había más visitantes aparte de ellos.

Mientras avanzaban por el estrecho sendero, Remy sintió una rabia creciente. Su hermano merecía un lugar de descanso mejor que aquel. Engañado en vida, también lo habían engañado en la muerte.

Siguiendo las indicaciones de Shirin, encontraron la tumba de Cyloo casi de inmediato. En ella había una lápida gris y Remy experimentó un nuevo torrente de indignación.

–Un momento. ¿No tiene su propia lápida?

Shirin lo miró con perplejidad.

–No. Enterraron a los cuatro chicos juntos, ¿no te acuerdas? Te lo conté.

–Pues… supongo que no. –Volvió la cabeza y parpadeó para contener las lágrimas–. Así que todos estos años, cuando venías aquí, ¿ni siquiera podías rezar solo por tu hijo?

—Remy —dijo Shirin en voz baja—, no me hacía falta venir hasta aquí para rezar por mi hijo. ¿Los otros tres chicos que hay aquí? Eran huérfanos. Los conocía, así que rezaba por todos ellos.

—Todo eso está muy bien, mamá, pero... —Se interrumpió, no quería que ella percibiera su indignación, su decepción—. Muy bien, oye —continuó—, vamos a encargar una lápida nueva para Cyloo. Podemos...

—No, *beta*. —Shirin meneó la cabeza—. Que estos chicos descansen juntos durante toda la eternidad. Además, ¿de qué serviría ahora? ¿Cuántas veces más crees que podré volver aquí?

La pena embargó a Remy, que se sintió vacío.

—Mamá, puedo organizarlo todo para que Pervez te traiga cuando quieras. Puedo... —Se fijó en la expresión triste de ella—. Mamá, voy a...

Pero ¿qué podía decirle, en realidad? Entre su mala salud, el calor y el tráfico, Shirin no podría volver muy a menudo.

—Es mejor así —dijo Shirin con dulzura—. Que la última vez que esté aquí sea con mi otro hijo. Yo...Después de hoy, me sentiría demasiado sola si volviera. —Él asintió, incapaz de rebatir la verdad de sus palabras—. Remy, escúchame. Vamos a... —Shirin se interrumpió y empezó a toser.

—¿Quieres un poco de agua?

—No. Estoy bien —jadeó ella.

«Respira. Respira», pensó él. Incluso en la en otro tiempo impoluta Bandra, el aire estaba ahora cargado de contaminación.

—Remy, no estropeemos este día con planes. No... Ya

369

me has dado algo que nunca pensé que tendría. Por fin, mis dos hijos están conmigo. Es suficiente.

–Nos hemos dejado las flores en el coche –recordó Remy de pronto–. Mierda. No me lo puedo creer. Voy a llamar al chófer y…

–Déjalo –dijo Shirin, agitando las manos–. Cyloo sabe que estamos aquí y eso es mejor que cualquier flor. Ven, Remy, siéntate a mi lado.

Remy se agachó junto a su silla de ruedas y Shirin le puso la mano en el hombro. Al cabo de unos minutos, incapaz de soportar el extraño silencio de aquel lugar, él se inclinó hacia delante y empezó a limpiar con las manos los alrededores de la tumba. Mientras arrancaba hierbas, se dio cuenta de la brutalidad de su gesto y tuvo la horrible sensación de estar arrancándole el pelo a Cyloo, así que se interrumpió.

–No… no puedo –dijo, con los ojos repentinamente anegados por las lágrimas.

Shirin le dedicó una mirada comprensiva.

–Siéntate, Remy. No intentes arreglar nada; déjalo tal como está. Yo también lo limpiaba todo como una loca, pero no hace falta.

Se quedaron sentados uno junto al otro, con el sol de media mañana sobre el rostro. Shirin no retiró la mano del hombro de Remy. «Podría quedarme aquí para siempre –pensó él–, enraizado en el suelo como estas malas hierbas, y sería feliz mientras ella mantuviera su mano sobre mí». Sintió que retrocedía en el tiempo, a una época anterior a que las cosas se agriaran entre ellos, a los días de confianza absoluta y amor incondicional, cuando acurrucaba su pequeño y confiado cuerpo contra el de ella y se refugiaba en la seguridad de su puerto.

El agudo graznido de un pájaro rompió el silencio. Remy

alzó la vista hacia el cielo y la mano de Shirin se deslizó de su hombro. Remy se inclinó hacia la derecha para sacarse una nota del bolsillo. Luego cogió una piedra y sujetó el papel sobre la lápida de Cyloo.

—¿Qué dice? —preguntó Shirin.

—Son los versos de un poema de Whitman. Quería dejarlos aquí para mi hermano.

Remy cerró los ojos mientras recitaba de memoria:

> Apenas sabrás quién soy ni qué significo,
> pero aun así soy la salud de tu cuerpo,
> y me filtro en tu sangre y la restauro.
> Si no me encuentras enseguida, no desfallezcas;
> si no estoy en un sitio, búscame en otro.
> Te espero; en algún lugar te estoy esperando.

Al abrir los ojos, vio que Shirin lloraba.

—Lo siento, mamá —dijo, angustiado—. No quería alterarte.

—No lo has hecho. Así es como te recuerdo: siempre en tu habitación, leyendo o escribiendo, garabateando sin parar en un libro. ¿Recuerdas ese cuaderno de cuero marrón en el que escribías? Te lo compré en Crossword. Incluso entonces era caro.

Remy se había llevado ese diario a Estados Unidos.

—No sabía que me lo compraste tú —dijo—. Me encantaba ese cuaderno. Todavía lo conservo.

—Hice que papá te lo regalara por tu cumpleaños. Sabía que así lo valorarías más.

Una y otra vez, Shirin se había retirado del triángulo amoroso de su familia y había asumido a propósito un papel secundario al tiempo que empujaba a Remy hacia su padre. Para ahorrarle la angustia de las lealtades divididas, se había convertido en la antagonista del drama familiar.

Remy suspiró. No tenía sentido revivir un pasado en el que cada recuerdo era una flecha envenenada. La única manera de dar forma y sentido a la historia de su madre era siendo él mismo un buen padre. No podía cambiar el pasado, pero sí podía moldear el futuro.

Les quedaba un largo trayecto de regreso a casa y el tráfico era imprevisible, así que Remy no quería arriesgarse. Se puso en pie.

—¿Quieres que te deje un momento a solas, mamá?

Shirin negó con la cabeza.

—No hace falta —dijo—. Pero vamos a rezar dos Ashem Vohus antes de irnos.

Él esperó a que ella tomara la iniciativa y luego se unió.

—*Ashem vohu, vahistem asti, usta asti* —comenzaron.

Y Remy se dio cuenta de lo incongruente que era recitar la breve oración zoroástrica en un idioma muerto, el avéstico, mientras se hallaba un cementerio católico. Pero ¿por qué demonios no iba a hacerlo? Al fin y al cabo estaba en Bombay, ese maravilloso batiburrillo de religiones y credos.

De camino a casa, ella se volvió hacia él.

—Gracias —dijo—. Ha sido el mejor regalo que podría haber pedido. Pase lo que pase, lo atesoraré siempre.

Remy miró por la ventana y reprimió las lágrimas. «Por favor, que no le pase nada —rezó—. No ahora que por fin la he recuperado».

Pasó un buen rato antes de que se atreviera a mirar de nuevo a su madre.

Capítulo 41

Dos días después sonó el timbre y, cuando abrió la puerta, Remy sonrió al ver a Monaz.

–Vaya, qué sorpresa más agradable –dijo–. ¿Cuándo has vuelto?

Monaz entró sin decir palabra, pero antes de que Remy pudiera cerrar la puerta el ascensor se abrió y un hombre alto con camisa de manga corta salió de él. Monaz lo señaló con un gesto de la mano.

–Es mi padre –dijo.

A Remy lo pilló por sorpresa, pero enseguida se recompuso.

–Ah, hola –lo saludó al tiempo que le tendía la mano. El apretón del hombre fue firme–. Pasa, por favor.

Phiroz era mayor de lo que Remy había imaginado. Llevaba el pelo canoso peinado con pulcritud con raya en medio y tenía un rostro cuadrado y apuesto, con ojos inquisitivos. Esos ojos estaban ahora clavados en Remy, evaluándolo. Este reprimió el impulso de preguntar si había pasado la prueba.

–Gracias por venir –dijo, como si la visita hubiera sido idea suya–. No sabía que estabas en la ciudad.

–Llegamos anoche –dijo Phiroz–. Insistí en conocerte luego de que mi hija nos diera la noticia.

Remy asintió.

–Por supuesto, es comprensible. Al fin y al cabo, es una decisión importante la que ha tomado Monaz.

—Quería estrechar la mano del hombre que tiene tan buenos principios morales —continuó Phiroz—. Que ha estado dispuesto a arriesgarse a perder a un hijo al animar a mi hija a decir la verdad. Esta honradez es la que nos hace únicos a los parsis.

Remy miró a Monaz, sin saber cómo reaccionar, y se sobresaltó al ver sus ojos rojos e hinchados. El corazón le dio un vuelco. ¿Por qué había llorado Monaz? ¿Acaso su padre la había maltratado?

—Lo que me decepciona es que mi hija no tuviera la misma integridad a pesar de su buena educación —continuó Phiroz—. Primero, por quedarse embarazada antes del matrimonio, y segundo, por estar dispuesta a irse de la India con un extraño sin informar a sus padres.

—Hace años que conozco a tu hermana Shenaz —repuso Remy, irritado—. Jango y yo somos amigos de la infancia. Así que, con todo el respeto, no puede decirse que sea un desconocido.

Phiroz sonrió.

—No era mi intención ofenderte, al contrario: tengo la sensación de que nos hemos salvado por los pelos gracias a ti.

—¿A qué te refieres? —Se hizo un silencio repentino y Remy miró alternativamente a padre a hija—. ¿Monaz? —dijo.

La chica, que había permanecido sentada con la cabeza baja, alzó la vista.

—Quiere quedarse con el niño —dijo, y miró a Remy con expresión culpable. No quedaba ni rastro de la adolescente que él había acabado por conocer y querer—. Mis padres lo criarán como si fuera suyo. Después del parto, yo volveré a Bombay a terminar la carrera.

Remy dejó escapar un jadeo, como si le faltara el aire.

Aquello no se lo esperaba. Pero ¿por qué no se había planteado la posibilidad de aquel desenlace? Shenaz le había dicho que su hermano era conservador y él había asumido que el hombre aprovecharía la oportunidad de una adopción en el extranjero para salvar las apariencias. No se le había ocurrido que Phiroz decidiría criar al niño él mismo.

Pensó en cómo le daría la noticia a Kathy. Kathy, que ya había empezado a preparar la habitación de invitados para Monaz. Kathy, que contaba los días hasta su llegada. Su ira se desató.

—¿Crees que es mejor para tu nieto crecer en un pequeño pueblo de la India que en Estados Unidos? —preguntó.

En el rostro de Phiroz se reflejó el agravio. Hasta Monaz parecía ofendida.

—Yo crecí allí, tío —dijo la joven.

—Lo siento —se apresuró a decir Remy—. Me he pasado de la raya. Pero, Monaz, tienes diecinueve años, eres una adulta. Deberías ser tú quien tomara esta decisión, no… Nadie más.

Monaz se echó a llorar en silencio y ninguno de los dos hombres trató de consolarla. Ella se secó las lágrimas con el dorso de la mano.

—La decisión la he tomado yo —dijo al cabo—. Si mis padres aceptan y quieren a mi hijo, si puedo verlo siempre que quiera, ¿por qué enviarlo a miles de kilómetros de distancia? Siempre puedes adoptar a otro niño, tío Remy. Pero este es sangre de mi sangre.

Remy se sonrojó.

—Entonces, ¿estás segura? Porque esta vez no hay vuelta atrás, ¿lo entiendes?

—Sí.

—Ya veo. —Se mordió el labio inferior, anonadado. ¿Qué

podía decir? Todavía no tenía un contrato firmado con Monaz y, aunque lo tuviera, ¿de qué serviría? Ella era la madre. Ella llevaba a su hijo en su vientre–. ¿Lo sabe Shenaz? –preguntó.

–No –contestó Phiroz–. Aún no la hemos llamado.

–Ya veo –repitió Remy. Se hizo un silencio incómodo, y se le llenaron los ojos de lágrimas–. ¿No hay nada que pueda hacer para que cambies de opinión?

–Lo siento mucho, tío Remy –dijo Monaz–, pero es lo mejor para nosotros. Siempre te agradeceré que me animaras a hablar con mi padre. No me habría imaginado ni en un millón de años que reaccionaría así.

–Yo tampoco –comentó Remy. No tenía sentido prolongar aquella humillación, de modo que se levantó–. Pues ya está. Gracias por venir.

Phiroz le tendió la mano.

–Que tengas mucha suerte –dijo–. Rezaré por tu mujer y por ti todos los días. Lo digo de verdad. Y gracias de corazón por animar a mi hija a hacer lo correcto. Estaremos siempre en deuda contigo.

–Está bien –contestó Remy con rigidez.

Lo único que deseaba en aquel momento era que se marcharan para poder pasar página de aquel capítulo de su vida. El museo de los fracasos se había cobrado su última víctima.

Monaz miró a su alrededor.

–¿Puedo ver a Granna? Para…, bueno, para despedirme.

–Aún duerme. Le diré que has venido.

La joven se volvió hacia su padre.

–¿Me dejas un momento sola, papá? Espérame abajo.

Remy miró a Phiroz entrar en el ascensor y luego se volvió hacia Monaz.

–No me odies, por favor –le pidió ella–. Sé que te he decepcionado. No tienes ni idea de lo duro que es esto para mí. Ayer por la tarde me pasé llorando todo el viaje de Navsari hasta aquí.

–No te odio.

–Y… cuando vuelva a Bombay me pasaré por aquí para ver cómo está Granna, te lo prometo.

–Tranquila. Dentro de poco vas a estar muy ocupada. Te deseo lo mejor. Por favor, ahora debes mirar hacia el futuro. Te deseo una vida feliz.

Una vez que Monaz se marchó, Remy fue a su cuarto y cerró la puerta. «La verdad os hará libres», pensó. Sin embargo, lo que experimentaba en aquel momento no era libertad, sino que se sentía encarcelado por su propia santurronería. Le habría bastado con comprarle un billete de avión a Monaz, pero había decidido hacer lo que consideraba correcto. ¡Y le había salido el tiro por la culata!

La mera idea de la decepción que se llevaría Kathy, o de tener que contarle la noticia a su madre, hacía que le entraran ganas de dar un puñetazo a algo. «Eres un estúpido», se dijo. Ellas dos habían intentado decirle que cometía un error, pero él no les había hecho caso. Su padre siempre decía: «No preguntes si no estás preparado para escuchar la respuesta».

Llamó a Jango al trabajo y le dio la noticia. Jango soltó una ristra de improperios y expresó la ira que Remy no se atrevía a manifestar.

–No sé cómo voy a volver a mirarte a los ojos, jefe –dijo su amigo–. Lo único que hemos hecho es añadir estrés a tu vida.

–No digas chorradas –repuso Remy–. Nada de esto es culpa vuestra. Si alguien tiene la culpa, soy yo. Debería haber mantenido el pico cerrado y haberme llevado a Monaz como habíamos planeado.

—La verdad es que en eso tienes razón —dijo Jango sin ambages—. Fue una decisión muy estúpida. Vaya, que entiendo por qué lo hiciste y demás, pero…

—Yo no —dijo Remy—. No sé por qué se me metió en la cabeza insistirle en que hablara con sus padres.

—Chorradas, lo sabes a la perfección. Para demostrarte a ti mismo que no eres como tu padre.

Remy ahogó un grito. Tenía la sensación de que Jango había atravesado con un cuchillo la maleza de sus pensamientos y le había entregado la verdad.

Tras colgar, repasó mentalmente la conversación. Jango tenía razón: su padre le había suplicado que fuera mejor hombre de lo que había sido él, y aquella había sido su manera de intentar estar a la altura de su ruego.

Pero había algo más: era la primera cosa que Remy había hecho en su vida para demostrarse a sí mismo que también era el hijo de Shirin Wadia.

Capítulo 42

A Shirin le afectó más que él el cambio de parecer de Monaz.

—Tráeme aquí a esa chica —dijo— y la haré entrar en razón a porrazos.

A pesar de su tristeza, Remy sonrió.

—Pareces un capo de la mafia, mamá —dijo.

Shirin no le devolvió la sonrisa.

—¿Quién se cree que es para romperle así el corazón a mi hijo?

Esa mañana, Remy había recibido un breve correo electrónico de su cuñada Karen, en el que le daba el pésame. Como si Remy y Kathy hubieran perdido a un hijo. Y en un sentido literal así era, salvo que nunca lo habían tenido, para empezar.

—No pasa nada, mamá —dijo—. Tal vez sea lo mejor. Kathy y yo tenemos una vida muy ajetreada. Igual no estaba destinado a pasar.

Shirin frunció el ceño.

—¿Qué quieres decir?

—Quiero decir que, por el momento, creo que vamos a poner en pausa la idea y a replanteárnoslo todo cuando vuelva. No tener un hijo no es el fin del mundo. Hay millones de parejas sin hijos.

—¿Te vas a rendir sin más? —Shirin volvió la cabeza.

Su madre no sabía la cantidad de tiempo y dinero que habían gastado en tratamientos de fecundación *in vitro*, ni la esperanza y el dolor a los que se habían enfrentado. No tenía sentido explicárselo ahora que faltaba tan poco para que él volviera a casa. Encontrar un solo billete de avión sería mucho más fácil.

—¿Qué dice Kathy?

—No hemos hablado del tema. Como te puedes imaginar, está muy disgustada, pero ha encauzado toda esa energía en organizar mi fiesta de cumpleaños. Quiere que sea un jolgorio. —Solo de pensarlo, se le revolvió el estómago.

Shirin sonrió con melancolía.

—Tu padre se cogía vacaciones el día de tu cumpleaños, ¿te acuerdas? Lo celebrábamos por todo lo alto.

Remy se acordaba. Se acordaba de todo.

De repente tuvo un anhelo. Volvió a saborear mentalmente la suntuosidad cremosa del yogur que Shirin preparaba para comer, el *daal* amarillo con ajo frito, semillas de comino y hojas de curri; la palometa frita.

—Echo de menos los banquetes que preparabas, mamá —dijo.

—Pues quédate un poco más, *na*? Celebra tu cumpleaños aquí.

—Ojalá pudiera, mamá, pero ya me he quedado mucho tiempo. Y Kathy me necesita en casa.

—Sí, claro. Lo entiendo.

Se quedaron callados un largo rato y al final Remy le cogió la mano.

—Pero te voy a echar muchísimo de menos.

Shirin hizo un puchero.

—Si no otra cosa, al menos le agradezco eso a esta chica necia —dijo—. Que me haya dado este tiempo contigo.

«Qué extraño», pensó Remy. Había ido a la India para encontrar a un hijo y, en cambio, había recuperado a una madre.

Capítulo 43

Remy se sentó a la mesa para contestar correos electrónicos. Leyó uno de Eric en el que lo informaba de que habían conseguido la campaña del centro médico Wexner y dejó escapar un grito de júbilo, seguido de inmediato por una punzada tristeza por estar perdiéndose toda la acción. «No seas burro –se regañó–. Da gracias de tener un equipo capaz de conseguir cuentas nuevas mientras tú no estás».

Escribió una respuesta a Eric y luego se reclinó en el respaldo de la silla. Un verso de poesía llamaba a la puerta de su mente.

Fue a la cocina a buscar algo que beber y luego se sentó de nuevo ante su portátil.

> Quiero hacerme mayor aquí,
> en este lugar sin hojas,
> teñido de dolor.

Ahí estaba la verdad que andaba buscando: quería celebrar su cumpleaños en Bombay. Remy recordó la fiesta de su trigésimo cumpleaños: cómo sus padres habían desafiado al invierno de Ohio para estar allí, cómo Shirin había cocinado ella sola para todos los invitados. Esa noche, él había ido a su dormitorio para darle las gracias, pero ella le había quitado importancia con un modesto: «*Arre, wah.* ¿Por qué me das las gracias? Es lo mínimo que podía hacer por mi hijo». ¡Qué felices le habían parecido sus padres en esa fiesta!

Remy sabía que no quería el fiestón que Kat le estaba organizando, sino un placer más sosegado: levantarse por la mañana y desayunar con su madre. Tal vez ir al templo de fuego con Gulnaz a primera hora de la tarde mientras su madre se echaba una siesta. Y, si a Shirin le parecía bien, podía invitar a sus amigos a cenar, una cena de despedida para darles las gracias por todo lo que habían hecho por él durante aquel viaje.

Y, sin embargo, Kathy se quedaría hecha polvo si cambiaba de planes. ¿Cuántas veces podía decepcionarla antes de hundirla? Era lo único que ella le había pedido: que volviera a casa a tiempo para la fiesta.

Remy miró de nuevo su portátil, las palabras que había escrito antes. Cerró el documento y abrió un correo electrónico nuevo. Empezó:

Hola, cariño...

Y escribió.

Le describió a Kathy cómo había celebrado su cumpleaños con sus padres en la India, le habló del pescado frito y del taburete de madera, con la pintura desvaída allí donde él se ponía de pie año tras año, del pequeño *tili* rojo en su frente y de los granos de arroz pegados al puntito.

Escribió. Le contó a Kathy que, a pesar de la distancia, nunca se había sentido más unido a ella. Le contó las ganas que tenía de volver a casa y retomar su vida con ella: salir a cenar juntos, ir de vacaciones y pasear por el parque. Pero quería hacer esta última cosa por su madre antes de regresar: celebrar su cumpleaños en la India.

Remy dejó de teclear, conmocionado. Releyó la última frase, aquella afirmación sin ambages. No le estaba pidiendo permiso a Kathy. Su mano se cernió sobre el ratón para borrar la frase o al menos suavizarla, pero entonces pensó: «A la mierda».

A la mierda.

Si no seguía adelante con aquello, se arrepentiría siempre. La verdad era que había cambiado. Hacía días que veía cómo lo miraba Shirin, la nostalgia en su rostro, la forma en que lo observaba, como si memorizara sus rasgos para recordarlos en los días de soledad que la esperaban. Sabía que estar en su cumpleaños significaría muchísimo para su madre y, en aquel momento, había poco más que pudiera hacer por ella. Pero ¿cómo explicárselo a su sensata e inteligente esposa, que solo conocía un hogar, un país, que nunca se había enfrentado al dolor de la separación?

Podían celebrar una agradable fiesta en el jardín cuando llegara el verano. Kathy le había dicho que no quería que volviera a casa arrepintiéndose de nada. Un par de semanas más con su madre servirían para eso.

Antes de que le diera tiempo a echarse atrás, pulsó «Enviar». Estaba hecho.

Capítulo 44

Al anochecer, sentados de espaldas al mar en Marine Drive, Remy rodeó a su madre con el brazo y se la acercó. A pesar de que en un principio Shirin no había querido ir, parecía estar a gusto.

—Si te cansas me lo dices, ¿vale? —dijo él—. El chófer de Jango ha aparcado el coche en la esquina. Puede venir a recogernos en cinco minutos.

—Estoy bien —respondió ella—. Tranquilo.

Sentados en un silencio colmado de paz, contemplaron el desfile nocturno que se desplegaba ante sus ojos en el paseo marítimo: parejas de ancianos, recién casados, adolescentes, padres con sus hijos, todos disfrutando de los restos del día. Esa era la Bombay que Remy conocía y amaba; esa ciudad que era como un crisol, esa masa humana inquieta y palpitante recortada sobre la línea inmóvil del mar y el cielo eternos. Se fijó en varias mujeres vestidas con burkas negros y, aunque la imagen le produjo cierta ansiedad, nadie más parecía percatarse o darle importancia. Una mujer de mediana edad con deportivas rojas y falda corta pasó por delante de ellos con un perrito blanco. Dos niños corrían tras ella, pidiéndole ruidosamente que les dejara acariciarlo. Sus padres paseaban con actitud indolente tras ellos, sin esforzarse por coartarlos.

—El perro va a morder a ese niño si sus padres no lo controlan —dijo Remy.

Shirin debió de percibir su tono sentencioso, porque sonrió y meneó la cabeza.

—No es tan fácil vigilar a dos niños al mismo tiempo. Créeme, me acuerdo muy bien.

Él la ciñó con más fuerza.

—¿Era duro ocuparse de Cyloo y de mí a la vez? Dadas las circunstancias, quiero decir.

—¿Duro? —Shirin reflexionó—. A veces era difícil, sin duda. Tenía mucho miedo de que Cyloo te hiciera daño. Pero también era lo más fácil de mi vida y, sin duda, lo que más felicidad me proporcionaba.

Remy estuvo a punto de decir en voz alta la absurda idea que le vino a la cabeza: «Ojalá hubiera sido lo bastante mayor para ayudarte».

—¿Hay noticias de Monaz? —preguntó Shirin—. ¿Sabes algo de ella?

Monaz había vuelto a Navsari con su padre. Se lo habían contado Shenaz y Jango un día que habían ido a tomar el té. Antes de marcharse, Shenaz también le había asegurado a Remy que, cuando él volviera a Estados Unidos, visitaría a Shirin, y Remy se había sentido aligerado tras la conversación.

—Ayer recibí un correo electrónico de ella —dijo—. Se me olvidó decírtelo. Te manda besos.

—¿Cómo está?

—Es difícil de saber. Dice que está bien y que su madre la consiente hasta decir basta. Le prepara sus platos favoritos y demás. Pero —se encogió de hombros— ¿quién sabe? Me cuesta imaginármela en ese entorno.

—A lo mejor era su destino estar allí. A lo mejor fue su *naseeb* lo que te llevó a insistir en que se lo contara a su padre.

Remy se había dado cuenta de que los indios hacían

referencia muy a menudo al destino. Él había supuesto que era el mecanismo de defensa de quienes sentían que no tenían el control de su propia vida, y que atribuir la culpa a los dioses era útil para ellos. Pero nunca había escuchado hablar a su madre de aquella manera.

—¿Crees en esas cosas? —le preguntó.

Shirin volvió la cabeza hacia él. Bajo la luz de la farola, su semblante estaba pálido.

—Tuve un hijo que nació con daños cerebrales porque el cordón umbilical lo asfixió durante cosa de un minuto. Que fue uno de los cuatro niños fallecidos en un incendio, de cincuenta y ocho que podrían haber muerto. Si no creyera en el destino, no te quepa duda de que me habría vuelto loca.

Remy notó cómo los pulmones se le vaciaban de aire.

—Mamá… —empezó, pero ella meneó la cabeza.

—No —dijo—. Lo estamos pasando bien. No lo estropeemos con el pasado, ahora que hay tantas cosas por las que ilusionarse. —Cogió la mano de Remy entre las suyas—. No te rindas, hijo. Hay un hijo en tu futuro. Tienes mucho que ofrecer.

—Yo no estoy tan seguro, mamá. Ya somos mayores. A lo mejor este fiasco con Monaz ha sido una llamada de atención.

—Pamplinas. Solo ha sido un contratiempo.

Remy no podía explicarle que, ahora, la perspectiva de la paternidad le asustaba; el miedo se había colado en sus pensamientos desde que había averiguado la verdad sobre su familia. ¿Y si acababa siendo como su padre? La posibilidad de arruinar la vida de un niño por tomar una mala decisión, que de manera inevitable llevaría a otras equivocaciones, le aterrorizaba.

–No te preocupes –dijo Shirin–. Tú no eres como nosotros. Eres… eres lo mejor de Cyrus y de mí. Y Estados Unidos no es la India. *Arre*, ni siquiera la India es la India. Era otra época. Kathy y tú seréis unos padres estupendos, créeme.

Una vez más, Remy se quedó maravillado por la capacidad de su madre para leerle el pensamiento. Pero, a diferencia de su adolescencia, ahora agradecía que ella conociera tan bien el mapa de su corazón.

–Gracias –dijo.

–Era otra época –repitió Shirin–, llena de tabúes y secretos. Pero hay algo que nunca cambia. Todos los niños necesitan las mismas cosas: que los alimenten, los protejan, los vistan y los quieran. Sobre todo que los quieran.

Remy seguía sin estar convencido.

–Espera a ser padre –añadió su madre–. Amar a un hijo no tiene ningún mérito. Es lo más fácil del mundo, ya lo verás.

–A ver qué pasa –dijo él sin comprometerse, y continuó–: Siento haberme portado tan mal contigo durante todos estos años. Este viaje ha sido… muy importante para mí. –Se mordió el labio.

–Sí. Un milagro, diría yo. –Aunque Shirin miraba al frente, él percibió el llanto en su voz cuando añadió–: Igual que hayas decidido hacerme feliz quedándote en Bombay por tu cumpleaños. Tengo que darle las gracias a Kathy por su sacrificio.

–No, mamá. Lo hago por mí. Quiero… Quiero hacerlo. Por mí.

Shirin sonrió.

–Tenemos que terminar de decidir el menú. Y la lista de invitados.

–No te preocupes, yo me encargo de todo, ¿de acuerdo?

Solo quiero que ese día descanses bien para poder pasártelo bien por la noche. Pero almorzaremos tú y yo solos, ¿vale?

–Vale.

Se quedaron un rato más sentados en silencio.

–Anoche soñé con él –dijo Remy.

–¿Con quién, Cyloo?

Él asintió.

Remy estaba solo en una playa de arena, vestido con traje y zapatos de cuero. Alguien nadaba a lo lejos y, mientras lo miraba, el hombre levantó la mano e hizo señas de hallarse en problemas. «Joder, se está ahogando», se había dicho Remy, embargado por el pánico. A pesar de la distancia, sabía que era Cyloo. Empezó a desvestirse, pero cada movimiento le costaba una eternidad; sus dedos eran incapaces de deshacer el nudo de la corbata y el cinturón se negaba a desabrocharse. Cuando se quedó en ropa interior, y contra toda lógica, se tomó su tiempo para retirar la arena de sus zapatos antes de meterse a la carrera en las aguas gélidas. Pero cuanto más rápido nadaba, más se alejaba de él el hombre que se ahogaba. Remy adoptó un ritmo frenético, pero eso no hizo más que aumentar la distancia entre el hombre y él. Al final se dio cuenta de la inutilidad de su esfuerzo y se dio por vencido. «Me rindo –había pensado mientras se quedaba tendido de espaldas, flotando y contemplado el cielo azul salpicado de nubes blancas–. Cyloo, hermano mío, ¿dónde estás?», había pensado mientras escrutaba el firmamento. Y entonces, un gran delfín había pasado por debajo de él y lo había levantado en el aire con el morro. Durante un fugaz instante, en equilibrio sobre su nariz antes de la inevitable caída, Remy lo había visto todo con claridad: la decepcionante tierra, el ilusorio cielo, sus imperfectos padres, su hermano traicionado y su propio ser escindido. Justo cuando empezaba a asimilar aquella imagen completa y panorámica de su vida, con el corazón aligerado por esa nueva comprensión, había caído sobre la dura superficie del agua con un golpe tremendo y se había despertado empapado en sudor.

Shirin lo miró con curiosidad.

–¿Qué significa? –preguntó.

–No estoy seguro, creo que quiere decir que lo echo de menos. Al hermano del que apenas me acuerdo.

–Eso es porque intentas recordarlo con el cerebro –observó Shirin–. Llevas su recuerdo donde de verdad importa: aquí. –Se señaló el corazón.

–Eso espero, mamá. Me cuesta creer que tenga tan pocos recuerdos de mis primeros años.

–¿Cómo ibas a tenerlos, Remy? Eras muy pequeño. No es culpa tuya, *jaan*. Y, además, tu hermano siempre estará cerca de ti.

–Hay otra cosa que no entiendo. ¿Por qué nadie me habló nunca de Cyloo?

Shirin suspiró.

–Lo sabía muy poca gente, *jaan*. Cuando vivíamos en Jamshedpur nunca nos visitaba nadie de Bombay, salvo mi padre. Ninguno de nuestros nuevos vecinos lo conoció, e incluso si alguien hubiera escuchado rumores, en esa época tu padre tenía mucha influencia. Nadie habría tenido agallas para decirte nada.

–Tiene sentido. Oye, quería decirte que he hablado con el dotor Bilimoria.

–¿Con Billy Boy? –Su madre le había puesto el apodo al médico al volver a casa del hospital–. ¿Por qué?

–Porque... Kathy y yo hemos hablado... El caso es que me cuesta dejarte aquí sola en tu estado, mamá, pero no me queda otra que volver pronto a casa. Quería preguntarle a Bilimoria si estabas en condiciones de viajar conmigo. Si aguantarías el vuelo.

—¿Y qué ha dicho? —susurró Shirin.

—Que era un riesgo. Que la aerolínea tendría que acceder a llevar oxígeno adicional durante el vuelo. La neumonía… Te han quedado cicatrices residuales en los pulmones. —Se volvió hacia ella—. ¿Te ves con fuerzas, mamá? El viaje es largo.

Shirin se quedó callada.

—No es el momento —contestó al cabo. Sonaba pequeña, desanimada—. Tengo que recuperar fuerzas. Pero cuando hayáis adoptado, iré. Iré a ayudaros con mi nieto.

—Bueno, tranquila, que nos veremos antes de eso. Kathy y yo tenemos pensado venir por Navidad. Igual entonces puedes volver con nosotros.

—¿Crees que no adoptaréis antes de Navidad?

—Ya te lo dije, mamá —contestó Remy con una sonrisa—. La verdad es que no estoy seguro de que queramos adoptar. Y, aunque lo hiciéramos, es un proceso que puede durar años.

En ese momento vislumbró su último día en la India: el último abrazo, que le haría sentir que le arrancaban el alma del cuerpo; cada paso para salir del piso y dirigirse al vehículo que lo esperaría, una pequeña muerte. La soledad alucinatoria del aeropuerto, su delgado cuerpo abriéndose paso entre la multitud mientras avanzaba hacia el enorme avión que lo llevaría a otra galaxia, al espacio exterior, a la luna. Porque, ¿qué diferencia había entre trece mil kilómetros o un millón cuando te encontrabas en la otra punta del mundo? Y esa última mirada por la ventanilla de la aeronave a una ciudad llena de fantasmas e historias de fantasmas, esa metrópolis contaminada, delirante y desquiciante que de alguna manera seguía teniéndolo apresado, cuyo sudor y mugre y ruido y caos se habían asentado sobre su piel –no, que habían formado una capa de su piel–, cuyas aguas rugían en sus venas y cuya sal se mezclaba con la suya.

Las emociones de Remy no hacían sino incrementarse, pero, como no quería que su madre viera su tristeza, fingió un bostezo.

–Manju debe estar esperándonos en casa con la cena. ¿Le pido al chófer que nos venga a buscar en diez minutos?

–Si te parece… Yo podría quedarme aquí sentada a tu lado para siempre.

A su espalda, Remy oía el ruido constante del mar, que lamía la arena. ¿Qué relatos de la ciudad habían absorbido sus aguas? ¿Qué tragedias habían transportado sus olas? ¿Cuántos ríos de lágrimas humanas habían desembocado en sus oscuras aguas? Y aun así, el mar perduraba, ocupándose de sus asuntos una ola tras otra. Que era precisamente lo que tendría que hacer él cuando se marchara de allí.

Capítulo 45

El día de su cumpleaños, por la mañana, Remy llamó al móvil de Kathy, que contestó al tercer timbre.

–Te me has adelantado –dijo ella–. Felicidades.

–Gracias, mi amor. Aunque sería más feliz si estuvieras aquí.

–Ojalá pudiera.

Él le había propuesto que fuera a pasar una semana con él, pero Kathy tenía una serie de reuniones que no se podía saltar. Ahora le habló de su reunión con un donante potencial. El noviembre anterior, Kathy había presentado su estudio sobre la enfermedad de Byler en una conferencia en Denver, y el hombre, un multimillonario que había perdido a su hijo debido a aquella enfermedad rara, era quien le había pedido la reunión para apoyar el trabajo de Kathy en el hospital.

Remy la escuchó, emocionado por el sonido de su voz; después de tantos años, aún le ponía la piel de gallina.

–Estoy muy orgulloso de ti, cariño –dijo.

–Bueno, aún no ha soltado ni un duro, pero ya veremos –contestó Kathy–. ¿Y tú? ¿Qué planes tienes para hoy?

–Nada especial. Vendrán unos amigos a cenar. Y le pedí a mi madre que almorzáramos solos, pero no te lo pierdas: anoche me dijo que había invitado a alguien más.

–Ah, ¿sí? ¿A quién?

–No tengo ni idea. No me lo quiere contar, dice que es una sorpresa.

–¿Crees que pueden ser Roshan y Pervez?

–Madre mía, espero que no. No les tiene mucho aprecio, así que lo dudo. Aunque últimamente han sido mucho más atentos. Se están esforzando.

–Qué bien. Me alegro de que estés allí, ¿sabes? Me hace feliz.

–A mí también. Aunque daría un riñón por que estuvieras aquí conmigo.

–No pasa nada. Dale recuerdos a tu madre, y que recupere fuerzas. En Navidad nos la traeremos aquí.

–Eso sería estupendo, Kat.

–Se lo debo. Tengo que verla y disculparme con ella.

Más adelante, Remy ya le explicaría que a su madre no le hacía falta una disculpa, que no se veía a sí misma como una heroína o una mártir, pero por el momento la idea de volver a la India en diciembre le animó. Eso haría más fácil la despedida.

–Así tendrá una ilusión, mi vida. Siempre que no creas que a Rose le sabrá mal que no pasemos la Navidad en Columbus.

Kathy resopló.

–Me da igual. Mi madre nos puede ver todos los puñeteros días, mientras que Shirin... –Su voz se apagó.

Después de colgar, Remy fue al cuarto de su madre y la encontró sentada en la cama leyendo el periódico.

–Felicidades, mi niño hermoso –dijo–. Te deseo una vida entera de felicidad. *Sukhi reje*, siempre.

–Gracias, mamá. –Él miró a su alrededor–. ¿Dónde está Manju?

–En el salón.

Manju estaba subida a un taburete para colgar un *toran* encima de la puerta de entrada. Remy aspiró el aroma a rosas rojas y jazmín blanco, y este último le recordó a la madreselva que tenía plantada en su jardín de Columbus. Sobre la mesa estaba el *ses* familiar —la fuente de plata sobre la que descansaban el pulverizador de agua de rosas y el cono de plata—, al que le habían quitado el polvo. Por un instante, Remy volvió a tener ocho años, de pie sobre el taburete rojo, con su gorro de terciopelo violeta mientras sostenía el *ses* ceremonial.

—Deja que te ayude —dijo. Cogió el *toran* y enrolló el otro extremo del cordel en el clavo que había sobre la puerta, antes de echarle un vistazo—. Es muy bonito —dijo—. ¿De dónde lo has sacado?

—La señora llamó ayer al *fulwalla* para encargarlo. Lo han traído mientras se daba usted un baño.

El timbre sonó toda la mañana. Hema llegó con pescado fresco del mercado y se dirigió de inmediato a la cocina para empezar a cocer las lentejas en la olla a presión. El hombre de Parsi Dairy Farm trajo ocho recipientes de arcilla llenos de yogur. Shirin también había encargado cajas de *ladus* de Tewaris.

—Mamá —dijo Remy cuando se sentaron a desayunar—, ¿por qué has encargado tanta comida? Para almorzar estaremos solo tú y yo, además de tu invitado secreto. Es demasiado, ¿no te parece?

—Por primera vez desde hace una eternidad estás en casa por tu cumpleaños ¿y crees que es demasiado? No es suficiente. Nada es suficiente.

Él cogió una cucharada de *vermicelli* dulces y se la puso en plato.

—Tengo que reconocer que Hema se ha convertido en una experta en comida parsi —comentó.

—¿Lo ves? —contestó Shirin—. Te dije que la dejaras cocinar para la cena de esta noche. Le habría pagado de más. *Khali-pili*, tú insististe en encargarla. Qué manera de tirar el dinero.

–No te preocupes, mamá. Hay que darle un descanso a la pobre. Además, a todo el mundo le encanta la comida del Delhi Darbar.

Mientras Manju se preparaba para marcharse, Shirin le dio una de las grandes cajas de *mithai*.

–Para tu familia –dijo–. Y cuando salgas deja otra caja en el tercer piso.

«O sea que no es a Roshan o Pervez a quien ha invitado», pensó Remy.

–Aún no me has dicho quién viene a comer –dijo.

–Ya lo verás.

–Bueno, con tanto secretismo, más te vale que sea el príncipe Carlos o Beyoncé.

–¿Quién es Beyonsday?

Remy sonrió.

A la una sonó el timbre y Remy se levantó de un salto.

–Ah, ahí está el invitado misterioso.

Era Dina, con un gran ramo de flores y una amplia sonrisa en el rostro.

–Felicidades –dijo, y cuando él la miró boquiabierto su sonrisa se hizo aún más amplia–. ¿Puedo pasar?

Remy recordó sus buenos modales y se apartó para dejarla entrar. Se quedó mirando cómo Dina se acercaba a Shirin, que cogió la mano de la mujer entre las suyas.

–Gracias por venir, Dina. Ven, siéntate a mi lado.

Remy las miró a las dos alternativamente y se fijó en el intercambio furtivo de afectuosas sonrisas.

–¿Qué pasa aquí, mamá? –preguntó.

–¿Cómo estás, Dina? –dijo su madre, ignorándolo.

–Bien, bien. Con mucho trabajo. ¿Y tú? Te veo mucho mejor que... la última vez.

Se hizo un breve silencio, que rompió Shirin.

–¿Quieres beber algo? ¿Un zumo, un refresco?

–Pues me apetece mucho una taza de té.

A Remy empezó a darle vueltas la cabeza. ¿Qué demonios hacía Dina allí? ¿Acaso había tenido su madre una embolia? ¿Cómo era posible que hubieran cambiado de una manera tan radical sus sentimientos hacia la mujer que había sido su enemiga?

–Anda, ve –le dijo Shirin a Remy en tono alegre–. Dile a Hema que nos prepare una taza de té. Y luego vete un rato a tu habitación. Dina y yo tenemos que ponernos al día.

–¿Qué pasa con la comida?

–Te avisaremos cuando esté lista.

Perplejo, Remy hizo lo que le pedía.

Al oír de nuevo el timbre, lo ignoró; ya abriría Gladys. Su desconcierto había dado paso a la irritación. ¿A qué venían tantas evasivas? Se alegraba de que su madre hubiera perdonado a Dina, pero ¿por qué planear su gran reconciliación precisamente ese día? Si eso debía reconfortarlo, ¿por qué lo habían echado del salón?

Gladys apareció en la puerta de su cuarto.

–Alguien pregunta por usted señor.

–¿Quién es?

–No lo sé, señor.

Él se levantó con un gruñido de exasperación. Gladys conocía a la mayor parte de sus amigos, así que no podía ser uno de ellos. A lo mejor el encargado del banco había enviado a un administrativo porque faltaba su firma en un documento. Remy había dedicado los últimos días a atar los cabos sueltos de los asuntos económicos. Al acercarse al salón, escuchó a Shirin enfrascada en una animada conversación con Dina, aunque ambas se callaron al oírlo.

En el recibidor había una mujer de mediana edad, con el pelo recogido en un moño severo, pero con una mirada amable. Llevaba una falda gris y una camisa gruesa de manga tres cuartos. El conjunto parecía un uniforme, y al ver el crucifijo que le colgaba del cuello, Remy se dio cuenta de que era una monja.

—¿La puedo ayudar en algo? —preguntó con cautela mientras se preguntaba si se trataba de un nuevo y desconocido ritual de cumpleaños: dar dinero a una monja a cambio de su bendición.

—¿Eres Remy? —preguntó a su vez la mujer, con una sonrisa en el rostro.

—Sí.

—Me alegro de conocerte. Soy la hermana Hillary.

Él se puso tenso de inmediato al reconocer el nombre. Ella hizo señas a alguien que se ocultaba en el rellano, y durante un instante irracional que le paró el corazón Remy esperó ver a su hermano. Pero era otro niño, pequeño y asustado.

—Y él es... Es... Él es Anand —anunció Hillary.

Un rayo del sol del mediodía que caía en el descansillo iluminó al niño. Anand escrutó el rostro de Remy con sus ojos oscuros y asustados.

El mundo se detuvo y se hizo el silencio. Sin necesidad de darse la vuelta, Remy supo que Dina y Shirin lo observaban, que las tres mujeres contenían el aliento mientras aguardaban a que él hiciera un movimiento. Se dio la vuelta y miró a su madre a los ojos, que estaban llenos de lágrimas de amor y orgullo. Se quedó ahí plantado, mirándola, mientras intentaba asimilar lo que ocurría, qué hilos había movido Shirin para hacerle ese regalo de cumpleaños, y si le estaba agradecido o la maldecía por complicar su vida de nuevo.

Los segundos pasaron. Remy tenía la sensación de haber olvidado cómo se respiraba.

–¿Podemos tomar un vaso de agua? –preguntó la hermana Hillary–. El tren de Pune ha salido con retraso, así que ha sido un día muy largo.

–Sí, claro. Lo siento, pasad –dijo Remy.

El niño se escondió detrás de la monja mientras Dina se levantaba a saludarlos. Shirin se quedó sentada, pero le dedicó una sonrisa a Hillary y saludó con la mano al pequeño.

–Buenas tardes, Anand –dijo–. Debes e tener hambre, ¿verdad?

El niño no contestó.

–Tenemos *dahi* dulce para ti. La hermana Hillary dice que te gusta el yogur. También hay natillas de postre.

–No entiende muy bien el inglés –explicó la monja–, pero aprende rápido. –Sonrió–. Me alegro de verla de nuevo, señora Wadia. Está usted igual.

Shirin puso los ojos en blanco.

–¿La diócesis no les paga visitas al oculista, hermana? –dijo.

–¿Alguien me puede explicar qué está pasando? –preguntó Remy.

–Bueno, Remy –intervino Dina–, pues hemos pensado que hoy sería un día propicio para presentarte a este hombrecito. Si estás interesado, por supuesto. Es un niño muy dulce e inteligente.

–Tiene cuatro años –dijo la hermana Hillary en inglés–. Es huérfano. Lleva dos años con nosotras y todo el mundo lo adora. Si... si tu mujer y tú estáis interesados, podemos acelerar el proceso.

A Remy le daba vueltas la cabeza.

—Yo me ocuparé del papeleo —dijo Dina con entusiasmo—. Y tengo un contacto en la embajada estadounidense. Procuraríamos conseguirle el pasaporte y el visado lo más deprisa posible. Aun así, tardaríamos meses, pero con suerte podría estar todo solucionado a finales de año.

Remy se mareó y se agarró al respaldo de la silla para conservar el equilibro.

—Perdonadme. ¿Puedo hablar contigo a solas? —le pidió a Shirin.

—¿Mamá? —le dijo cuando estuvieron en el cuarto de ella—. No tengo palabras. Sabes que me voy dentro de una semana. Y… ¿cómo? ¿Cuándo?

—En cuanto decidiste quedarte más tiempo —contestó Shirin—. «Ese orfanato me arrebató a un hijo —pensé—. ¿Por qué no debería darme un nieto?». Verás, durante todos estos años he hecho un donativo anual, incluso después de que se trasladaran a Pune. Siempre recibo una nota de agradecimiento de Hillary, así que sabía que ella seguía allí. Y luego, cuando invitaste a Dina a casa, me di cuenta de que no le guardaba ningún rencor, así que pensé: «¿Quién mejor que ella para ayudarme?». Y ella accedió de inmediato. Resulta que formó parte de la junta hasta hace tres años.

—Mamá, sé que lo has hecho con buena intención, pero esto me pone en una situación complicada, ¿no lo ves? En fin, no estoy del todo convencido de que Kathy y yo queramos pasar de nuevo por todo esto y, por supuesto, no puedo dar este paso sin hablar con ella. ¿Qué pasa si dice que no? No quiero hacer a este pobre niño más daño del que seguramente le han hecho ya.

Shirin pareció desinflarse.

–Es posible que esto haya sido un error –murmuró–. Soy una vieja que no piensa... Después de todo lo que pasó con Monaz, quería ayudar. He podido hacer muy poco por ti a lo largo de tu vida, Remy. Además, tenía que actuar rápido para que al menos conocieras al niño antes de marcharte.

–Te agradezco lo que has intentado hacer –respondió Remy–. Es solo que…, en fin, Anand es una persona, no un accesorio de mi historia, ¿entiendes? Tengo que estar seguro al cien por cien, mamá.

–Claro.

–Te diré lo que haremos –añadió él al percatarse de lo miserable que se sentía Shirin–. Vamos a comer. Todo el mundo debe de tener hambre.

–¿Y luego?

Él le cogió la mano.

–Luego podemos decidir qué hacer a continuación.

Anand lamió el último resto de yogur de su cuchara.

–¿Quieres más? –le preguntó Remy en hindi.

El niño miró a Hillary para pedirle permiso y ella asintió.

–*Hah*. –Su voz era aguda, como la de un personaje de dibujos animados, y Remy sonrió para sus adentros.

–Toma –dijo.

A modo de recompensa, recibió una sonrisa rápida.

–¿Qué se dice? –le preguntó Hillary al niño.

–Gracias, tío –dijo Anand en inglés.

Luego bajó la vista y se concentró en devorar la segunda ración.

Mientras comían, Remy obtuvo más información. Una pareja australiana había estado a punto de adoptar al niño, así que su caso ya había sido evaluado. No tenía familiares interesados en quedarse con él y Hillary había recibido permiso para quedarse con Anand en Bombay durante varios días para que Remy pudiera conocerlo mejor. Shirin les había ofrecido la habitación de invitados, pero había dejado claro que la decisión final era de Remy. –Este no se podía creer lo iluso que era, ¿todo aquello había pasado justo delante de sus narices sin que él se enterara?–. Hillary y Anand también podían quedarse con la familia de la hermana de la monja, que vivía a apenas veinte minutos en taxi. Si Remy y Kathy querían seguir adelante con la adopción, él tendría que firmar unos documentos preliminares para poner en marcha el proceso.

–¿Por qué no se lo quedó la pareja australiana? –le preguntó Remy a Hillary en inglés.

La monja adoptó una expresión de dolor y le lanzó una mirada rápida a Anand, pero el niño no prestaba atención a los adultos.

–Iban a adoptar a dos niños de nuestro orfanato –explicó en voz baja–. En el último momento, decidieron que solo podían hacerse cargo de uno y se llevaron al menor.

–Vaya –dijo Remy–, qué crueldad.

A su lado, Shirin suspiró.

–¿Y lo abandonaron sin más?

Hillary se quedó mirando su plato y, cuando levantó la cabeza, tenía la nariz roja.

–Eso me temo, señora Wadia. La gente… puede ser muy egoísta a veces.

–Increíble –comentó Dina.

Remy intentó imaginar el aguijón del rechazo, las esperanzas frustradas. Con cuatro años, el niño se había llevado más decepciones que la mayoría de los adultos.

Miró a las tres otras adultas sentadas a la mesa, conectadas por las arterias de la pérdida y la traición, que ahora hacían todo lo posible por sanarse mutuamente con valentía ayudándolo a él. Y ese niño…, ¿qué papel jugaba en su sanación? ¿Sería su oportunidad, o solo sumaría un capítulo triste a su historia?

Remy notó cómo decaía su ánimo y decidió que aquel no era el humor en el que quería estar durante la comida para celebrar su cumpleaños.

—¿A qué deportes te gusta jugar? —preguntó al tiempo que se volvía hacia Anand.

No hubo respuesta.

Remy probó con otra pregunta:

—¿Quién es tu mejor amigo?

Hillary le dedicó una sonrisa al niño y le dijo algo en hindi. Remy se imaginó lo intimidante que debía de ser aquel almuerzo para Anand, lo lujosa que le debía de parecer aquella comida de varios platos, comparada con los sencillos alimentos del orfanato.

—Es un crac haciendo volar cometas —le dijo la monja a Remy—. Siempre gana a los niños mayores, ¿a que sí, Anand?

El niño se animó de pronto.

—El otro día gané a Gautam —anunció—. Y tiene siete años.

—*Accha?* —dijo Remy—. Pero yo pensaba que tú tenías diez.

El niño dejó escapar una risita.

—*Nahí.* Solo tengo cuatro. —Se levantó de golpe y se puso de puntillas—. Es que soy muy alto.

Los adultos intercambiaron miradas divertidas, deleitados con la juventud del niño. Remy tomó una decisión: Anand y Hillary se quedarían en su casa. Seguramente el niño no se despertaría durante la cena de esa noche y Remy esperaba que la presencia de una monja no cortara mucho el rollo a sus amigos.

Esa noche llamaría a Kathy y le enseñaría fotos del niño. Él no sentía aún nada por él y no había experimentado ningún tipo de conexión inmediata, pero, aunque Kathy y él acabaran por descartar la adopción, al menos el niño habría disfrutado de unas cortas vacaciones lejos de la institución. Anand no parecía tener conciencia del motivo de aquel viaje, así que no se sentiría rechazado. Hasta donde Remy veía, su plan no tenía desventajas.

Después de comer, acompañó a sus invitados a su cuarto y llevó la maleta que había traído consigo la monja. Les enseñó la cómoda donde podían guardar su ropa y cómo encender y apagar las luces del dormitorio, cohibido todo el rato por la mirada penetrante de Hillary. ¡Había tantas cosas que deseaba decirle a aquella mujer! Para dejarle claro que no estaba seguro de adoptar a Anand y que, por favor, no le diera demasiada importancia a la invitación para quedarse en su casa; para preguntarle qué recordaba de la vida y la muerte de su hermano y rogarle que compartiera con él cualquier información que pudiera justificar el inaceptable comportamiento de su padre. Remy cayó en la cuenta de que las tres mujeres que había en el piso eran las únicas personas que le podían hablar de Cyloo.

Volvió sin premura al salón y se sorprendió de nuevo al ver a Dina y Shirin en el sofá, con la cabeza inclinada hacia la otra. «A lo mejor, en otras circunstancias, habrían sido amigas», pensó.

—¿Qué estáis maquinando ahora? —dijo, obligándose a adoptar un tono despreocupado.

–Nada –contestó Dina–. Solo queremos…, ya sabes, tener el papeleo en orden antes de que te vayas. Si decides seguir adelante con esto, por supuesto.

Él carraspeó.

–Ya, sí, respecto a eso… Os agradezco lo que habéis hecho por mí y sé que vuestra intención es buena, pero no quiero sentirme presionado para aceptar. Es una decisión demasiado importante.

–Claro, Remy, ¡por favor! Nunca se nos ocurriría…

«Nos». Al escucharlo, Remy se alegró. Pasara lo que pasara, su madre tendría una red de apoyo mayor que antes. Shenaz, Gulu, Jango y, ahora, Dina la ayudarían. Tal vez él se fuera de allí con las manos vacías –todavía no había superado la pérdida del niño de Monaz, al que había acabado por considerar hijo suyo y de Kathy–, pero su madre tenía más amigos que antes. Qué curioso cómo funcionaban las cosas; la vida seguía su propio guion y tomaba el camino que deseaba, ajena a sus actores humanos.

–Gracias, Dina –dijo en voz baja–. Gracias, mamá. Sé que habéis dedicado mucho tiempo a organizarlo todo.

–De nada –contestaron ambas al unísono.

Capítulo 46

Anand no había perdido solo a sus padres en un accidente; la hermana Hillary les contó que su madre estaba embarazada cuando murió.

El padre del niño, que era camionero, se llevaba a su familia con el vehículo a pasar unas vacaciones de dos días. Se encontraban fuera de los límites de la ciudad cuando una vaca salió a la autovía y él hombre dio un volantazo para esquivarla. El camión volcó y los padres de Anand murieron al instante, mientras que su hijo de dos años, que estaba sentado entre ellos, salió milagrosamente indemne del accidente.

—Solo tenía unos arañazos en la muñeca —explicó Hillary—. Le pusimos el nombre de Niño Milagro, pero estaba traumatizado. No paraba de decirnos que la vaca no se había hecho daño; lo repetía una y otra vez. Era su manera de lidiar con ello, porque hablar de sus padres muertos le dolía.

Remy se quedó callado, enmudecido por el espanto.

—Menos mal que iba entre sus padres —comentó Shirin—. Seguro que lo protegieron con sus propios cuerpos. —Y al ver que ni Hillary ni Remy respondían, añadió—: Porque eso es lo que hacen los padres. —Se volvió hacia Remy—. Pobre niño —dijo—. Pobre niño. Se merece una segunda oportunidad.

Remy tragó saliva. Sabía lo que pensaba su madre: se imaginaba a su primogénito con un final distinto, más feliz. Estaba reescribiendo el guion de la vida de Cyloo y se preguntaba por qué, ahora que por fin Remy podía hacer algo, no daba un paso adelante para salvarlo.

Remy se hacía la misma pregunta. ¿Por qué daba largas al asunto? Habían pasado dos días desde su cumpleaños y seguía sin tomar una decisión. Kathy ya le había dicho que lo dejaba todo en sus manos. «Tú entiendes la situación de la India mucho mejor que yo, así que confío en tu criterio», había dicho.

La mañana después de su fiesta de cumpleaños, había hecho que Kathy hablara con Anand por FaceTime, pero el niño se la había quedado mirando sin sonreír durante toda la llamada.

«¿Qué opinas?», le había preguntado luego.

«Es adorable –había contestado Kathy–, pero...». Su voz se había apagado.

Remy lo entendía. Kathy había hablado con Anand en inglés y eso había hecho que la conversación a través de la pantalla fuera aún más incómoda. Aunque la barrera lingüística era el menor de sus problemas. Kathy y él habían estado tan centrados en adoptar a un bebé –un nuevo comienzo, una página en blanco– que ninguno de los dos era capaz de afrontar la realidad de un tímido niño de cuatro años que, a todas luces, estaba traumatizado por el accidente y por los dos años que había pasado entre desconocidos.

La responsabilidad de tomar la decisión tenía a Remy paralizado. Había pasado los dos últimos días tratando de hacer salir a Anand de su cascarón, pero cada vez que le hacía una pregunta el niño le dedicaba una mirada inexpresiva. «Dame algo, pequeño –pensaba Remy–. Dame una señal de que tengo que llevarte conmigo a casa».

Si se marchaba sin empezar el proceso de adopción, decepcionaría a mucha gente. Cada vez que interactuaba con Anand, notaba la mirada ansiosa y expectante de la hermana Hillary. La monja le había explicado lo mucho que se había esforzado por encontrar al niño más «adecuado» para Remy de entre todos los que tenían a su cargo. A la mayoría de los huérfanos nunca los adoptaban, y la idea de que Anand pasara su adolescencia en el orfanato desesperaba a Remy.

Sin embargo, era consciente de otra verdad fundamental: sería un error adoptarlo por cualquier motivo que no fuera que el niño era amado y querido. En ese momento, lo que sentía por Anand era lástima, compasión, pero nada parecido al amor.

Sentado en la cama junto a él mientras el niño se echaba una siesta, Remy contempló su rostro dormido, las largas pestañas, la curva de sus labios, el pelo negro y lustroso que le caía sobre la frente. Embargada por un anhelo irrefrenable, su mano encontró el camino para acariciar el pelo del pequeño.

Experimentó un leve temblor, un enternecimiento, y recordó todas las veces que, en su infancia, él mismo había sido el destinatario de esa ternura paternal. Se le hacía raro darla. Se inclinó para besar al niño y luego meneó la cabeza al darse cuenta de que, mientras lo hacía, se había estado estudiando para detectar cualquier rastro de sentimiento.

Al cabo de unos minutos, salió de puntillas del cuarto y llamó a Jango.

—¿Cómo está el chaval? —preguntó su amigo.

—No lo sé. Es un niño bastante apocado.

—Me lo imagino. Bueno, en realidad no. No me imagino lo que se siente al ser huérfano a los cuatro años.

Remy se preguntó si aquello era una reprimenda. ¿Acaso lo juzgaban todos en secreto y se preguntaban por qué dudaba a la hora de dar al niño la posibilidad de una nueva vida? ¿Estaría decepcionando a su madre? Entendía la simetría del pensamiento del Shirin; cómo, para ella, adoptar a un niño del mismo orfanato que le había robado a Cyloo cerraría en cierto sentido el círculo, al tiempo que lo rompía.

–Oye –dijo Jango–, sé que es una decisión difícil y que estás entre la espada y la pared. Lo siento.

–Me marcho dentro de cuatro días. Cuatro. ¿Cómo voy a saber lo que tengo que hacer? ¿Cómo voy a tomar una decisión?

–Pero, jefe –dijo Jango con delicadeza–, cuando viniste aquí tenías pensado quedarte con el niño de Monaz sin ni siquiera conocerla.

–Eso era distinto –repuso Remy.

«Pero ¿por qué? –pensó–. ¿Por qué era distinto?».

¿Porque Monaz era una variable conocida debido a su relación con Shenaz? ¿Porque, a su llegada, Remy todavía conservaba su candor, y los desengaños y las revelaciones de las últimas seis semanas habían minado su entusiasmo y su confianza?

–Pues llévatelo a algún sitio, *na*? –dijo Jango–. Ve a la playa o a otro sitio solo con él. Igual así habla contigo.

–Lo he intentado, pero él se aferra a las faldas de la monja. Ni siquiera me coge de la mano.

–Joder, eso debe de ser duro.

–A lo mejor es que no tiene que pasar. La brecha cultural es demasiado grande. Y este niño ha sufrido tanto que… no me extraña que sea tan estoico y reservado.

–Es una pena. –Jango suspiró–. Aún estoy enfadado con Monaz por lo que hizo. Habría sido perfecto.

—Demasiado perfecto —comentó Remy, mientras pensaba: «¿Hay algún cosa que vaya como la seda en la India?».

Esa misma tarde, Remy apagó el portátil y se estiró al tiempo que miraba por la ventana. Hacía un frío insólito. Cogió las llaves de casa.

—Me voy a dar un paseo —le dijo a Gladys—. No tardaré mucho.

Sabía que todos los demás estaban durmiendo la siesta.

Deambuló sin rumbo, sin un destino en mente. Se paró frente un puesto de fruta y compró seis nísperos. El hombre lo saludó por su nombre y Remy se sintió como un residente, no un visitante. Por primera vez en años, se sentía en casa en su viejo barrio. Miró el reloj; su madre no tardaría en levantarse. Era hora de volver.

Casi había llegado a su bloque de pisos cuando decidió dar media vuelta y recorrer la calle principal hasta el pequeño bazar. Se quedó plantado en la acera y echó un vistazo por la puerta del establecimiento alargado y estrecho, buscando lo que quería. Cuando consiguió que la cajera le hiciera caso, señaló.

—Me llevaré la roja y la azul.

—Anand —dijo Remy al tiempo que meneaba con suavidad al niño dormido—. Vamos, Anand, despiértate.

El pequeño abrió los ojos y lo miró asustado. De manera instintiva, se volvió hacia el lado de la cama en el que Hillary dormía la siesta.

—Tranquilo —susurró Remy—. No la despiertes. Mira, te he comprado algo; un regalo. Ven, vamos.

Anand abrió mucho los ojos y, sin decir palabra, bajó de la cama.

Estaban en la azotea del edificio, los dos solos, con el cálido sol sobre su espalda y las camisas ondeando al viento. Por encima de ellos, dos cometas surcaban el cielo azul pálido. A diferencia de las caras cometas que Remy hacía volar en Estados Unidos, estas eran artilugios baratos en forma de diamante, hechos con papel y palos doblados. Hacía años que no manejaba una de esas, pero sus manos y sus dedos sabían exactamente qué hacer y su corazón planeaba junto con la cometa. «Un placer sencillo», pensó.

En el edificio contiguo, un niño se asomó por el balcón y los saludó mientras les decía algo, pero el viento se llevó sus palabras.

Llevaban casi media hora jugando con las cometas y Anand no había dicho ni mu, aunque su lenguaje corporal había cambiado: se lo veía más relajado, menos receloso y rígido. En un par de ocasiones se le había escapado un gorjeo, un sonido cuya infantilidad había cautivado a Remy. Pero en su mayor parte ambos se limitaban a sujetar en silencio el hilo de las cometas y verlas planear recortadas contra el cielo. A Remy se le empezaron a cansar los brazos, pero le daba miedo parar.

Anand apoyó su cuerpecito en el de Remy, que experimentó un inesperado deseo de protegerlo. Se imaginó llevándose al niño a casa y a los dos haciendo volar cometas mientras estaban de vacaciones en Florida o en la orilla del lago Erie. ¿Qué se sentiría al tener siempre a su lado a aquel niño callado y tímido? ¿Al proporcionarle un buen hogar, una buena educación? Esperó a que su corazón le diera la repuesta, pero este se quedó callado.

Miró a Anand, y el movimiento hizo que su cuerda se bombeara un poco.

–La hermana Hillary tenía razón –dijo–. Eres un crac con los cometas. ¿Cómo se te da tan bien?

Otro niño habría mordido el anzuelo y habría aprovechado el cumplido para alardear. Anand, en cambio, se limitó a entornar los ojos para protegerse del sol y a fruncir el ceño. Luego se puso tenso y tiró con vigor de su hilo mientras pasaba el peso de un pie al otro.

–¡Lío! –gritó con entusiasmo–. ¡Lío!

Miró a Remy y luego al cielo mientras señalaba la cometa de Remy, que caía en picado. Este tardó un segundo en darse cuenta de lo que pasaba y luego miró asombrado a Anand, que tiraba de la cometa rota de Remy.

–Ay, granuja –exclamó con una carcajada–. ¿Has liado los hilos cuando no miraba?

Anand dejó escapar un gritito de regocijo y se puso a corretear sobre las baldosas de la azotea blandiendo el puño con júbilo mientras ambas cometas ondeaban a su espalda. Remy lo persiguió.

–Quieto, bribón –farfulló él, y Anand soltó una risita aguda.

Al cabo de unos minutos, Remy se paró y se apoyó en el borde de la azotea, fingiendo recuperar el aliento. Anand se acercó a él con cautela, aferrado todavía a su trofeo.

–Bueno –dijo Remy–, me has ganado.

El niño lo miró y entonces sonrió con una sonrisa pícara y traviesa. Y, en ese instante, un pedazo del corazón exiliado y errante de Remy encontró su lugar.

–Yo gano –dijo Anand–. Yo gano.

El sol de la tarde iluminaba su pelo y sus ojos. Remy le devolvió la sonrisa.

–La próxima vez te ganaré yo –dijo–. Mañana volveremos a jugar.

Anand puso los brazos en jarras y meneó las caderas.

–No me puedes ganar –lo pinchó.

«Menuda transformación», pensó Remy, atónito. Y entonces cayó en la cuenta de que Anand se había mostrado cohibido porque estaba en una casa extraña con una monja y una mujer lo bastante mayor para ser su abuela. Allí, sin embargo, bajo el amplio cielo, Anand –el Anand libre, travieso y juguetón– había adoptado su verdadera forma.

Podía llegar a amar a ese niño. Podía aprender a amar todas las cicatrices y todo el dolor que cargaba. Porque, en última instancia, la historia de las personas se escribía con cicatrices. El comienzo de la historia de Anand había sido trágico, pero, de pronto, Remy sintió que Kathy y él eran capaces de lograr que el siguiente capítulo de su vida fuera uno feliz. *Anand* significaba «dicha»; ellos podían ayudarlo a cumplir la promesa de su nombre.

Remy pensó en todo lo que le había pasado desde su llegada: el torbellino de acontecimientos, la montaña rusa de emociones, la revelación de secretos familiares. Pensó en Jango, Shenaz y Monaz, en Shirin y Dina, en la hermana Hillary y en Gulnaz –todas las personas que habían entrado o reentrado en su vida–, y en cómo cada una de ellas había intentado ayudarlo a su manera. Pero allí, en aquella azotea, con el viento despeinando su pelo y el sol besando su piel, era un niño de cuatro años quien tenía en sus manos el poder de definir el futuro de Kathy y el suyo, en la misma medida en que ellos podían moldear el de él.

Así era como se creaba el destino, decidió Remy. No con lo que un Dios lejano escribía en los astros, sino mediante las decisiones, el esfuerzo y el valor humanos. Lo único que tenía que hacer era ser valiente.

Su madre había tenido el coraje de amar a manos llenas a pesar de verse obligada a medir y repartir ese amor en las sombras. Él, en cambio, era libre de adorar a aquel niño a la vista de todo el mundo. Comparado con lo que se le había pedido a su madre, a Remy se le pedía muy poco. A buen seguro podía dejar de lado su miedo a convertirse en su padre y emular, en cambio, el valor de su madre.

A buen seguro podía ser, por fin, el digno heredero de Shirin Wadia.

Remy dejó escapar un grito. Anand le había dado un manotazo en la muñeca.

—A que no me pillas —chilló el niño antes de echar a correr.

—Sinvergüenza —gruñó Remy, y luego se puso a perseguirlo de nuevo entre risas.

Se lanzó hacia el niño y, al cogerlo, aspiró el leve olor a jabón y sudor que desprendía. Anand tardó solo un segundo en escurrirse entre sus brazos, pero, en ese segundo, Remy sintió que sus manos y su corazón estaban plenos.

Anand se rio mientras escapaba de Remy antes de pararse, mirar hacia atrás y arquear varias veces las cejas, en un ademán cómico de provocación.

Al ver su expresión traviesa, a Remy Wadia lo asaltó un pensamiento extrañísimo. «Vaya —pensó—. Es clavadito a Kathy».

Agradecimientos

Muchas gracias a mi querida amiga y compañera escritora Sarah Willis, por su meticulosa lectura de mi primer borrador y por una idea fundamental, que le robé con premura y sin vergüenza.

Mi más profunda gratitud a mi agente, Gail Hochman, por sus concienzudos y detallados comentarios. Gail, eres la comadrona de este libro.

Mi agradecimiento más sincero al Baker-Nord Center for the Humanities de la universidad Case Western Reserve, por la beca que me proporcionó el tiempo necesario para escribir esta novela.

Gracias, Kathy Pories, por tus certeras correcciones. Y gracias al equipo de Algonquin, por acompañar esta novela desde el manuscrito hasta la obra publicada.

Gracias a mis queridos amigos, demasiados para enumerarlos aquí, pero a los que quiero demasiado como para no mencionarlos. Nos hemos apoyado unos a otros durante los días lúgubres de la pandemia y nos hemos levantado el ánimo durante esta época de soledad y asilamiento. Espero que por fin podamos salir de ella y retomar la amistad como debe ser: con largos paseos en otoño, con copas de vino y bandejas de comida, con conversaciones sobre el amor y la vida, la política y el arte.

Amor y gratitud eternos a mi familia, tanto en Estados Unidos como en la India. Mi vida no tendría sentido sin vosotros.

Índice

LIBRO PRIMERO

p. 11   Capítulo 1
23   Capítulo 2
31   Capítulo 3
42   Capítulo 4
46   Capítulo 5
55   Capítulo 6
70   Capítulo 7
73   Capítulo 8
89   Capítulo 9
95   Capítulo 10
103   Capítulo 11
113   Capítulo 12
117   Capítulo 13
144   Capítulo 14
149   Capítulo 15
153   Capítulo 16
165   Capítulo 17
185   Capítulo 18
189   Capítulo 19
194   Capítulo 20

LIBRO SEGUNDO

205   Capítulo 21
218   Capítulo 22
233   Capítulo 23

p. 239   Capítulo 24
243   Capítulo 25
254   Capítulo 26
264   Capítulo 27
271   Capítulo 28
275   Capítulo 29
280   Capítulo 30
285   Capítulo 31
297   Capítulo 32
307   Capítulo 33
315   Capítulo 34
321   Capítulo 35
330   Capítulo 36
335   Capítulo 37
340   Capítulo 38
351   Capítulo 39
360   Capítulo 40
373   Capítulo 41
379   Capítulo 42
381   Capítulo 43
384   Capítulo 44
392   Capítulo 45
405   Capítulo 46

414   *Agradecimientos*